中国现代
名家名作
插 图 本

鲁 迅

著

裘沙 王伟君
插 图 本

孙 郁 编选

鲁迅杂文

人民文学出版社

图书在版编目(CIP)数据

鲁迅杂文裘沙王伟君插图本 / 鲁迅著；裘沙，王伟君绘；孙郁编选. -- 北京：人民文学出版社，2024.
(中国现代名家名作插图本). -- ISBN 978-7-02-018944-1
Ⅰ. I210.4
中国国家版本馆 CIP 数据核字第 2024J7A578 号

责任编辑	温	淳
装帧设计	陶	雷
责任印制	王重艺	

出版发行　人民文学出版社
社　　址　北京市朝内大街 166 号
邮政编码　100705

印　　刷　三河市中晟雅豪印务有限公司
经　　销　全国新华书店等

字　　数　267 千字
开　　本　880 毫米×1230 毫米　1/32
印　　张　13.75　插页 34
印　　数　1—5000
版　　次　2025 年 1 月北京第 1 版
印　　次　2025 年 1 月第 1 次印刷

书　　号　978-7-02-018944-1
定　　价　42.00 元

如有印装质量问题，请与本社图书销售中心调换。电话：010-65233595

《生命的路》

什么是路?就是从没路的地方践踏出来的,从只有荆棘的地方开辟出来的。

《论雷峰塔的倒掉》

当初，白蛇娘娘压在塔底下，法海禅师躲在蟹壳里。现在却只有这位老禅师独自静坐了，非到螃蟹断种的那一天为止出不来。莫非他造塔的时候，竟没有想到塔是终究要倒的么？

　　活该。

《看镜有感》

汉唐虽然也有边患,但魄力究竟雄大,人民具有不至于为异族奴隶的自信心,或者竟毫未想到,凡取用外来事物的时候,就如将彼俘来一样,自由驱使,绝不介怀。

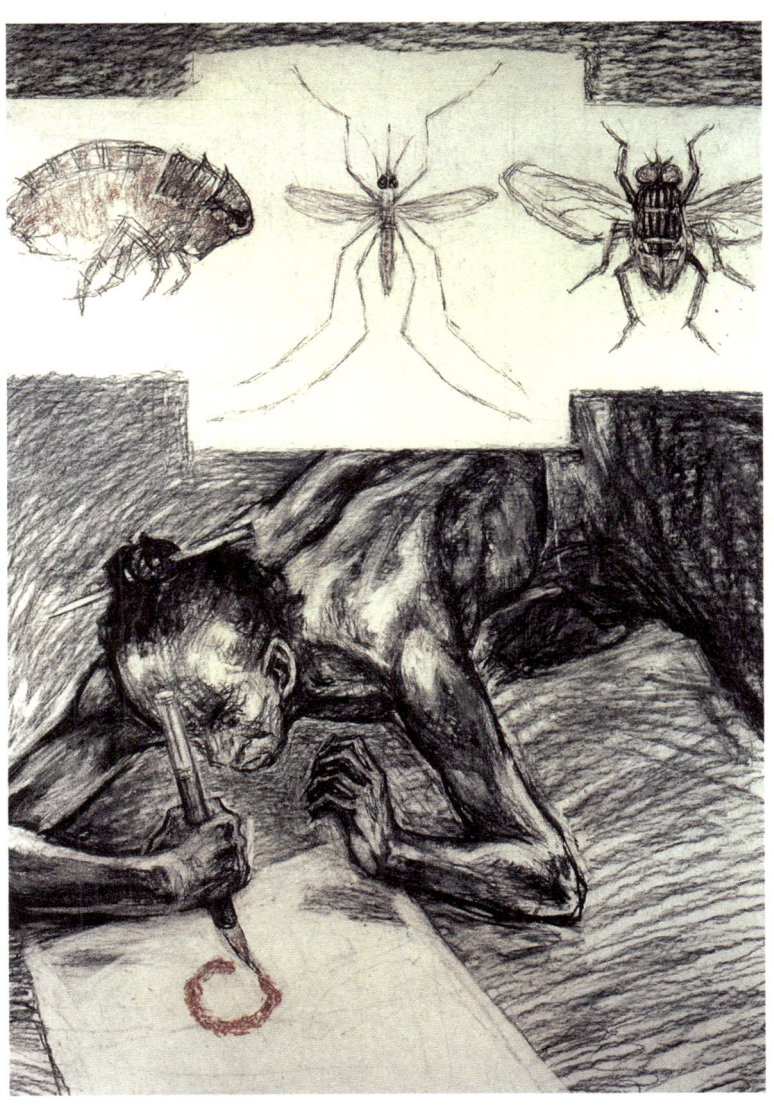

《夏三虫》

古今君子,每以禽兽斥人,殊不知便是昆虫,值得师法的地方也多着哪。

《春末闲谈》

我国的圣君,贤臣,圣贤,圣贤之徒,却早已有过这一种黄金世界的理想了。……

假使没有了头颅,却还能做服役和战争的机械,世上的情形就何等地醒目呵!

《杂忆》

我根据上述的理由，更进一步而希望于点火的青年的，是对于群众，在引起他们的公愤之余，还须设法注入深沉的勇气，当鼓舞他们的感情的时候，还须竭力启发明白的理性；而且还得偏重于勇气和理性，从此继续地训练许多年。

《论睁了眼看》

中国人的不敢正视各方面,用瞒和骗,造出奇妙的逃路来,而自以为正路。在这路上,就证明着国民性的怯弱,懒惰,而又巧滑。一天一天的满足着,即一天一天的堕落着,但却又觉得日见其光荣。

《学界的三魂》

学界里就官气弥漫,顺我者"通",逆我者"匪",官腔官话的余气,至今还没有完。

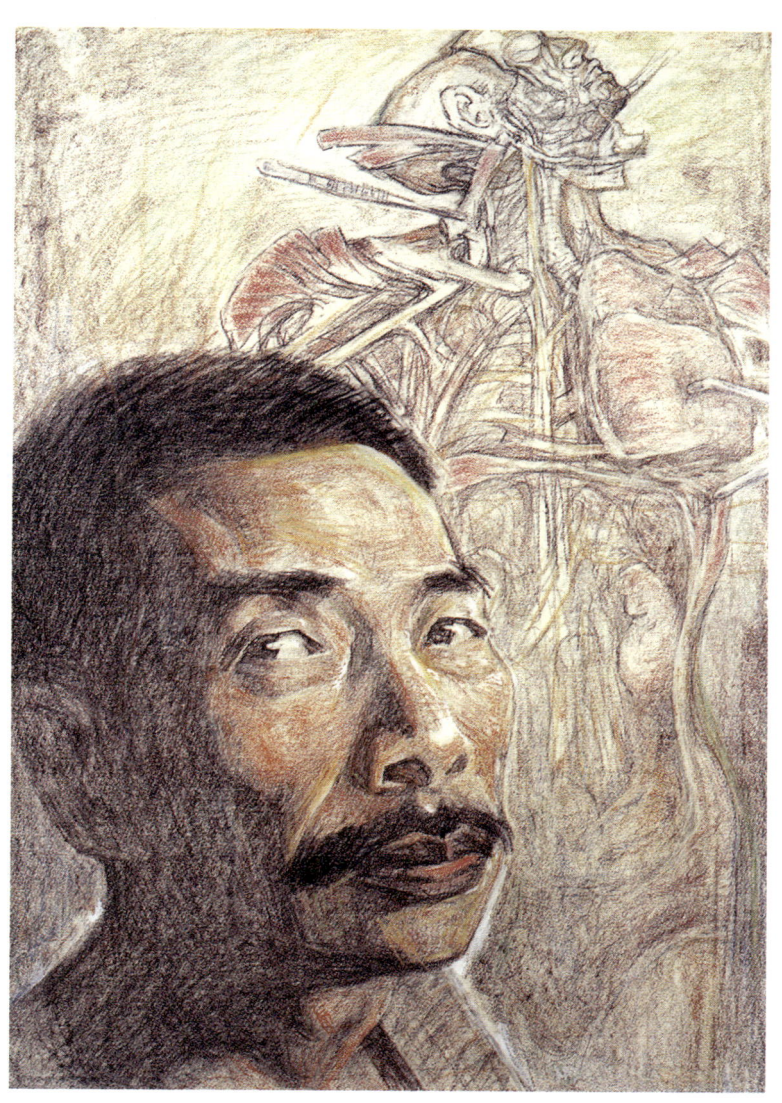

《写在〈坟〉后面》

我的确时时解剖别人,然而更多的是更无情面地解剖我自己,发表一点,酷爱温暖的人物已经觉得冷酷了,如果全露出我的血肉来,末路正不知要到怎样。

《关于知识阶级》

不过他们对于社会永不会满意的,所感受的永远是痛苦,所看到的永远是缺点,他们预备着将来的牺牲,社会也因为有了他们而热闹,不过他的本身——心身方面总是苦痛的。

《"醉眼"中的朦胧》

想要朦胧而终于透漏色彩的,想显色彩而终于不免朦胧的,便都在同地同时出现了。

《现代史》

俗语说,"戏法人人会变,各有巧妙不同。"其实是许多年间,总是这一套……

《拿来主义》

总之,我们要拿来。我们要或使用,或存放,或毁灭。那么,主人是新主人,宅子也就会成为新宅子。

《中国人失掉自信力了吗》

我们从古以来,就有埋头苦干的人,有拼命硬干的人,有为民请命的人,有舍身求法的人,……虽是等于为帝王将相作家谱的所谓"正史",也往往掩不住他们的光耀,这就是中国的脊梁。

《女吊》

他们就在戏剧上创造了一个带复仇性的,比别的一切鬼魂更美,更强的鬼魂。这就是"女吊"……也叫作"吊神"。横死的鬼魂而得到"神"的尊号的,我还没有发现过第二位,则其受民众之爱戴也可想。

目　录

生命的路 …………………………………… 001

论雷峰塔的倒掉 …………………………… 003

忽然想到（一至四）………………………… 007

战士和苍蝇 ………………………………… 016

看镜有感 …………………………………… 018

夏三虫 ……………………………………… 025

春末闲谈 …………………………………… 027

灯下漫笔 …………………………………… 035

导师 ………………………………………… 046

杂忆 ………………………………………… 049

论睁了眼看 ………………………………… 062

学界的三魂 ………………………………… 069

记念刘和珍君 ……………………………… 077

《十二个》后记 …………………………… 084

写在《坟》后面 …………………………… 091

无声的中国	099
老调子已经唱完	106
魏晋风度及文章与药及酒之关系	115
小杂感	148
怎么写	154
关于知识阶级	166
"醉眼"中的朦胧	175
流氓的变迁	188
习惯与改革	192
上海文艺之一瞥	196
辱骂和恐吓决不是战斗	216
电的利弊	221
为了忘却的记念	224
我怎么做起小说来	239
现代史	245
夜颂	247
爬和撞	249
作文秘诀	252
"京派"与"海派"	257
关于中国的两三件事	261
拿来主义	273
买《小学大全》记	277
趋时和复古	287

门外文谈	291
中国人失掉自信力了吗	322
病后杂谈	325
病后杂谈之余	345
论讽刺	365
在现代中国的孔夫子	368
从帮忙到扯淡	378
萧红作《生死场》序	381
我要骗人	384
写于深夜里	390
"这也是生活"	406
死	412
女吊	419
关于太炎先生二三事	428

生命的路[1]

想到人类的灭亡是一件大寂寞大悲哀的事;然而若干人们的灭亡,却并非寂寞悲哀的事。

生命的路是进步的,总是沿着无限的精神三角形的斜面向上走,什么都阻止他不得。

自然赋与人们的不调和还很多,人们自己萎缩堕落退步的也还很多,然而生命决不因此回头。无论什么黑暗来防范思潮,什么悲惨来袭击社会,什么罪恶来亵渎人道,人类的渴仰完全的潜力,总是踏了这些铁蒺藜向前进。

生命不怕死,在死的面前笑着跳着,跨过了灭亡的人们向前进。

什么是路?就是从没路的地方践踏出来的,从只有荆棘的地方开辟出来的。

以前早有路了,以后也该永远有路。

人类总不会寂寞,因为生命是进步的,是乐天的。

昨天,我对我的朋友 L[2] 说,"一个人死了,在死者自身和他的眷属是悲惨的事,但在一村一镇的人看起来不算什么;

就是一省一国一种……"[3]

L很不高兴,说,"这是 Natur(自然)的话,不是人们的话。你应该小心些。"

我想,他的话也不错。

*　　*　　*

〔1〕 本篇最初发表于1919年11月1日《新青年》第六卷第六号,署名唐俟。

〔2〕 这里和下文的"L",最初发表时都作"鲁迅"。

〔3〕 此段末二句,在《新青年》发表时为:"但在一村一镇的人看起来不算什么,一村一镇的人都死了,在一府一省的人看起来不算什么,就是一省一国一种……"

论雷峰塔的倒掉[1]

听说,杭州西湖上的雷峰塔[2]倒掉了,听说而已,我没有亲见。但我却见过未倒的雷峰塔,破破烂烂的映掩于湖光山色之间,落山的太阳照着这些四近的地方,就是"雷峰夕照",西湖十景之一。"雷峰夕照"的真景我也见过,并不见佳,我以为。

然而一切西湖胜迹的名目之中,我知道得最早的却是这雷峰塔。我的祖母曾经常常对我说,白蛇娘娘就被压在这塔底下。有个叫作许仙的人救了两条蛇,一青一白,后来白蛇便化作女人来报恩,嫁给许仙了;青蛇化作丫鬟,也跟着。一个和尚,法海禅师,得道的禅师,看见许仙脸上有妖气,——凡讨妖怪做老婆的人,脸上就有妖气的,但只有非凡的人才看得出,——便将他藏在金山寺的法座后,白蛇娘娘来寻夫,于是就"水满金山"。我的祖母讲起来还要有趣得多,大约是出于一部弹词叫作《义妖传》[3]里的,但我没有看过这部书,所以也不知道"许仙""法海"究竟是否这样写。总而言之,白蛇娘娘终于中了法海的计策,被装在一个小小的钵盂里了。钵盂埋在地里,上面还造起一座镇压的塔来,这就是雷峰塔。此后似乎事情还很多,如"白状元祭塔"之类,但我现在都忘记了。

那时我惟一的希望,就在这雷峰塔的倒掉。后来我长大了,到杭州,看见这破破烂烂的塔,心里就不舒服。后来我看看书,说杭州人又叫这塔作保叔塔,其实应该写作"保俶塔",是钱王的儿子造的。[4]那么,里面当然没有白蛇娘娘了,然而我心里仍然不舒服,仍然希望他倒掉。

现在,他居然倒掉了,则普天之下的人民,其欣喜为何如?

这是有事实可证的。试到吴越的山间海滨,探听民意去。凡有田夫野老,蚕妇村氓,除了几个脑髓里有点贵恙的之外,可有谁不为白娘娘抱不平,不怪法海太多事的?

和尚本应该只管自己念经。白蛇自迷许仙,许仙自娶妖怪,和别人有什么相干呢?他偏要放下经卷,横来招是搬非,大约是怀着嫉妒罢,——那简直是一定的。

听说,后来玉皇大帝也就怪法海多事,以至荼毒生灵,想要拿办他了。他逃来逃去,终于逃在蟹壳里避祸,不敢再出来,到现在还如此。我对于玉皇大帝所做的事,腹诽的非常多,独于这一件却很满意,因为"水满金山"一案,的确应该由法海负责;他实在办得很不错的。只可惜我那时没有打听这话的出处,或者不在《义妖传》中,却是民间的传说罢。

秋高稻熟时节,吴越间所多的是螃蟹,煮到通红之后,无论取那一只,揭开背壳来,里面就有黄,有膏;倘是雌的,就有石榴子一般鲜红的子。先将这些吃完,即一定露出一个圆锥形的薄膜,再用小刀小心地沿着锥底切下,取出,翻转,使里面向外,只要不破,便变成一个罗汉模样的东西,有头脸,身子,是坐着的,我们那里的小孩子都称他"蟹和尚",就是躲在里面避难的法海。

当初,白蛇娘娘压在塔底下,法海禅师躲在蟹壳里。现在却只有这位老禅师独自静坐了,非到螃蟹断种的那一天为止出不来。莫非他造塔的时候,竟没有想到塔是终究要倒的么?

活该。

一九二四年十月二十八日。

* * *

〔1〕 本篇最初发表于1924年11月17日北京《语丝》周刊第一期。

〔2〕 雷峰塔 原在杭州西湖净慈寺前面,宋开宝八年(975)吴越王钱俶为贺王妃得子而建,名王妃塔,也称西关砖塔;因建在名为雷峰的小山上,通称雷峰塔。1924年9月25日倒坍。

〔3〕 《义妖传》 演述关于白蛇娘娘的民间神话故事的弹词,清代陈遇乾著,共二十八卷五十四回,又《续集》二卷十六回。同治八年(1869)刊行。"水满金山"和"白状元祭塔",都是白蛇故事中的情节。金山在江苏镇江,山上有金山寺,东晋时所建。白状元是故事中白蛇娘娘和许仙所生的儿子许士林,他后来中了状元回来祭塔,与被法海和尚镇在雷峰塔下的白蛇娘娘相见。

〔4〕 本文最初发表时,篇末有作者的附记说:"这篇东西,是一九二四年十月二十八日做的。今天孙伏园来,我便将草稿给他看。他

说,雷峰塔并非就是保俶塔。那么,大约是我记错的了,然而我却确乎早知道雷峰塔下并无白娘娘。现在既经前记者先生指点,知道这一节并非得于所看之书,则当时何以知之,也就莫名其妙矣。特此声明,并且更正。十一月三日。"保俶塔在西湖宝石山顶,今仍存。一说是吴越王钱俶入宋朝贡时所造。明代朱国桢《涌幢小品》卷十四中有简单记载:"杭州有保俶塔,因俶入朝,恐其被留,作此以保之……今误为保叔。"另一传说是宋咸平(998—1003)时僧永保化缘所筑。明代郎瑛《七修类稿》:"咸平中,僧永保化缘筑塔,人以师叔称之,遂名塔曰保叔。"

忽 然 想 到[1]（一至四）

一

做《内经》[2]的不知道究竟是谁。对于人的肌肉，他确是看过，但似乎单是剥了皮略略一观，没有细考校，所以乱成一片，说是凡有肌肉都发源于手指和足趾。宋的《洗冤录》[3]说人骨，竟至于谓男女骨数不同；老仵作之谈，也有不少胡说。然而直到现在，前者还是医家的宝典，后者还是检验的南针：这可以算得天下奇事之一。

牙痛在中国不知发端于何人？相传古人壮健，尧舜时代盖未必有；现在假定为起于二千年前罢。我幼时曾经牙痛，历试诸方，只有用细辛[4]者稍有效，但也不过麻痹片刻，不是对症药。至于拔牙的所谓"离骨散"，乃是理想之谈，实际上并没有。西法的牙医一到，这才根本解决了；但在中国人手里一再传，又每每只学得镶补而忘了去腐杀菌，仍复渐渐地靠不住起来。牙痛了二千年，敷敷衍衍的不想一个好方法，别人想出来了，却又不肯好好地学：这大约也可以算得天下奇事之二罢。

康圣人[5]主张跪拜,以为"否则要此膝何用"。走时的腿的动作,固然不易于看得分明,但忘记了坐在椅上时候的膝的曲直,则不可谓非圣人之疏于格物[6]也。身中间脖颈最细,古人则于此斫之,臀肉最肥,古人则于此打之,其格物都比康圣人精到,后人之爱不忍释,实非无因。所以僻县尚打小板子,去年北京戒严时亦尝恢复杀头,虽延国粹于一脉乎,而亦不可谓非天下奇事之三也!

一月十五日。

二

校着《苦闷的象征》[7]的排印样本时,想到一些琐事——

我于书的形式上有一种偏见,就是在书的开头和每个题目前后,总喜欢留些空白,所以付印的时候,一定明白地注明。但待排出寄来,却大抵一篇一篇挤得很紧,并不依所注的办。查看别的书,也一样,多是行行挤得极紧的。

较好的中国书和西洋书,每本前后总有一两张空白的副页,上下的天地头也很宽。而近来中国的排印的新书则大抵没有副页,天地头又都很短,想要写上一点意见或别的什么,也无地可容,翻开书来,满本是密密层层的黑字;加以油臭扑鼻,使人发生一种压迫和窘促之感,不特很少"读书之乐",且觉得仿佛人生已没有"余裕","不留余地"了。

或者也许以这样的为质朴罢。但质朴是开始的"陋",精力弥满,不惜物力的。现在的却是复归于陋,而质朴的精神已失,所以只能算窳败,算堕落,也就是常谈之所谓"因陋就简"。在这样"不留余地"空气的围绕里,人们的精神大抵要被挤小的。

外国的平易地讲述学术文艺的书,往往夹杂些闲话或笑谈,使文章增添活气,读者感到格外的兴趣,不易于疲倦。但中国的有些译本,却将这些删去,单留下艰难的讲学语,使他复近于教科书。这正如折花者,除尽枝叶,单留花朵,折花固然是折花,然而花枝的活气却灭尽了。人们到了失去余裕心,或不自觉地满抱了不留余地心时,这民族的将来恐怕就可虑。上述的那两样,固然是比牛毛还细小的事,但究竟是时代精神表现之一端,所以也可以类推到别样。例如现在器具之轻薄草率(世间误以为灵便),建筑之偷工减料,办事之敷衍一时,不要"好看",不想"持久",就都是出于同一病源的。即再用这来类推更大的事,我以为也行。

一月十七日。

三

我想,我的神经也许有些瞀乱了。否则,那就可怕。

我觉得仿佛久没有所谓中华民国。

我觉得革命以前,我是做奴隶;革命以后不多久,就受了奴隶的骗,变成他们的奴隶了。

我觉得有许多民国国民而是民国的敌人。

我觉得有许多民国国民很像住在德法等国里的犹太人,他们的意中别有一个国度。

我觉得许多烈士的血都被人们踏灭了,然而又不是故意的。

我觉得什么都要从新做过。

退一万步说罢,我希望有人好好地做一部民国的建国史给少年看,因为我觉得民国的来源,实在已经失传了,虽然还只有十四年!

二月十二日。

四

先前,听到二十四史不过是"相斫书",是"独夫的家谱"[8]一类的话,便以为诚然。后来自己看起来,明白了:何尝如此。

历史上都写着中国的灵魂,指示着将来的命运,只因为涂饰太厚,废话太多,所以很不容易察出底细来。正如通过密叶投射在莓苔上面的月光,只看见点点的碎影。但如看野史和杂记,可更容易了然了,因为他们究竟不必太摆史官的架子。

秦汉远了,和现在的情形相差已多,且不道。元人著作寥寥。至于唐宋明的杂史之类,则现在多有。试将记五代,南宋,明末的事情的,和现今的状况一比较,就当惊心动魄于何其相似之甚,仿佛时间的流驶,独与我们中国无关。现在的中华民国也还是五代,是宋末,是明季。

以明末例现在,则中国的情形还可以更腐败,更破烂,更凶酷,更残虐,现在还不算达到极点。但明末的腐败破烂也还未达到极点,因为李自成张献忠[9]闹起来了。而张李的凶酷残虐也还未达到极点,因为满洲兵进来了。

难道所谓国民性者,真是这样地难于改变的么?倘如此,将来的命运便大略可想了,也还是一句烂熟的话:古已有之。

伶俐人实在伶俐,所以,决不攻难古人,摇动古例的。古人做过的事,无论什么,今人也都会做出来。而辩护古人,也就是辩护自己。况且我们是神州华胄,敢不"绳其祖武"[10]么?

幸而谁也不敢十分决定说:国民性是决不会改变的。在这"不可知"中,虽可有破例——即其情形为从来所未有——的灭亡的恐怖,也可以有破例的复生的希望,这或者可作改革者的一点慰藉罢。

但这一点慰藉,也会勾消在许多自诩古文明者流的笔上,淹死在许多诬告新文明者流的嘴上,扑灭在许多假冒新文明者流的言动上,因为相似的老例,也是"古已有之"的。

其实这些人是一类,都是伶俐人,也都明白,中国虽完,自己的精神是不会苦的,——因为都能变出合式的态度来。倘有不信,请看清朝的汉人所做的颂扬武功的文章去,开口"大兵",闭口"我军",你能料得到被这"大兵""我军"所败的就是汉人的么?你将以为汉人带了兵将别的一种什么野蛮腐败民族歼灭了。

然而这一流人是永远胜利的,大约也将永久存在。在中国,惟他们最适于生存,而他们生存着的时候,中国便永远免不掉反复着先前的运命。

"地大物博,人口众多",用了这许多好材料,难道竟不过老是演一出轮回[11]把戏而已么?

二月十六日。

*　　　*　　　*

〔1〕 本篇最初分四次发表于 1925 年 1 月 17 日、20 日、2 月 14 日、20 日《京报副刊》。

当第一节发表时,作者曾写有《附记》如下:"我是一个讲师,略近于教授,照江震亚先生的主张,似乎也是不当署名的。但我也曾用几个假名发表过文章,后来却有人诘责我逃避责任;况且这回又带些攻击态度,所以终于署名了。但所署的也不是真名字;但也近于真名字,仍有露出讲师马脚的弊病,无法可想,只好这样罢。又为避免纠纷起见,还得声明一句,就是:我所指摘的中国古今人,乃是一部分,别有许多很好的古今人不在内!然而这么一说,我的杂感真成了最无聊的东西了,要面面顾到,是能够这样使自己变成无价值。"这里说的"不当署名",系针对 1925 年 1 月 15 日《京报副刊》所载署名江震亚的《学者说话不会错?》一文而发。江震亚在这篇文章中说:"相信'学者说话不会错',是评论界不应有的态度。我想要免除这个弊病,最好是发表文字不署名。"他认为"当一个重要问题发生时,总免不了有站在某某一边的人,来替某某辩论"。而且因为某某"是大学的教授,所以他的话不错",某某"是一个学生,所以他的话错了"。

〔2〕 《内经》 即《黄帝内经》,我国现存最早的一部医学文献。约为战国秦汉时医家汇集古代及当时医学资料纂述而成。全书分《素问》和《灵枢》两部分,共十八卷。"肌肉都发源于手指和足趾"的说法,见《灵枢·经筋第十三》。

〔3〕 《洗冤录》 宋代宋慈著,共五卷,是一部较完整的法医学专著。"男女骨数不同"的说法见于该书《验骨》。

〔4〕 细辛 多年生草本植物,中医以全草入药。性温味辛,有镇痛效用。

〔5〕 康圣人 指康有为(1858—1927),字广厦,号长素,广东南海人,清末维新运动的领袖。维新运动的领袖。1895年,他联合在北京应试的各省举人一千三百余人向光绪皇帝上"万言书",要求"变法维新",改君主专制为君主立宪,史称"公车上书"(汉代用公家的车子递送应征进京的士人,后来就用"公车"作为举人入京应试的代称)。1898年(戊戌)6月,他和谭嗣同、梁启超等受光绪皇帝任用,参预政事,试行变法。同年9月,被以慈禧太后为代表的顽固派所镇压,维新运动遂告失败。变法维新失败后,他坚持君主立宪的主张,组织保皇党,反对孙中山领导的民主革命运动。辛亥革命后出任孔教会会长,并参与北洋军阀张勋扶植清废帝溥仪复辟。梁启超在《康有为传》中说他"成童之时,便有志于圣贤之学,乡里俗子笑之,戏号之曰'圣人为',盖以其开口辄曰圣人圣人也。""否则要此膝何用"一语,常见于

康有为鼓吹尊孔的文电中,如他在《请饬全国祀孔仍行跪拜礼》中说:"中国民不拜天,又不拜孔子,留此膝何为?"又在《以孔教为国教配天议》中说:"中国人不敬天亦不敬教主,不知其留此膝以傲慢何为也?"

〔6〕 格物　推究事物的道理。《礼记·大学》中有"致知在格物,物格而后知至"的话。

〔7〕《苦闷的象征》　文艺论文集,日本厨川白村著。曾由鲁迅译为中文,1924年12月北京新潮社出版。

〔8〕 二十四史　指清代乾隆时"钦定"为"正史"的从《史记》到《明史》等二十四部史书。"相斫书",意思是记载互相杀戮的书,语出《三国志·魏书》卷十三注引鱼豢《魏略》:"豢又常从(隗禧)问《左氏传》,禧答曰:'……《左氏》直相斫书耳,不足精意也。'""独夫的家谱",意思是记载帝王一姓世系的书,梁启超在《中国史界革命案》一文中曾说:"二十四史非史也,二十四姓之家谱而已。"

〔9〕 李自成(1606—1645)　陕西米脂人,明末农民起义领袖。明崇祯二年(1629)起义,后被推为闯王。明崇祯十七年(1644)一月在西安建立大顺国,三月攻入北京。后明将吴三桂引清兵入关,李兵败退出北京,次年在湖北通山县九宫山遭伏击遇害。张献忠(1606—1646),延安柳树涧(今陕西定边东)人,明末农民起义领袖。明崇祯三年(1630)起义,1644年入川,在成都建立大西国。清顺治三年(1646)在川北盐亭界为清兵所杀。旧史书(包括野史和杂记)中多有渲染李、张杀人的记载。

〔10〕"绳其祖武"　语出《诗经·大雅·下武》:"昭兹来许,绳其祖武。"来许,后来者;绳,继续;武,步伐,足迹。

〔11〕 轮回　佛家语。梵文 Samsāra 的意译。佛教以为生物各

依其所作的"业"（修行的深浅、积德的多少、作恶的大小），永远在"六道"（天道、人道、阿修罗道、地狱道、饿鬼道、畜生道）中生死轮转，循环转化不已。

战士和苍蝇[1]

Schopenhauer[2]说过这样的话：要估定人的伟大，则精神上的大和体格上的大，那法则完全相反。后者距离愈远即愈小，前者却见得愈大。

正因为近则愈小，而且愈看见缺点和创伤，所以他就和我们一样，不是神道，不是妖怪，不是异兽。他仍然是人，不过如此。但也惟其如此，所以他是伟大的人。

战士战死了的时候，苍蝇们所首先发现的是他的缺点和伤痕，嘬着，营营地叫着，以为得意，以为比死了的战士更英雄。但是战士已经战死了，不再来挥去他们。于是乎苍蝇们即更其营营地叫，自以为倒是不朽的声音，因为它们的完全，远在战士之上。

的确的，谁也没有发见过苍蝇们的缺点和创伤。

然而，有缺点的战士终竟是战士，完美的苍蝇也终竟不过是苍蝇。

去罢，苍蝇们！虽然生着翅子，还能营营，总不会超过战士的。你们这些虫豸们！

三月二十一日。

※　　　※　　　※

〔1〕 本篇最初发表于1925年3月24日北京《京报》附刊《民众文艺周刊》第十四号。

本篇写于孙中山逝世后第九天。作者在同年4月3日《京报副刊》发表的《这是这么一个意思》中对本文曾有说明："所谓战士者,是指中山先生和民国元年前后殉国而反受奴才们讥笑糟蹋的先烈;苍蝇则当然是指奴才们。"(见《集外集拾遗》)关于孙中山遭受"讥笑糟蹋"的情形,参看《集外集拾遗·中山先生逝世后一周年》。

〔2〕 Schopenhauer　叔本华(1788—1860),德国哲学家,唯意志论者。这里引述的话,见他的《比喻·隐喻和寓言》一文。

看镜有感[1]

因为翻衣箱,翻出几面古铜镜子来,大概是民国初年初到北京时候买在那里的,"情随事迁",全然忘却,宛如见了隔世的东西了。

一面圆径不过二寸,很厚重,背面满刻蒲陶[2],还有跳跃的鼯鼠,沿边是一圈小飞禽。古董店家都称为"海马葡萄镜"。但我的一面并无海马,其实和名称不相当。记得曾见过别一面,是有海马的,但贵极,没有买。这些都是汉代的镜子;后来也有模造或翻沙者,花纹可造粗拙得多了。汉武通大宛安息,以致天马蒲萄,[3]大概当时是视为盛事的,所以便取作什器的装饰。古时,于外来物品,每加海字,如海榴,海红花,海棠之类。海即现在之所谓洋,海马译成今文,当然就是洋马。镜鼻是一个虾蟆,则因为镜如满月,月中有蟾蜍[4]之故,和汉事不相干了。

遥想汉人多少闳放,新来的动植物,即毫不拘忌,来充装饰的花纹。唐人也还不算弱,例如汉人的墓前石兽,多是羊,虎,天禄,辟邪[5],而长安的昭陵上,却刻着带箭的骏马[6],

还有一匹驼鸟,则办法简直前无古人。现今在坟墓上不待言,即平常的绘画,可有人敢用一朵洋花一只洋鸟,即私人的印章,可有人肯用一个草书一个俗字么?许多雅人,连记年月也必是甲子,怕用民国纪元。不知道是没有如此大胆的艺术家;还是虽有而民众都加迫害,他于是乎只得萎缩,死掉了?

宋的文艺,现在似的国粹气味就熏人。然而辽金元陆续进来了,这消息很耐寻味。汉唐虽然也有边患,但魄力究竟雄大,人民具有不至于为异族奴隶的自信心,或者竟毫未想到,凡取用外来事物的时候,就如将彼俘来一样,自由驱使,绝不介怀。一到衰弊陵夷之际,神经可就衰弱过敏了,每遇外国东西,便觉得仿佛彼来俘我一样,推拒,惶恐,退缩,逃避,抖成一团,又必想一篇道理来掩饰,而国粹遂成为孱王和孱奴的宝贝。

无论从那里来的,只要是食物,壮健者大抵就无需思索,承认是吃的东西。惟有衰病的,却总常想到害胃,伤身,特有许多禁条,许多避忌;还有一大套比较利害而终于不得要领的理由,例如吃固无妨,而不吃尤稳,食之或当有益,然究以不吃为宜云云之类。但这一类人物总要日见其衰弱的,因为他终日战战兢兢,自己先已失了活气了。

不知道南宋比现今如何,但对外敌,却明明已经称臣,惟独在国内特多繁文缛节以及唠叨的碎话。正如倒霉人物,偏多忌讳一般,豁达闳大之风消歇净尽了。直到后来,都没有什么大变化。我曾在古物陈列所所陈列的古画上看见一颗印文,是几个罗马字母。但那是所谓"我圣祖仁皇帝"[7]的印,是征服了汉族的主人,所以他敢;汉族的奴才是不敢的。便是现在,便是艺术家,可有敢用洋文的印的么?

清顺治中,时宪书[8]上印有"依西洋新法"五个字,痛哭流涕来劾洋人汤若望的偏是汉人杨光先[9]。直到康熙初,争胜了,就教他做钦天监正去,则又叩阍以"但知推步之理不知推步之数"辞。不准辞,则又痛哭流涕地来做《不得已》,说道"宁可使中夏无好历法,不可使中夏有西洋人。"然而终于连闰月都算错了,他大约以为好历法专属于西洋人,中夏人自己是学不得,也学不好的。但他竟论了大辟,可是没有杀,放归,死于途中了。汤若望入中国还在明崇祯初,其法终未见用;后来阮元[10]论之曰:"明季君臣以大统寖疏,开局修正,既知新法之密,而讫未施行。圣朝定鼎,以其法造时宪书,颁行天下。彼十余年辩论翻译之劳,若以备我朝之采用者,斯亦奇矣!……我国家圣圣相传,用人行政,惟求其是,而不先设成心。即是一端,可以仰见如天之度量矣!"(《畴人传》四十五)

现在流传的古镜们,出自冢中者居多,原是殉葬品。但我也有一面日用镜,薄而且大,规抚汉制,也许是唐代的东西。那证据是:一,镜鼻已多磨损;二,镜面的沙眼都用别的铜来补好了。当时在妆阁中,曾照唐人的额黄和眉绿[11],现在却监禁在我的衣箱里,它或者大有今昔之感罢。

但铜镜的供用,大约道光咸丰时候还与玻璃镜并行;至于穷乡僻壤,也许至今还用着。我们那里,则除了婚丧仪式之外,全被玻璃镜驱逐了。然而也还有余烈可寻,倘街头遇见一位老翁,肩了长凳似的东西,上面缚着一块猪肝色石和一块青色石,试伫听他的叫喊,就是"磨镜,磨剪刀!"

宋镜我没有见过好的,什九并无藻饰,只有店号或"正其衣冠"等类的迂铭词,真是"世风日下"。但是要进步或不退步,总须时时自出新裁,至少也必取材异域,倘若各种顾忌,各种小心,各种唠叨,这么做即违了祖宗,那么做又像了夷狄,终生惴惴如在薄冰上,发抖尚且来不及,怎么会做出好东西来。所以事实上"今不如古"者,正因为有许多唠叨着"今不如古"的诸位先生们之故。现在情形还如此。倘再不放开度量,大胆地,无畏地,将新文化尽量地吸收,则杨光先似的向西洋主人沥陈中夏的精神文明的时候,大概是不劳久待的罢。

但我向来没有遇见过一个排斥玻璃镜子的人。单知道咸丰年间,汪曰桢[12]先生却在他的大著《湖雅》里攻击过的。他加以比较研究之后,终于决定还是铜镜好。最不可解的是:他说,照起面貌来,玻璃镜不如铜镜之准确。莫非那时的玻璃镜当真坏到如此,还是因为他老先生又带上了国粹眼镜之故呢?我没有见过古玻璃镜。这一点终于猜不透。

一九二五年二月九日。

*　　　*　　　*

〔1〕　本篇最初发表于1925年3月2日《语丝》周刊第十六期。

〔2〕　蒲陶　即葡萄。

〔3〕 汉武通大宛安息　汉武帝刘彻从建元三年(前138)起,曾多次派遣张骞出使西域,直至大宛、安息等地,开辟了通往西亚的贸易往来和文化交流的道路。大宛、安息,都是古国名。大宛旧址在今乌兹别克斯坦境内;安息旧址在今伊朗境内。天马和葡萄都来自大宛。《史记·大宛列传》说:"得乌孙马好,名曰天马。及得大宛汗血马益壮,更名乌孙马曰西极,名大宛马曰天马云。"又说:"宛左右以蒲萄为酒,富人藏酒至万余石,久者数十岁不败。俗嗜酒,马嗜苜蓿,汉使取其实来,于是天子始种苜蓿蒲陶肥饶地。及天马多,外国使来众,则离宫别观旁,尽种蒲陶苜蓿极望。"

〔4〕 月中有蟾蜍　我国古代的神话传说,见《淮南子·精神训》:"日中有踆乌,而月中有蟾蜍。"

〔5〕 天禄,辟邪　据《汉书·西域传》及三国魏孟康的注释,是产于西域乌弋山离国(当在今阿富汗西部)的动物:"似鹿,长尾,一角者或为天鹿(禄),两角者或为辟邪。"

〔6〕 昭陵是唐太宗李世民墓,在陕西醴泉东北九嵕山。昭陵带箭的骏马,是唐太宗于武德四年(621)平定洛阳时所乘名马飒露紫的石刻浮雕像,为昭陵六骏中的代表杰作。唐太宗在这次战争中,因该马受伤,濒于危险,有勇士丘行恭将自己的乘马献上,始得脱走。石刻所表现的,即为被甲带剑的丘行恭献马以后,立在飒露紫前,手执马鞚,拔去马胸所中之箭的情状。按昭陵六骏是:飒露紫、拳毛騧、白蹄乌、特勒骠、青骓、什伐赤。唐太宗为纪念他阵亡的六匹骏马,于贞观十年(636)下诏刻浮雕石像,镶嵌在昭陵寝殿东西两庑壁间。飒露紫、拳毛騧两石刻于1914年被盗,现存费城宾夕法尼亚大学博物馆。其余四骏现藏陕西省博物馆。

〔7〕 "圣祖仁皇帝"　指清朝康熙皇帝玄烨。"圣祖"是庙号,

"仁皇帝"是谥号。

〔8〕 时宪书 即历书。清初睿亲王多尔衮颁布汤若望修正的历法,名《时宪历》,乾隆时因避高宗弘历的名讳,改称为"时宪书"。

〔9〕 汤若望(J. A. Schall von Bell,1591—1666) 德国人,天主教传教士。明天启二年(1622)来中国传教,后在历局供职。清顺治元年(1644)任钦天监监正(观察天象,推算节气历法的主要长官),变更历法,新编历书。杨光先(1597—1669),字长公,安徽歙县人。顺治十七年(1660)他上书礼部,说历书封面上不该用"依西洋新法"五字,无结果。康熙三年(1664)秋又上书礼部,指责历书推算该年十二月初一日蚀的错误,翌年春汤若望等因而被判罪,杨光先接任钦天监监正,复用旧历。康熙八年(1669)因推闰失实,康熙为汤若望等冤狱平反,杨光先被夺官下狱,初论死罪,后以年老免死放归。下文的《不得已》,完成于康熙四年(1665),是杨光先几次控告汤若望,批评西洋传教士、天主教和西洋历法的专文、呈状的汇集。鲁迅文中所引的话,分别见于该书中的《二叩阍辞疏》《日食天象验》。"但知推步之理,不知推步之数",鲁迅引自阮元《畴人传》"杨光先"条,原文为"但知历之理,而不知历之数"。

〔10〕 阮元(1764—1849) 字伯元,号芸台,江苏仪征人,清代学者。曾任两广总督、体仁阁大学士。著有《揅经室集》《畴人传》等。《畴人传》,共四十六卷,包括我国从远古到清代的天文历算学者二百四十三人和曾在中国居留的利马窦、汤若望、南怀仁等三十七个西洋人的传记。畴人,即天文、历算家。

〔11〕 额黄和眉绿 古代妇女在额中和眉上所作的修饰。额黄起于六朝时,眉绿大约于战国时已开始,二者都盛行于唐代。

〔12〕 汪曰桢(1813—1881) 字刚木,号谢城,浙江乌程(今吴

兴)人。清咸丰时任会稽教谕。著有《湖雅》《历代长术辑要》等。《湖雅》共九卷,收在他自己编纂的《荔墙丛刻》中。在《湖雅》卷九"器用之属"中谈到镜子时说:"近年玻璃镜盛行,薛镜(按指明人薛惠公所铸铜镜)已久不复铸。然玻璃镜每多照物不准,俗谓之走作,铜镜则无此病。又玻璃易碎,不及铜质耐久,世俗乃弃彼取此,良不可解。盖风气日薄,厌常喜新,即一物可征矣。"

夏 三 虫[1]

夏天近了,将有三虫:蚤,蚊,蝇。

假如有谁提出一个问题,问我三者之中,最爱什么,而且非爱一个不可,又不准像"青年必读书"那样的缴白卷的。我便只得回答道:跳蚤。

跳蚤的来吮血,虽然可恶,而一声不响地就是一口,何等直截爽快。蚊子便不然了,一针叮进皮肤,自然还可以算得有点彻底的,但当未叮之前,要哼哼地发一篇大议论,却使人觉得讨厌。如果所哼的是在说明人血应该给它充饥的理由,那可更其讨厌了,幸而我不懂。

野雀野鹿,一落在人手中,总时时刻刻想要逃走。其实,在山林间,上有鹰鹯,下有虎狼,何尝比在人手里安全。为什么当初不逃到人类中来,现在却要逃到鹰鹯虎狼间去?或者,鹰鹯虎狼之于它们,正如跳蚤之于我们罢。肚子饿了,抓着就是一口,决不谈道理,弄玄虚。被吃者也无须在被吃之前,先承认自己之理应被吃,心悦诚服,誓死不二。人类,可是也颇擅长于哼哼的了,害中取小,它们的避之惟恐不速,正是绝顶聪明。

苍蝇嗡嗡地闹了大半天,停下来也不过舐一点油汗,倘有伤痕或疮疖,自然更占一些便宜;无论怎么好的,美的,干净的东西,又总喜欢一律拉上一点蝇矢。但因为只舐一点油汗,只添一点腌臜,在麻木的人们还没有切肤之痛,所以也就将它放过了。中国人还不很知道它能够传播病菌,捕蝇运动大概不见得兴盛。它们的运命是长久的;还要更繁殖。

但它在好的,美的,干净的东西上拉了蝇矢之后,似乎还不至于欣欣然反过来嘲笑这东西的不洁:总要算还有一点道德的。

古今君子,每以禽兽斥人,殊不知便是昆虫,值得师法的地方也多着哪。

四月四日。

*　　*　　*

〔1〕 本篇最初发表于1925年4月7日《京报》附刊《民众文艺周刊》第十六号。

春末闲谈[1]

北京正是春末,也许我过于性急之故罢,觉着夏意了,于是突然记起故乡的细腰蜂[2]。那时候大约是盛夏,青蝇密集在凉棚索子上,铁黑色的细腰蜂就在桑树间或墙角的蛛网左近往来飞行,有时衔一支小青虫去了,有时拉一个蜘蛛。青虫或蜘蛛先是抵抗着不肯去,但终于乏力,被衔着腾空而去了,坐了飞机似的。

老前辈们开导我,那细腰蜂就是书上所说的果蠃,纯雌无雄,必须捉螟蛉去做继子的。她将小青虫封在窠里,自己在外面日日夜夜敲打着,祝道"像我像我",经过若干日,——我记不清了,大约七七四十九日罢,——那青虫也就成了细腰蜂了,所以《诗经》里说:"螟蛉有子,果蠃负之。"螟蛉就是桑上小青虫。蜘蛛呢?他们没有提。我记得有几个考据家曾经立过异说,以为她其实自能生卵;其捉青虫,乃是填在窠里,给孵化出来的幼蜂做食料的。但我所遇见的前辈们都不采用此说,还道是拉去做女儿。我们为存留天地间的美谈起见,倒不如这样好。当长夏无事,遣暑林阴,瞥见二虫一拉一拒的时候,便如睹慈母教女,满怀好意,而青虫的宛转抗拒,则活像一个不识好歹的毛鸦头。

但究竟是夷人可恶,偏要讲什么科学。科学虽然给我们许多惊奇,但也搅坏了我们许多好梦。自从法国的昆虫学大家发勃耳(Fabre)[3]仔细观察之后,给幼蜂做食料的事可就证实了。而且,这细腰蜂不但是普通的凶手,还是一种很残忍的凶手,又是一个学识技术都极高明的解剖学家。她知道青虫的神经构造和作用,用了神奇的毒针,向那运动神经球上只一螫,它便麻痹为不死不活状态,这才在它身上生下蜂卵,封入窠中。青虫因为不死不活,所以不动,但也因为不活不死,所以不烂,直到她的子女孵化出来的时候,这食料还和被捕当日一样的新鲜。

三年前,我遇见神经过敏的俄国的E君[4],有一天他忽然发愁道,不知道将来的科学家,是否不至于发明一种奇妙的药品,将这注射在谁的身上,则这人即甘心永远去做服役和战争的机器了?那时我也就皱眉叹息,装作一齐发愁的模样,以示"所见略同"之至意,殊不知我国的圣君,贤臣,圣贤,圣贤之徒,却早已有过这一种黄金世界的理想了。不是"唯辟作福,唯辟作威,唯辟玉食"[5]么?不是"君子劳心,小人劳力"[6]么?不是"治于人者食(去声)人,治人者食于人"[7]么?可惜理论虽已卓然,而终于没有发明十全的好方法。要服从作威就须不活,要贡献玉食就须不死;要被治就须不活,要供养治人者又须不死。人类升为万物之灵,自然是可贺的,但没有了细腰蜂的毒针,却很使圣君,贤臣,圣贤,圣贤之徒,以至现在的阔人,学者,教育家觉得棘手。将来未可知,若已往,则治人者虽然尽力施行过各种麻痹术,也还不能十分奏效,与果蠃并驱争先。即以皇帝一伦而言,便难免时常改姓易代,终没有"万年有道之长";"二十四史"而多至二十四,就是可悲的铁证。现在又似乎有些别开生面了,世上挺生了一种所谓"特殊智识阶级"[8]的留学生,在研究室中研究之结果,说医学不发达是有益于人种改良的,中国妇女的境遇是极其平等的,一切道理都已不错,一切状态都已够好。E君的发愁,或者也不为无因罢,然而俄国是不要紧的,因为他们不像我们中国,有所谓"特别国情"[9],还有所谓"特殊智识阶级"。

但这种工作,也怕终于像古人那样,不能十分奏效的罢,因为这实在比细腰蜂所做的要难得多。她于青虫,只须不动,所以仅在运动神经球上一螫,即告成功。而我们的工作,却求其能运动,无知觉,该在知觉神经中枢,加以完全的麻醉的。但知觉一失,运动也就随之失却主宰,不能贡献玉食,恭请上自"极峰"[10]下至"特殊智识阶级"的赏收享用了。就现在而言,窃以为除了遗老的圣经贤传法,学者的进研究室主义[11],文学家和茶摊老板的莫谈国事律[12],教育家的勿视勿听勿言勿动[13]论之外,委实还没有更好,更完全,更无流弊的方法。便是留学生的特别发见,其实也并未轶出了前贤的范围。

那么，又要"礼失而求诸野"〔14〕了。夷人，现在因为想去取法，姑且称之为外国，他那里，可有较好的法子么？可惜，也没有。所有者，仍不外乎不准集会，不许开口之类，和我们中华并没有什么很不同。然亦可见至道嘉猷，人同此心，心同此理，固无华夷之限也。猛兽是单独的，牛羊则结队；野牛的大队，就会排角成城以御强敌了，但拉开一匹，定只能牟牟地叫。人民与牛马同流，——此就中国而言，夷人别有分类法云，——治之之道，自然应该禁止集合：这方法是对的。其次要防说话。人能说话，已经是祸胎了，而况有时还要做文章。所以苍颉造字，夜有鬼哭〔15〕。鬼且反对，而况于官？猴子不会说话，猴界即向无风潮，——可是猴界中也没有官，但这又作别论，——确应该虚心取法，反朴归真，则口且不开，文章自灭：这方法也是对的。然而上文也不过就理论而言，至于实效，却依然是难说。最显著的例，是连那么专制的俄国，而尼古拉二世"龙御上宾"〔16〕之后，罗马诺夫氏竟已"覆宗绝祀"了。要而言之，那大缺点就在虽有二大良法，而还缺其一，便是：无法禁止人们的思想。

　　于是我们的造物主——假如天空真有这样的一位"主子"——就可恨了：一恨其没有永远分清"治者"与"被治者"；二恨其不给治者生一枝细腰蜂那样的毒针；三恨其不将被治者造得即使砍去了藏着的思想中枢的脑袋而还能动作——服役。三者得一，阔人的地位即永久稳固，统御也永久省了气力，而天下于是乎太平。今也不然，所以即使单想高高在上，暂时维持阔气,也还得日施手段,夜费心机,实在不胜其委屈劳神之至……。

假使没有了头颅,却还能做服役和战争的机械,世上的情形就何等地醒目呵!这时再不必用什么制帽勋章来表明阔人和窄人了,只要一看头之有无,便知道主奴,官民,上下,贵贱的区别。并且也不至于再闹什么革命,共和,会议等等的乱子了,单是电报,就要省下许多许多来。古人毕竟聪明,仿佛早想到过这样的东西,《山海经》上就记载着一种名叫"刑天"的怪物[17]。他没有了能想的头,却还活着,"以乳为目,以脐为口",——这一点想得很周到,否则他怎么看,怎么吃呢,——实在是很值得奉为师法的。假使我们的国民都能这样,阔人又何等安全快乐?但他又"执干戚而舞",则似乎还是死也不肯安分,和我那专为阔人图便利而设的理想底好国民又不同。陶潜[18]先生又有诗道:"刑天舞干戚,猛志固常在。"连这位貌似旷达的老隐士也这么说,可见无头也会仍有猛志,阔人的天下一时总怕难得太平的了。但有了太多的"特殊知识阶级"的国民,也许有特在例外的希望;况且精神文明太高了之后,精神的头就会提前飞去,区区物质的头的有无也算不得什么难问题。

一九二五年四月二十二日。

*　　　*　　　*

〔1〕 本篇最初发表于1925年4月24日北京《莽原》周刊第一

期,署名冥昭。

〔2〕 细腰蜂 在昆虫学上属于膜翅目泥蜂科;关于它的延种方法,我国古代有各种不同的记载。《诗经·小雅·小宛》:"螟蛉有子,蜾蠃负之。"汉代郑玄注:"蒲卢(按即蜾蠃)取桑虫之子,负持而去,煦妪养之,以成其子。"汉代扬雄《法言·学行》:"螟蠕之子殪,而逢蜾蠃,祝之曰:'类我!类我!'久则肖之矣。"最先反对上面说法的是六朝时的陶弘景,他在注《本草》"蠮螉一名土蜂"条下说:"(蠮螉)虽名土蜂,不就土中作窠,谓挺土作房尔。今一种黑色细腰,衔泥于壁及器物边作房,生子如粟置其中;乃捕草上青蜘蛛十余置其中,仍塞口,以俟其子大而为粮也。其一种入芦竹管中,亦取草上青虫。一名果蠃,《诗》云:'螟蛉有子,果蠃负之。'或言细腰蜂无雌,皆取青虫教祝,变成己子,斯为谬矣。"其后,宋代叶大庆在《考古质疑》卷六中说:"我朝嘉祐中,掌禹锡等按蜀本注云:'蠮螉即蒲芦,蒲芦即细腰蜂。不特负持桑虫,亦以他虫入穴,用泥封之,数日成蜂飞去。陶云生子如粟在穴,乃捕他虫为之食。今人有候其封穴,坏而看之,见卵如粟,在死虫之上,即如陶说矣。'"

〔3〕 发勃耳(1823—1915) 通译法布尔,法国昆虫学家。著有《昆虫记》等。

〔4〕 E君 爱罗先珂(В. Я. Ерошенко,1889—1952),俄国诗人、童话作家。童年时因病双目失明。曾先后到过日本、泰国、缅甸、印度等国;1921年在日本因参加"五一"游行,6月间被日本政府驱逐出境,辗转来到中国,曾在北京大学、北京世界语专门学校任教。1923年4月回国。他用世界语和日语写作,鲁迅曾译过他的作品《桃色的云》《爱罗先珂童话集》。

〔5〕 "唯辟作福,唯辟作威,唯辟玉食" 语出《尚书·洪范》。

辟,即天子或诸侯。

〔6〕 "君子劳心,小人劳力" 语出《左传》襄公九年:"君子劳心,小人劳力,先王之制也。"

〔7〕 "治于人者食人,治人者食于人" 语出《孟子·滕文公(上)》:"或劳心,或劳力;劳心者治人,劳力者治于人。治于人者食人,治人者食于人,天下之通义也。"

〔8〕 "特殊智识阶级" 1925年2月,段祺瑞为了抵制孙中山在共产党支持下提出的召开国民会议的主张,组织了一个御用的"善后会议",企图从中产生由他控制的假国民会议。当时有一批曾在外国留学的人在北京组织"国外大学毕业参加国民会议同志会",于3月29日在中央公园水榭开会,到会者百数人,他们向"善后会议"提请愿书,要求在未来的国民会议中给他们保留名额,其中说:"查国民代表会议之最大任务为制定中华民国宪法,留学者为一特殊智识阶级,无庸讳言,其应参加此项会议,多多益善。"(见1925年3月31日《京报》)作者说的所谓"特殊智识阶级",当指这类留学生。

〔9〕 "特别国情" 1915年袁世凯阴谋恢复帝制时,他的宪法顾问美国人古德诺(F. J. Goodnow)曾于8月10日北京《亚细亚日报》发表一篇《共和与君主论》,说中国自有"特别国情",不适宜实行共和政治,应当恢复君主政体。这种"特别国情"的论调,曾经成为一些人阻挠民主改革和反对进步学说的借口。

〔10〕 "极峰" 意即最高统治者。旧时官僚政客对最高统治者的媚称。

〔11〕 进研究室主义 对胡适当时主张的一种概括。1919年7月,胡适在《每周评论》上发表《多研究些问题,少谈些"主义"》的文章,稍后又提出学生"进研究室""整理国故"的口号。鲁迅认为这种

主张是诱导青年逃避现实。

〔12〕 莫谈国事　北洋军阀统治时期,实行恐怖政策,密探四布,茶馆酒肆里多贴有"莫谈国事"的字条,某些文人也把"莫谈国事"当作处世格言。

〔13〕 勿视勿听勿言勿动　语出《论语·颜渊》:"非礼勿视,非礼勿听,非礼勿言,非礼勿动。"

〔14〕 "礼失而求诸野"　孔子的话,见《汉书·艺文志》。唐颜师古注:"言都邑失礼则于外野求之亦将有所获。"

〔15〕 苍颉造字夜有鬼哭　见《淮南子·本经训》:"昔者苍颉作书而天雨粟,鬼夜哭。"

〔16〕 尼古拉二世(Николай Ⅱ,1868—1918)　帝俄罗曼诺夫王朝最后的一个皇帝,为1917年2月革命所推翻,次年7月17日被处死。"龙御上宾",旧时指皇帝逝世,意即乘龙仙去。典出《史记·封禅书》。

〔17〕 《山海经》　十八卷,约公元前四世纪至公元二世纪间的作品,内容主要是有关我国民间传说中的地理知识,还保存了不少上古时代流传下来的神话故事。"刑天",一作形天,见该书《海外西经》:"形天与帝争神,帝断其首,葬之常羊之山。乃以乳为目,以脐为口,操干戚以舞。"干,盾牌;戚,斧头。

〔18〕 陶潜(约372—427)　一名渊明,字元亮,晋浔阳柴桑(今江西九江)人,东晋诗人。著作有《陶渊明集》。"刑天舞干戚"两句诗,见他的《读山海经》第十首。

灯下漫笔[1]

一

有一时,就是民国二三年时候,北京的几个国家银行的钞票,信用日见其好了,真所谓蒸蒸日上。听说连一向执迷于现银的乡下人,也知道这既便当,又可靠,很乐意收受,行使了。至于稍明事理的人,则不必是"特殊知识阶级",也早不将沉重累坠的银元装在怀中,来自讨无谓的苦吃。想来,除了多少对于银子有特别嗜好和爱情的人物之外,所有的怕大都是钞票了罢,而且多是本国的。但可惜后来忽然受了一个不小的打击。

就是袁世凯[2]想做皇帝的那一年,蔡松坡[3]先生溜出北京,到云南去起义。这边所受的影响之一,是中国和交通银行的停止兑现。[4]虽然停止兑现,政府勒令商民照旧行用的威力却还有的;商民也自有商民的老本领,不说不要,却道找不出零钱。假如拿几十几百的钞票去买东西,我不知道怎样,但倘使只要买一枝笔,一盒烟卷呢,难道就付给一元钞票么?

不但不甘心,也没有这许多票。那么,换铜元,少换几个罢,又都说没有铜元。那么,到亲戚朋友那里借现钱去罢,怎么会有?于是降格以求,不讲爱国了,要外国银行的钞票。但外国银行的钞票这时就等于现银,他如果借给你这钞票,也就借给你真的银元了。

我还记得那时我怀中还有三四十元的中交票,可是忽而变了一个穷人,几乎要绝食,很有些恐慌。俄国革命以后的藏着纸卢布的富翁的心情,恐怕也就这样的罢;至多,不过更深更大罢了。我只得探听,钞票可能折价换到现银呢?说是没有行市。幸而终于,暗暗地有了行市了:六折几。我非常高兴,赶紧去卖了一半。后来又涨到七折了,我更非常高兴,全去换了现银,沉垫垫地坠在怀中,似乎这就是我的性命的斤两。倘在平时,钱铺子如果少给我一个铜元,我是决不答应的。

但我当一包现银塞在怀中,沉垫垫地觉得安心,喜欢的时候,却突然起了另一思想,就是:我们极容易变成奴隶,而且变了之后,还万分喜欢。

假如有一种暴力,"将人不当人",不但不当人,还不及牛马,不算什么东西;待到人们羡慕牛马,发生"乱离人,不及太平犬"[5]的叹息的时候,然后给与他略等于牛马的价格,有如元朝定律,打死别人的奴隶,赔一头牛,[6]则人们便要心悦诚服,恭颂太平的盛世。为什么呢?因为他虽不算人,究竟已等于牛马了。

我们不必恭读《钦定二十四史》，或者入研究室，审察精神文明的高超。只要一翻孩子所读的《鉴略》，——还嫌烦重，则看《历代纪元编》[7]，就知道"三千余年古国古"[8]的中华，历来所闹的就不过是这一个小玩艺。但在新近编纂的所谓"历史教科书"一流东西里，却不大看得明白了，只仿佛说：咱们向来就很好的。

但实际上，中国人向来就没有争到过"人"的价格，至多不过是奴隶，到现在还如此，然而下于奴隶的时候，却是数见不鲜的。中国的百姓是中立的，战时连自己也不知道属于那一面，但又属于无论那一面。强盗来了，就属于官，当然该被杀掠；官兵既到，该是自家人了罢，但仍然要被杀掠，仿佛又属于强盗似的。这时候，百姓就希望有一个一定的主子，拿他们去做百姓，——不敢，是拿他们去做牛马，情愿自己寻草吃，只求他决定他们怎样跑。

假使真有谁能够替他们决定，定下什么奴隶规则来，自然就"皇恩浩荡"了。可惜的是往往暂时没有谁能定。举其大者，则如五胡十六国[9]的时候，黄巢[10]的时候，五代[11]时候，宋末元末时候，除了老例的服役纳粮以外，都还要受意外的灾殃。张献忠的脾气更古怪了，不服役纳粮的要杀，服役纳粮的也要杀，敌他的要杀，降他的也要杀：将奴隶规则毁得粉碎。这时候，百姓就希望来一个另外的主子，较为顾及他们的奴隶规则的，无论仍旧，或者新颁，总之是有一种规则，使他们可上奴隶的轨道。

"时日曷丧,予及汝偕亡!"[12]愤言而已,决心实行的不多见。实际上大概是群盗如麻,纷乱至极之后,就有一个较强,或较聪明,或较狡猾,或是外族的人物出来,较有秩序地收拾了天下。厘定规则:怎样服役,怎样纳粮,怎样磕头,怎样颂圣。而且这规则是不像现在那样朝三暮四的。于是便"万姓胪欢"[13]了;用成语来说,就叫作"天下太平"。

任凭你爱排场的学者们怎样铺张,修史时候设些什么"汉族发祥时代""汉族发达时代""汉族中兴时代"的好题目,好意诚然是可感的,但措辞太绕湾子了。有更其直捷了当的说法在这里——

一,想做奴隶而不得的时代;

二,暂时做稳了奴隶的时代。

这一种循环,也就是"先儒"之所谓"一治一乱"[14];那些作乱人物,从后日的"臣民"看来,是给"主子"清道辟路的,所以说:"为圣天子驱除云尔。"[15]

现在入了那一时代,我也不了然。但看国学家的崇奉国粹,文学家的赞叹固有文明,道学家的热心复古,可见于现状都已不满了。然而我们究竟正向着那一条路走呢?百姓是一遇到莫名其妙的战争,稍富的迁进租界,妇孺则避入教堂里去了,因为那些地方都比较的"稳",暂不至于想做奴隶而不得。总而言之,复古的,避难的,无智愚贤不肖,似乎都已神往于三百年前的太平盛世,就是"暂时做稳了奴隶的时代"了。

但我们也就都像古人一样,永久满足于"古已有之"的时代么？都像复古家一样,不满于现在,就神往于三百年前的太平盛世么？

自然,也不满于现在的,但是,无须反顾,因为前面还有道路在。而创造这中国历史上未曾有过的第三样时代,则是现在的青年的使命!

二

但是赞颂中国固有文明的人们多起来了,加之以外国人。我常常想,凡有来到中国的,倘能疾首蹙额而憎恶中国,我敢诚意地捧献我的感谢,因为他一定是不愿意吃中国人的肉的!

鹤见祐辅[16]氏在《北京的魅力》中,记一个白人将到中国,预定的暂住时候是一年,但五年之后,还在北京,而且不想回去了。有一天,他们两人一同吃晚饭——

"在圆的桃花心木的食桌前坐定,川流不息地献着山海的珍味,谈话就从古董,画,政治这些开头。电灯上罩着支那式的灯罩,淡淡的光洋溢于古物罗列的屋子中。什么无产阶级呀,Proletariat[17]呀那些事,就像不过在什么地方刮风。

"我一面陶醉在支那生活的空气中,一面深思着对于外人有着'魅力'的这东西。元人也曾征服支那,而被征服于汉人种的生活美了;满人也征伐支那,而被征服于汉人种的生活美了。现在西洋人也一样,嘴里虽然说着Democracy[18]呀,什么什么呀,而却被魅于支那人费六千年而建筑起来的生活的美。一经住过北京,就忘不掉那生活的味道。大风时候的万丈的沙尘,每三月一回的督军们的开战游戏,都不能抹去这支那生活的魅力。"

这些话我现在还无力否认他。我们的古圣先贤既给与我们保古守旧的格言,但同时也排好了用子女玉帛所做的奉献于征服者的大宴。中国人的耐劳,中国人的多子,都就是办酒的材料,到现在还为我们的爱国者所自诩的。西洋人初入中国时,被称为蛮夷,自不免个个蹙额,但是,现在则时机已至,到了我们将曾经献于北魏,献于金,献于元,献于清的盛宴,来献给他们的时候了。出则汽车,行则保护:虽遇清道,然而通行自由的;虽或被劫,然而必得赔偿的;孙美瑶[19]掳去他们站在军前,还使官兵不敢开火。何况在华屋中享用盛宴呢?待到享受盛宴的时候,自然也就是赞颂中国固有文明的时候;但是我们的有些乐观的爱国者,也许反而欣然色喜,以为他们将要开始被中国同化了罢。古人曾以女人作苟安的城堡,美其名以自欺曰"和亲",今人还用子女玉帛为作奴的赘敬,又美其名曰"同化"。所以倘有外国的谁,到了已有赴宴的资格的现在,而还替我们诅咒中国的现状者,这才是真有良心的真可佩服的人!

但我们自己是早已布置妥帖了,有贵贱,有大小,有上下。自己被人凌虐,但也可以凌虐别人;自己被人吃,但也可以吃别人。一级一级的制驭着,不能动弹,也不想动弹了。因为倘一动弹,虽或有利,然而也有弊。我们且看古人的良法美意罢——

> "天有十日,人有十等。下所以事上,上所以共神也。故王臣公,公臣大夫,大夫臣士,士臣皁,皁臣舆,舆臣隶,隶臣僚,僚臣仆,仆臣台[20]。"(《左传》昭公七年)

但是"台"没有臣,不是太苦了么?无须担心的,有比他更卑的妻,更弱的子在。而且其子也很有希望,他日长大,升而为"台",便又有更卑更弱的妻子,供他驱使了。如此连环,各得其所,有敢非议者,其罪名曰不安分!

虽然那是古事,昭公七年离现在也太辽远了,但"复古家"尽可不必悲观的。太平的景象还在:常有兵燹,常有水旱,可有谁听到大叫唤么?打的打,革的革,可有处士来横议么?对国民如何专横,向外人如何柔媚,不犹是差等的遗风么?中国固有的精神文明,其实并未为共和二字所埋没,只有满人已经退席,和先前稍不同。

因此我们在目前,还可以亲见各式各样的筵宴,有烧烤,有翅席,有便饭,有西餐。但茅檐下也有淡饭,路傍也有残羹,野上也有饿莩;有吃烧烤的身价不赀的阔人,也有饿得垂死的每斤八文的孩子[21](见《现代评论》二十一期)。所谓中国的文明者,其实不过是安排给阔人享用的人肉的筵宴。所谓中国者,其实不过是安排这人肉的筵宴的厨房。不知道而赞颂者是可恕的,否则,此辈当得永远的诅咒!

外国人中,不知道而赞颂者,是可恕的;占了高位,养尊处优,因此受了蛊惑,昧却灵性而赞叹者,也还可恕的。可是还有两种,其一是以中国人为劣种,只配悉照原来模样,因而故意称赞中国的旧物。其一是愿世间人各不相同以增自己旅行的兴趣,到中国看辫子,到日本看木屐,到高丽看笠子,倘若服饰一样,便索然无味了,因而来反对亚洲的欧化。这些都可憎恶。至于罗素在西湖见轿夫含笑[22],便赞美中国人,则也许别有意思罢。但是,轿夫如果能对坐轿的人不含笑,中国也早不是现在似的中国了。

这文明,不但使外国人陶醉,也早使中国一切人们无不陶醉而且至于含笑。因为古代传来而至今还在的许多差别,使人们各各分离,遂不能再感到别人的痛苦;并且因为自己各有奴使别人,吃掉别人的希望,便也就忘却自己同有被奴使被吃掉的将来。于是大小无数的人肉的筵宴,即从有文明以来一直排到现在,人们就在这会场中吃人,被吃,以凶人的愚妄的欢呼,将悲惨的弱者的呼号遮掩,更不消说女人和小儿。

这人肉的筵宴现在还排着,有许多人还想一直排下去。扫荡这些食人者,掀掉这筵席,毁坏这厨房,则是现在的青年的使命!

一九二五年四月二十九日。

＊　　　　＊　　　　＊

〔1〕 本篇最初分两次发表于1925年5月1日、22日《莽原》周刊第二期和第五期。

〔2〕 袁世凯(1859—1916)　字慰亭,河南项城人,自1896年(清光绪二十二年)在天津小站训练"新建陆军"起,即成为北洋军阀的首领。后任直隶总督、军机大臣、内阁总理大臣。1911年辛亥革命后,他利用革命领导者的软弱妥协攫取新政府的权力,于1912年3月就任中华民国临时大总统,次年10月任大总统。1915年12月12日宣布恢复帝制,称"中华帝国"皇帝,翌年元旦举行登基大典,改年号为"洪宪"。蔡锷等在云南起义反对帝制,得到各省响应,袁世凯被迫于1916年3月22日取消帝制,6月6日死于北京。

〔3〕 蔡松坡(1882—1916)　名锷,字松坡,湖南邵阳人,辛亥革命时任云南都督,1913年被袁世凯调到北京,加以监视。1915年11月他潜离北京,在昆明组织护国军。同年12月袁世凯宣布称帝后,他于25日通电宣布独立,起兵讨伐袁世凯。

〔4〕 当时袁世凯政府财政困难,于1916年5月12日下令中国银行和交通银行(当时都是国家银行)停止其发行的纸钞的兑现。下文的中交票,即中国银行和交通银行发的纸钞。

〔5〕 "乱离人不及太平犬"　元代施惠《幽闺记》:"宁为太平犬,莫作乱离人。"

〔6〕 关于元朝的打死别人奴隶赔一头牛的定律,多桑《蒙古史》第二卷第二章中引有元太宗窝阔台的话说:"成吉思汗法令,杀一回教徒者罚黄金四十巴里失,而杀一汉人者其偿价仅与一驴相等。"(据冯承钧译文)又元代陶宗仪《辍耕录》卷十七"奴婢"条载:"刑律,私宰牛马,杖百。殴死驱口(按指奴婢),比常人减死一等,杖一百七,所以视

奴婢与马牛无异。"

〔7〕《鉴略》 清代王仕云著,是旧时学塾用的初级历史读物,上起盘古,下迄明弘光。全为四言韵语。《历代纪元编》,清代李兆洛门人六承如编,分三卷,上卷纪元总载,中卷纪元甲子表,下卷纪元编韵。是中国历史的干支年表。

〔8〕"三千余年古国古" 语出清代黄遵宪《出军歌》:"四千余岁古国古,是我完全土。"

〔9〕五胡十六国 公元304年至439年间,我国匈奴、羯、鲜卑、氐、羌等五个少数民族先后在北方和西蜀立国,计有前赵、后赵、前燕、后燕、南燕、后凉、南凉、北凉、前秦、后秦、西秦、夏、成汉,加上汉族建立的前凉、西凉、北燕,共十六国,史称"五胡十六国"。

〔10〕黄巢(?—884) 曹州冤句(今山东曹县)人,唐末农民起义领袖。唐乾符二年(875)参加王仙芝的起义。王仙芝阵亡后,被推为领袖,破洛阳,入潼关,广明元年(880)据长安,称大齐皇帝。后因内部分裂,为沙陀国李克用所败,中和四年(884)在泰山狼虎谷被围自杀。黄巢和张献忠一样,旧史书中多有关于他们杀人的记载。

〔11〕五代 即公元907年至960年间的梁、唐、晋、汉、周五个朝代。

〔12〕"时日曷丧,予及汝偕亡" 语出《尚书·汤誓》。时日,指夏桀。

〔13〕"万姓胪欢" 天下歌呼欢腾之意。《汉书·礼乐志》:"徧胪欢,腾天歌。"唐颜师古注:"胪,陈也;腾,升也。"

〔14〕"一治一乱" 语出《孟子·滕文公(下)》:"天下之生久矣,一治一乱。"

〔15〕"为圣天子驱除云尔" 语出《汉书·王莽传赞》:"圣王之

驱除云尔。"颜师古注:"言驱逐蠲除以待圣人也。"

〔16〕 鹤见祐辅(1885—1972) 日本评论家。作者曾选译过他的随笔集《思想・山水・人物》,《北京的魅力》一文即见于该书。

〔17〕 Proletariat 英语:无产阶级。

〔18〕 Democracy 英语:民主。

〔19〕 孙美瑶(1899—1923) 山东峄县(今枣庄)人,当时占领山东抱犊崮的土匪头领。聚众四千余人,自称"建国自治军"。1923年5月6日晨,他在津浦铁路临城站劫车,掳去中外旅客二百多人,是当时哄动一时的事件。同年12月9日孙被兖州镇守使张培荣诱杀。

〔20〕 王、公、大夫、士、皂、舆、隶、僚、仆、台是奴隶社会等级的名称。前四种是统治者的等级,后六种是被奴役者的等级。

〔21〕 每斤八文的孩子 1925年5月2日《现代评论》第一卷第二十一期载有仲琱的《一个四川人的通信》,叙说当时军阀统治下四川民众的悲惨生活,其中说:"人类到了这步田地,那里还讲得起仁民爱物的大道理,自然就闹到食起同类来了。据我所晓得的:男小孩只卖八枚铜子一斤,女小孩连这个价钱也卖不了。"

〔22〕 罗素(B. Russell,1872—1970) 英国哲学家。1920年10月曾来中国讲学,并在各地游览。关于"轿夫含笑"事,见他所著《中国问题》一书:"我记得一个大夏天,我们几个人坐轿过山,道路崎岖难行,轿夫非常的辛苦;我们到了山顶,停十分钟,让他们休息一会。立刻他们就并排的坐下来了,抽出他们的烟袋来,谈着笑着,好像一点忧虑都没有似的。"

导　师[1]

　　近来很通行说青年；开口青年，闭口也是青年。但青年又何能一概而论？有醒着的，有睡着的，有昏着的，有躺着的，有玩着的，此外还多。但是，自然也有要前进的。

　　要前进的青年们大抵想寻求一个导师。然而我敢说：他们将永远寻不到。寻不到倒是运气；自知的谢不敏，自许的果真识路么？凡自以为识路者，总过了"而立"[2]之年，灰色可掬了，老态可掬了，圆稳而已，自己却误以为识路。假如真识路，自己就早进向他的目标，何至于还在做导师。说佛法的和尚，卖仙药的道士，将来都与白骨是"一丘之貉"，人们现在却向他听生西[3]的大法，求上升[4]的真传，岂不可笑！

　　但是我并非敢将这些人一切抹杀；和他们随便谈谈，是可以的。说话的也不过能说话，弄笔的也不过能弄笔；别人如果希望他打拳，则是自己错。他如果能打拳，早已打拳了，但那时，别人大概又要希望他翻筋斗。

　　有些青年似乎也觉悟了，我记得《京报副刊》征求青年必读书时，曾有一位发过牢骚，终于说：只有自己可靠！我现在还想斗胆转一句,虽然有些杀风景,就是:自己也未必可靠的。

我们都不大有记性。这也无怪,人生苦痛的事太多了,尤其是在中国。记性好的,大概都被厚重的苦痛压死了;只有记性坏的,适者生存,还能欣然活着。但我们究竟还有一点记忆,回想起来,怎样的"今是昨非"呵,怎样的"口是心非"呵,怎样的"今日之我与昨日之我战"[5]呵。我们还没有正在饿得要死时于无人处见别人的饭,正在穷得要死时于无人处见别人的钱,正在性欲旺盛时遇见异性,而且很美的。我想,大话不宜讲得太早,否则,倘有记性,将来想到时会脸红。

或者还是知道自己之不甚可靠者,倒较为可靠罢。

青年又何须寻那挂着金字招牌的导师呢?不如寻朋友,联合起来,同向着似乎可以生存的方向走。你们所多的是生力,遇见深林,可以辟成平地的,遇见旷野,可以栽种树木的,遇见沙漠,可以开掘井泉的。问什么荆棘塞途的老路,寻什么乌烟瘴气的鸟导师!

五月十一日。

* * *

〔1〕 本篇最初发表于1925年5月15日《莽原》周刊第四期。

初发表时共有四段,总题为《编完写起》。本篇原为第一、二段,下篇《长城》原为第四段;题名都是作者于编集时所加。第三段后编入《集外集》,仍题为《编完写起》。关于本篇,作者在1925年6月间与白波的通讯中曾有说明,可参看《集外集·田园思想》。

〔2〕 "而立"　语出《论语·为政》:"吾十有五而志于学,三十而立"。原是孔子说他到了三十岁在学问上有所自立的话,后来"而立"就常被用作三十岁的代词。

〔3〕 生西　佛家语,往生西方、成佛的意思。佛家以西方为"净土"或"极乐"世界。

〔4〕 上升　升天。道教认为,服食仙药能飞升成仙。

〔5〕 "今日之我与昨日之我战"　语出梁启超《清代学术概论》(1921年出版),他在书中说自己"不惜以今日之我,难昔日之我"。

杂　忆[1]

1

　　有人说 G. Byron[2]的诗多为青年所爱读,我觉得这话很有几分真。就自己而论,也还记得怎样读了他的诗而心神俱旺;尤其是看见他那花布裹头,去助希腊独立时候的肖像。这像,去年才从《小说月报》传入中国了[3]。可惜我不懂英文,所看的都是译本。听近今的议论,译诗是已经不值一文钱,即使译得并不错。但那时大家的眼界还没有这样高,所以我看了译本,倒也觉得好,或者就因为不懂原文之故,于是便将臭草当作芳兰。《新罗马传奇》中的译文也曾传诵一时,虽然用的是词调,又译 Sappho 为"萨芷波",[4]证明着是根据日文译本的重译。

　　苏曼殊[5]先生也译过几首,那时他还没有做诗"寄弹筝人",因此与 Byron 也还有缘。但译文古奥得很,也许曾经章太炎先生的润色的罢,所以真像古诗,可是流传倒并不广。后来收入他自印的绿面金签的《文学因缘》中,现在连这《文学因缘》也少见了。

其实,那时Byron之所以比较的为中国人所知,还有别一原因,就是他的助希腊独立。时当清的末年,在一部分中国青年的心中,革命思潮正盛,凡有叫喊复仇和反抗的,便容易惹起感应。那时我所记得的人,还有波兰的复仇诗人Adam Mickiewicz;匈牙利的爱国诗人Petöfi Sándor;[6]飞猎滨的文人而为西班牙政府所杀的厘沙路[7],——他的祖父还是中国人,中国也曾译过他的绝命诗。Hauptmann, Sudermann, Ibsen[8]这些人虽然正负盛名,我们却不大注意。别有一部分人,则专意搜集明末遗民的著作,满人残暴的记录,钻在东京或其他的图书馆里,抄写出来,印了,输入中国,希望使忘却的旧恨复活,助革命成功。于是《扬州十日记》[9],《嘉定屠城记略》[10],《朱舜水集》[11],《张苍水集》[12]都翻印了,还有《黄萧养回头》[13]及其他单篇的汇集,我现在已经举不出那些名目来。别有一部分人,则改名"扑满""打清"之类,算是英雄。这些大号,自然和实际的革命不甚相关,但也可见那时对于光复的渴望之心,是怎样的旺盛。

不独英雄式的名号而已,便是悲壮淋漓的诗文,也不过是纸片上的东西,于后来的武昌起义怕没有什么大关系。倘说影响,则别的千言万语,大概都抵不过浅近直截的"革命军马前卒邹容"所做的《革命军》[14]。

2

待到革命起来,就大体而言,复仇思想可是减退了。我想,这大半是因为大家已经抱着成功的希望,又服了"文明"的药,想给汉人挣一点面子,所以不再有残酷的报复。但那时的所谓文明,却确是洋文明,并不是国粹;所谓共和,也是美国法国式的共和,不是周召共和[15]的共和。革命党人也大概竭力想给本族增光,所以兵队倒不大抢掠。南京的土匪兵小有劫掠,黄兴[16]先生便勃然大怒,枪毙了许多,后来因为知道土匪是不怕枪毙而怕枭首的,就从死尸上割下头来,草绳络住了挂在树上。从此也不再有什么变故了,虽然我所住的一个机关的卫兵,当我外出时举枪立正之后,就从窗门洞爬进去取了我的衣服,但究竟手段已经平和得多,也客气得多了。

南京是革命政府所在地,当然格外文明。但我去一看先前的满人的驻在处,却是一片瓦砾;只有方孝孺血迹石[17]的亭子总算还在。这里本是明的故宫,我做学生时骑马经过,曾很被顽童骂詈和投石,——犹言你们不配这样,听说向来是如此的。现在却面目全非了,居民寥寥;即使偶有几间破屋,也无门窗;若有门,则是烂洋铁做的。总之,是毫无一点木料。

那么,城破之时,汉人大大的发挥了复仇手段了么?并不然。知道情形的人告诉我:战争时候自然有些损坏;革命军一进城,旗人[18]中间便有些人定要按古法殉难,在明的冷宫的遗址的屋子里使火药炸裂,以炸杀自己,恰巧一同炸死了几个适从近旁经过的骑兵。革命军以为埋藏地雷反抗了,便烧了一回,可是燹余的房子还不少。此后是他们自己动手,拆屋材出卖,先拆自己的,次拆较多的别人的,待到屋无尺材寸椽,这才大家流散,还给我们一片瓦砾场。——但这是我耳闻的,保不定可是真话。

看到这样的情形,即使你将《扬州十日记》挂在眼前,也不至于怎样愤怒了罢。据我感得,民国成立以后,汉满的恶感仿佛很是消除了,各省的界限也比先前更其轻淡了。然而"罪孽深重不自殒灭"[19]的中国人,不到一年,情形便又逆转:有宗社党的活动和遗老的谬举[20]而两族的旧史又令人忆起,有袁世凯的手段而南北的交恶[21]加甚,有阴谋家的狡计而省界又被利用[22],并且此后还要增长起来!

3

不知道我的性质特别坏,还是脱不出往昔的环境的影响之故,我总觉得复仇是不足为奇的,虽然也并不想诬无抵抗主义者为无人格。但有时也想:报复,谁来裁判,怎能公平呢?便又立刻自答:自己裁判,自己执行;既没有上帝来主持,人便不妨以目偿头,也不妨以头偿目。有时也觉得宽恕是美德,但立刻也疑心这话是怯汉所发明,因为他没有报复的勇气;或者倒是卑怯的坏人所创造,因为他贻害于人而怕人来报复,便骗以宽恕的美名。

因此我常常欣慕现在的青年,虽然生于清末,而大抵长于民国,吐纳共和的空气,该不至于再有什么异族轭下的不平之气,和被压迫民族的合辙[23]之悲罢。果然,连大学教授,也已经不解何以小说要描写下等社会的缘故了[24],我和现代人要相距一世纪的话,似乎有些确凿。但我也不想湔洗,——虽然很觉得惭惶。

当爱罗先珂君在日本未被驱逐之前,我并不知道他的姓名。直到已被放逐,这才看起他的作品来;所以知道那迫辱放逐的情形的,是由于登在《读卖新闻》[25]上的一篇江口涣氏的文字[26]。于是将这译出,还译他的童话,还译他的剧本《桃色的云》。其实,我当时的意思,不过要传播被虐待者的苦痛的呼声和激发国人对于强权者的憎恶和愤怒而已,并不是从什么"艺术之宫"里伸出手来,拔了海外的奇花瑶草,来移植在华国的艺苑。

日文的《桃色的云》出版时,江口氏的文章也在,可是已被检查机关(警察厅?)删节得很多。我的译文是完全的,但当这剧本印成本子时,却没有印上去。因为其时我又见了别一种情形,起了别一种意见,不想在中国人的愤火上,再添薪炭了。

4

孔老先生说过:"毋友不如己者。"[27]其实这样的势利眼睛,现在的世界上还多得很。我们自己看看本国的模样,就可知道不会有什么友人的了,岂但没有友人,简直大半都曾经做过仇敌。不过仇甲的时候,向乙等候公论,后来仇乙的时候,又向甲期待同情,所以片段的看起来,倒也似乎并不是全世界都是怨敌。但怨敌总常有一个,因此每一两年,爱国者总要鼓舞一番对于敌人的怨恨与愤怒。

这也是现在极普通的事情,此国将与彼国为敌的时候,总得先用了手段,煽起国民的敌忾心来,使他们一同去扞御或攻击。但有一个必要的条件,就是:国民是勇敢的。因为勇敢,这才能勇往直前,肉搏强敌,以报仇雪恨。假使是怯弱的人民,则即使如何鼓舞,也不会有面临强敌的决心;然而引起的愤火却在,仍不能不寻一个发泄的地方,这地方,就是眼见得比他们更弱的人民,无论是同胞或是异族。

我觉得中国人所蕴蓄的怨愤已经够多了,自然是受强者的蹂躏所致的。但他们却不很向强者反抗,而反在弱者身上发泄,兵和匪不相争,无枪的百姓却并受兵匪之苦,就是最近便的证据。再露骨地说,怕还可以证明这些人的卑怯。卑怯的人,即使有万丈的愤火,除弱草以外,又能烧掉甚么呢?

或者要说,我们现在所要使人愤恨的是外敌,和国人不相干,无从受害。可是这转移是极容易的,虽曰国人,要借以泄愤的时候,只要给与一种特异的名称,即可放心剚刃。先前则有异端,妖人,奸党,逆徒等类名目,现在就可用国贼,汉奸,二毛子,洋狗或洋奴。庚子年的义和团捉住路人,可以任意指为教徒,据云这铁证是他的神通眼已在那人的额上看出一个"十"字。

然而我们在"毋友不如己者"的世上,除了激发自己的国民,使他们发些火花,聊以应景之外,又有什么良法呢。可是我根据上述的理由,更进一步而希望于点火的青年的,是对于群众,在引起他们的公愤之余,还须设法注入深沉的勇气,当鼓舞他们的感情的时候,还须竭力启发明白的理性;而且还得偏重于勇气和理性,从此继续地训练许多年。这声音,自然断乎不及大叫宣战杀贼的大而阔,但我以为却是更紧要而更艰难伟大的工作。

否则,历史指示过我们,遭殃的不是什么敌手而是自己的同胞和子孙。那结果,是反为敌人先驱,而敌人就做了这一国的所谓强者的胜利者,同时也就做了弱者的恩人。因为自己先已互相残杀过了,所蕴蓄的怨愤都已消除,天下也就成为太平的盛世。

总之,我以为国民倘没有智,没有勇,而单靠一种所谓"气",实在是非常危险的。现在,应该更进而着手于较为坚实的工作了。

一九二五年六月十六日。

＊　　　＊　　　＊

〔1〕 本篇最初发表于1925年6月19日《莽原》周刊第九期。

〔2〕 G. Byron 拜伦,英国诗人。曾参加意大利资产阶级民主革命活动和希腊民族独立战争。主要作品有长诗《唐·璜》、诗剧《曼弗雷特》等。

〔3〕 拜伦的肖像,指英国画家菲力普斯(T. Phillips)所作的拜伦画像。1924年4月《小说月报》第十五卷第四期《拜伦逝世百年纪念专号》曾予刊载。《小说月报》,1910年创刊于上海,1921年经过改革,成为当时著名文学团体文学研究会主持的刊物。1932年停刊,共出二十二卷二百五十八期。

〔4〕 《新罗马传奇》 梁启超根据自著的《意大利建国三杰传》改编的戏曲,其中并无拜伦诗的译文。按梁启超在他所作的小说《新中国未来记》第四回中,曾以戏曲的形式介绍过拜伦长诗《唐·璜》第三篇中的一节:"(沉醉东风)……咳!希腊啊,希腊啊!……你本是平和时代的爱娇。你本是战争时代的天骄。'撒芷波'歌声高,女诗人热情好。"Sappho,通译萨福(约前612—约前580),古希腊女诗人。日语译音为サッフォ,梁启超译为"撒芷波"。

〔5〕 苏曼殊(1884—1918) 名玄瑛,字子谷,广东中山人,文学家。二十岁时在惠州入寺为僧,号曼殊。他曾用旧体诗形式翻译过拜伦的诗五首:《星耶峰耶俱无生》一首,收入1908年在日本东京出版的《文学因缘》;《赞大海》《去国行》《哀希腊》《答美人赠束发毡带诗》四首,收入1909年在日本东京出版的《拜伦诗选》。"寄弹筝人",指《寄调筝人》,是苏曼殊自作的三首七言绝句,最早发表在1910年出版的

《南社》第三集,抒写飘逸出世情怀,思想风格与所译拜伦诗异趣。

〔6〕 Adam Mickiewicz 密茨凯维支(1798—1855)波兰诗人,革命家;Petöfi Sándor,裴多菲(1823—1849),匈牙利革命家,诗人。他积极参加了1848年3月15日布达佩斯的起义,反抗奥地利统治;次年在与协助奥国侵略的沙皇军队的战斗中牺牲。

〔7〕 厘沙路(J. Rizal,1861—1896) 通译黎萨尔,菲律宾作家,民族独立运动领袖。1892年发起成立"菲律宾联盟",同年被捕;1896年第二次被捕后为西班牙殖民政府杀害。著有长篇小说《不许犯我》《起义者》等。他的绝命诗《我的最后的告别》,曾由梁启超译成中文,题作《墓中呼声》。

〔8〕 G. Hauptmann 霍普德曼(1862—1946),德国剧作家。著有《织工》《沉钟》等。H. Sudermann,苏德曼(1857—1928),德国作家。著有剧本《故乡》、小说《忧愁夫人》等。Ibsen,易卜生。

〔9〕《扬州十日记》 清代江都王秀楚著,记顺治二年(1645)清兵攻入扬州时惨杀汉人的实况。

〔10〕《嘉定屠城记略》 清代嘉定朱子素著,记顺治二年清兵攻入嘉定时三次屠杀汉人的实况。

〔11〕《朱舜水集》 朱之瑜著。朱之瑜(1600—1682),字鲁屿,号舜水,浙江余姚人,明末思想家。明亡后据舟山抗清,力图恢复,失败后流亡日本,客死水户。他的著作有日本稻叶岩吉编辑的《朱舜水全集》,1912年印行;国内有马浮据稻叶本重订的《舜水遗书》二十五卷,1913年印行。

〔12〕《张苍水集》 张煌言著。张煌言(1620—1664),字玄著,号苍水,浙江鄞县人,南明抗清义军领袖,文学家。崇祯举人。他于清

057

顺治二年(1645)在浙东起兵抗清,奉鲁王(朱以海)监国,官兵部侍郎。顺治十六年(1659),与郑成功合兵进入长江,围攻南京,下四府三州二十四县,兵败而退。康熙三年(1664),见大势已去,隐居浙江一海岛,不久被俘,就义于杭州。清末章太炎从鄞县得《奇零草》抄本,上卷杂文,下卷古今体诗,改题《张苍水集》印行。

〔13〕 《黄萧养回头》 以反清革命为主题的粤剧,署名新广东武生著,原载于1902年(清光绪二十八年)梁启超主编的《新小说》杂志,后有上海广智书局单行本。黄萧养(？—1450),广东南海人,明代正统末年广东农民起义领袖,景泰元年(1450)在战斗中中箭牺牲。剧本内容是说黄帝命黄萧养的灵魂投生,从事救国运动,使中国进入"富强之邦"。

〔14〕 邹容(1885—1905) 字蔚丹,四川巴县人,清末革命家。1902年留学日本,积极参加反清斗争,1903年回国,于5月出版《革命军》一书,7月被上海英租界当局逮捕,判刑二年,1905年4月死于狱中。《革命军》是邹容宣传反清革命的著作,写于1903年,共七章,约两万言,前有章炳麟的序和作者的自序。自序后署"皇汉民族亡国后之二百六十年岁次癸卯三月日革命军中马前卒邹容记"。该书抨击清政府的统治,提出建立"自由独立"的"中华共和国"的理想,起了很大的革命鼓动作用。

〔15〕 周召共和 据《史记·周本纪》,西周时厉王无道,遭到国人反对,于三十七年(前841)出奔,"召公、周公二相行政,号曰共和"。又据《竹书纪年》,周厉王出奔后,由共伯和(共国国君名)代行王政,号共和元年。

〔16〕 黄兴(1874—1916) 字克强,湖南善化(今属长沙)人,近

代民主革命家。早年组织华兴会,1905年参加孙中山组织的同盟会,居协理职位。辛亥革命时任革命军总司令,1912年南京临时政府成立,任陆军总长。袁世凯当政后,在"二次革命"中任江苏讨袁军司令,失败后流亡日本,1916年在上海逝世。

〔17〕 方孝孺(1357—1402) 字希直,浙江宁海人,明惠帝建文时任侍讲学士。建文四年(1402)惠帝的叔父燕王朱棣起兵攻入南京,自立为帝(即永乐帝),命方孝孺起草即位诏书,他坚决不从,遂遭杀害,被灭十族,死者多达八百七十余人。血迹石,相传是方孝孺被钩舌敲齿时染上血迹的石块。

〔18〕 旗人 清代对编入八旗的人的称呼。按八旗是满族的军队组织和户口编制,后来一般称满族人为旗人。

〔19〕 "罪孽深重不自殒灭" 宋代以来,一些人在父母死后印发的讣文中,常有"不孝某某罪孽深重,不自殒灭,祸延显考(妣)"一类套语。

〔20〕 宗社党 清朝贵族良弼、毓朗、铁良等企图保全清室政权于1912年1月成立的一个政治组织。曾于同年3月7日(夏历正月十九日)以"君主立宪维持会"的名义发表宣言,反对溥仪退位。民国成立后,他们潜伏天津、大连等地,在日本帝国主义操纵下,进行复辟活动。1914年5月,曾和遗老劳乃宣、刘廷琛、宋育仁等勾结图谋复辟;1917年7月,又和张勋、康有为等勾结进行复辟,俱告失败。

〔21〕 南北交恶 指1913年(民国二年)7月所发生的袁世凯与南方国民党讨袁军之间的战争。这次战争是由袁世凯以阴谋手段挑起的,目的是消灭当时以孙中山为首、南方为根据地的国民党势力。当年3月,袁世凯派人暗杀国民党代理理事长宋教仁于上海,并依靠

帝国主义的支持,积极准备战争;国民党方面,原是对袁世凯妥协的,在宋教仁被刺后,孙中山由日本回上海发动讨袁的军事行动。战争于7月开始,8月底讨袁军即告失败。此后在相当长的时间内,南北仍处于对立的局面。

〔22〕 省界被利用 在袁世凯称帝失败时,国务总理段祺瑞为了团结北洋系的武力,曾使徐树铮策动各省区派代表到徐州开会,于1916年5月成立所谓"省区联合会"。这是北洋军阀利用省界联合的手段以图保存他们的封建割据的组织。与此同时,南方各省也成立联合的"护国军政府"。从此以后至第一次国内革命战争之前,盘据南北各省的军阀就常在联合的名义下,实行以省为单位的封建割据;而在利害冲突时,又进行相互之间的战争。

〔23〕 合辙 指异族统治者强制汉族人遵从他们的制度和政策。辙,即轨道。古代车制,两轮相距八尺,车行必与辙合。

〔24〕 指当时东南大学教授吴宓(1894—1978),字雨僧,陕西泾阳人,曾留学美、英、法等国,先后任清华大学国学研究院主任、东南大学教授等。作者在《二心集·上海文艺之一瞥》中曾说:"那时吴宓先生就曾经发表过文章,说是真不懂为什么有些人竟喜欢描写下流社会。"

〔25〕 《读卖新闻》 日本报纸,1874年(明治七年)11月在东京创刊,1924年改革后成为全国性的大报。该报经常登载文艺作品及评论文章。

〔26〕 江口涣(1887—1975) 日本作家。作品有《火山下》《一个女人的犯罪》等。他所作的关于爱罗先珂的文章,题名《忆爱罗先珂华西理君》,文中记述爱罗先珂在日本受迫害的经过。该文曾由鲁迅

译载于1923年5月14日《晨报副刊》,现收入《鲁迅译文集》第十卷《译丛补》。

〔27〕 "毋友不如己者" 孔子的话,见《论语·学而》。宋代邢昺疏:"言无得以忠信不如己者为友也。"(按"以"通"与"。)

论睁了眼看[1]

虚生先生所做的时事短评中,曾有一个这样的题目:《我们应该有正眼看各方面的勇气》(《猛进》十九期)[2]。诚然,必须敢于正视,这才可望敢想,敢说,敢作,敢当。倘使并正视而不敢,此外还能成什么气候。然而,不幸这一种勇气,是我们中国人最所缺乏的。

但现在我所想到的是别一方面——

中国的文人,对于人生,——至少是对于社会现象,向来就多没有正视的勇气。我们的圣贤,本来早已教人"非礼勿视"的了;而这"礼"又非常之严,不但"正视",连"平视""斜视"也不许。现在青年的精神未可知,在体质,却大半还是弯腰曲背,低眉顺眼,表示着老牌的老成的子弟,驯良的百姓,——至于说对外却有大力量,乃是近一月来的新说,还不知道究竟是如何。

再回到"正视"问题去:先既不敢,后便不能,再后,就自然不视,不见了。一辆汽车坏了,停在马路上,一群人围着呆看,所得的结果是一团乌油油的东西。然而由本身的矛盾或社会的缺陷所生的苦痛,虽不正视,却要身受的。文人究竟是敏感人物,从他们的作品上看来,有些人确也早已感到不满,可是一到快要显露缺陷的危机一髪之际,他们总即刻连说"并无其事",同时便闭上了眼睛。这闭着的眼睛便看见一切圆满,当前的苦痛不过是"天之将降大任于是人也,必先苦其心志,劳其筋骨,饿其体肤,空乏其身,行拂乱其所为。"[3]于是无问题,无缺陷,无不平,也就无解决,无改革,无反抗。因为凡事总要"团圆",正无须我们焦躁;放心喝茶,睡觉大吉。再说费话,就有"不合时宜"之咎,免不了要受大学教授的纠正了。呸!

我并未实验过,但有时候想:倘将一位久蛰洞房的老太爷抛在夏天正午的烈日底下,或将不出闺门的千金小姐拖到旷野的黑夜里,大概只好闭了眼睛,暂续他们残存的旧梦,总算并没有遇到暗或光,虽然已经是绝不相同的现实。中国的文人也一样,万事闭眼睛,聊以自欺,而且欺人,那方法是:瞒和骗。

中国婚姻方法的缺陷,才子佳人小说作家早就感到了,他于是使一个才子在壁上题诗,一个佳人便来和,由倾慕——现在就得称恋爱——而至于有"终身之约"。但约定之后,也就有了难关。我们都知道,"私订终身"在诗和戏曲或小说上尚不失为美谈(自然只以与终于中状元[4]的男人私订为限),实际却不容于天下的,仍然免不了要离异。明末的作家[5]便闭上眼睛,并这一层也加以补救了,说是:才子及第,奉旨成婚。"父母之命媒妁之言"[6]经这大帽子来一压,便成了半个铅钱也不值,问题也一点没有了。假使有之,也只在才子的能否中状元,而决不在婚姻制度的良否。

（近来有人以为新诗人的做诗发表,是在出风头,引异性;且迁怒于报章杂志之滥登。殊不知即使无报,墙壁实"古已有之",早做过发表机关了;据《封神演义》,纣王已曾在女娲庙壁上题诗,[7]那起源实在非常之早。报章可以不取白话,或排斥小诗,墙壁却拆不完,管不及的;倘一律刷成黑色,也还有破磁可划,粉笔可书,真是穷于应付。做诗不刻木板,去藏之名山,却要随时发表,虽然很有流弊,但大概是难以杜绝的罢。）

《红楼梦》中的小悲剧,是社会上常有的事,作者又是比较的敢于实写的,而那结果也并不坏。无论贾氏家业再振,兰桂齐芳,即宝玉自己,也成了个披大红猩猩毡斗篷的和尚。和尚多矣,但披这样阔斗篷的能有几个,已经是"入圣超凡"无疑了。至于别的人们,则早在册子里一一注定,末路不过是一个归结:是问题的结束,不是问题的开头。读者即小有不安,也终于奈何不得。然而后来或续或改,非借尸还魂,即冥中另配,必令"生旦当场团圆",才肯放手者,乃是自欺欺人的瘾太大,所以看了小小骗局,还不甘心,定须闭眼胡说一通而后快。赫克尔(E. Haeckel)[8]说过:人和人之差,有时比类人猿和原人之差还远。我们将《红楼梦》的续作者和原作者一比较,就会承认这话大概是确实的。

"作善降祥"[9]的古训,六朝人本已有些怀疑了,他们作墓志,竟会说"积善不报,终自欺人"[10]的话。但后来的昏人,却又瞒起来。元刘信将三岁痴儿抛入醮纸火盆,妄希福祐,是见于《元典章》[11]的;剧本《小张屠焚儿救母》[12]却道是为母延命,命得延,儿亦不死了。一女愿侍痼疾之夫,《醒世恒言》中还说终于一同自杀的;后来改作的却道是有蛇坠入药罐里,丈夫服后便全愈了。[13]凡有缺陷,一经作者粉饰,后半便大抵改观,使读者落诬妄中,以为世间委实尽够光明,谁有不幸,便是自作,自受。

有时遇到彰明的史实,瞒不下,如关羽岳飞的被杀,便只好别设骗局了。一是前世已造冤因,如岳飞;一是死后使他成神,如关羽。[14]定命不可逃,成神的善报更满人意,所以杀人者不足责,被杀者也不足悲,冥冥中自有安排,使他们各得其所,正不必别人来费力了。

中国人的不敢正视各方面,用瞒和骗,造出奇妙的逃路来,而自以为正路。在这路上,就证明着国民性的怯弱,懒惰,而又巧滑。一天一天的满足着,即一天一天的堕落着,但却又觉得日见其光荣。在事实上,亡国一次,即添加几个殉难的忠臣,后来每不想光复旧物,而只去赞美那几个忠臣;遭劫一次,即造成一群不辱的烈女,事过之后,也每每不思惩凶,自卫,却只顾歌咏那一群烈女。仿佛亡国遭劫的事,反而给中国人发挥"两间正气"的机会,增高价值,即在此一举,应该一任其至,不足忧悲似的。自然,此上也无可为,因为我们已经借死人获得最上的光荣了。沪汉烈士的追悼会[15]中,活的人们在一块很可景仰的高大的木主下互相打骂,也就是和我们的先辈走着同一的路。

文艺是国民精神所发的火光,同时也是引导国民精神的前途的灯火。这是互为因果的,正如麻油从芝麻榨出,但以浸芝麻,就使它更油。倘以油为上,就不必说;否则,当参入别的东西,或水或碱去。中国人向来因为不敢正视人生,只好瞒和骗,由此也生出瞒和骗的文艺来,由这文艺,更令中国人更深地陷入瞒和骗的大泽中,甚而至于已经自己不觉得。世界日日改变,我们的作家取下假面,真诚地,深入地,大胆地看取人生并且写出他的血和肉来的时候早到了;早就应该有一片崭新的文场,早就应该有几个凶猛的闯将!

现在,气象似乎一变,到处听不见歌吟花月的声音了,代之而起的是铁和血的赞颂。然而倘以欺瞒的心,用欺瞒的嘴,则无论说 A 和 O,或 Y 和 Z,一样是虚假的;只可以吓哑了先前鄙薄花月的所谓批评家的嘴,满足地以为中国就要中兴。可怜他在"爱国"的大帽子底下又闭上了眼睛了——或者本来就闭着。

没有冲破一切传统思想和手法的闯将,中国是不会有真的新文艺的。

一九二五年七月二十二日。

＊　　　＊　　　＊

〔1〕 本篇最初发表于1925年8月3日《语丝》周刊第三十八期。

〔2〕 虚生　即徐炳昶（1886—1976），字旭生，又作虚生，河北唐河人。北京大学哲学系教授，《猛进》周刊主编。《猛进》，政论性刊物，1925年3月6日创刊于北京，次年3月19日出至第五十三期停刊。

〔3〕 "天之将降大任于是人也"等语，见《孟子·告子（下）》。

〔4〕 状元　科举时代殿试取中的第一名进士。明清时代科举考试的殿试（皇帝亲自主持的考试），分三甲录取，第一甲赐进士及第，录取三名（状元、榜眼、探花）。一甲一名，即第一等第一名，也就是"状元"。

〔5〕 明末的作家　指明代末年写才子佳人小说的那些作家，如著《平山冷燕》的荻岸山人、《好逑传》的名教中人等。

〔6〕 "父母之命媒妁之言"　语出《孟子·滕文公（下）》："不待父母之命媒妁之言，钻穴隙相窥，踰墙相从，则父母国人皆贱之。"

〔7〕 《封神演义》　神魔小说，明代许仲琳编写，一百回。纣王在女娲庙壁上题诗的情节，见该书第一回。

〔8〕 赫克尔　通译海克尔，德国生物学家。这里所引他的话，见所著《宇宙之谜》第四章《我们的胚胎史》。

〔9〕 "作善降祥"　语出《尚书·伊训》："惟上帝不常，作善降之百祥，作不善降之百殃。"

〔10〕 "积善不报，终自欺人"　语出东魏《元湛墓志铭》："曰仁者寿，所期必信，积善不报，终自欺人。"

〔11〕 《元典章》　即《大元圣政国朝典章》，前集六十卷，新集不

分卷。内容系汇辑元世祖中统元年(1260)至英宗至治二年(1322)间的法令文牍。刘信的事载该书第五十七卷。

〔12〕《小张屠焚儿救母》 杂剧,元代无名氏作。见《古今杂剧》。

〔13〕 一女愿侍痼疾之夫 见《醒世恒言》第九卷《陈多寿生死夫妻》。鲁迅所说后来的改作,大概是指清代宣鼎《夜雨秋灯录》第三卷中的《麻风女邱丽玉》。

〔14〕 关羽(160?—219) 字云长,河东解县(今山西临猗)人,三国时蜀汉大将。刘备定西蜀,他留镇荆襄。建安二十四年在荆州与孙权军作战,兵败被杀。在小说《三国演义》中有他死后显圣成神的描述。岳飞(1103—1142),字鹏举,相州汤阴(今属河南)人,南宋名将。因坚持抗金,于绍兴十一年十二月十九日被宋高宗和秦桧杀害。小说《说岳全传》中说,岳飞是大鹏转世,秦桧是黑龙转世;秦桧害死岳飞,是报前世大鹏啄伤黑龙的夙怨。

〔15〕 沪汉烈士的追悼会 1925年上海五卅惨案发生后,6月11日汉口群众的反帝斗争也遭到英帝国主义及湖北督军萧耀南的镇压。6月25日,北京各界数十万人游行示威,并在天安门召开沪汉烈士追悼会。有人在会场设立一座两丈四尺高的木质灵位,悬挂着三丈六尺长的挽联,上写"在孔曰成仁在孟曰正命""于礼为国殇于义为鬼雄";指挥台正中的白布横额上,写有"天地正气"四个大字。

学界的三魂[1]

从《京报副刊》[2]上知道有一种叫《国魂》[3]的期刊,曾有一篇文章说章士钊固然不好,然而反对章士钊的"学匪"们也应该打倒。我不知道大意是否真如我所记得?但这也没有什么关系,因为不过引起我想到一个题目,和那原文是不相干的。意思是,中国旧说,本以为人有三魂六魄,或云七魄;国魂也该这样。而这三魂之中,似乎一是"官魂",一是"匪魂",还有一个是什么呢?也许是"民魂"罢,我不很能够决定。又因为我的见闻很偏隘,所以未敢悉指中国全社会,只好缩而小之曰"学界"。

中国人的官瘾实在深,汉重孝廉而有埋儿刻木,[4]宋重理学[5]而有高帽破靴,清重帖括[6]而有"且夫""然则"。总而言之:那魂灵就在做官,——行官势,摆官腔,打官话。顶着一个皇帝做傀儡,得罪了官就是得罪了皇帝,于是那些人就得了雅号曰"匪徒"。学界的打官话是始于去年,凡反对章士钊的都得了"土匪","学匪","学棍"的称号,但仍然不知道从谁的口中说出,所以还不外乎一种"流言"。

但这也足见去年学界之糟了，竟破天荒的有了学匪。以大点的国事来比罢，太平盛世，是没有匪的；待到群盗如毛时，看旧史，一定是外戚，宦官，奸臣，小人当国，即使大打一通官话，那结果也还是"呜呼哀哉"。当这"呜呼哀哉"之前，小民便大抵相率而为盗，所以我相信源增[7]先生的话："表面上看只是些土匪与强盗，其实是农民革命军。"（《国民新报副刊》四三）那么，社会不是改进了么？并不，我虽然也是被谥为"土匪"之一，却并不想为老前辈们饰非掩过。农民是不来夺取政权的，源增先生又道："任三五热心家将皇帝推倒，自己过皇帝瘾去。"但这时候，匪便被称为帝，除遗老外，文人学者却都来恭维，又称反对他的为匪了。

所以中国的国魂里大概总有这两种魂：官魂和匪魂。这也并非硬要将我辈的魂挤进国魂里去，贪图与教授名流的魂为伍，只因为事实仿佛是这样。社会诸色人等，爱看《双官诰》[8]，也爱看《四杰村》[9]，望偏安巴蜀的刘玄德成功，也愿意打家劫舍的宋公明[10]得法；至少，是受了官的恩惠时候则艳羡官僚，受了官的剥削时候便同情匪类。但这也是人情之常；倘使连这一点反抗心都没有，岂不就成为万劫不复的奴才了？

然而国情不同，国魂也就两样。记得在日本留学时候，有些同学问我在中国最有大利的买卖是什么，我答道："造反。"他们便大骇怪。在万世一系的国度里，那时听到皇帝可以一脚踢落，就如我们听说父母可以一棒打杀一般。为一部分士女所心悦诚服的李景林[11]先生,可就深知此意了,要是报纸上所传非虚。今天的《京报》即载着他对某外交官的谈话道:"予预计于旧历正月间,当能与君在天津晤谈;若天津攻击竟至失败,则拟俟三四月间卷土重来,若再失败,则暂投土匪,徐养兵力,以待时机"云。但他所希望的不是做皇帝,那大概是因为中华民国之故罢。

所谓学界,是一种发生较新的阶级,本该可以有将旧魂灵略加湔洗之望了,但听到"学官"的官话,和"学匪"的新名,则似乎还走着旧道路。那末,当然也得打倒的。这来打倒他的是"民魂",是国魂的第三种。先前不很发扬,所以一闹之后,终不自取政权,而只"任三五热心家将皇帝推倒,自己过皇帝瘾去"了。

惟有民魂是值得宝贵的,惟有他发扬起来,中国才有真进步。但是,当此连学界也倒走旧路的时候,怎能轻易地发挥得出来呢?在乌烟瘴气之中,有官之所谓"匪"和民之所谓匪;有官之所谓"民"和民之所谓民;有官以为"匪"而其实是真的国民,有官以为"民"而其实是衙役和马弁。所以貌似"民魂"的,有时仍不免为"官魂",这是鉴别魂灵者所应该十分注意的。

话又说远了,回到本题去。去年,自从章士钊提了"整顿学风"[12]的招牌,上了教育总长的大任之后,学界里就官气弥漫,顺我者"通"[13],逆我者"匪",官腔官话的余气,至今还没有完。但学界却也幸而因此分清了颜色;只是代表官魂的还不是章士钊,因为上头还有"减膳"执政[14]在,他至多不过做了一个官魄;现在是在天津"徐养兵力,以待时机"了。[15]我不看《甲寅》[16],不知道说些什么话:官话呢,匪话呢,民话呢,衙役马弁话呢?……

一月二十四日。

*　　*　　*

〔1〕 本篇最初发表于1926年2月1日《语丝》周刊第六十四期。

本文发表时篇末有作者的《附记》如下:"今天到东城去教书,在新潮社看见陈源教授的信,在北京大学门口看见《现代评论》,那《闲话》里正议论着章士钊的《甲寅》,说'也渐渐的有了生气了。可见做时事文章的人官实在是做不得的,……自然有些"土匪"不妨同时做官僚,……'这么一来,我上文的'逆我者"匪"','官腔官话的余气'云云,就又有了'放冷箭'的嫌疑了。现在特地声明:我原先是不过就一般而言,如果陈教授觉得痛了,那是中了流弹。要我在'至今还没有完'之后,加一句'如陈源等辈就是',自然也可以。至于'顺我者"通"'的通字,却是此刻所改的,那根据就在章士钊之曾称陈源为'通品'。别人的褒奖,本不应拿来讥笑本人,然而陈源现就用着'土匪'的字样。有一回的《闲话》(《现代评论》五十)道:'我们中国的批评家实在太宏博了。他们……在地上找寻窃贼,以致整大本的剽窃,他们倒往往视而不见。要举个例吗?还是不说吧,我实在不敢再开罪"思想界的权威"。'按照他这回的慷慨激昂例,如果要免于'卑劣'且有'半分人气',是早应该说明谁是土匪,积案怎样,谁是剽窃,证据如何的。

现在倘有记得那括弧中的'思想界的权威'六字,即曾见于《民报副刊》广告上的我的姓名之上,就知道这位陈源教授的'人气'有几多。

"从此,我就以别人所说的'东吉祥派'、'正人君子'、'通品'等字样,加于陈源之上了,这回是用了一个'通'字;我要'以眼还眼以牙还牙',或者以半牙,以两牙还一牙,因为我是人,难于上帝似的铢两悉称。如果我没有做,那是我的无力,并非我大度,宽恕了加害于我的敌人。还有,有些下贱东西,每以秽物掷人,以为人必不屑较,一计较,倒是你自己失了人格。我可要照样的掷过去,要是他掷来。但对于没有这样举动的人,我却不肯先动手;而且也以文字为限,'捏造事实'和'散布"流言"'的鬼蜮的长技,自信至今还不屑为。在马弁们的眼里虽然是'土匪',然而'盗亦有道'的。记起一件别的事来了。前几天九校'索薪'的时候,我也当作一个代表,因此很会见了几个前'公理维持会'即'女大后援会'中人。幸而他们倒并不将我捆送三贝子花园或运入深山,'投畀豺虎',也没有实行'割席',将板凳锯开。终于'学官''学匪',都化为'学丐',同聚一堂,大讨其欠账,——自然是讨不来。记得有一个洋鬼子说过:中国先是官国,后来是土匪国,将来是乞丐国。单就学界而论,似乎很有点上这轨道了。想来一定有些人要后悔,去年竟抱了'有奶不是娘'主义,来反对章士钊的罢。

一月二十五日东壁灯下写。"

〔2〕《京报副刊》《京报》的一种副刊,孙伏园编辑,1924年12月创刊。《京报》,邵飘萍创办的具有进步色彩的报纸,1918年10月5日创刊于北京。《京报副刊》,1924年12月创刊,孙伏园编辑。

〔3〕《国魂》 国家主义派所办的一种旬刊,1925年10月在北京创刊,次年1月改为周刊。该刊第九期(1925年12月30日)载有姜华的《学匪与学阀》一文,主要意思是煽动北京的学生起来打倒马裕藻

一派的所谓"学匪"(按马裕藻是当时反对章士钊、杨荫榆的女师大教员之一);但也故作公正地小骂了章士钊几句。这里说到《京报副刊》,是因为1926年1月10日该刊载有何曾亮(即周作人)驳斥姜华的《国魂之学匪观》一文。

〔4〕 汉朝选用人材的制度中,有推举"孝子"和"廉士"做官的办法,因此社会上产生了许多虚伪矫情的事情。《太平御览》卷四一一引刘向《孝子图》记郭巨埋儿的事说:"郭巨,河内温人。甚富,父没,分财二千万为两,分与两弟,己独取母供养。……妻产男,虑养之则妨供养,乃令妻抱儿,欲掘地埋之。于土中得金一釜,上有铁券云:'赐孝子郭巨。'……遂得兼养儿。"又卷四八二引干宝《搜神记》记丁兰刻木的事说:"丁兰,河内野王人。年十五,丧母,乃刻木作母事之,供养如生。邻人有所借,木母颜和则与,不和不与。后邻人忿兰,盗斫木母,应刀血出。兰乃殡殓,报仇。汉宣帝嘉之,拜中大夫。"

〔5〕 理学 亦称道学,即宋代程颢、程颐、朱熹等人阐释儒家学说而形成的思想体系。它认为"理"是宇宙的本体,把"三纲五常"等封建伦理道德说成是"天理",提出"存天理,灭人欲"的主张。当时那些理学家在服装上也往往和一般人不同,如《程氏外书》记程颐的服装说:"先生常服茧袍,高帽檐劣半寸,系绦。曰:此野人之服也。"

〔6〕 帖括 科举考试文体之名。唐代考试制度,明经科以"帖经"试士。《文献通考·选举二》:"凡举司课试之法:帖经者,以所习之经,掩其两端,中间惟开一行,裁纸为帖。"后考生因帖经难记,就总括经文编成歌诀,叫帖括。后世因称科举应试的文章为帖括;这里是指清代的制义,即八股文。"且夫""然则",是这一类文字中的滥调。

〔7〕 源增 姓谷,山东文登人,北京大学法文系学生。1926年

1月20日《国民新报副刊》载有他翻译的《帝国主义与帝国主义国家的工人阶级》一文,这里的引文即见于该文译后记中。

〔8〕 《双官诰》 戏曲名。明代杨善之著有传奇《双官诰》。后来京剧中也有此剧,内容是:薛广出外经商,讹传已死,他的第二妾王春娥守节抚养儿子薛倚。后来薛广做了高官回家,薛倚也及第还乡,由此王春娥便得了双重的官诰。京剧《三娘教子》亦演此故事。

〔9〕 《四杰村》 京剧名。故事出自清代无名氏著《绿牡丹》。内容是:骆宏勋被历城县知县贺世赖诬为强盗,在解往京城途中,又被四杰村恶霸朱氏兄弟将囚车夺去,欲加杀害,幸为几个绿林好汉救出,并放火烧了四杰村。

〔10〕 刘玄德(161—223) 名备,字玄德,涿郡涿县(今河北涿州)人,三国时在西蜀称帝。长篇小说《三国演义》以他作为主要人物之一。宋公明,长篇小说《水浒传》中的主要人物宋江,其原型是北宋末山东一带农民起义的领袖。

〔11〕 李景林(1884—1931) 字芳岑,河北枣强人,奉系军阀,曾任直隶保安司令兼直隶省长等职。1925年冬,奉军郭松龄倒戈与张作霖作战,冯玉祥国民军也乘机对李景林发动攻击,占领天津。李逃匿租界,后于1926年1月到济南收拾残部,与张宗昌联合,组成直鲁联军,任副总司令,伺机反攻。他对某外交官的谈话,就是这时发表的。

〔12〕 "整顿学风" 1925年8月25日,段祺瑞政府内阁会议通过章士钊草拟的"整顿学风令",并由执政府明令发表。其中说:"迩来学风不靖。屡次变端。一部分不职之教职员。与旷课滋事之学生。交相结托。破坏学纪。……倘有故酿风潮。蔑视政令。则火烈水懦之喻。孰杀谁嗣谣。前例具存。所宜取则。本执政敢先父兄之教。

不博宽大之名。依法从事。决不姑贷。"

〔13〕 顺我者"通" 这是对章士钊、陈西滢等人的讽刺。章士钊在他主编的《甲寅》周刊第一卷第二号（1925年7月25日）发表的《孤桐杂记》中曾称赞陈西滢说："《现代评论》有记者自署西滢。无锡陈源之别字也。陈君本字通伯。的是当今通品。"

〔14〕 "减膳"执政 指段祺瑞。1925年5月，北京学生因章士钊禁止纪念"五七"国耻，于9日向北洋政府临时执政段祺瑞提出罢免章士钊的要求；章即采取以退为进的手段，于十一日向段祺瑞辞职，并在辞呈中向段献媚说："钊诚举措失当。众怒齐撄。一人之祸福安危。自不足计。万一钧座因而减膳。时局为之不宁。……钊有百身。亦何能赎。"

〔15〕 1925年11月28日，北京群众为反对关税会议要求关税自主举行游行示威，提出"驱逐段祺瑞"、"打死朱深、章士钊"等口号，章士钊即避居天津。

〔16〕 《甲寅》 指《甲寅》周刊。章士钊主编的杂志。章曾于1914年5月在日本东京发行《甲寅》月刊，两年后出至第十期停刊。《甲寅》周刊是他任教育总长之后，1925年7月在北京出版的，至1927年2月停刊，共出四十五期。该刊坚持用文言文，内容杂载公文、通讯，鲁迅说它是"自己广告性的半官报"。

记念刘和珍君[1]

一

中华民国十五年三月二十五日,就是国立北京女子师范大学为十八日在段祺瑞执政府前遇害的刘和珍杨德群[2]两君开追悼会的那一天,我独在礼堂外徘徊,遇见程君[3],前来问我道,"先生可曾为刘和珍写了一点什么没有?"我说"没有"。她就正告我,"先生还是写一点罢;刘和珍生前就很爱看先生的文章。"

这是我知道的,凡我所编辑的期刊,大概是因为往往有始无终之故罢,销行一向就甚为寥落,然而在这样的生活艰难中,毅然预定了《莽原》[4]全年的就有她。我也早觉得有写一点东西的必要了,这虽然于死者毫不相干,但在生者,却大抵只能如此而已。倘使我能够相信真有所谓"在天之灵",那自然可以得到更大的安慰,——但是,现在,却只能如此而已。

可是我实在无话可说。我只觉得所住的并非人间。四十多个青年的血,洋溢在我的周围,使我艰于呼吸视听,那里还能有什么言语？长歌当哭，是必须在痛定之后的。而此后几个所谓学者文人的阴险的论调，尤使我觉得悲哀。我已经出离愤怒了。我将深味这非人间的浓黑的悲凉；以我的最大哀痛显示于非人间，使它们快意于我的苦痛，就将这作为后死者的菲薄的祭品，奉献于逝者的灵前。

二

真的猛士，敢于直面惨淡的人生，敢于正视淋漓的鲜血。这是怎样的哀痛者和幸福者？然而造化又常常为庸人设计，以时间的流驶，来洗涤旧迹，仅使留下淡红的血色和微漠的悲哀。在这淡红的血色和微漠的悲哀中，又给人暂得偷生，维持着这似人非人的世界。我不知道这样的世界何时是一个尽头！

我们还在这样的世上活着；我也早觉得有写一点东西的必要了。离三月十八日也已有两星期，忘却的救主快要降临了罢，我正有写一点东西的必要了。

三

在四十余被害的青年之中，刘和珍君是我的学生。学生云者，我向来这样想，这样说，现在却觉得有些踌躇了，我应该对她奉献我的悲哀与尊敬。她不是"苟活到现在的我"的学生,是为了中国而死的中国的青年。

她的姓名第一次为我所见,是在去年夏初杨荫榆女士做女子师范大学校长,开除校中六个学生自治会职员的时候。[5]其中的一个就是她;但是我不认识。直到后来,也许已经是刘百昭率领男女武将,强拖出校之后了,才有人指着一个学生告诉我,说:这就是刘和珍。其时我才能将姓名和实体联合起来,心中却暗自诧异。我平素想,能够不为势利所屈,反抗一广有羽翼的校长的学生,无论如何,总该是有些桀骜锋利的,但她却常常微笑着,态度很温和。待到偏安于宗帽胡同[6],赁屋授课之后,她才始来听我的讲义,于是见面的回数就较多了,也还是始终微笑着,态度很温和。待到学校恢复旧观[7],往日的教职员以为责任已尽,准备陆续引退的时候,我才见她虑及母校前途,黯然至于泣下。此后似乎就不相见。总之,在我的记忆上,那一次就是永别了。

四

我在十八日早晨,才知道上午有群众向执政府请愿的事;下午便得到噩耗,说卫队居然开枪,死伤至数百人,而刘和珍君即在遇害者之列。但我对于这些传说,竟至于颇为怀疑。我向来是不惮以最坏的恶意,来推测中国人的,然而我还不料,也不信竟会下劣凶残到这地步。况且始终微笑着的和蔼的刘和珍君,更何至于无端在府门前喋血呢?

然而即日证明是事实了,作证的便是她自己的尸骸。还有一具,是杨德群君的。而且又证明着这不但是杀害,简直是虐杀,因为身体上还有棍棒的伤痕。

但段政府就有令,说她们是"暴徒"!

但接着就有流言,说她们是受人利用的。

惨象,已使我目不忍视了;流言,尤使我耳不忍闻。我还有什么话可说呢?我懂得衰亡民族之所以默无声息的缘由了。沉默呵,沉默呵!不在沉默中爆发,就在沉默中灭亡。

五

但是,我还有要说的话。

我没有亲见;听说,她,刘和珍君,那时是欣然前往的。自然,请愿而已,稍有人心者,谁也不会料到有这样的罗网。但竟在执政府前中弹了,从背部入,斜穿心肺,已是致命的创伤,只是没有便死。同去的张静淑[8]君想扶起她,中了四弹,其一是手枪,立仆;同去的杨德群君又想去扶起她,也被击,弹从左肩入,穿胸偏右出,也立仆。但她还能坐起来,一个兵在她头部及胸部猛击两棍,于是死掉了。

始终微笑的和蔼的刘和珍君确是死掉了,这是真的,有她自己的尸骸为证;沉勇而友爱的杨德群君也死掉了,有她自己的尸骸为证;只有一样沉勇而友爱的张静淑君还在医院里呻吟。当三个女子从容地转辗于文明人所发明的枪弹的攒射中的时候,这是怎样的一个惊心动魄的伟大呵!中国军人的屠戮妇婴的伟绩,八国联军的惩创学生的武功,不幸全被这几缕血痕抹杀了。

但是中外的杀人者却居然昂起头来,不知道个个脸上有着血污……。

六

时间永是流驶,街市依旧太平,有限的几个生命,在中国是不算什么的,至多,不过供无恶意的闲人以饭后的谈资,或者给有恶意的闲人作"流言"的种子。至于此外的深的意义,我总觉得很寥寥,因为这实在不过是徒手的请愿。人类的血战前行的历史,正如煤的形成,当时用大量的木材,结果却只是一小块,但请愿是不在其中的,更何况是徒手。

然而既然有了血痕了,当然不觉要扩大。至少,也当浸渍了亲族,师友,爱人的心,纵使时光流驶,洗成绯红,也会在微漠的悲哀中永存微笑的和蔼的旧影。陶潜[9]说过,"亲戚或余悲,他人亦已歌,死去何所道,托体同山阿。"倘能如此,这也就够了。

七

我已经说过:我向来是不惮以最坏的恶意来推测中国人

的。但这回却很有几点出于我的意外。一是当局者竟会这样地凶残,一是流言家竟至如此之下劣,一是中国的女性临难竟能如是之从容。

我目睹中国女子的办事,是始于去年的,虽然是少数,但看那干练坚决,百折不回的气概,曾经屡次为之感叹。至于这一回在弹雨中互相救助,虽殒身不恤的事实,则更足为中国女子的勇毅,虽遭阴谋秘计,压抑至数千年,而终于没有消亡的明证了。倘要寻求这一次死伤者对于将来的意义,意义就在此罢。

苟活者在淡红的血色中,会依稀看见微茫的希望;真的猛士,将更奋然而前行。

呜呼,我说不出话,但以此记念刘和珍君!

四月一日。

* * *

〔1〕 本篇最初发表于1926年4月12日《语丝》周刊第七十四期。

〔2〕 刘和珍(1904—1926) 江西南昌人,北京女子师范大学英文系学生。杨德群(1902—1926),湖南湘阴人,北京女子师范大学国文系预科学生。

〔3〕 程君 指程毅志,湖北孝感人,北京女子师范大学教育系学生。

〔4〕《莽原》 文艺刊物,鲁迅编辑,1925年4月24日创刊于北京。初为周刊,附《京报》发行,同年11月27日出至第三十二期休刊。

1926年1月10日改为半月刊,未名社出版。1926年8月鲁迅离开北京后,由韦素园接编,1927年12月25日出至第四十八期停刊。这里所说的"毅然预定了《莽原》全年",指《莽原》半月刊。

〔5〕 在北京女子师范大学学生反对校长杨荫榆的风潮中,杨于1925年5月7日借召开"国耻纪念会"之机,强行登台做主席,但当即为全场学生的嘘声所驱赶。下午,她在西安饭店召集若干教员宴饮,策划迫害学生。9日,以评议会名义开除许广平、刘和珍、蒲振声、张平江、郑德音、姜伯谛等六个学生自治会职员的学籍。

〔6〕 偏安于宗帽胡同　反对杨荫榆的女师大学生被赶出学校后,在西城宗帽胡同租赁房屋作为临时校舍,于1925年9月21日开学。当时鲁迅和部分教师曾去义务授课,表示支持。

〔7〕 学校恢复旧观　女师大学生经过一年多的斗争,在社会进步力量的声援下,于1925年11月30日迁回宣武门内石驸马大街原址,宣告复校。

〔8〕 张静淑(1902—1978)　湖南长沙人,北京女子师范大学教育系学生。受伤后经医治,幸得不死。

〔9〕 这里引用的是陶渊明所作《挽歌》中的四句。

《十二个》后记[1]

俄国在一九一七年三月的革命[2],算不得一个大风暴;到十月,才是一个大风暴,怒吼着,震荡着,枯朽的都拉杂崩坏,连乐师画家都茫然失措,诗人也沉默了。

就诗人而言,他们因为禁不起这连底的大变动,或者脱出国界,便死亡,如安得列夫[3];或者在德法做侨民,如梅垒什珂夫斯奇,巴理芒德[4];或者虽然并未脱走,却比较的失了生动,如阿尔志跋绥夫[5]。但也有还是生动的,如勃留梭夫和戈理奇,勃洛克[6]。

但是,俄国诗坛上先前那样盛大的象征派[7]的衰退,却并不只是革命之赐;从一九一一年以来,外受未来派[8]的袭击,内有实感派,神秘底虚无派,集合底主我派们的分离,就已跨进了崩溃时期了。至于十月的大革命,那自然,也是额外的一个沉重的打击。

梅垒什珂夫斯奇们既然作了侨民,就常以痛骂苏俄为事;别的作家虽然还有创作,然而不过是写些"什么",颜色很黯淡,衰弱了。象征派诗人中,收获最多的,就只有勃洛克。

勃洛克名亚历山大,早就有一篇很简单的自叙传——

"一八八〇年生在彼得堡。先学于古典中学,毕业后进了彼得堡大学的言语科。一九〇四年才作《美的女人之歌》这抒情诗,一九〇七年又出抒情诗两本,曰《意外的欢喜》,曰《雪的假面》。抒情悲剧《小游览所的主人》,《广场的王》,《未知之女》,不过才脱稿。现在担当着《梭罗忒亚卢拿》[9]的批评栏,也和别的几种新闻杂志关系着。"

此后,他的著作还很多:《报复》,《文集》,《黄金时代》,《从心中涌出》,《夕照是烧尽了》,《水已经睡着》,《运命之歌》。当革命时,将最强烈的刺戟给与俄国诗坛的,是《十二个》。

他死时是四十二岁,在一九二一年。

从一九〇四年发表了最初的象征诗集《美的女人之歌》起,勃洛克便被称为现代都会诗人的第一人了。他之为都会诗人的特色,是在用空想,即诗底幻想的眼,照见都会中的日常生活,将那朦胧的印象,加以象征化。将精气吹入所描写的事象里,使它苏生;也就是在庸俗的生活,尘嚣的市街中,发见诗歌底要素。所以勃洛克所擅长者,是在取卑俗,热闹,杂沓的材料,造成一篇神秘底写实的诗歌。

中国没有这样的都会诗人。我们有馆阁诗人,山林诗人,花月诗人……;没有都会诗人。

能在杂沓的都会里看见诗者,也将在动摇的革命中看见诗。所以勃洛克做出《十二个》,而且因此"在十月革命的舞台上登场了"[10]。但他的能上革命的舞台,也不只因为他是都会诗人;乃是,如托罗兹基言,因为他"向着我们这边突进了。突进而受伤了"。

《十二个》于是便成了十月革命的重要作品,还要永久地流传。

旧的诗人沉默,失措,逃走了,新的诗人还未弹他的奇颖的琴。勃洛克独在革命的俄国中,倾听"咆哮狞猛,吐着长太息的破坏的音乐"。他听到黑夜白雪间的风,老女人的哀怨,教士和富翁和太太的彷徨,会议中的讲嫖钱,复仇的歌和枪声,卡基卡[11]的血。然而他又听到癞皮狗似的旧世界:他向着革命这边突进了。

然而他究竟不是新兴的革命诗人,于是虽然突进,却终于受伤,他在十二个之前,看见了戴着白玫瑰花圈的耶稣基督[12]。

但这正是俄国十月革命"时代的最重要的作品"。

呼唤血和火的,咏叹酒和女人的,赏味幽林和秋月的,都要真的神往的心，否则一样是空洞。人多是"生命之川"之中的一滴，承着过去，向着未来，倘不是真的特出到异乎寻常的，便都不免并含着向前和反顾。诗《十二个》里就可以看见这样的心：他向前，所以向革命突进了，然而反顾，于是受伤。

篇末出现的耶稣基督，仿佛可有两种的解释：一是他也赞同，一是还须靠他得救。但无论如何，总还以后解为近是。故十月革命中的这大作品《十二个》，也还不是革命的诗。

然而也不是空洞的。

这诗的体式在中国很异样；但我以为很能表现着俄国那时(！)的神情；细看起来，也许会感到那大震撼，大咆哮的气息。可惜翻译最不易。我们曾经有过一篇从英文的重译本[13]；因为还不妨有一种别译，胡成才[14]君便又从原文译出了。不过诗是只能有一篇的，即使以俄文改写俄文，尚且决不可能，更何况用了别一国的文字。然而我们也只能如此。至于意义，却是先由伊发尔[15]先生校勘过的；后来，我和韦素园君又酌改了几个字。

前面的《勃洛克论》是我译添的，是《文学与革命》（*Literatura i Revolutzia*）的第三章，从茂森唯士[16]氏的日本文译本重译；韦素园君[17]又给对校原文，增改了许多。

在中国人的心目中，大概还以为托罗兹基是一个喑呜叱咤的革命家和武人，但看他这篇，便知道他也是一个深解文艺的批评者。他在俄国，所得的俸钱，还是稿费多。但倘若不深知他们文坛的情形,似乎不易懂;我的翻译的拙涩,自然也是一个重大的原因。

书面和卷中的四张画,是玛修丁(V. Masiutin)[18]所作的。他是版画的名家。这几幅画,即曾被称为艺术底版画的典型;原本是木刻。卷头的勃洛克的画像,也不凡,但是从《新俄罗斯文学的曙光期》[19]转载的,不知道是谁作。

俄国版画的兴盛,先前是因为照相版的衰颓和革命中没有细致的纸张,倘要插图,自然只得应用笔路分明的线画。然而只要人民有活气,这也就发达起来,在一九二二年弗罗连斯[20]的万国书籍展览会中,就得了非常的赞美了。

一九二六年七月二十一日,鲁迅记于北京。

* * *

〔1〕 本篇最初印入1926年8月北新书局出版的中译本《十二个》。

《十二个》,长诗,苏联勃洛克于1918年作,胡斅译,为《未名丛刊》之一。

〔2〕 俄国在一九一七年三月的革命 指1917年3月12日(俄历2月27日)推翻沙皇专制制度的俄国资产阶级民主革命,一般称为"二月革命"。此次革命成立的"临时政府"后被十月革命推翻。

〔3〕 安得列夫(Л. Н. Андреев,1871—1919) 通译安德烈耶夫,俄国作家。十月革命后流亡国外。著有小说《思想》《红的笑》,剧

本《往星中》等。

〔4〕 梅垒什珂夫斯奇（Д. С. Мережковский，1866—1941） 俄国作家，象征主义和神秘主义者。1920年流亡法国。著有历史小说《基督和反基督》、历史剧《保罗一世》等。巴理芒德（К. Д. Бальмонт，1867—1942），通译巴尔蒙特，俄国诗人。十月革命后流亡国外。著有诗集《北方天空下》等。

〔5〕 阿尔志跋绥夫（М. П. Арцыбашев，1878—1927） 俄国作家。1905年革命失败后成为颓废主义者，十月革命后流亡国外。著有长篇小说《沙宁》，中篇小说《工人绥惠略夫》等。

〔6〕 勃留梭夫（В. Я. Брюсов，1873—1924） 苏联诗人。早期受象征主义影响，十月革命后积极参加社会、文化活动。著有《镰刀和锤子》《列宁》《给俄罗斯》等。戈理奇，通译高尔基。勃洛克（А. А. Блок，1880—1921），苏联诗人。早期创作受象征主义影响，十月革命时倾向革命。著有《祖国》《俄罗斯颂》《十二个》等。

〔7〕 象征派 十九世纪末叶在法国兴起的一种文艺思潮和流派。认为事物都有与之相对应的意念和含义，强调作家应发掘这些隐藏在事物背后的含义，用恍惚的语言和物象形成暗示性"意象"（即象征），使读者领悟其中的深意。其作品多有神秘感。这一流派在第一次世界大战前影响欧洲各国。俄国象征派代表人物有梅垒什珂夫斯基、勃留梭夫等。

〔8〕 未来派 二十世纪初产生于意大利的文艺思潮和流派。它否定文化遗产和一切传统，强调面向未来，要求表现现代的机械文明、力量和速度；用离奇的形式表现动态的直觉和凌乱的想象，作品多难于理解。1914年至1918年间未来派在俄国流行，主要人物有卡明

斯基、赫列勃尼柯夫、马雅可夫斯基等。

〔9〕 《梭罗忒亚卢拿》 现译《金羊毛》,俄国象征派杂志。

〔10〕 这一句以及后文"向着我们这边突进了。突进而受伤了","咆哮狞猛,吐着长太息的破坏的音乐","时代的最重要的作品"等引文,均见托洛茨基《文学与革命》。

〔11〕 卡基卡 《十二个》中的人物,酒馆的妓女。

〔12〕 戴着白玫瑰花圈的耶稣基督 指《十二个》结尾描写的拿着旗帜、戴着花圈,走在十二个赤卫军前面的耶稣基督形象。

〔13〕 指饶了一译的《十二个》,载《小说月报》第十三卷第四期(1922年4月),是从美国杂志《活时代》1920年5月号转译的。

〔14〕 胡成才(1901—1943) 名斆,字成才,浙江龙游人。1924年毕业于北京大学俄文系。

〔15〕 伊发尔(Ivanov) 应作伊文(А. А. Ивин,1885—1942),苏联文学家。当时在北京大学教授法文、俄文,曾将《儒林外史》的一部分和彭湃的《红色的海丰》和《彭湃手记》等书译成俄文。

〔16〕 茂森唯士(1895—1973) 日本的苏联问题研究者。

〔17〕 韦素园(1902—1932) 安徽霍丘人,未名社成员。译有果戈理的中篇小说《外套》、俄国短篇小说集《最后的光芒》等。

〔18〕 玛修丁(В. Масютин) 苏联版画家。后流亡德国。

〔19〕 《新俄罗斯文学的曙光期》 日本昇曙梦所作关于苏联早期文学的论著。有画室(冯雪峰)译本。

〔20〕 弗罗连斯 通译佛罗伦萨,意大利中部城市。

写在《坟》后面[1]

在听到我的杂文已经印成一半的消息的时候,我曾经写了几行题记,寄往北京去。当时想到便写,写完便寄,到现在还不满二十天,早已记不清说了些甚么了。今夜周围是这么寂静,屋后面的山脚下腾起野烧的微光;南普陀寺[2]还在做牵丝傀儡戏,时时传来锣鼓声,每一间隔中,就更加显得寂静。电灯自然是辉煌着,但不知怎地忽有淡淡的哀愁来袭击我的心,我似乎有些后悔印行我的杂文了。我很奇怪我的后悔;这在我是不大遇到的,到如今,我还没有深知道所谓悔者究竟是怎么一回事。但这心情也随即逝去,杂文当然仍在印行,只为想驱逐自己目下的哀愁,我还要说几句话。

记得先已说过:这不过是我的生活中的一点陈迹。如果我的过往,也可以算作生活,那么,也就可以说,我也曾工作过了。但我并无喷泉一般的思想,伟大华美的文章,既没有主义要宣传,也不想发起一种什么运动。不过我曾经尝得,失望无论大小,是一种苦味,所以几年以来,有人希望我动动笔的,只要意见不很相反,我的力量能够支撑,就总要勉力写几句东西,给来者一些极微末的欢喜。人生多苦辛,而人们有时却极容易得到安慰,又何必惜一点笔墨,给多尝些孤独的悲哀呢?于是除小说杂感之外,逐渐又有了长长短短的杂文十多篇。其间自然也有为卖钱而作的,这回就都混在一处。我的生命的一部分,就这样地用去了,也就是做了这样的工作。然而我至今终于不明白我一向是在做什么。比方做土工的罢,做着做着,而不明白是在筑台呢还在掘坑。所知道的是即使是筑台,也无非要将自己从那上面跌下来或者显示老死;倘是掘坑,那就当然不过是埋掉自己。总之:逝去,逝去,一切一切,和光阴一同早逝去,在逝去,要逝去了。——不过如此,但也为我所十分甘愿的。

然而这大约也不过是一句话。当呼吸还在时,只要是自己的,我有时却也喜欢将陈迹收存起来,明知不值一文,总不能绝无眷恋,集杂文而名之曰《坟》,究竟还是一种取巧的掩饰。刘伶[3]喝得酒气熏天,使人荷锸跟在后面,道:死便埋我。虽然自以为放达,其实是只能骗骗极端老实人的。

所以这书的印行,在自己就是这么一回事。至于对别人,记得在先也已说过,还有愿使偏爱我的文字的主顾得到一点喜欢;憎恶我的文字的东西得到一点呕吐,——我自己知道,我并不大度,那些东西因我的文字而呕吐,我也很高兴的。别的就什么意思也没有了。倘若硬要说出好处来,那么,其中所介绍的几个诗人的事,或者还不妨一看;最末的论"费厄泼赖"这一篇,也许可供参考罢,因为这虽然不是我的血所写,却是见了我的同辈和比我年幼的青年们的血而写的。

　　偏爱我的作品的读者,有时批评说,我的文字是说真话的。这其实是过誉,那原因就因为他偏爱。我自然不想太欺骗人,但也未尝将心里的话照样说尽,大约只要看得可以交卷就算完。我的确时时解剖别人,然而更多的是更无情面地解剖我自己,发表一点,酷爱温暖的人物已经觉得冷酷了,如果全露出我的血肉来,末路正不知要到怎样。我有时也想就此驱除旁人,到那时还不唾弃我的,即使是枭蛇鬼怪,也是我的朋友,这才真是我的朋友。倘使并这个也没有,则就是我一个人也行。但现在我并不。因为,我还没有这样勇敢,那原因就是我还想生活,在这社会里。还有一种小缘故,先前也曾屡次声明,就是偏要使所谓正人君子也者之流多不舒服几天,所以自己便特地留几片铁甲在身上,站着,给他们的世界上多有一点缺陷,到我自己厌倦了,要脱掉了的时候为止。

　　倘说为别人引路,那就更不容易了,因为连我自己还不明白应当怎么走。中国大概很有些青年的"前辈"和"导师"罢,但那不是我,我也不相信他们。我只很确切地知道一个终点,就是:坟。然而这是大家都知道的,无须谁指引。问题是在从此到那的道路。那当然不只一条,我可正不知那一条好,虽然至今有时也还在寻求。在寻求中,我就怕我未熟的果实偏偏毒死了偏爱我的果实的人,而憎恨我的东西如所谓正人君子也者偏偏都矍铄,所以我说话常不免含胡,中止,心里想:对于偏爱我的读者的赠献,或者最好倒不如是一个"无所有"。我的译著的印本,最初,印一次是一千,后来加五百,近时是二千至四千,每一增加,我自然是愿意的,因为能赚钱,但也伴着哀愁,怕于读者有害,因此作文就时常更谨慎,更踌躇。有人以为我信笔写来,直抒胸臆,其实是不尽然的,我的顾忌并不少。我自己早知道毕竟不是什么战士了,而且也不能算前驱,就有这么多的顾忌和回忆。还记得三四年前,有一个学生来买我的书,从衣袋里掏出钱来放在我手里,那钱上还带着体温。这体温便烙印了我的心,至今要写文字时,还常使我怕毒害了这类的青年,迟疑不敢下笔。我毫无顾忌地说话的日子,恐怕要未必有了罢。但也偶尔想,其实倒还是毫无顾忌地说话,对得起这样的青年。但至今也还没有决心这样做。

今天所要说的话也不过是这些,然而比较的却可以算得真实。此外,还有一点余文。

记得初提倡白话的时候,是得到各方面剧烈的攻击的。后来白话渐渐通行了,势不可遏,有些人便一转而引为自己之功,美其名曰"新文化运动"。又有些人便主张白话不妨作通俗之用;又有些人却道白话要做得好,仍须看古书。前一类早已二次转舵,又反过来嘲骂"新文化"了;后二类是不得已的调和派,只希图多留几天僵尸,到现在还不少。我曾在杂感上掊击过的。

新近看见一种上海出版的期刊[4],也说起要做好白话须读好古文,而举例为证的人名中,其一却是我。这实在使我打了一个寒噤。别人我不论,若是自己,则曾经看过许多旧书,是的确的,为了教书,至今也还在看。因此耳濡目染,影响到所做的白话上,常不免流露出它的字句,体格来。但自己却正苦于背了这些古老的鬼魂,摆脱不开,时常感到一种使人气闷的沉重。就是思想上,也何尝不中些庄周韩非[5]的毒,时而很随便,时而很峻急。孔孟的书我读得最早,最熟,然而倒似乎和我不相干。大半也因为懒惰罢,往往自己宽解,以为一切事物,在转变中,是总有多少中间物的。动植之间,无脊椎和脊椎动物之间,都有中间物;或者简直可以说,在进化的链子上,一切都是中间物。当开首改革文章的时候,有几个不三不四的作者,是当然的,只能这样,也需要这样。他的任务,是在有些警觉之后,喊出一种新声;又因为从旧垒中来,情形看得较为分明,反戈一击,易制强敌的死命。但仍应该和光阴偕逝,逐渐消亡,至多不过是桥梁中的一木一石,并非什么前途的目标,范本。跟着起来便该不同了,倘非天纵之圣,积习当然也不能顿然荡除,但总得更有新气象。以文字论,就不必更在旧书里讨生活,却将活人的唇舌作为源泉,使文章更加接近语言,更加有生气。至于对于现在人民的语言的穷乏欠缺,如何救济,使他丰富起来,那也是一个很大的问题,或者也须在旧文中取得若干资料,以供使役,但这并不在我现在所要说的范围以内,姑且不论。

我以为我倘十分努力,大概也还能够博采口语,来改革我的文章。但因为懒而且忙,至今没有做。我常疑心这和读了古书很有些关系,因为我觉得古人写在书上的可恶思想,我的心里也常有,能否忽而奋勉,是毫无把握的。我常常诅咒我的这思想,也希望不再见于后来的青年。去年我主张青年少读,或者简直不读中国书,[6]乃是用许多苦痛换来的真话,决不是聊且快意,或什么玩笑,愤激之辞。古人说,不读书便成愚人,那自然也不错的。然而世界却正由愚人造成,聪明人决不能支持世界,尤其是中国的聪明人。现在呢,思想上且不说,便是文辞,许多青年作者又在古文,诗词中摘些好看而难懂的字面,作为变戏法的手巾,来装潢自己的作品了。我不知这和劝读古文说可有相关,但正在复古,也就是新文艺的试行自杀,是显而易见的。

不幸我的古文和白话合成的杂集,又恰在此时出版了,也许又要给读者若干毒害。只是在自己,却还不能毅然决然将他毁灭,还想借此暂时看看逝去的生活的余痕。惟愿偏爱我的作品的读者也不过将这当作一种纪念,知道这小小的丘陇中,无非埋着曾经活过的躯壳。待再经若干岁月,又当化为烟埃,并纪念也从人间消去,而我的事也就完毕了。上午也正在看古文,记起了几句陆士衡的吊曹孟德文[7],便拉来给我的这一篇作结——

> 既睎古以遗累,信简礼而薄葬。
> 彼裒绂于何有,贻尘谤于后王。
> 嗟大恋之所存,故虽哲而不忘。
> 览遗籍以慷慨,献兹文而凄伤!

　　　　　　　　一九二六,一一,一一,夜。鲁迅。

＊　　　＊　　　＊

　　〔1〕 本篇最初发表于1926年12月4日《语丝》周刊第一〇八期。

　　〔2〕 南普陀寺 在厦门大学附近。该寺建于唐代开元年间,原名普照寺。

　　〔3〕 刘伶 字伯伦,晋代沛国(今安徽濉溪)人。"竹林七贤"之一。《晋书·刘伶传》中说,他"常乘鹿车,携一壶酒,使人荷锸而随之,谓曰:'死便埋我。'"

　　〔4〕 指当时上海开明书店出版的《一般》月刊。1926年9月创刊,1929年12月停刊。关于"做好白话须读好古文"的议论,见该刊1926年11月第一卷第三号所载明石(朱光潜)《〈雨天的书〉》一文,其中说:"想做好白话文,读若干上品的文言文或且十分必要。现在白话文作者当推胡适之、吴稚晖、周作人、鲁迅诸先生,而这几位先生的白话文都有得力于古文的处所(他们自己也许不承认)。"

　　〔5〕 庄周(约前369—前286) 战国时宋国人,道家学派代表人物之一,著作有《庄子》一书。韩非(前280—前233),战国末期韩国人,先秦法家学派代表人物之一,著作有《韩非子》一书。

　　〔6〕 见《青年必读书》,发表在1925年2月21日《京报副刊》,后收入《华盖集》。

　　〔7〕 陆士衡(261—303) 名机,字士衡,吴郡华亭(今上海松江)人,晋代文学家。他的吊曹孟德(曹操)文,题为《吊魏武帝文》,是他在晋朝王室的藏书阁中看到了曹操的《遗令》而作的。曹操在《遗令》中说,他死后不要照古代的繁礼厚葬,葬礼应该简单些;遗物中的

裘(皮衣)绶(印绶)不要分;妓乐仍留在铜雀台按时上祭作乐。陆机这篇吊文,对曹操临死时仍然眷恋这些表示了一种感慨。

无声的中国[1]

——二月十六日在香港青年会[2]讲

以我这样没有什么可听的无聊的讲演,又在这样大雨的时候,竟还有这许多来听的诸君,我首先应当声明我的郑重的感谢。

我现在所讲的题目是:《无声的中国》。

现在,浙江,陕西,都在打仗,[3]那里的人民哭着呢还是笑着呢,我们不知道。香港似乎很太平,住在这里的中国人,舒服呢还是不很舒服呢,别人也不知道。

发表自己的思想,感情给大家知道的是要用文章的,然而拿文章来达意,现在一般的中国人还做不到。这也怪不得我们;因为那文字,先就是我们的祖先留传给我们的可怕的遗产。人们费了多年的工夫,还是难于运用。因为难,许多人便不理它了,甚至于连自己的姓也写不清是张还是章,或者简直不会写,或者说道:Chang。虽然能说话,而只有几个人听到,远处的人们便不知道,结果也等于无声。又因为难,有些人便当作宝贝,像玩把戏似的,之乎者也,只有几个人懂,——其实是不知道可真懂,而大多数的人们却不懂得,结果也等于无声。

文明人和野蛮人的分别,其一,是文明人有文字,能够把他们的思想,感情,藉此传给大众,传给将来。中国虽然有文字,现在却已经和大家不相干,用的是难懂的古文,讲的是陈旧的古意思,所有的声音,都是过去的,都就是只等于零的。所以,大家不能互相了解,正像一大盘散沙。

将文章当作古董,以不能使人认识,使人懂得为好,也许是有趣的事罢。但是,结果怎样呢?是我们已经不能将我们想说的话说出来。我们受了损害,受了侮辱,总是不能说出些应说的话。拿最近的事情来说,如中日战争,拳匪事件,民元革命[4]这些大事件,一直到现在,我们可有一部像样的著作?民国以来,也还是谁也不作声。反而在外国,倒常有说起中国的,但那都不是中国人自己的声音,是别人的声音。

这不能说话的毛病,在明朝是还没有这样厉害的;他们还比较地能够说些要说的话。待到满洲人以异族侵入中国,讲历史的,尤其是讲宋末的事情的人被杀害了,讲时事的自然也被杀害了。所以,到乾隆年间,人民大家便更不敢用文章来说话了。[5]所谓读书人,便只好躲起来读经,校刊古书,做些古时的文章,和当时毫无关系的文章。有些新意,也还是不行的;不是学韩,便是学苏。韩愈苏轼[6]他们,用他们自己的文章来说当时要说的话,那当然可以的。我们却并非唐宋时人,怎么做和我们毫无关系的时候的文章呢。即使做得像,也是唐宋时代的声音,韩愈苏轼的声音,而不是我们现代的声音。然而直到现在,中国人却还耍着这样的旧戏法。人是有的,没有声音,寂寞得很。——人会没有声音的么? 没有,可以说:是死了。倘要说得客气一点,那就是:已经哑了。

要恢复这多年无声的中国,是不容易的,正如命令一个死掉的人道:"你活过来!"我虽然并不懂得宗教,但我以为正如想出现一个宗教上之所谓"奇迹"一样。

首先来尝试这工作的是"五四运动"前一年,胡适之先生所提倡的"文学革命"[7]。"革命"这两个字,在这里不知道可害怕,有些地方是一听到就害怕的。但这和文学两字连起来的"革命",却没有法国革命[8]的"革命"那么可怕,不过是革新,改换一个字,就很平和了,我们就称为"文学革新"罢,中国文字上,这样的花样是很多的。那大意也并不可怕,不过说:我们不必再去费尽心机,学说古代的死人的话,要说现代的活人的话;不要将文章看作古董,要做容易懂得的白话的文章。然而,单是文学革新是不够的,因为腐败思想,能用古文做,也能用白话做。所以后来就有人提倡思想革新。思想革新的结果,是发生社会革新运动。这运动一发生,自然一面就发生反动,于是便酿成战斗……。

但是,在中国,刚刚提起文学革新,就有反动了。不过白话文却渐渐风行起来,不大受阻碍。这是怎么一回事呢? 就因为当时又有钱玄同先生提倡废止汉字,用罗马字母来替代[9]。这本也不过是一种文字革新,很平常的,但被不喜欢改革的中国人听见，就大不得了了，于是便放过了比较的平和的文学革命，而竭力来骂钱玄同。白话乘了这一个机会，居然减去了许多敌人，反而没有阻碍，能够流行了。

中国人的性情是总喜欢调和，折中的。譬如你说，这屋子太暗，须在这里开一个窗，大家一定不允许的。但如果你主张拆掉屋顶，他们就会来调和，愿意开窗了。没有更激烈的主张，他们总连平和的改革也不肯行。那时白话文之得以通行，就因为有废掉中国字而用罗马字母的议论的缘故。

其实，文言和白话的优劣的讨论，本该早已过去了，但中国是总不肯早早解决的，到现在还有许多无谓的议论。例如，有的说：古文各省人都能懂，白话就各处不同，反而不能互相了解了。殊不知这只要教育普及和交通发达就好，那时就人人都能懂较为易解的白话文；至于古文，何尝各省人都能懂，便是一省里，也没有许多人懂得的。有的说：如果都用白话文，人们便不能看古书，中国的文化就灭亡了。其实呢，现在的人们大可以不必看古书，即使古书里真有好东西，也可以用白话来译出的，用不着那么心惊胆战。他们又有人说，外国尚且译中国书，足见其好，我们自己倒不看么？殊不知埃及的古书，外国人也译，非洲黑人的神话，外国人也译，他们别有用意，即使译出，也算不了怎样光荣的事的。

近来还有一种说法，是思想革新紧要，文字改革倒在其次，所以不如用浅显的文言来作新思想的文章，可以少招一重反对。这话似乎也有理。然而我们知道，连他长指甲都不肯剪去的人,是决不肯剪去他的辫子的。

因为我们说着古代的话,说着大家不明白,不听见的话,已经弄得像一盘散沙,痛痒不相关了。我们要活过来,首先就须由青年们不再说孔子孟子和韩愈柳宗元[10]们的话。时代不同,情形也两样,孔子时代的香港不这样,孔子口调的"香港论"是无从做起的,"吁嗟阔哉香港也",不过是笑话。

我们要说现代的,自己的话;用活着的白话,将自己的思想,感情直白地说出来。但是,这也要受前辈先生非笑的。他们说白话文卑鄙,没有价值;他们说年青人作品幼稚,贻笑大方。我们中国能做文言的有多少呢,其余的都只能说白话,难道这许多中国人,就都是卑鄙,没有价值的么?至于幼稚,尤其没有什么可羞,正如孩子对于老人,毫没有什么可羞一样。幼稚是会生长,会成熟的,只不要衰老,腐败,就好。倘说待到纯熟了才可以动手,那是虽是村妇也不至于这样蠢。她的孩子学走路,即使跌倒了,她决不至于叫孩子从此躺在床上,待到学会了走法再下地面来的。

青年们先可以将中国变成一个有声的中国。大胆地说话,勇敢地进行,忘掉了一切利害,推开了古人,将自己的真心的话发表出来。——真,自然是不容易的。譬如态度,就不容易真,讲演时候就不是我的真态度,因为我对朋友,孩子说话时候的态度是不这样的。——但总可以说些较真的话,发些较真的声音。只有真的声音,才能感动中国的人和世界的人;必须有了真的声音,才能和世界的人同在世界上生活。

我们试想现在没有声音的民族是那几种民族。我们可听到埃及人的声音？可听到安南[11]，朝鲜的声音？印度除了泰戈尔[12]，别的声音可还有？

我们此后实在只有两条路：一是抱着古文而死掉，一是舍掉古文而生存。

* * *

〔1〕 本篇最初刊载于香港报纸（报纸名称及日期未详），1927年3月23日汉口《中央日报》副刊转载。据鲁迅日记，这篇讲演作于2月18日。

〔2〕 青年会 即基督教青年会，基督教进行社会文化活动的机构之一。

〔3〕 这里说的浙江陕西在打仗，指1926年末至1927年初北洋军阀孙传芳在浙江进攻与广州国民政府有联系的陈仪、周凤歧等部，和1926年12月冯玉祥所部国民军在陕西与北洋镇嵩军的战争。

〔4〕 中日战争 指1894年（甲午）日本军国主义侵略中国而引起的战争。拳匪事件，指1900年中国北方爆发的义和团运动。民元革命，即1911年（辛亥）孙中山领导的推翻清王朝、建立民国的民主革命。

〔5〕 指清初统治者多次施于汉族人民的文字狱，其中较著名的有康熙年间的"庄廷鑨之狱"、"戴名世之狱"，雍正年间的"吕留良曾静之狱"，乾隆年间的"胡中藻之狱"等。这些文字狱的起因，都是由于他们在著作中记载了汉族人民在历史上（特别是宋末和明末）反抗民族压迫的事实，或涉嫌触犯清朝的统治，因而遭到迫害和屠杀。

〔6〕 韩愈（768—824） 字退之，河阳（今河南孟县）人，自称郡

望昌黎,唐代文学家,著有《韩昌黎集》。苏轼(1037—1101),字子瞻,号东坡居士,眉山(今属四川)人,宋代文学家,著有《东坡全集》等。

〔7〕 胡适之(1891—1962)　名适,字适之,安徽绩溪人。他在"五四"时期是新文化运动的代表人物之一。这里所说他提倡"文学革命",是指他在《新青年》杂志第四卷第四号(1918年4月)发表的《建设的文学革命论》一文。

〔8〕 法国革命　指1789年至1794年的法国资产阶级革命。这次革命摧毁了法国封建专制制度,促进了法国资本主义的发展,并推动了欧洲各国的革命。

〔9〕 钱玄同(1887—1939)　浙江吴兴人,文字学家,"五四"时期新文化运动的积极参加者。他在1918年1月《新青年》第四卷第一号《论注音字母》一文中说过,"高等字典和中学以上的高深书籍,都应该用罗马字母记音";在同年4月《新青年》第四卷第四号《中国今后之文字问题》的"通信"中,提出"废灭汉文",代以世界语的主张。

〔10〕 孔子(前551—前479)　名丘,字仲尼,春秋末期鲁国陬邑(今山东曲阜)人,儒家学派创始人。他的主要言行记载在《论语》一书中。孟子(约前372—前289),名轲,字子舆,战国中期邹(今山东邹县)人,继孔子之后儒家的代表人物。他的重要言行记载在《孟子》一书中。柳宗元(773—819),字子厚,河东(今山西运城)人,唐代文学家,著有《柳河东集》等。

〔11〕 安南　越南的旧称。1803年其国号已改为越南,但中国民间仍沿用旧称。

〔12〕 泰戈尔(R. Tagore,1861—1941)　印度诗人,著有诗集《新月集》《飞鸟集》和长篇小说《沉船》等。

老调子已经唱完[1]

——二月十九日在香港青年会讲演

今天我所讲的题目是"老调子已经唱完":初看似乎有些离奇,其实是并不奇怪的。

凡老的,旧的,都已经完了!这也应该如此。虽然这一句话实在对不起一般老前辈,可是我也没有别的法子。

中国人有一种矛盾思想,即是:要子孙生存,而自己也想活得很长久,永远不死;及至知道没法可想,非死不可了,却希望自己的尸身永远不腐烂。但是,想一想罢,如果从有人类以来的人们都不死,地面上早已挤得密密的,现在的我们早已无地可容了;如果从有人类以来的人们的尸身都不烂,岂不是地面上的死尸早已堆得比鱼店里的鱼还要多,连掘井,造房子的空地都没有了么?所以,我想,凡是老的,旧的,实在倒不如高高兴兴的死去的好。

在文学上,也一样,凡是老的和旧的,都已经唱完,或将要唱完。举一个最近的例来说,就是俄国。他们当俄皇专制的时代,有许多作家很同情于民众,叫出许多惨痛的声音,后来他们又看见民众有缺点,便失望起来,不很能怎样歌唱,待到革命以后,文学上便没有什么大作品了。只有几个旧文学家跑到外国去,作了几篇作品,但也不见得出色,因为他们已经失掉了先前的环境了,不再能照先前似的开口。

在这时候,他们的本国是应该有新的声音出现的,但是我们还没有很听到。我想,他们将来是一定要有声音的。因为俄国是活的,虽然暂时没有什么声音,但他究竟有改造环境的能力,所以将来一定也会有新的声音出现。

再说欧美的几个国度罢。他们的文艺是早有些老旧了,待到世界大战时候,才发生了一种战争文学。战争一完结,环境也改变了,老调子无从再唱,所以现在文学上也有些寂寞。将来的情形如何,我们实在不能豫测。但我相信,他们是一定也会有新的声音的。

现在来想一想我们中国是怎样。中国的文章是最没有变化的,调子是最老的,里面的思想是最旧的。但是,很奇怪,却和别国不一样。那些老调子,还是没有唱完。

这是什么缘故呢?有人说,我们中国是有一种"特别国情"[2]。——中国人是否真是这样"特别",我是不知道,不过我听得有人说,中国人是这样。——倘使这话是真的,那么,据我看来,这所以特别的原因,大概有两样。

第一,是因为中国人没记性,因为没记性,所以昨天听过的话,今天忘记了,明天再听到,还是觉得很新鲜。做事也是如此,昨天做坏了的事,今天忘记了,明天做起来,也还是"仍旧贯"[3]的老调子。

第二,是个人的老调子还未唱完,国家却已经灭亡了好几次了。何以呢?我想,凡有老旧的调子,一到有一个时候,是都应该唱完的,凡是有良心,有觉悟的人,到一个时候,自然知道老调子不该再唱,将它抛弃。但是,一般以自己为中心的人们,却决不肯以民众为主体,而专图自己的便利,总是三翻四复的唱不完。于是,自己的老调子固然唱不完,而国家却已被唱完了。

宋朝的读书人讲道学,讲理学,尊孔子,千篇一律。虽然有几个革新的人们,如王安石[4]等等,行过新法,但不得大家的赞同,失败了。从此大家又唱老调子,和社会没有关系的老调子,一直到宋朝的灭亡。

宋朝唱完了,进来做皇帝的是蒙古人——元朝。那么,宋朝的老调子也该随着宋朝完结了罢,不,元朝人起初虽然看不起中国人[5],后来却觉得我们的老调子,倒也新奇,渐渐生了羡慕,因此元人也跟着唱起我们的调子来了,一直到灭亡。

这个时候,起来的是明太祖。元朝的老调子,到此应该唱完了罢,可是也还没有唱完。明太祖又觉得还有些意趣,就又教大家接着唱下去。什么八股咧,道学咧,和社会,百姓都不相干,就只向着那条过去的旧路走,一直到明亡。

清朝又是外国人。中国的老调子,在新来的外国主人的眼里又见得新鲜了,于是又唱下去。还是八股,考试,做古文,看古书。但是清朝完结,已经有十六年了,这是大家都知道的。他们到后来,倒也略略有些觉悟,曾经想从外国学一点新法来补救,然而已经太迟,来不及了。

老调子将中国唱完,完了好几次,而它却仍然可以唱下去。因此就发生一点小议论。有人说:"可见中国的老调子实在好,正不妨唱下去。试看元朝的蒙古人,清朝的满洲人,不是都被我们同化了么?照此看来,则将来无论何国,中国都会这样地将他们同化的。"原来我们中国就如生着传染病的病人一般,自己生了病,还会将病传到别人身上去,这倒是一种特别的本领。

殊不知这种意见,在现在是非常错误的。我们为甚么能够同化蒙古人和满洲人呢?是因为他们的文化比我们的低得多。倘使别人的文化和我们的相敌或更进步,那结果便要大不相同了。他们倘比我们更聪明,这时候,我们不但不能同化他们,反要被他们利用了我们的腐败文化,来治理我们这腐败民族。他们对于中国人,是毫不爱惜的,当然任凭你腐败下去。现在听说又很有别国人在尊重中国的旧文化了,那里是真在尊重呢,不过是利用!

从前西洋有一个国度,国名忘记了,要在非洲造一条铁路。顽固的非洲土人很反对,他们便利用了他们的神话来哄骗他们道:"你们古代有一个神仙,曾从地面造一道桥到天上。现在我们所造的铁路,简直就和你们的古圣人的用意一样。"[6]非洲人不胜佩服,高兴,铁路就造起来。——中国人是向来排斥外人的,然而现在却渐渐有人跑到他那里去唱老调子了,还说道:"孔夫子也说过,'道不行,乘桴浮于海。'〔7〕所以外人倒是好的。"外国人也说道:"你家圣人的话实在不错。"

倘照这样下去,中国的前途怎样呢?别的地方我不知道,只好用上海来类推。上海是:最有权势的是一群外国人,接近他们的是一圈中国的商人和所谓读书的人,圈子外面是许多中国的苦人,就是下等奴才。将来呢,倘使还要唱着老调子,那么,上海的情状会扩大到全国,苦人会多起来。因为现在是不像元朝清朝时候,我们可以靠着老调子将他们唱完,只好反而唱完自己了。这就因为,现在的外国人,不比蒙古人和满洲人一样,他们的文化并不在我们之下。

那么,怎么好呢?我想,唯一的方法,首先是抛弃了老调子。旧文章,旧思想,都已经和现社会毫无关系了,从前孔子周游列国的时代,所坐的是牛车。现在我们还坐牛车么?从前尧舜的时候,吃东西用泥碗。现在我们所用的是甚么?所以,生在现今的时代,捧着古书是完全没有用处的了。

但是,有些读书人说,我们看这些古东西,倒并不觉得于中国怎样有害,又何必这样决绝地抛弃呢?是的。然而古老东西的可怕就正在这里。倘使我们觉得有害,我们便能警戒了,正因为并不觉得怎样有害,我们这才总是觉不出这致死的毛病来。因为这是"软刀子"。这"软刀子"的名目,也不是我发明的,明朝有一个读书人,叫做贾凫西〔8〕的,鼓词里曾经说起纣王,道:"几年家软刀子割头不觉死,只等得太白旗悬才知道命有差。"我们的老调子,也就是一把软刀子。

中国人倘被别人用钢刀来割,是觉得痛的,还有法子想;倘是软刀子,那可真是"割头不觉死",一定要完的。

我们中国被别人用兵器来打,早有过好多次了。例如,蒙古人满洲人用弓箭,还有别国人用枪炮。用枪炮来打的后几次,我已经出了世了,但是年纪青。我仿佛记得那时大家倒还觉得一点苦痛的,也曾经想有些抵抗,有些改革。用枪炮来打我们的时候,听说是因为我们野蛮;现在,倒不大遇见有枪炮来打我们了,大约是因为我们文明了罢。现在也的确常常有人说,中国的文化好得很,应该保存。那证据,是外国人也常在赞美。这就是软刀子。用钢刀,我们也许还会觉得的,于是就改用软刀子。我想:叫我们用自己的老调子唱完我们自己的时候,是已经要到了。

中国的文化,我可是实在不知道在那里。所谓文化之类,和现在的民众有甚么关系,甚么益处呢?近来外国人也时常说,中国人礼仪好,中国人肴馔好。中国人也附和着。但这些事和民众有甚么关系?车夫先就没有钱来做礼服,南北的大多数的农民最好的食物是杂粮。有什么关系?

中国的文化,都是侍奉主子的文化,是用很多的人的痛苦换来的。无论中国人,外国人,凡是称赞中国文化的,都只是以主子自居的一部份。

以前,外国人所作的书籍,多是嘲骂中国的腐败;到了现在,不大嘲骂了,或者反而称赞中国的文化了。常听到他们说:"我在中国住得很舒服呵!"这就是中国人已经渐渐把自己的幸福送给外国人享受的证据。所以他们愈赞美,我们中国将来的苦痛要愈深的!

这就是说:保存旧文化,是要中国人永远做侍奉主子的材料,苦下去,苦下去。虽是现在的阔人富翁,他们的子孙也不能逃。我曾经做过一篇杂感,大意是说:"凡称赞中国旧文化的,多是住在租界或安稳地方的富人,因为他们有钱,没有受到国内战争的痛苦,所以发出这样的赞赏来。殊不知将来他们的子孙,营业要比现在的苦人更其贱,去开的矿洞,也要比现在的苦人更其深。"〔9〕这就是说,将来还是要穷的,不过迟一点。但是先穷的苦人,开了较浅的矿,他们的后人,却须开更深的矿了。我的话并没有人注意。他们还是唱着老调子,唱到租界去,唱到外国去。但从此以后,不能像元朝清朝一样,唱完别人了,他们是要唱完了自己。

这怎么办呢?我想,第一,是先请他们从洋楼,卧室,书房里踱出来,看一看身边怎么样,再看一看社会怎么样,世界怎么样。然后自己想一想,想得了方法,就做一点。"跨出房门,是危险的。"自然,唱老调子的先生们又要说。然而,做人是总有些危险的,如果躲在房里,就一定长寿,白胡子的老先生应该非常多;但是我们所见的有多少呢?他们也还是常常早死,虽然不危险,他们也胡涂死了。

要不危险,我倒曾经发现了一个很合式的地方。这地方,就是:牢狱。人坐在监牢里,便不至于再捣乱,犯罪了;救火机关也完全,不怕失火;也不怕盗劫,到牢狱里去抢东西的强盗是从来没有的。坐监是实在最安稳。

但是,坐监却独独缺少一件事,这就是:自由。所以,贪安稳就没有自由,要自由就总要历些危险。只有这两条路。那一条好,是明明白白的,不必待我来说了。

现在我还要谢诸位今天到来的盛意。

* * *

〔1〕 本篇最初发表于1927年3月(?)广州《国民新闻》副刊《新时代》,同年5月11日汉口《中央日报》副刊第四十八号曾予转载。

〔2〕 "特别国情" 1915年袁世凯阴谋复辟帝制时,他的宪法顾问美国人古德诺(F. J. Goodnow),曾于8月10日北京《亚细亚日报》发表《共和与君主论》一文,说中国自有"特别国情",不适宜实行共和政治,应当恢复君主政体。这种论调曾经成为守旧派阻挠民主改革和反对进步学说的借口。

〔3〕 "仍旧贯" 语出《论语·先进》:"鲁人为长府,闵子骞曰:'仍旧贯,如之何?何必改作!'"

〔4〕 王安石(1021—1086) 字介甫,抚州临川(今属江西)人。北宋政治家、文学家。他在宋神宗熙宁二年(1069)为参知政事,次年出任宰相,实行改革,推行均输、青苗、免役、市易、方田均税、保甲保马等新法,后因司马光、文彦博等激烈反对而失败。

〔5〕 元朝将全国人分为四等:蒙古人最贵,色目人次之,汉人又次之,南人最贱。按汉人指契丹、女贞、高丽和原金朝治下的北中国汉人;南人指南宋遗民。

〔6〕 关于西洋人用神话哄骗非洲土人的事,参看《热风·随感录四十二》。

〔7〕 "道不行,乘桴浮于海" 语出《论语·公冶长》。宋代邢昺疏:"桴,竹木所编小筏也。"

〔8〕 贾凫西(约1590—1676) 名应宠,字思退,号凫西、木皮散人,山东曲阜人,鼓词作家。明末曾任刑部郎中等职,明亡不仕。这里所引的话见于明亡后他作的《木皮散人鼓词》中关于周武王灭商纣王的一段:"多亏了散宜生定下胭粉计,献上个兴周灭商的女娇娃;……他爷们(按指周文王、武王父子等)昼夜商议行仁政,那纣王胡里胡涂在黑影爬;几年家软刀子割头不觉死,只等得太白旗悬才知道命有差。"

〔9〕 参看《华盖集续编·无花的蔷薇之二》。

魏晋风度及文章与药及酒之关系[1]

——九月间在广州夏期学术演讲会[2]讲

我今天所讲的,就是黑板上写着的这样一个题目。

中国文学史,研究起来,可真不容易,研究古的,恨材料太少,研究今的,材料又太多,所以到现在,中国较完全的文学史尚未出现。今天讲的题目是文学史上的一部分,也是材料太少,研究起来很有困难的地方。因为我们想研究某一时代的文学,至少要知道作者的环境,经历和著作。

汉末魏初这个时代是很重要的时代,在文学方面起一个重大的变化,因当时正在黄巾[3]和董卓[4]大乱之后,而且又是党锢[5]的纠纷之后,这时曹操[6]出来了。——不过我们讲到曹操,很容易就联想起《三国志演义》[7],更而想起戏台上那一位花面的奸臣,但这不是观察曹操的真正方法。现在我们再看历史,在历史上的记载和论断有时也是极靠不住的,不能相信的地方很多,因为通常我们晓得,某朝的年代长一点,其中必定好人多;某朝的年代短一点,其中差不多没有好人。为什么呢?因为年代长了,做史的是本朝人,当然恭维本朝的人物,年代短了,做史的是别朝人,便很自由地贬斥其异朝的人物,所以在秦朝,差不多在史的记载上半个好人也没有。曹操在史上年代也是颇短的,自然也逃不了被后一朝人说坏话的公例。其实,曹操是一个很有本事的人,至少是一个英雄,我虽不是曹操一党,但无论如何,总是非常佩服他。

研究那时的文学,现在较为容易了,因为已经有人做过工作:在文集一方面有清严可均辑的《全上古三代秦汉三国晋南北朝文》[8]。其中于此有用的,是《全汉文》,《全三国文》,《全晋文》。

在诗一方面有丁福保辑的《全汉三国晋南北朝诗》[9]。——丁福保是做医生的,现在还在。

辑录关于这时代的文学评论有刘师培编的《中国中古文学史》[10]。这本书是北大的讲义,刘先生已死,此书由北大出版。

上面三种书对于我们的研究有很大的帮助。能使我们看出这时代的文学的确有点异彩。

我今天所讲,倘若刘先生的书里已详的,我就略一点;反之,刘先生所略的,我就较详一点。

董卓之后,曹操专权。在他的统治之下,第一个特色便是尚刑名。他的立法是很严的,因为当大乱之后,大家都想做皇帝,大家都想叛乱,故曹操不能不如此。曹操曾自己说过:"倘无我,不知有多少人称王称帝!"[11]这句话他倒并没有说谎。因此之故,影响到文章方面,成了清峻的风格。——就是文章要简约严明的意思。

此外还有一个特点,就是尚通脱。他为什么要尚通脱呢?自然也与当时的风气有莫大的关系。因为在党锢之祸以前,凡党中人都自命清流,不过讲"清"讲得太过,便成固执,所以在汉末,清流的举动有时便非常可笑了。

比方有一个有名的人,普通的人去拜访他,先要说几句话,倘这几句话说得不对,往往会遭倨傲的待遇,叫他坐到屋外去,甚而至于拒绝不见。

又如有一个人,他和他的姊夫是不对的,有一回他到姊姊那里去吃饭之后,便要将饭钱算回给姊姊。她不肯要,他就于出门之后,把那些钱扔在街上,算是付过了。[12]

个人这样闹闹脾气还不要紧,若治国平天下也这样闹起执拗的脾气来,那还成甚么话?所以深知此弊的曹操要起来反对这种习气,力倡通脱。通脱即随便之意。此种提倡影响到文坛,便产生多量想说甚么便说甚么的文章。

更因思想通脱之后,废除固执,遂能充分容纳异端和外来的思想,故孔教以外的思想源源引入。

总括起来,我们可以说汉末魏初的文章是清峻,通脱。在曹操本身,也是一个改造文章的祖师,可惜他的文章传的很少。他胆子很大,文章从通脱得力不少,做文章时又没有顾忌,想写的便写出来。

所以曹操征求人才时也是这样说,不忠不孝不要紧,只要有才便可以。[13]这又是别人所不敢说的。曹操做诗,竟说是

"郑康成行酒伏地气绝"[14],他引出离当时不久的事实,这也是别人所不敢用的。还有一样,比方人死时,常常写点遗令,这是名人的一件极时髦的事。当时的遗令本有一定的格式,且多言身后当葬于何处何处,或葬于某某名人的墓旁;操独不然,他的遗令不但没有依着格式,内容竟讲到遗下的衣服和伎女怎样处置等问题[15]。

陆机虽然评曰"贻尘谤于后王"[16],然而我想他无论如何是一个精明人,他自己能做文章,又有手段,把天下的方士文士统统搜罗起来,省得他们跑在外面给他捣乱。所以他帷幄里面,方士文士就特别地多。

孝文帝曹丕[17],以长子而承父业,篡汉而即帝位。他也是喜欢文章的。其弟曹植[18],还有明帝曹叡[19],都是喜欢文章的。不过到那个时候,于通脱之外,更加上华丽。丕著有《典论》,现已失散无全本,那里面说:"诗赋欲丽","文以气为主"。《典论》的零零碎碎,在唐宋类书中;一篇整的《论文》,在《文选》[20]中可以看见。

后来有一般人很不以他的见解为然。他说诗赋不必寓教训,反对当时那些寓训勉于诗赋的见解,用近代的文学眼光看来,曹丕的一个时代可说是"文学的自觉时代",或如近代所说是为艺术而艺术[21](Art for Art's Sake)的一派。所以曹丕做的诗赋很好,更因他以"气"为主,故于华丽以外,加上壮大。归纳起来,汉末,魏初的文章,可说是:"清峻,通脱,华丽,壮大。"在文学的意见上,曹丕和曹植表面上似乎是不同的。曹丕说文章事可以留名声于千载[22]；但子建却说文章小道[23]，不足论的。据我的意见，子建大概是违心之论。这里有两个原因，第一，子建的文章做得好，一个人大概总是不满意自己所做而羡慕他人所为的，他的文章已经做得好，于是他便敢说文章是小道；第二，子建活动的目标在于政治方面，政治方面不甚得志[24]，遂说文章是无用了。

曹操曹丕以外，还有下面的七个人：孔融，陈琳，王粲，徐幹，阮瑀，应瑒，刘桢，都很能做文章，后来称为"建安七子"[25]。七人的文章很少流传，现在我们很难判断；但，大概都不外是"慷慨"，"华丽"罢。华丽即曹丕所主张，慷慨就因当天下大乱之际，亲戚朋友死于乱者特多，于是为文就不免带着悲凉，激昂和"慷慨"了。

七子之中，特别的是孔融，他专喜和曹操捣乱。曹丕《典论》里有论孔融的，因此他也被拉进"建安七子"一块儿去。其实不对，很两样的。不过在当时，他的名声可非常之大。孔融作文，喜用讥嘲的笔调，曹丕很不满意他。孔融的文章现在传的也很少，就他所有的看起来，我们可以瞧出他并不大对别人讥讽，只对曹操。比方操破袁氏兄弟，曹丕把袁熙的妻甄氏拿来，归了自己，孔融就写信给曹操，说当初武王伐纣，将妲己给了周公了。操问他的出典，他说，以今例古，大概那时也是这样的。又比方曹操要禁酒，说酒可以亡国，非禁不可，孔融又反对他，说也有以女人亡国的，何以不禁婚姻？[26]

其实曹操也是喝酒的。我们看他的"何以解忧？惟有杜康"[27]的诗句,就可以知道。为什么他的行为会和议论矛盾呢?此无他,因曹操是个办事人,所以不得不这样做;孔融是旁观的人,所以容易说些自由话。曹操见他屡屡反对自己,后来借故把他杀了。[28]他杀孔融的罪状大概是不孝。因为孔融有下列的两个主张:

第一,孔融主张母亲和儿子的关系是如瓶之盛物一样,只要在瓶内把东西倒了出来,母亲和儿子的关系便算完了。第二,假使有天下饥荒的一个时候,有点食物,给父亲不给呢?孔融的答案是:倘若父亲是不好的,宁可给别人。——曹操想杀他,便不惜以这种主张为他不忠不孝的根据,把他杀了。倘若曹操在世,我们可以问他,当初求才时就说不忠不孝也不要紧,为何又以不孝之名杀人呢?然而事实上纵使曹操再生,也没人敢问他,我们倘若去问他,恐怕他把我们也杀了!

与孔融一同反对曹操的尚有一个祢衡[29],后来给黄祖杀掉的。祢衡的文章也不错,而且他和孔融早是"以气为主"来写文章的了。故在此我们又可知道,汉文慢慢壮大起来,是时代使然,非专靠曹操父子之功的。但华丽好看,却是曹丕提倡的功劳。

这样下去一直到明帝的时候,文章上起了个重大的变化,因为出了一个何晏[30]。

何晏的名声很大,位置也很高,他喜欢研究《老子》和《易经》[31]。至于他是怎样的一个人呢?那真相现在可很难知道,很难调查。因为他是曹氏一派的人,司马氏很讨厌他,所以他们的记载对何晏大不满。因此产生许多传说,有人说何晏的脸上是搽粉的,又有人说他本来生得白,不是搽粉的。[32]但究竟何晏搽粉不搽粉呢?我也不知道。

但何晏有两件事我们是知道的。第一,他喜欢空谈,是空谈的祖师;第二,他喜欢吃药,是吃药的祖师。[33]

此外,他也喜欢谈名理。他身子不好,因此不能不服药。他吃的不是寻常的药,是一种名叫"五石散"的药。

"五石散"是一种毒药,是何晏吃开头的。汉时,大家还不敢吃,何晏或者将药方略加改变,便吃开头了。五石散的基本,大概是五样药:石钟乳,石硫黄,白石英,紫石英,赤石脂;另外怕还配点别样的药。但现在也不必细细研究它,我想各位都是不想吃它的。

从书上看起来,这种药是很好的,人吃了能转弱为强。因此之故,何晏有钱,他吃起来了;大家也跟着吃。那时五石散的流毒就同清末的鸦片的流毒差不多,看吃药与否以分阔气与否的。现在由隋巢元方做的《诸病源候论》[34]的里面可以看到一些。据此书,可知吃这药是非常麻烦的,穷人不能吃,假使吃了之后,一不小心,就会毒死。先吃下去的时候,倒不怎样的,后来药的效验既显,名曰"散发"。倘若没有"散发",就有弊而无利。因此吃了之后不能休息,非走路不可,因走路才能"散发",所以走路名曰"行散"。比方我们看六朝人的诗,有云:"至城东行散",就是此意。后来做诗的人不知其故,以为"行散"即步行之意,所以不服药也以"行散"二字入诗,这是很笑话的。

走了之后,全身发烧,发烧之后又发冷。普通发冷宜多穿衣,吃热的东西。但吃药后的发冷刚刚要相反:衣少,冷食,以冷水浇身。倘穿衣多而食热物,那就非死不可。因此五石散一名寒食散。只有一样不必冷吃的,就是酒。

吃了散之后,衣服要脱掉,用冷水浇身;吃冷东西;饮热酒。这样看起来,五石散吃的人多,穿厚衣的人就少;比方在广东提倡,一年以后,穿西装的人就没有了。因为皮肉发烧之故,不能穿窄衣。为豫防皮肤被衣服擦伤,就非穿宽大的衣服不可。现在有许多人以为晋人轻裘缓带,宽衣,在当时是人们高逸的表现,其实不知他们是吃药的缘故。一班名人都吃药,穿的衣都宽大,于是不吃药的也跟着名人,把衣服宽大起来了!

还有,吃药之后,因皮肤易于磨破,穿鞋也不方便,故不穿鞋袜而穿屐。所以我们看晋人的画像或那时的文章,见他衣服宽大,不鞋而屐,以为他一定是很舒服,很飘逸的了,其实他心里都是很苦的。

更因皮肤易破,不能穿新的而宜于穿旧的,衣服便不能常洗。因不洗,便多虱。所以在文章上,虱子的地位很高,"扪虱而谈"[35],当时竟传为美事。比方我今天在这里演讲的时候,扪起虱来,那是不大好的。但在那时不要紧,因为习惯不同之故。这正如清朝是提倡抽大烟的,我们看见两肩高耸的人,不觉得奇怪。现在就不行了,倘若多数学生,他的肩成为一字样,我们就觉得很奇怪了。

此外可见服散的情形及其他种种的书,还有葛洪的《抱朴子》[36]。

到东晋以后,作假的人就很多,在街旁睡倒,说是"散发"以示阔气。[37]就像清时尊读书,就有人以墨涂唇,表示他是刚才写了许多字的样子。故我想,衣大,穿屐,散髪等等,后来效之,不吃也学起来,与理论的提倡实在是无关的。

又因"散发"之时,不能肚饿,所以吃冷物,而且要赶快吃,不论时候,一日数次也不可定。因此影响到晋时"居丧无礼"。——本来魏晋时,对于父母之礼是很繁多的。比方想去访一个人,那么,在未访之前,必先打听他父母及其祖父母的名字,以便避讳。否则,嘴上一说出这个字音,假如他的父母是死了的,主人便会大哭起来[38]——他记得父母了——给你一个大大的没趣。晋礼居丧之时,也要瘦,不多吃饭,不准喝酒。但在吃药之后,为生命计,不能管得许多,只好大嚼,所以就变成"居丧无礼"了。

居丧之际,饮酒食肉,由阔人名流倡之,万民皆从之,因为这个缘故,社会上遂尊称这样的人叫作名士派。

吃散发源于何晏[39],和他同志的,有王弼和夏侯玄两个人,与晏同为服药的祖师。有他三人提倡,有多人跟着走。他们三人多是会做文章,除了夏侯玄的作品流传不多外,王何二人现在我们尚能看到他们的文章。他们都是生于正始的,所以又名曰"正始名士"[40]。但这种习惯的末流,是只会吃药,

123

或竟假装吃药,而不会做文章。

东晋以后,不做文章而流为清谈,由《世说新语》[41]一书里可以看到。此中空论多而文章少,比较他们三个差得远了。三人中王弼二十余岁便死了,夏侯何二人皆为司马懿[42]所杀。因为他二人同曹操有关系,非死不可,犹曹操之杀孔融,也是借不孝做罪名的。

二人死后,论者多因其与魏有关而骂他,其实何晏值得骂的就是因为他是吃药的发起人。这种服散的风气,魏,晋,直到隋,唐,还存在着,因为唐时还有"解散方"[43],即解五石散的药方,可以证明还有人吃,不过少点罢了。唐以后就没有人吃,其原因尚未详,大概因其弊多利少,和鸦片一样罢?

晋名人皇甫谧[44]作一书曰《高士传》,我们以为他很高超。但他是服散的,曾有一篇文章,自说吃散之苦。因为药性一发,稍不留心,即会丧命,至少也会受非常的苦痛,或要发狂;本来聪明的人,因此也会变成痴呆。所以非深知药性,会解救,而且家里的人多深知药性不可。晋朝人多是脾气很坏,高傲,发狂,性暴如火的,大约便是服药的缘故。比方有苍蝇扰他,竟至拔剑追赶;[45]就是说话,也要胡胡涂涂地才好,有时简直是近于发疯。但在晋朝更有以痴为好的,这大概也是服药的缘故。

魏末,何晏他们以外,又有一个团体新起,叫做"竹林名士",也是七个,所以又称"竹林七贤"[46]。正始名士服药,竹林名士饮酒。竹林的代表是嵇康[47]和阮籍[48]。但究竟竹林名士不纯粹是喝酒的,嵇康也兼服药,而阮籍则是专喝酒的代表。但嵇康也饮酒,刘伶[49]也是这里面的一个。他们七人中差不多都是反抗旧礼教的。

这七人中,脾气各有不同。嵇阮二人的脾气都很大;阮籍老年时改得很好,嵇康就始终都是极坏的。

阮年青时,对于访他的人有加以青眼和白眼的分别[50]。白眼大概是全然看不见眸子的,恐怕要练习很久才能够。青眼我会装,白眼我却装不好。

后来阮籍竟做到"口不臧否人物"[51]的地步,嵇康却全不改变。结果阮得终其天年,而嵇竟丧于司马氏之手,与孔融何晏等一样,遭了不幸的杀害。这大概是因为吃药和吃酒之分的缘故:吃药可以成仙,仙是可以骄视俗人的;饮酒不会成仙,所以敷衍了事。

他们的态度,大抵是饮酒时衣服不穿,帽也不带。若在平时,有这种状态,我们就说无礼,但他们就不同。居丧时不一定按例哭泣;子之于父,是不能提父的名,但在竹林名士一流人中,子都会叫父的名号[52]。旧传下来的礼教,竹林名士是不承认的。即如刘伶——他曾做过一篇《酒德颂》,谁都知道——他是不承认世界上从前规定的道理的,曾经有这样的事,有一次有客见他,他不穿衣服。人责问他;他答人说,天地是我的房屋,房屋就是我的衣服,你们为什么进我的裤子中来?[53]至于阮籍,就更甚了,他连上下古今也不承认,在《大人先生传》[54]里有说:"天地解兮六合开,星辰陨兮日月颓,我腾而上将何怀?"他的意思是天地神仙,都是无意义,一切都不要,所以他觉得世上的道理不必争,神仙也不足信,既然一切都是虚无,所以他便沉湎于酒了。然而他还有一个原因,就是他的饮酒不独由于他的思想,大半倒在环境。其时司马氏已想篡位,而阮籍名声很大,所以他讲话就极难,只好多饮酒,少讲话,而且即使讲话讲错了,也可以借醉得到人的原谅。只要看有一次司马懿求和阮籍结亲,而阮籍一醉就是两个月,没有提出的机会,[55]就可以知道了。

阮籍作文章和诗都很好,他的诗文虽然也慷慨激昂,但许多意思都是隐而不显的。宋的颜延之[56]已经说不大能懂,我们现在自然更很难看得懂他的诗了。他诗里也说神仙,但他其实是不相信的。嵇康的论文,比阮籍更好,思想新颖,往往与古时旧说反对。孔子说:"学而时习之,不亦说乎?"[57]嵇康做的《难自然好学论》[58],却道,人是并不好学的,假如一个人可以不做事而又有饭吃,就随便闲游不喜欢读书了,所以现在人之好学,是由于习惯和不得已。还有管叔蔡叔[59],是疑心周公,率殷民叛,因而被诛,一向公认为坏人的。而嵇康做的《管蔡论》,就也反对历代传下来的意思,说这两个人是忠臣,他们的怀疑周公,是因为地方相距太远,消息不灵通。

但最引起许多人的注意,而且于生命有危险的,是《与山巨源绝交书》中的"非汤武而薄周孔"。司马懿因这篇文章,就将嵇康杀了[60]。非薄了汤武周孔,在现时代是不要紧的,但在当时却关系非小。汤武是以武定天下的;周公是辅成王的;孔子是祖述尧舜,而尧舜是禅让天下的。嵇康都说不好,那么,教司马懿篡位的时候,怎么办才是好呢?没有办法。在这一点上,嵇康于司马氏的办事上有了直接的影响,因此就非死不可了。嵇康的见杀,是因为他的朋友吕安不孝,连及嵇康,罪案和曹操的杀孔融差不多。魏晋,是以孝治天下的,不孝,故不能不杀。为什么要以孝治天下呢?因为天位从禅让,即巧取豪夺而来,若主张以忠治天下,他们的立脚点便不稳,办事便棘手,立论也难了,所以一定要以孝治天下。但倘只是实行不孝,其实那时倒不很要紧的,嵇康的害处是在发议论;阮籍不同,不大说关于伦理上的话,所以结局也不同。

但魏晋也不全是这样的情形,宽袍大袖,大家饮酒。反对的也很多。在文章上我们还可以看见裴頠的《崇有论》[61],孙盛的《老子非大贤论》[62],这些都是反对王何们的。在史实上,则何曾劝司马懿杀阮籍有好几回[63],司马懿不听他的话,这是因为阮籍的饮酒,与时局的关系少些的缘故。

然而后人就将嵇康阮籍骂起来,人云亦云,一直到现在,一千六百多年。季札说:"中国之君子,明于礼义而陋于知人心。"[64]这是确的,大凡明于礼义,就一定要陋于知人心的,所以古代有许多人受了很大的冤枉。例如嵇阮的罪名,一向说他们毁坏礼教。但据我个人的意见,这判断是错的。魏晋时代,崇奉礼教的看来似乎很不错,而实在是毁坏礼教,不信礼教的。表面上毁坏礼教者,实则倒是承认礼教,太相信礼教。因为魏晋时所谓崇奉礼教,是用以自利,那崇奉也不过偶然崇奉,如曹操杀孔融,司马懿杀嵇康,都是因为他们和不孝有关,但实在曹操司马懿何尝是著名的孝子,不过将这个名义,加罪于反对自己的人罢了。于是老实人以为如此利用,亵黩了礼教,不平之极,无计可施,激而变成不谈礼教,不信礼教,甚至于反对礼教。——但其实不过是态度,至于他们的本心,恐怕倒是相信礼教,当作宝贝,比曹操司马懿们要迂执得多。现在说一个容易明白的比喻罢,譬如有一个军阀,在北方——在广东的人所谓北方和我常说的北方的界限有些不同,我常称山东山西直隶河南之类为北方——那军阀从前是压迫民党的,后来北伐军势力一大,他便挂起了青天白日旗,说自己已经信仰三民主义了,是总理的信徒。这样还不够,他还要做总理的纪念周。这时候,真的三民主义的信徒,去呢,不去呢?不去,他那里就可以说你反对三民主义,定罪,杀人。但既然在他的势力之下,没有别法,真的总理的信徒,倒会不谈三民主义,或者听人假惺惺的谈起来就皱眉,好像反对三民主义模样。所以我想,魏晋时所谓反对礼教的人,有许多大约也如此。他们倒是迂夫子,将礼教当作宝贝看待的。

还有一个实证,凡人们的言论,思想,行为,倘若自己以为不错的,就愿意天下的别人,自己的朋友都这样做。但嵇康阮籍不这样,不愿意别人来模仿他。竹林七贤中有阮咸,是阮籍的侄子,一样的饮酒。阮籍的儿子阮浑也愿加入时,阮籍却道不必加入,吾家已有阿咸在,够了。[65]假若阮籍自以为行为是对的,就不当拒绝他的儿子,而阮籍却拒绝自己的儿子,可知阮籍并不以他自己的办法为然。至于嵇康,一看他的《绝交书》,就知道他的态度很骄傲的;有一次,他在家打铁——他的性情是很喜欢打铁的——钟会来看他了,他只打铁,不理钟会。[66] 钟会没有意味,只得走了。其时嵇康就问他:"何所闻而来,何所见而去?"钟会答道:"闻所闻而来,见所见而去。"这也是嵇康杀身的一条祸根。但我看他做给他的儿子看的《家诫》[67]——当嵇康被杀时,其子方十岁,算来当他做这篇文章的时候,他的儿子是未满十岁的——就觉得宛然是两个人。他在《家诫》中教他的儿子做人要小心,还有一条一条的教训。有一条是说长官处不可常去,亦不可住宿;官长送人们出来时,你不要在后面,因为恐怕将来官长惩办坏人时,你有暗中密告的嫌疑。又有一条是说宴饮时候有人争论,你可立刻走开,免得在旁批评,因为两者之间必有对与不对,不批评则不像样,一批评就总要是甲非乙,不免受一方见怪。还有人要你饮酒,即使不愿饮也不要坚决地推辞,必须和和气气的拿着杯子。我们就此看来,实在觉得很希奇:嵇康是那样高傲的人,而他教子就要他这样庸碌。因此我们知道,嵇康自己对于他自己的举动也是不满足的。所以批评一个人的言行实在难,社会上对于儿子不像父亲,称为"不肖",以为是坏事,殊不知世上正有不愿意他的儿子像自己的父亲哩。试看阮籍嵇康,就是如此。这是,因为他们生于乱世,不得已,才有这样的行为,并非他们的本态。但又于此可见魏晋的破坏礼教者,实在是相信礼教到固执之极的。

不过何晏王弼阮籍嵇康之流,因为他们的名位大,一般的人们就学起来,而所学的无非是表面,他们实在的内心,却不知道。因为只学他们的皮毛,于是社会上便很多了没意思的空谈和饮酒。许多人只会无端的空谈和饮酒,无力办事,也就影响到政治上,弄得玩"空城计",毫无实际了。在文学上也这样,嵇康阮籍的纵酒,是也能做文章的,后来到东晋,空谈和饮酒的遗风还在,而万言的大文如嵇阮之作,却没有了。刘勰[68]说:"嵇康师心以遣论,阮籍使气以命诗。"这"师心"和"使气",便是魏末晋初的文章的特色。正始名士和竹林名士的精神灭后,敢于师心使气的作家也没有了。

到东晋,风气变了。社会思想平静得多,各处都夹入了佛教的思想。再至晋末,乱也看惯了,篡也看惯了,文章便更和平。代表平和的文章的人有陶潜[69]。他的态度是随便饮酒,乞食,高兴的时候就谈论和作文章,无尤无怨。所以现在有人称他为"田园诗人",是个非常和平的田园诗人。他的态度是不容易学的,他非常之穷,而心里很平静。家常无米,就去向人家门口求乞。他穷到有客来见,连鞋也没有,那客人给他从家丁取鞋给他,他便伸了足穿上了。虽然如此,他却毫不为意,还是"采菊东篱下,悠然见南山"。这样的自然状态,实在不易模仿。他穷到衣服也破烂不堪,而还在东篱下采菊,偶然抬起头来,悠然的见了南山,这是何等自然。现在有钱的人住在租界里,雇花匠种数十盆菊花,便做诗,叫作"秋日赏菊效陶彭泽体",自以为合于渊明的高致,我觉得不大像。

陶潜之在晋末，是和孔融于汉末与嵇康于魏末略同，又是将近易代的时候。但他没有什么慷慨激昂的表示，于是便博得"田园诗人"的名称。但《陶集》里有《述酒》一篇，是说当时政治的。[70]这样看来，可见他于世事也并没有遗忘和冷淡，不过他的态度比嵇康阮籍自然得多，不至于招人注意罢了。还有一个原因，先已说过，是习惯。因为当时饮酒的风气相沿下来，人见了也不觉得奇怪，而且汉魏晋相沿，时代不远，变迁极多，既经见惯，就没有大感触，陶潜之比孔融嵇康和平，是当然的。例如看北朝的墓志，官位升进，往往详细写着，再仔细一看，他是已经经历过两三个朝代了，但当时似乎并不为奇。

据我的意思，即使是从前的人，那诗文完全超于政治的所谓"田园诗人"，"山林诗人"，是没有的。完全超出于人间世的，也是没有的。既然是超出于世，则当然连诗文也没有。诗文也是人事，既有诗，就可以知道于世事未能忘情。譬如墨子兼爱，杨子为我。[71]墨子当然要著书；杨子就一定不著，这才是"为我"。因为若做出书来给别人看，便变成"为人"了。

由此可知陶潜总不能超于尘世，而且，于朝政还是留心，也不能忘掉"死"，这是他诗文中时时提起的[72]。用别一种看法研究起来，恐怕也会成一个和旧说不同的人物罢。

自汉末至晋末文章的一部分的变化与药及酒之关系，据我所知的大概是这样。但我学识太少，没有详细的研究，在这样的热天和雨天费去了诸位这许多时光，是很抱歉的。现在这个题目总算是讲完了。

*　　　*　　　*

〔1〕 本篇记录稿最初发表于1927年8月11、12、13、15、16、17日广州《民国日报》副刊《现代青年》第一七三至一七八期；改定稿发表于1927年11月16日《北新》半月刊第二卷第二号。

〔2〕 广州夏期学术演讲会　国民党政府广州市教育局主办，1927年7月18日在广州市立师范学校礼堂举行开幕式。当时的广州市长林云陔、教育局长刘懋初等均在会上作反共演说。他们打着"学术"的旗号，也"邀请"学者演讲。作者这篇演讲是在7月23日、26日的会上所作的(题下注"九月间"有误)。作者后来说过："在广州之谈魏晋事，盖实有慨而言。"(1928年12月30日致陈濬信)他在这次关于中国古典文学的演讲里，曲折地对国民党当局进行了揭露和讽刺。

〔3〕 黄巾　指东汉末年巨鹿人张角领导的农民起义军。汉灵帝中平元年(184)起义，参加的人都以黄巾缠头为标志，称为"黄巾军"。他们提出"苍天已死，黄天当立"的口号，攻占城邑，焚烧官府，旬日之间，全国响应，给东汉政权以沉重的打击。后来在官军和地主武装的镇压下失败。

〔4〕 董卓(？—192)　字仲颖，陇西临洮(今甘肃岷县)人。东汉末灵帝时为并州牧，灵帝死后，外戚首领大将军何进为了对抗宦官，召他率兵入朝相助，他到洛阳后，即废少帝(刘辩)，立献帝(刘协)，自任丞相，专断朝政。献帝初平元年(190)，山东河北等地军阀袁绍、韩馥等为了和董卓争权，联合起兵讨卓，他便劫持献帝迁都长安，自为太师。后为王允、吕布所杀。他在离洛阳时，焚烧宫殿府库民房，二百里

内尽成墟土;又驱数百万人口入关,积尸盈途。在他被杀以后,他的部将李傕、郭汜等又攻破长安,焚掠屠杀,人民受害甚烈。

〔5〕 党锢　东汉末年,宦官擅权,政治黑暗,民生痛苦。一部分比较正直的官员与太学生互通声气,议论朝政,揭露宦官集团的罪恶。汉桓帝延熹九年(166),宦官诬告司隶校尉李膺、太仆杜密和太学生领袖郭泰、贾彪等人结党为乱,桓帝便捕李膺、范滂等下狱,株连二百余人。以后又于灵帝建宁二年(169),熹平元年(172),熹平五年(176)三次捕杀党人,更诏各州郡凡党人的门生、故吏、父子、兄弟有做官的,都免官禁锢。直到灵帝中平元年(184)黄巾起义,才下诏将他们赦免。这件事,史称"党锢之祸"。

〔6〕 曹操(155—220)　字孟德,沛国谯(今安徽亳县)人。二十岁举孝廉,汉献帝时官至丞相,封魏王。曹丕篡汉后追尊为武帝。他是政治家、军事家,又是诗人。他和其子曹丕、曹植,都喜欢延揽文士,奖励文学,为当时文坛的领袖人物。后人把他的诗文编为《魏武帝集》。

〔7〕 《三国志演义》　即长篇小说《三国演义》,元末明初罗贯中著。书中将曹操描写为"奸雄"。

〔8〕 严可均(1762—1843)　字景文,号铁桥,浙江乌程(今湖州)人。清嘉庆举人,曾任建德教谕。他自嘉庆十三年(1808)起,开始搜集唐以前的文章,历二十余年,成《全上古三代秦汉三国六朝文》,内收作者三千四百多人,分代编辑为十五集,总计七四六卷。稍后,他的同乡蒋壑为作编目一〇三卷,并以为原书题名不能概括全书,故将书名改为《全上古三代秦汉三国晋南北朝文》。原书于1894年(光绪二十年)由黄冈王毓藻刊于广州。

〔9〕 丁福保(1874—1952)　字仲祐,江苏无锡人。清末肄业于江阴南菁书院,曾任京师大学堂和译学馆教习。后习医,曾至日本考察医学,归国后在上海创办医学书局。他所辑的《全汉三国晋南北朝诗》,收作者七百余人,依时代分为十一集,总计五十四卷。1916年上海医学书局出版。

〔10〕 刘师培(1884—1919)　字申叔,江苏仪征人。1907年在日本加入同盟会,后成为清朝两江总督端方的幕僚。民国后与杨度、孙毓筠等人组织筹安会,助袁世凯实行帝制。他的著作很多,《中国中古文学史》是他在民国初年任北京大学教授时所编的讲义,后收入《刘申叔先生遗书》中。

〔11〕 《三国志·魏书·武帝纪》裴松之注引《魏武故事》,曹操于汉献帝建安十五年(210)下令"自明本志",表白自己并无篡汉的意图,内有"设使国家无有孤,不知当几人称帝,几人称王!"的话。

〔12〕 《太平御览》卷四二五引谢承《后汉书》:"范丹姊病,往看之,姊设食;丹以姊婿不德,出门留二百钱,姊使人追索还之,丹不得已受之。闻里中刍藁童仆更相怒曰:'言汝清高,岂范史云辈而云不盗我菜乎?'丹闻之,曰:'吾之微志,乃在童竖之口,不可不勉。'遂投钱去。"按范丹(112—185),一作范冉,字史云,后汉陈留外黄(今河南杞县东北)人。

〔13〕 曹操曾于建安十五年(210)、二十二年(217)下求贤令,又于建安十九年(214)令有司取士毋废"偏短",均强调以才能为用人的标准。《魏书·武帝纪》载建安十五年令说:"今天下尚未定,此特求贤之急时也。……若必廉士而后可用,则齐桓其何以霸世!今天下得无有被褐怀玉而钓于渭滨者乎?又得无盗嫂受金而未遇无知者乎?二

三子其佐我明扬仄陋,唯才是举,吾得而用之。"又裴注引王沈《魏书》所载二十二年令说:"今天下得无有至德之人,放在民间?及果勇不顾,临敌力战,若文俗之吏,高才异质,或堪为将守;负汙辱之名,见笑之行,或不仁不孝,而有治国用兵之术:其各举所知,勿有所遗。"

〔14〕 "郑康成行酒伏地气绝" 语出《三国志·魏书·袁绍传》裴注引《英雄记》载曹操《董卓歌》:"德行不亏缺,变故自难常。郑康成行酒伏地气绝,郭景图命尽于园桑。"按郑康成(127—200),名玄,字康成,北海高密(今山东高密)人,东汉经学家。曾聚徒讲学,建安中官拜大司农,寻卒。其生活时代较曹操约早二十余年。

〔15〕 曹操的遗令,散见于《三国志·魏书·武帝纪》及其他古书中,严可均缀合为一篇,收入《全三国文》卷三,其中有这样的话:"吾婢妾与伎人皆勤苦,使著铜雀台,善待之。……余香可分与诸夫人……诸舍中(按指诸妾)无所为,可学作履组卖也。吾历官所得绶(印绶),皆著藏中,吾余衣裘,可别为一藏,不能者兄弟可共分之。"

〔16〕 陆机(261—303) 字士衡,吴郡华亭(今上海松江)人,晋代诗人。陆逊之孙,在吴为牙门将,入晋后曾任相国参军、平原内史等职,后为成都王司马颖所杀。他评曹操的话,见萧统《文选》卷六十《吊魏武帝文》:"彼裘绂于何有,贻尘谤于后王。"唐代李善注:"言裘绂轻微何所有,而空贻尘谤而及后王。"

〔17〕 曹丕(187—226) 字子桓,曹操的次子(按操长子名昂字子修,随操征张绣阵亡,故一般都以曹丕为操的长子)。建安二十五年(220)废汉献帝自立为帝,即魏文帝。他爱好文学,创作之外,兼擅批评,所著《典论》,《隋书·经籍志》著录五卷,已佚,严可均《全三国文》内有辑佚一卷。其中《论文》篇论及各种文体的特征说:"奏议宜雅,书

论宜理,铭诔尚实,诗赋欲丽。"又论文气说:"文以气为主,气之清浊有体,不可力强而致。"

〔18〕 曹植(192—232) 字子建,曹操的第三子。曾封东阿王,后封陈王,死谥思,后世称陈思王。他是建安时代重要诗人之一,流传下来的著作,以清代丁晏所编的《曹集诠评》搜罗较为完备。

〔19〕 曹叡(204—239) 字元仲,曹丕的儿子,即魏明帝。

〔20〕 《文选》 南朝梁昭明太子萧统编选。内选秦汉至齐梁间的诗文,共三十卷,是我国最早的一部诗文总集。唐代李善为之作注,分为六十卷。曹丕《典论·论文》,见该书第五十二卷。

〔21〕 "为艺术而艺术" 十九世纪法国诗人戈蒂叶(T. Gautier)提出的一种文艺观点(见小说《莫班小姐》序)。他认为艺术可以超越一切功利而存在,创作的目的就在于艺术作品的本身,与社会政治无关。

〔22〕 文章事可以留名声于千载 曹丕《典论·论文》:"盖文章经国之大业,不朽之盛事。年寿有时而尽,荣乐止乎其身,二者必至之常期,未若文章之无穷。是以古之作者,寄身于翰墨,见意于篇籍,不假良史之辞,不托飞驰之势,而声名自传于后。"

〔23〕 文章小道 曹植《与杨德祖(修)书》:"辞赋小道,固未足以揄扬大义,彰示来世也。昔扬子云先朝执戟之臣耳,犹称壮夫不为也;吾虽德薄,位为藩侯,犹庶几戮力上国,流惠下民,建永世之业,留金石之功;岂徒以翰墨为勋绩,辞赋为君子哉!"

〔24〕 曹植早年以文才为曹操所爱,屡次想立他为太子;他也结纳杨修、丁仪、丁廙等为羽翼,在曹操面前和曹丕争宠。但他后来因为任性骄纵,失去了曹操的欢心,终于未得嗣立。到了曹丕即位以后,他

常被猜忌，更觉雄才无所施展。明帝时又一再上表求"自试"，希望能够用他带兵去征吴伐蜀，建功立业，但他的要求也未实现。

〔25〕 "建安七子" 这个名称始于曹丕的《典论·论文》："今之文人，鲁国孔融文举，广陵陈琳孔璋，山阳王粲仲宣，北海徐干伟长，陈留阮瑀元瑜，汝南应玚德琏，东平刘桢公干；斯七子者，于学无所遗，于辞无所假，咸以自骋骥䮄于千里，仰齐足而并驰。"后人据此便称孔融等为"建安七子"。按孔融（153—208），鲁国（今山东曲阜）人，汉献帝时为北海相，太中大夫。陈琳（？—217），广陵（今江苏江都）人，曾任司空（曹操）军谋祭酒。王粲（177—217），山阳高平（今山东邹县）人，曾任丞相（曹操）军谋祭酒、侍中。徐干（171—217），北海（今山东潍坊西南）人，曾任司空军谋祭酒、五官将（曹丕）文学。阮瑀（？—212），陈留尉氏（今河南尉氏）人，曾任司空军谋祭酒。应玚（？—217），汝南（今河南汝南）人，曾任丞相掾属、五官将文学。刘桢（？—217），东平（今山东东平）人，曾任丞相掾属。

〔26〕 曹丕在《典论·论文》中评论孔融的文章说："孔融体气高妙，有过人者。然不能持论，理不胜词，以至乎杂以嘲戏；及其所善，扬、班俦也。"按"建安七子"中，陈琳等都是曹操门下的属官，只有孔融例外；在年龄上，他比其余六人约长十余岁而又最先逝世，年辈也不相同。他没有应酬和颂扬曹氏父子的作品，而且还常常讽刺曹操。《后汉书·孔融传》载："曹操攻屠邺城，袁氏妇子多见侵略，而操子丕私纳袁熙（按为袁绍子）妻甄氏。融乃与操书，称'武王伐纣，以妲己赐周公'。操不悟，后问出何经典。对曰：'以今度之，想当然耳。'……时年饥兵兴，操表制酒禁，融频书争之，多侮慢之辞。"唐代章怀太子（李贤）注引孔融与曹操论酒禁书，其中有"夏商亦以妇人失天下，今令不断婚

姻。而将酒独急者,疑但惜谷耳"等语。

〔27〕 "何以解忧?惟有杜康" 见曹操的《短歌行》。杜康,相传为周代人,善造酒。

〔28〕 关于曹操杀孔融的经过,《后汉书·孔融传》说:"曹操既积嫌忌,而郗虑复搆成其罪,遂令丞相军谋祭酒路粹枉状奏融曰:'……(融)前与白衣祢衡跌荡放言,云:"父之于子,当有何亲?论其本意,实为情欲发耳。子之于母,亦复奚为?譬如寄物瓶中,出则离矣。"……大逆不道,宜极重诛。'书奏,下狱弃市。"又《三国志·魏书·崔琰传》注引孙盛《魏氏春秋》,内载曹操宣布孔融罪状的令文说:"平原祢衡受传融论,以为父母与人无亲,譬若瓴器,寄盛其中。又言若遭饿馑,而父不肖,宁赡活余人。融违天反道,败伦乱理,虽肆市朝,犹恨其晚。"

〔29〕 祢衡(173—198) 字正平,平原般(今山东临邑)人,汉末文学家。他恃才不仕,性刚傲慢,与孔融、杨修友善,曾屡次羞辱曹操;因为他文名很大,曹操虽想杀他而又有所顾忌,便将他送与刘表,后因侮慢刘表,又被送给江夏太守黄祖,终为黄祖所杀,死时年二十六岁。

〔30〕 何晏(?—249) 字平叔,南阳宛(今河南南阳)人。曹操的女婿。齐王曹芳时,曹爽执政,用他为吏部尚书,后与曹爽同时被司马懿所杀。《三国志·魏书·曹爽传》说他"少以才秀知名,好老庄言,作《道德论》及诸文赋著述凡数十篇"。

〔31〕 《老子》 即《道德经》,相传为春秋时老聃著,是道家的主要经典。《易经》,即《周易》,大约产生于殷周时代,是古代记载占卜的书。

〔32〕 关于何晏搽粉的事,《三国志·魏书·曹爽传》注引鱼豢

《魏略》说:"晏性自喜,动静粉白不去手,行步顾影。"但晋代人裴启所著《语林》则说:"(晏)美姿仪,面绝白,魏文帝疑其著粉;后正夏月,唤来,与热汤饼,既炎,大汗出,随以朱衣自拭,色转皎洁,帝始信之。"

〔33〕 关于何晏服药的事,《世说新语·言语》载:"何平叔云:服五石散,非唯治病,亦觉神明开朗。"刘孝标注引秦丞相(按当作秦承祖)《寒食散论》说:"寒食散之方,虽出汉代,而用之者寡,靡有传焉。魏尚书何晏首获神效,由是大行于世,服者相寻。"又隋代巢元方《诸病源候论》卷六《寒食散发候》篇说:"皇甫(谧)云:寒食药者,世莫知焉,或言华佗,或曰仲景(张机)。……近世尚书何晏,耽声好色,始服此药。心加开朗,体力转强。京师翕然,传以相授。……晏死之后,服者弥繁,于时不辍。"

〔34〕 巢元方 隋代人,炀帝时任太医博士,大业六年奉诏撰《诸病源候论》五十卷。关于寒食散的服法与解法,详见该书卷六《寒食散发候》篇。

〔35〕 "扪虱而谈" 这是王猛的故事。王猛(325—375),字景略,北海剧(今山东寿光)人,隐居华山。《晋书·王猛传》说:"桓温入关,猛被褐而诣之,一面谈当世之事,扪虱而言,旁若无人。"

〔36〕 葛洪(约283—363) 字稚川,号抱朴子,句容(今江苏句容)人。晋惠帝时拜伏波将军,赐关内侯。《晋书·葛洪传》说他"为人木讷,不好荣利,……究览典籍,尤好神仙导养之法。"所著《抱朴子》,共八卷,分内外二篇,内篇论神仙方药,外篇论时政人事。关于服散的记载,见该书内篇。

〔37〕 关于服散作假的事,《太平广记》卷二四七引侯白《启颜录》载:"后魏孝文帝时,诸王及贵臣多服石药,皆称石发。乃有热者,

非富贵者,亦云服石发热,时人多嫌其诈作富贵体。有一人于市门前卧,宛转称热,要人竞看,同伴怪之,报曰:'我石发。'同伴人曰:'君何时服石,今得石发?'曰:'我昨市米中有石,食之今发。'众人大笑。自后少有人称患石发者。"

〔38〕 关于闻讳而哭的事,《世说新语·任诞》载:"桓南郡(桓玄)被召作太子洗马,船泊荻渚。王大(王忱)服散后已小醉,往看桓,桓为设酒,不能冷饮,频语左右,令温酒来。桓乃流涕呜咽,王便欲去。桓以手巾掩泪,因谓王曰:'犯我家讳,何预卿事。'王叹曰:'灵宝(桓玄小名)故自达。'"按桓玄的父亲名温,所以他听见王忱叫人温酒便哭泣起来。

〔39〕 王弼(226—249) 字辅嗣,魏国山阳(今河南焦作)人。王粲的族孙。《三国志·魏书·钟会传》说:"弼好论儒道,辞才逸辩,注《易》及《老子》,为尚书郎。"夏侯玄(209—254),字太初,沛国谯(今安徽亳县)人。《三国志·魏书·夏侯尚传》说:"(玄)少知名,弱冠为散骑黄门侍郎……正始初,曹爽辅政。玄,爽之姑子也。累迁散骑常侍、中护军。……顷之,为征西将军,假节都督雍、凉州诸军事。"曹爽被司马懿所杀后,他也为司马师所杀。

〔40〕 "正始名士" 《世说新语·文学》"袁彦伯作《名士传》成"条下梁刘孝标注:"宏(彦伯名)以夏侯太初、何平叔、王辅嗣为正始名士。阮嗣宗、嵇叔夜、山巨源、向子期、刘伯伦、阮仲容、王浚仲为竹林名士。"按正始(240—249),魏废帝齐王曹芳的年号。

〔41〕 《世说新语》 南朝宋刘义庆撰。内容是记述东汉至东晋间一般文士学士的言谈风貌轶事等。有南朝梁刘孝标所作注释。今传本共三卷,三十六篇。按刘义庆(403—444),彭城(今江苏徐州)人,

宋武帝刘裕的侄子,袭爵为临川王,曾任南兖州刺史。

〔42〕 司马懿(179—251) 字仲达,河内温县(今河南温县)人。初为曹操主簿,魏明帝时迁大将军。齐王曹芳即位后,他专断国政;死后其子司马昭继为大将军,日谋篡位。咸熙二年(265),昭子司马炎代魏称帝,建立晋朝。按夏侯玄是被司马师所杀,作者误记为司马懿。

〔43〕 "解散方" 《唐书·经籍志》著录《解寒食散方》十三卷,徐叔和撰;《新唐书·艺文志》著录《解寒食方》十五卷,徐叔向撰。

〔44〕 皇甫谧(215—282) 字士安,安定朝那(今甘肃平凉)人。晋朝初年屡征不出,著有《高士传》《逸士传》《玄晏春秋》等。《晋书·皇甫谧传》载有他的一篇上司马炎疏,其中自述因吃散而得到的种种苦痛说:"臣以尪弊,迷于道趣。……又服寒食药,违错节度,辛苦荼毒,于今七年。隆冬裸袒食冰,当暑烦闷,加以咳逆,或若温疟,或类伤寒,浮气流肿,四肢酸重。于今困劣,救命呼嗟,父兄见出,妻息长诀。"

〔45〕 关于拔剑逐蝇的故事,《三国志·魏书·梁习传》注引《魏略》:"(王)思又性急,尝执笔作书,蝇集笔端,驱去复来,如是再三。思恚怒,自起逐蝇,不能得,还取笔掷地,蹋坏之。"按清代张英等所编《渊鉴类函》卷三一五《褊急》门载王思事,有"思自起拔剑逐蝇"的话,但未注明引用书名。按王思,济阴(今山东定陶)人,正始中为大司农。

〔46〕 "竹林七贤" 《三国志·魏书·王粲传》内附述嵇康事略,裴注引《魏氏春秋》说:"康寓居河内之山阳县,……与陈留阮籍、河内山涛、河南向秀、籍兄子咸、琅琊王戎、沛人刘伶相与友善,游于竹林,号为'七贤'。"《世说新语·任诞》亦有一则,说七人"常集于竹林之下,肆意酣畅,故世谓'竹林七贤'"。参看本篇注〔40〕。

〔47〕 嵇康(223—262) 字叔夜,谯国铚(今安徽宿县)人,诗

人。《晋书·嵇康传》说:"康早孤,有奇才,远迈不群。……学不师受,博览无不该通,长好老庄。与魏宗室婚,拜中散大夫。常修养性服食(服药)之事,弹琴咏诗,自足于怀。……康善谈理,又能属文,其高情远趣,率然玄远。"他的著作,现存《嵇康集》十卷,有鲁迅校本。

〔48〕 阮籍(210—263)　字嗣宗,陈留尉氏(今河南尉氏)人,阮瑀之子,诗人,与嵇康齐名。仕魏为从事中郎、步兵校尉。《晋书·阮籍传》说他:"博览群籍,尤好庄老。嗜酒能啸,善弹琴。"又说:"籍本有济世志,属魏晋之际,天下多故,名士少有全者,籍由是不与世事,遂酣饮为常。"他的著作,现存《阮籍集》十卷。

〔49〕 刘伶　仕魏为建威参军。性放纵嗜酒,著有《酒德颂》,托言有大人先生,"止则操卮执觚,动则挈榼提壶,唯酒是务,焉知其余。"有"贵介公子,搢绅处士"在他的面前"陈说礼法",而他"方捧甖承槽,衔杯漱醪,奋髯箕踞,枕麴藉糟,无思无虑,其乐陶陶。"

〔50〕 关于阮籍能为青白眼,见《晋书·阮籍传》:"籍又能为青白眼,见礼俗之士,以白眼对之。"他的母亲死了,"嵇喜来吊,籍作白眼,喜不怿而退。喜弟康闻之,乃赍酒挟琴造焉,籍大悦,乃见青眼。由是礼法之士疾之若雠。"

〔51〕"口不臧否人物"　语出《晋书·阮籍传》:"籍虽不拘礼教,然发言玄远,口不臧否人物。"

〔52〕 晋代常有子呼父名的例子,如《晋书·胡母辅之传》:"辅之正酣饮,谦之(辅之的儿子)阚而厉声曰:'彦国(辅之的号),年老不得为尔!将令我尻背东壁。'辅之欢笑,呼入与共饮。"又《王蒙传》:"王蒙,字仲祖……美姿容,尝览镜自照,称其父字曰:'王文开生如此儿耶!'"

〔53〕 关于刘伶裸形见客的事,《世说新语·任诞》载:"刘伶恒纵酒放达,或脱衣裸形在屋中,人见讥之。伶曰:'我以天地为栋宇,屋室为裈衣,诸君何为入我裈中?'"刘孝标注引邓粲《晋纪》所记略同。

〔54〕 《大人先生传》 阮籍借"大人先生"之口来抒写自己胸怀的一篇文章。这里所引的三句是"大人先生"所作的歌。

〔55〕 关于阮籍借醉辞婚的故事,《晋书·阮籍传》载:"文帝(司马昭,鲁迅误记为司马懿)初欲为武帝(司马炎)求婚于籍,籍醉六十日,不得言而止。"

〔56〕 颜延之(384—456) 字延年,琅琊临沂(今山东临沂)人,南朝宋诗人。官至金紫光禄大夫。《文选》卷二十三阮籍《咏怀》诗下,李善注引颜延之的话:"嗣宗身仕乱朝,常恐罹谤遇祸,因兹发咏,故每有忧生之嗟;虽志在刺讥,而文多隐避,百代之下,难以情测,故粗明大意,略其幽旨也。"

〔57〕 "学而时习之,不亦说乎" 语出《语论·学而》。孔子语,"说"同"悦"。

〔58〕 《难自然好学论》 嵇康为反驳张邈(字辽叔)的《自然好学论》而作的一篇论文。

〔59〕 管叔蔡叔 是周武王的两个兄弟。《史记·管蔡世家》说:"武王已克殷纣,平天下,封功臣昆弟。于是封叔鲜于管,封叔度于蔡,二人相纣子武庚禄父(按禄父为武庚之名),治殷遗民。封叔旦于鲁而相周,为周公。……武王既崩,成王少,周公旦专王室。管叔、蔡叔疑周公之为不利于成王,乃挟武庚以作乱。周公旦承成王命伐诛武庚,杀管叔,而放蔡叔,迁之。"嵇康的《管蔡论》为管、蔡辩解,说"管、蔡皆服教殉义,忠诚自然。……周公践政,率朝诸侯。……而管、蔡服

教,不达圣权,卒遇大变,不能自通。忠于乃心,思在王室。遂乃抗言率众,欲除国患。"

〔60〕 《与山巨源绝交书》 山巨源,即"竹林七贤"之一的山涛(205—283),河内怀(今河南武陟)人。他在魏元帝(曹奂)景元年间投靠司马昭,曾任选曹郎,后将去职,欲举嵇康代任,康作书拒绝,并表示和他绝交,书中自说不堪受礼法的束缚,"又每非汤武而薄周孔,在人间不止,此事会显,世教所不容。"后来嵇康受朋友吕安案的牵连,钟会便乘机劝司马昭把他杀了。《三国志·魏书·王粲传》注引《魏氏春秋》叙述他被杀的经过说:"大将军(司马昭)尝欲辟(征召)康。康既有绝世之言,又从子不善,避之河东,或云避世。及山涛为选曹郎,举康自代,康答书拒绝,因自说不堪流俗而非薄汤武。大将军闻而怒焉。初,康与东平吕昭子巽及巽弟安亲善。会巽淫安妻徐氏,而诬安不孝,囚之。安引康为证,康义不负心,保明其事。安亦至烈,有济世志力。钟会劝大将军因此除之,遂杀安及康。康临刑自若,援琴而鼓,既而叹曰:'雅音于是绝矣!'时人莫不哀之。"按杀嵇康的是司马昭,鲁迅误记为司马懿。

〔61〕 裴頠(267—300) 字逸民,河东闻喜(今山西闻喜)人。晋惠帝时为国子祭酒,兼右军将军,迁尚书左仆射,后为司马伦(赵王)所杀。《晋书·裴頠传》说:"頠深患时俗放荡,不尊儒术。何晏、阮籍素有高名于世,口谈浮虚,不遵礼法,尸禄耽宠,仕不事事;至王衍之徒,声誉太盛,位高势重,不以物务自婴,遂相仿效,风教陵迟,乃著《崇有》之论以释其蔽。"

〔62〕 孙盛(约306—378) 字安国,太原中都(今山西平遥)人。曾任桓温参军,官至给事中。著有《魏氏春秋》《晋阳秋》等。他的《老

聃非大贤论》，批评当时清谈家奉为宗主的老聃，用老聃自己的话证明他的学说的自相矛盾，不切实际，从而断定老聃并非大贤。

〔63〕 何曾（197—278） 字颖考，陈国阳夏（今河南太康）人。司马炎篡魏，他因劝进有功，拜太尉，封公爵。《晋书·何曾传》说："时（按当为魏高贵乡公即位初年）步兵校尉阮籍负才放诞，居丧无礼。曾面质籍于文帝（鲁迅误记为司马懿）座曰：'卿纵情背礼，败俗之人。今忠贤执政，综核名实，若卿之曹，不可长也。'因言于帝曰：'公方以孝治天下，而听阮籍以重哀（母丧）饮酒食肉于公座。宜摈四裔，无令汙染华夏。'帝曰：'此子羸病若此，君不能为吾忍耶！'曾重引据，辞理甚切。帝虽不从，时人敬惮之。"

〔64〕 "明于礼义而陋于知人心"二句，见《庄子·田子方》："温伯雪子适齐，舍于鲁，鲁人有请见之者，温伯雪子曰：'不可，吾闻中国之君子，明乎礼义而陋于知人心，吾不欲见也。'"据唐代成玄英注：温伯，字雪子，春秋时楚国人。鲁迅误记为季札。

〔65〕 阮籍不愿儿子效法自己的事，见《晋书·阮籍传》："（籍）子浑，字长成，有父风，少慕通达，不饰小节，籍谓曰：'仲容已豫吾此流，汝不得复尔。'"又《世说新语·任诞》也载有此事。按阮咸，字仲容，阮籍兄阮熙之子。

〔66〕 嵇康怠慢钟会，见《晋书·嵇康传》："（康）性绝巧而好锻（打铁）。宅中有一柳树甚茂，乃激水圜之，每夏月，居其下以锻。"又说："初，康居贫，尝与向秀共锻于大树之下，以自赡给。颍川钟会，贵公子也，精练有才辩，故往造焉。康不为之礼，而锻不辍。良久会去，康谓曰：'何所闻而来，何所见而去？'会曰：'闻所闻而来，见所见而去。'会以此憾之。"按钟会（225—264），字士季，颍川长社（今河南长

葛)人。司马昭的重要谋士,官至左徒。魏常道乡公景元三年(262)拜镇西将军,次年统兵伐蜀,蜀平后谋反,被杀。

〔67〕 《家诫》 见《嵇康集》卷十。鲁迅所举的这几条的原文是:"君子用心,所欲准行,自当量其善者,必拟议而后动。……所居长吏,但宜敬之而已矣,不当极亲密,不宜数往;往当有时。其有众人,又不当独在后,又不当宿。所以然者,长吏喜问外事,或时发举,则怨者谓人所说,无以自免也。……若会酒坐,见人争语,其形势似欲转盛,便当无何舍去之。此将斗之兆也。坐视必见曲直,傥不能不有言,有言必是在一人;其不是者方自谓为直,则谓曲我者有私于彼,便怨恶之情生矣;或便获悖辱之言。……又慎不须离楼,强劝人酒,不饮自己;若人来劝己,辄当为持之,勿稍逆也。"(据鲁迅校本)按嵇康的儿子名绍,字延祖,《晋书·嵇绍传》说他"十岁而孤"。

〔68〕 刘勰(约465—约532) 字彦和,南东莞(今江苏镇江)人,南朝梁文艺理论家。曾任步兵校尉,晚年出家。著有《文心雕龙》。这里所引的两句,见于该书《才略》篇。

〔69〕 陶潜 曾任彭泽令,因不满当时政治的黑暗和官场的虚伪,辞官归隐。著作有《陶渊明集》。梁代钟嵘在《诗品》中称他为"古今隐逸诗人之宗","五四"以后又常被人称为"田园诗人"。他在《乞食》一诗中说:"饥来驱我去,不知竟何之。行行至斯里,叩门拙言辞。主人解余意,遗赠岂虚来。谈谐终日夕,觞至辄倾杯。……衔戢知何谢,冥报以相贻。"又南朝宋檀道鸾《续晋阳秋》说:"江州刺史王弘造渊明,无履,弘从人脱履以给之。弘语左右为彭泽作履,左右请履度,渊明于众坐伸脚,及履至,著而不疑。""采菊东篱下"句见他所作的《饮酒》诗第五首。

〔70〕 陶潜的《述酒》诗,据南宋汤汉的注语,以为它是为当时最重大的政治事变——晋宋易代而作,注语中说:"晋元熙二年(420)六月,刘裕废恭帝(司马德文)为零陵王,明年,以毒酒一甖授张伟使酖王,伟自饮而卒;继又令兵人逾垣进药,王不肯饮,遂掩杀之。此诗所为作,故以《述酒》名篇也。诗辞尽隐语,故观者弗省。……予反复详考,而后知决为零陵哀诗也。"(见《陶靖节诗注》卷三)

〔71〕 墨子(约前468—前376) 名翟,鲁国人,春秋战国时代思想家,墨家创始人。他认为"天下兼相爱则治,交相恶则乱",提倡"兼爱"的学说。现存《墨子》书中有《兼爱》上中下三篇。杨子,即杨朱,战国时代思想家。他的学说的中心是"为我",《孟子·尽心(上)》说:"杨子取为我,拔一毛而利天下,不为也。"他没有著作留传下来,后人仅能从先秦书中略知他的学说的大概。

〔72〕 陶潜诗文中提到"死"的地方很多,如《己酉岁九月九日》中说:"万化相寻绎,人生岂不劳。从古皆有没,念之心中焦。"又《与子俨等疏》中说:"天地赋命,生必有死;自古圣贤,谁能独免。"等等。

小 杂 感[1]

蜜蜂的刺,一用即丧失了它自己的生命;犬儒[2]的刺,一用则苟延了他自己的生命。

他们就是如此不同。

约翰穆勒[3]说:专制使人们变成冷嘲。

而他竟不知道共和使人们变成沉默。

要上战场,莫如做军医;要革命,莫如走后方;要杀人,莫如做刽子手。既英雄,又稳当。

与名流学者谈,对于他之所讲,当装作偶有不懂之处。太不懂被看轻,太懂了被厌恶。偶有不懂之处,彼此最为合宜。

世间大抵只知道指挥刀所以指挥武士,而不想到也可以指挥文人。

又是演讲录,又是演讲录。〔4〕

但可惜都没有讲明他何以和先前大两样了;也没有讲明他演讲时,自己是否真相信自己的话。

阔的聪明人种种譬如昨日死。〔5〕
不阔的傻子种种实在昨日死。

曾经阔气的要复古,正在阔气的要保持现状,未曾阔气的要革新。
大抵如是。大抵!

他们之所谓复古,是回到他们所记得的若干年前,并非虞夏商周。

女人的天性中有母性,有女儿性;无妻性。
妻性是逼成的,只是母性和女儿性的混合。

防被欺。
自称盗贼的无须防,得其反倒是好人;自称正人君子的必须防,得其反则是盗贼。

楼下一个男人病得要死,那间壁的一家唱着留声机;对面是弄孩子。楼上有两人狂笑;还有打牌声。河中的船上有女人哭着她死去的母亲。

人类的悲欢并不相通,我只觉得他们吵闹。

每一个破衣服人走过,叭儿狗就叫起来,其实并非都是狗主人的意旨或使嗾。

叭儿狗往往比它的主人更严厉。

恐怕有一天总要不准穿破布衫,否则便是共产党。

革命,反革命,不革命。

革命的被杀于反革命的。反革命的被杀于革命的。不革命的或当作革命的而被杀于反革命的,或当作反革命的而被杀于革命的,或并不当作什么而被杀于革命的或反革命的。

革命,革革命,革革革命,革革……。

人感到寂寞时,会创作;一感到干净时,即无创作,他已经一无所爱。

创作总根于爱。

杨朱无书。[6]

创作虽说抒写自己的心,但总愿意有人看。

创作是有社会性的。

但有时只要有一个人看便满足:好友,爱人。

人往往憎和尚,憎尼姑,憎回教徒,憎耶教徒,而不憎道士。

懂得此理者,懂得中国大半。

要自杀的人,也会怕大海的汪洋,怕夏天死尸的易烂。
但遇到澄静的清池,凉爽的秋夜,他往往也自杀了。

凡为当局所"诛"者皆有"罪"。

刘邦除秦苛暴,"与父老约,法三章耳。"
而后来仍有族诛,仍禁挟书,还是秦法。[7]
法三章者,话一句耳。

一见短袖子,立刻想到白臂膊,立刻想到全裸体,立刻想到生殖器,立刻想到性交,立刻想到杂交,立刻想到私生子。
中国人的想像惟在这一层能够如此跃进。

九月二十四日。

*　　*　　*

〔1〕 本篇最初发表于1927年12月17日《语丝》周刊第四卷第一期。

〔2〕 犬儒　原指古希腊昔匿克学派(Cynicism)的哲学家。他们过着禁欲的简陋的生活,被人讥诮为穷犬,所以又称犬儒学派。这

151

些人主张独善其身,以为人应该绝对自由,否定一切伦理道德,以冷嘲热讽的态度看待一切。作者在1928年3月8日致章廷谦信中说:"犬儒＝Cynic,它那'刺'便是'冷嘲'。"

〔3〕 约翰穆勒(J. S. Mill,1806—1873) 英国哲学家、经济学家。著作有《逻辑体系》《论自由》等。

〔4〕 这里所说的"演讲录",指当时不断编印出售的蒋介石、汪精卫、吴稚晖、戴季陶等人的演讲集。作者在写本文后第二天(9月25日)致台静农信中说:"现在是大卖戴季陶讲演录了(蒋介石的也行了一时)。"他们当时在各地发表的演讲,内容和在"四一二"政变以前的演讲很不相同:政变以前,他们在口头上拥护孙中山联俄、联共、扶助农工的三大政策;政变以后,便竭力鼓吹反苏、反共,压迫工农。

〔5〕 "阔的聪明人种种譬如昨日死" 也是指蒋介石、汪精卫等人。"如昨日死"是引用曾国藩的话:"从前种种如昨日死,从后种种如今日生。"1927年8月18日广州《民国日报》就蒋(介石)汪(精卫)合流反共所发表的一篇社论中,也引用曾国藩的这句话,其中说:"以前种种,譬如昨日死;以后种种,譬如今日生;今后所应负之责任益大且难,这真要我们真诚的不妥协的非投机的同志不念既往而真正联合。"

〔6〕 杨朱无书 参看《魏晋风度及文章与药及酒之关系》注〔71〕。

〔7〕 "与父老约,法三章耳" 语出《史记·高祖本纪》:"汉元年(前206)十月,沛公(刘邦)兵遂先诸侯至霸上。……遂西入咸阳……还军霸上。召诸县父老豪杰曰:'父老苦秦苛法久矣,诽谤者族,偶语者弃市。吾与诸侯约,先入关者王之,吾当王关中。与父老

约,法三章耳:杀人者死,伤人及盗抵罪。余悉除去秦法。'"又《汉书·刑法志》载:"汉兴,高祖初入关,约法三章……其后四夷未附,兵革未息,三章之法不足以御奸,于是相国萧何捃摭秦法,取其宜于时者,作律九章。"

怎 么 写[1]

——夜记之一

写什么是一个问题,怎么写又是一个问题。

今年不大写东西,而写给《莽原》的尤其少。我自己明白这原因。说起来是极可笑的,就因为它纸张好。有时有一点杂感,子细一看,觉得没有什么大意思,不要去填黑了那么洁白的纸张,便废然而止了。好的又没有。我的头里是如此地荒芜,浅陋,空虚。

可谈的问题自然多得很,自宇宙以至社会国家,高超的还有文明,文艺。古来许多人谈过了,将来要谈的人也将无穷无尽。但我都不会谈。记得还是去年躲在厦门岛上的时候,因为太讨人厌了,终于得到"敬鬼神而远之"[2]式的待遇,被供在图书馆楼上的一间屋子里。白天还有馆员,钉书匠,阅书的学生,夜九时后,一切星散,一所很大的洋楼里,除我以外,没有别人。我沉静下去了。寂静浓到如酒,令人微醺。望后窗外骨立的乱山中许多白点,是丛冢;一粒深黄色火,是南普陀寺的琉璃灯。前面则海天微茫,黑絮一般的夜色简直似乎要扑到心坎里。我靠了石栏远眺,听得自己的心音,四远还仿佛有无量悲哀,苦恼,零落,死灭,都杂入这寂静中,使它变成药酒,加色,加味,加香。这时,我曾经想要写,但是不能写,无从写。这也就是我所谓"当我沉默着的时候,我觉得充实,我将开口,同时感到空虚"[3]。

莫非这就是一点"世界苦恼"[4]么?我有时想。然而大约又不是的,这不过是淡淡的哀愁,中间还带些愉快。我想接近它,但我愈想,它却愈渺茫了,几乎就要发见仅只我独自倚着石栏,此外一无所有。必须待到我忘了努力,才又感到淡淡的哀愁。

那结果却大抵不很高明。腿上钢针似的一刺,我便不假思索地用手掌向痛处直拍下去,同时只知道蚊子在咬我。什么哀愁,什么夜色,都飞到九霄云外去了,连靠过的石栏也不再放在心里。而且这还是现在的话,那时呢,回想起来,是连不将石栏放在心里的事也没有想到的。仍是不假思索地走进房里去,坐在一把唯一的半躺椅——躺不直的藤椅子——上,抚摩着蚊喙的伤,直到它由痛转痒,渐渐肿成一个小疙瘩。我也就从抚摩转成搔,掐,直到它由痒转痛,比较地能够打熬。

此后的结果就更不高明了,往往是坐在电灯下吃柚子。

虽然不过是蚊子的一叮,总是本身上的事来得切实。能不写自然更快活,倘非写不可,我想,也只能写一些这类小事情,而还万不能写得正如那一天所身受的显明深切。而况千叮万叮,而况一刀一枪,那是写不出来的。

尼采爱看血写的书[5]。但我想,血写的文章,怕未必有罢。文章总是墨写的,血写的倒不过是血迹。它比文章自然更惊心动魄,更直截分明,然而容易变色,容易消磨。这一点,就要任凭文学逞能,恰如冢中的白骨,往古来今,总要以它的永久来傲视少女颊上的轻红似的。

能不写自然更快活,倘非写不可,我想,就是随便写写罢,横竖也只能如此。这些都应该和时光一同消逝,假使会比血迹永远鲜活,也只足证明文人是侥幸者,是乖角儿。但真的血写的书,当然不在此例。

当我这样想的时候,便觉得"写什么"倒也不成什么问题了。

"怎样写"的问题,我是一向未曾想到的。初知道世界上有着这么一个问题,还不过两星期之前。那时偶然上街,偶然走进丁卜书店去,偶然看见一叠《这样做》[6],便买取了一本。这是一种期刊,封面上画着一个骑马的少年兵士。我一向有一种偏见,凡书面上画着这样的兵士和手捏铁锄的农工的刊物,是不大去涉略的,因为我总疑心它是宣传品。发抒自己的意见,结果弄成带些宣传气味了的伊孛生[7]等辈的作品,我看了倒并不发烦。但对于先有了"宣传"两个大字的题目,然后发出议论来的文艺作品,却总有些格格不入,那不能直吞下去的模样,就和雒诵[8]教训文学的时候相同。但这《这样做》却又有些特别,因为我还记得日报上曾经说过,是和我有关系的。也是凡事切己,则格外关心的一例罢,我便再不怕书面上的骑马的英雄,将它买来了。回来后一检查剪存的旧报,还在的,日子是三月七日,可惜没有注明报纸的名目,但不是《民国日报》,便是《国民新闻》[9],因为我那时所看的只有这两种。下面抄一点报上的话:

> 自鲁迅先生南来后,一扫广州文学之寂寞,先后创办者有《做什么》,《这样做》两刊物。闻《这样做》为革命文学社定期出版物之一,内容注重革命文艺及本党主义之宣传。……

开首的两句话有些含混,说我都与闻其事的也可以,说因我"南来"了而别人创办的也通。但我是全不知情。当初将日报剪存,大概是想调查一下的,后来却又忘却,搁下了。现在还记得《做什么》[10]出版后,曾经送给我五本。我觉得这团体是共产青年主持的,因为其中有"坚如","三石"等署名,该是毕磊[11],通信处也是他。他还曾将十来本《少年先锋》[12]送给我,而这刊物里面则分明是共产青年所作的东西。果然,毕磊君大约确是共产党,于四月十八日从中山大学被捕。据我的推测,他一定早已不在这世上了,这看去很是瘦小精干的湖南的青年。

《这样做》却在两星期以前才见面,已经出到七八期合册了。第六期没有,或者说被禁止,或者说未刊,莫衷一是,我便买了一本七八合册和第五期。看日报的记事便知道,这该是和《做什么》反对,或对立的。我拿回来,倒看上去,通讯栏里就这样说:"在一般CP[13]气焰盛张之时,……而你们一觉悟起来,马上退出CP,不只是光退出便了事,尤其值得CP气死的,就是破天荒的接二连三的退出共产党登报声明。……"那么,确是如此了。

这里又即刻出了一个问题。为什么这么大相反对的两种刊物,都因我"南来"而"先后创办"呢?这在我自己,是容易解答的:因为我新来而且灰色。但要讲起来,怕又有些话长,现在姑且保留,待有相当的机会时再说罢。

这回且说我看《这样做》。看过通讯,懒得倒翻上去了,于是看目录。忽而看见一个题目道:《郁达夫先生休矣》[14],便又起了好奇心,立刻看文章。这还是切己的琐事总比世界的哀愁关心的老例,达夫先生是我所认识的,怎么要他"休矣"了呢?急于要知道。假使说的是张龙赵虎,或是我素昧平生的伟人,老实说罢,我决不会如此留心。

原来是达夫先生在《洪水》[15]上有一篇《在方向转换的途中》,说这一次的革命是阶级斗争的理论的实现,而记者则以为是民族革命的理论的实现。大约还有英雄主义不适宜于今日等类的话罢,所以便被认为"中伤"和"挑拨离间",非"休矣"不可了。

我在电灯下回想,达夫先生我见过好几面,谈过好几回,只觉他稳健和平,不至于得罪于人,更何况得罪于国。怎么一下子就这么流于"偏激"了?我倒要看看《洪水》。

这期刊,听说在广西是被禁止的了,广东倒还有。我得到的是第三卷第二十九至三十二期。照例的坏脾气,从三十二期倒看上去,不久便翻到第一篇《日记文学》,也是达夫先生做的,于是便不再去寻《在方向转换的途中》,变成看谈文学了。我这种模模胡胡的看法,自己也明知道是不对的,但"怎么写"的问题,却就出在那里面。

作者的意思,大略是说凡文学家的作品,多少总带点自叙传的色彩的,若以第三人称来写出,则时常有误成第一人称的地方。而且叙述这第三人称的主人公的心理状态过于详细时,读者会疑心这别人的心思,作者何以会晓得得这样精细?于是那一种幻灭之感,就使文学的真实性消失了。所以散文作品中最便当的体裁,是日记体,其次是书简体。

这诚然也值得讨论的。但我想,体裁似乎不关重要。上文的第一缺点,是读者的粗心。但只要知道作品大抵是作者借别人以叙自己,或以自己推测别人的东西,便不至于感到幻灭,即使有时不合事实,然而还是真实。其真实,正与用第三人称时或误用第一人称时毫无不同。倘有读者只执滞于体裁,只求没有破绽,那就以看新闻记事为宜,对于文艺,活该幻灭。而其幻灭也不足惜,因为这不是真的幻灭,正如查不出大观园的遗迹,而不满于《红楼梦》[16]者相同。倘作者如此牺牲了抒写的自由,即使极小部分,也无异于削足适履的。

第二种缺陷,在中国也已经是颇古的问题。纪晓岚攻击蒲留仙的《聊斋志异》,[17]就在这一点。两人密语,决不肯泄,又不为第三人所闻,作者何从知之?所以他的《阅微草堂笔记》,竭力只写事状,而避去心思和密语。但有时又落了自设的陷阱,于是只得以《春秋左氏传》的"浑良夫梦中之噪"来解嘲。[18]他的支绌的原因,是在要使读者信一切所写为事实,靠事实来取得真实性,所以一与事实相左,那真实性也随即灭亡。如果他先意识到这一切是创作,即是他个人的造作,便自然没有一切挂碍了。

一般的幻灭的悲哀,我以为不在假,而在以假为真。记得年幼时,很喜欢看变戏法,狮狲骑羊,石子变白鸽,最末是将一个孩子刺死,盖上被单,一个江北口音的人向观众装出撒钱模样道:Huazaa! Huazaa![19]大概是谁都知道,孩子并没有死,喷出来的是装在刀柄里的苏木汁[20],Huazaa一够,他便会跳起来的。但还是出神地看着,明明意识着这是戏法,而全心沉浸在这戏法中。万一变戏法的定要做得真实,买了小棺材,装进孩子去,哭着抬走,倒反索然无味了。这时候,连戏法的真实也消失了。

我宁看《红楼梦》,却不愿看新出的《林黛玉日记》[21],它一页能够使我不舒服小半天。《板桥家书》[22]我也不喜欢看,不如读他的《道情》。我所不喜欢的是他题了家书两个字。那么,为什么刻了出来给许多人看的呢?不免有些装腔。幻灭之来,多不在假中见真,而在真中见假。日记体,书简体,写起来也许便当得多罢,但也极容易起幻灭之感;而一起则大抵很厉害,因为它起先模样装得真。

《越缦堂日记》[23]近来已极风行了,我看了却总觉得他每次要留给我一点很不舒服的东西。为什么呢？一是钞上谕。大概是受了何焯[24]的故事的影响的,他提防有一天要蒙"御览"。二是许多墨涂。写了尚且涂去,该有许多不写的罢？三是早给人家看,钞,自以为一部著作了。我觉得从中看不见李慈铭的心,却时时看到一些做作,仿佛受了欺骗。翻翻一部小说,虽是很荒唐,浅陋,不合理,倒从来不起这样的感觉的。

听说后来胡适之先生也在做日记,并且给人传观了。照文学进化的理论讲起来,一定该好得多。我希望他提前陆续的印出。

但我想,散文的体裁,其实是大可以随便的,有破绽也不妨。做作的写信和日记,恐怕也还不免有破绽,而一有破绽,便破灭到不可收拾了。与其防破绽,不如忘破绽。

*　　　*　　　*

〔1〕　本篇最初发表于1927年10月10日北京《莽原》半月刊第十八、十九期合刊。

〔2〕　敬鬼神而远之　语出《论语·雍也》:"樊迟问知。子曰:'务民之义,敬鬼神而远之,可谓知矣。'"

〔3〕　这是鲁迅在《野草·题辞》中所说的话。

〔4〕　"世界苦恼"(Weltschmerz)　原为奥地利诗人莱瑙(N. Lenau,1802—1850)的话,意思说人们生活在世上是苦恼的;后来有些文艺家引用它来解释文艺创作,认为创作起因于这种苦恼的感觉。

〔5〕 尼采（F. Nietzsche，1844—1900） 德国哲学家、诗人。著有《悲剧的诞生》《扎拉图斯特拉如是说》等。他在《扎拉图斯特拉如是说·读与写》中说："在一切著作中，吾所爱者，惟用血写之著作。"（据萧赣译文，商务印书馆出版）

〔6〕 《这样做》 旬刊，1927年3月27日在广州创刊，孔圣裔（共产党的叛徒）主编，"革命文学社"编辑发行。它自称"努力革命化的宣传"，却配合国民党的反共政策。

〔7〕 伊孛生（H. Ibsen，1828—1906） 通译易卜生，挪威剧作家。他的作品批判资产阶级社会的虚伪、庸俗，提出婚姻、家庭和社会的改革问题。剧本有《玩偶之家》《国民公敌》等。《玩偶之家》写娜拉（诺拉）不甘做丈夫的玩偶而离家出走的故事，"五四"时期译成中文并上演，产生较大影响。其他主要剧作也曾在当时译成中文，《新青年》第四卷第六号（1918年6月）曾出版介绍他生平、思想及作品的专号。

〔8〕 雒诵 一作洛诵，语出《庄子·大宗师》。清王先谦集解："谓连络诵之，犹言反复读之。"

〔9〕 《民国日报》 1923年国民党在广州创办的报纸，1937年改名为《中山日报》。《国民新闻》，1925年国民党人在广州创办的报纸，初期宣传革命，"四一二"政变后被国民党当局控制。

〔10〕 《做什么》 周刊，中国共产党广东区委学生运动委员会的机关刊物，1927年2月7日创刊，毕磊主编，广州国光书店发行。

〔11〕 毕磊（1902—1927） 笔名坚如、三石，湖南澧县人。当时为中山大学英文系学生，曾任中共广东区委学生运动委员会副书记，在广州"四一五"反共事变中被捕牺牲。

〔12〕 《少年先锋》 旬刊,中国共产主义青年团广东区委员会机关刊物,1926年9月1日创刊,李伟森等先后主编,广州国光书店发行。

〔13〕 C.P. 英语Communist Party的缩写,即共产党。

〔14〕 郁达夫(1896—1945) 浙江富阳人,作家,创造社主要成员之一。他在《洪水》第三卷第二十九期(1927年4月)发表《在方向转换的途中》,认为第一次国内革命战争是"中国全民众的要求解放运动","是马克斯的阶级斗争理论的实现",而"足以破坏我们目下革命运动的最大危险"是"封建时代的英雄主义"。并说:"光凭一两个英雄,来指使民众,利用民众,是万万办不到的事情。真正识时务的革命领导者,应该一步不离开民众,以民众的利害为利害,以民众的敌人为敌人,万事要听民众的指挥,要服从民众的命令才行。若有一二位英雄,以为这是迂阔之谈,那么你们且看着,且看你们个人独裁的高压政策,能够持续几何时。"《这样做》第七、八期合刊(1927年6月)发表孔圣裔的《郁达夫先生休矣》一文,攻击说:"我意料不到,万万意料不到郁达夫先生的论调,竟是中国共产党攻击我们劳苦功高的蒋介石同志的论调,什么英雄主义,个人独裁的高压政策。""郁达夫先生!你现在做了共产党的工具,还是想跑去武汉方面升官发财,特使来托托共产党的大脚?"

〔15〕 《洪水》 创造社刊物,1924年8月20日创办于上海,初为周刊,仅出一期;1925年9月改出半月刊,1927年12月停刊。

〔16〕 《红楼梦》 长篇小说,清代曹雪芹著。通行本为一百二十回,后四十回一般认为是高鹗续作。大观园是书中人物生活的场所。

〔17〕 纪晓岚（1724—1805） 名昀，字晓岚，直隶献县（今属河北）人，清代文学家。著有笔记小说《阅微草堂笔记》（包括《滦阳消夏录》《如是我闻》《槐西杂志》《姑妄听之》《滦阳续录》五种）。他的门人盛时彦在《姑妄听之》的《跋》中，记有他批评《聊斋志异》的话："先生（按指纪昀）尝曰，'《聊斋志异》，盛行一时，然才子之笔，非著书者之笔也……小说既述见闻，即属叙事，不比戏场关目，随意装点，……今燕昵之词，媟狎之态，细微曲折，摹绘如生，使出自言，似无此理；使出作者代言，则何从而闻见之，又所未解也。'"蒲留仙（1640—1715），名松龄，字留仙，山东淄川（今淄博）人，清代小说家。《聊斋志异》是他的一部短篇小说集。

〔18〕 纪晓岚在《阅微草堂笔记·槐西杂志》中，记了旁人所谈的一个读书人受鬼奚落的故事，末段是："余曰：'此先生玩世之寓言耳。此语既未亲闻，又旁无闻者，岂此士人为鬼揶揄，尚肯自述耶？'先生掀髯曰：'钼麛槐下之辞，浑良夫梦中之噪，谁闻之欤！'""浑良夫梦中之噪"，见《春秋左氏传》哀公十七年："（秋，七月）卫侯梦于北宫，见人登昆吾之观，被长发北面而噪曰：'登此昆吾之虚，绵绵生之瓜。余为浑良夫，叫天无辜！'"按浑良夫原系卫臣，这年春天被卫太子所杀，所以书中说卫侯在梦中见他披发大叫。《春秋左氏传》，是一部用史实解释《春秋》的书，相传为春秋时鲁国人左丘明撰。

〔19〕 Huazaa 用拉丁字母拼写的象声词，译音似"哗嚓"，形容撒钱的声音。

〔20〕 苏木汁 苏木是常绿小乔木，心材称"苏方"。苏木汁即用"苏方"制成的红色溶液，可作染料。

〔21〕 《林黛玉日记》 一部假托《红楼梦》中人物林黛玉口吻

的日记体小说,喻血轮作,1918年上海广文书局出版。

〔22〕 《板桥家书》 清代郑燮作。郑燮(1693—1765),字克柔,号板桥,江苏兴化人,文学家、书画家。他的《家书》收书信十封。另有《道情》,收《老渔翁》《老头陀》等十首。道情,原系道士唱的歌曲,后来演变为一种民间曲调。

〔23〕 《越缦堂日记》 清代李慈铭著,1920年商务印书馆曾经影印出版。

〔24〕 何焯(1661—1722) 字屺瞻,江苏长洲(今吴县)人,清代校勘家。康熙时官至编修,因事入狱,所藏书籍(包括他自己的著作)都被没收。康熙帝对这些书曾亲作检查,因未发现罪证,准予免罪并发还藏书。

关于知识阶级[1]

我到上海约二十多天,这回来上海并无什么意义,只是跑来跑去偶然跑到上海就是了。

我没有什么学问和思想,可以贡献给诸君。但这次易先生[2]要我来讲几句话;因为我去年亲见易先生在北京和军阀官僚怎样奋斗;而且我也参与其间,所以他要我来,我是不得不来的。

我不会讲演,也想不出什么可讲的,讲演近于做八股,是极难的,要有讲演的天才才好,在我是不会的。终于想不出什么,只能随便一谈;刚才谈起中国情形,说到"知识阶级"四字,我想对于知识阶级发表一点个人的意见,只是我并不是站在引导者的地位,要诸君都相信我的话,我自己走路都走不清楚,如何能引导诸君?

"知识阶级"一辞是爱罗先珂(V. Eroshenko)七八年前讲演"知识阶级及其使命"[3]时提出的,他骂俄国的知识阶级,也骂中国的知识阶级,中国人于是也骂起知识阶级来了;后来便要打倒知识阶级,再利害一点甚至于要杀知识阶级了。知识就仿佛是罪恶,但是一方面虽有人骂知识阶级;一方面却又有人以此自豪:这种情形是中国所特有的,所谓俄国的知识阶级,其实与中国的不同,俄国当革命以前,社会上还欢迎知识阶级。为什么要欢迎呢?因为他确能替平民抱不平,把平民的苦痛告诉大众。他为什么能把平民的苦痛说出来?因为他与平民接近,或自身就是平民。几年前有一位中国大学教授,他很奇怪,为什么有人要描写一个车夫的事情,[4]这就因为大学教授一向住在高大的洋房里,不明白平民的生活。欧洲的著作家往往是平民出身,(欧洲人虽出身穷苦,也能做文章;这因为他们的文字容易写,中国的文字却不容易写了。)所以也同样的感受到平民的苦痛,当然能痛痛快快写出来为平民说话,因此平民以为知识阶级对于自身是有益的;于是赞成他,到处都欢迎他,但是他们既受此荣誉,地位就增高了,而同时却把平民忘记了,变成一种特别的阶级。那时他们自以为了不得,到阔人家里去宴会,钱也多了,房子东西都要好的,终于与平民远远的离开了。他享受了高贵的生活,就记不起从前一切的贫苦生活了。——所以请诸位不要拍手,拍了手把我的地位一提高,我就要忘记了说话的。他不但不同情于平民,或许还要压迫平民,以致变成了平民的敌人,现在贵族阶级不能存在;贵族的知识阶级当然也不能站住了,这是知识阶级缺点之一。

还有知识阶级不可免避的运命,在革命时代是注重实行的,动的;思想还在其次,直白地说:或者倒有害。至少我个人的意见如此的。唐朝奸臣李林甫有一次看兵操练很勇敢,就有人对着他称赞。他说:"兵好是好,可是无思想",这话很不差。[5]因为兵之所以勇敢,就在没有思想,要是有了思想,就会没有勇气了。现在倘叫我去当兵,要我去革命,我一定不去,因为明白了利害是非,就难于实行了。有知识的人,讲讲柏拉图(Plato)讲讲苏格拉底(Socrates)[6]是不会有危险的。讲柏拉图可以讲一年,讲苏格拉底可以讲三年,他很可以安安稳稳地活下去,但要他去干危险的事情,那就很费踌躇。譬如中国人,凡是做文章,总说"有利然而又有弊",这最足以代表知识阶级的思想。其实无论什么都是有弊的,就是吃饭也是有弊的,它能滋养我们这方面是有利的;但是一方面使我们消化器官疲乏,那就不好而有弊了。假使做事要面面顾到,那就什么事都不能做了。

还有,知识阶级对于别人的行动,往往以为这样也不好,那样也不好。先前俄国皇帝杀革命党,他们反对皇帝;后来革命党杀皇族,他们也起来反对。问他怎么才好呢?他们也没办法。所以在皇帝时代他们吃苦,在革命时代他们也吃苦,这实在是他们本身的缺点。

所以我想,知识阶级能否存在还是个问题。知识和强有力是冲突的,不能并立的;强有力不许人民有自由思想,因为这能使能力分散,在动物界有很明显的例;猴子的社会是最专制的,猴王说一声走,猴子都走了。在原始时代酋长的命令是不能反对的,无怀疑的,在那时酋长带领着群众并吞衰小的部落；于是部落渐渐的大了，团体也大了。一个人就不能支配了。因为各个人思想发达了，各人的思想不一，民族的思想就不能统一，于是命令不行，团体的力量减小，而渐趋灭亡。在古时野蛮民族常侵略文明很发达的民族，在历史上是常见的。现在知识阶级在国内的弊病，正与古时一样。

英国罗素（Russel）[7]法国罗曼罗兰（R. Rolland）[8]反对欧战，大家以为他们了不起，其实幸而他们的话没有实行，否则德国早已打进英国和法国了；因为德国如不能同时实行非战，是没有办法的。俄国托尔斯泰（Tolstoi）的无抵抗主义之所以不能实行，也是这个原因。他不主张以恶报恶的，他的意思是皇帝叫我们去当兵，我们不去当兵，叫警察去捉，他不捉；叫刽子手去杀，他不去杀，大家都不听皇帝的命令，他也没有兴趣；那末做皇帝也无聊起来，天下也就太平了。然而如果一部分的人偏听皇帝的话，那就不行。

我从前也很想做皇帝，后来在北京去看到宫殿的房子都是一个刻板的格式，觉得无聊极了。所以我皇帝也不想做了。做人的趣味在和许多朋友有趣的谈天，热烈的讨论。做了皇帝，口出一声，臣民都下跪，只有不绝声的——Yes[9]，Yes，那有什么趣味？但是还有人做皇帝，因为他和外界隔绝，不知外面还有世界！

总之，思想一自由，能力要减少，民族就站不住，他的自身也站不住了。现在思想自由和生存还有冲突，这是知识阶级本身的缺点。

然而知识阶级将什么样呢？还是在指挥刀下听令行动，还是发表倾向民众的思想呢？要是发表意见，就要想到什么就说什么。真的知识阶级是不顾利害的，如想到种种利害，就是假的，冒充的知识阶级；只是假知识阶级的寿命倒比较长一点。像今天发表这个主张，明天发表那个意见的人，思想似乎天天在进步；只是真的知识阶级的进步，决不能如此快的。不过他们对于社会永不会满意的，所感受的永远是痛苦，所看到的永远是缺点，他们预备着将来的牺牲，社会也因为有了他们而热闹，不过他的本身——心身方面总是苦痛的；因为这也是旧式社会传下来的遗物。至于诸君，是与旧的不同，是二十世纪初叶青年，如在劳动大学一方读书，一方做工，这是新的境遇；或许可以造成新的局面，但是环境还是老样子，着着逼人堕落，倘不与这老社会奋斗，还是要回到老路上去的。

譬如从前我在学生时代不吸烟，不吃酒，不打牌，没有一点嗜好；后来当了教员，有人发传单说我抽鸦片。我很气，但并不辩明，为要报复他们，前年我在陕西就真的抽一回鸦片，看他们怎样？此次来上海有人在报纸上说我来开书店；又有人说我每年版税有一万多元。但是我也并不辩明；但曾经自己想，与其负空名，倒不如真的去赚这许多进款。

还有一层，最可怕的情形，就是比较新的思想运动起来时，如与社会无关，作为空谈，那是不要紧的，这也是专制时代所以能容知识阶级存在的原故。因为痛哭流泪与实际是没有关系的，只是思想运动变成实际的社会运动时，那就危险了。

往往反为旧势力所扑灭。中国现在也是如此,这现象,革新的人称之为"反动"。我在文艺史上,却找到一个好名辞,就是Renaissance[10],在意大利文艺复兴的意义,是把古时好的东西复活,将现存的坏的东西压倒,因为那时候思想太专制腐败了,在古时代确实有些比较好的;因此后来得到了社会上的信仰。现在中国顽固派的复古,把孔子礼教都拉出来了,但是他们拉出来的是好的么? 如果是不好的,就是反动,倒退,以后恐怕是倒退的时代了。

还有,中国人现在胆子格外小了,这是受了共产党的影响。人一听到俄罗斯,一看见红色,就吓得一跳;一听到新思想,一看到俄国的小说,更其害怕,对于较特别的思想,较新思想尤其丧心发抖,总要仔仔细细底想,这有没有变成共产思想的可能性?! 这样的害怕,一动也不敢动,怎样能够有进步呢? 这实在是没有力量的表示,比如我们吃东西,吃就吃,若是左思右想,吃牛肉怕不消化,喝茶时又要怀疑,那就不行了,——老年人才是如此;有力量,有自信力的人是不至于此的。虽是西洋文明罢,我们能吸收时,就是西洋文明也变成我们自己的了。好像吃牛肉一样,决不会吃了牛肉自己也即变成牛肉的,要是如此胆小,那真是衰弱的知识阶级了,不衰弱的知识阶级,尚且对于将来的存在不能确定;而衰弱的知识阶级是必定要灭亡的。从前或许有,将来一定不能存在的。

现在,比较安全一点的,还有一条路,是不做时评而做艺术家。要为艺术而艺术[11]。住在"象牙之塔"[12]里,目下自然要比别处平安。就我自己来说罢,——有人说我只会讲自己,这是真的。我先前独自住在厦门大学的一所静寂的大洋房里;到了晚上,我总是孤思默想,想到一切,想到世界怎样,人类怎样,我静静地思想时,自己以为很了不得的样子;但是给蚊子一咬,跳了一跳,把世界人类的大问题全然忘了,离不开的还是我本身。

就我自己说起来,是早就有人劝我不要发议论,不要做杂感,你还是创作去吧!因为做了创作在世界史上有名字,做杂感是没有名字的。其实就是我不做杂感,世界史上,还是没有名字的,这得声明一句,是:这些劝我做创作,不要写杂感的人们之中,有几个是别有用意,是被我骂过的。所以要我不再做杂感。但是我不听他,因此在北京终于站不住了,不得不躲到厦门的图书馆上去了。

艺术家住在象牙塔中,固然比较地安全,但可惜还是安全不到底。秦始皇,汉武帝想成仙,终于没有成功而死了。危险的临头虽然可怕,但别的运命说不定,"人生必死"的运命却无法逃避,所以危险也仿佛用不着害怕似的。但我并不想劝青年得到危险,也不劝他人去做牺牲,说为社会死了名望好,高巍巍的镌起铜像来。自己活着的人没有劝别人去死的权利,假使你自己以为死是好的,那末请你自己先去死吧。诸君中恐有钱人不多罢。那末,我们穷人唯一的资本就是生命。以生命来投资,为社会做一点事,总得多赚一点利才好;以生命来做利息很小的牺牲,是不值得的。所以我从来不叫人去牺牲,但也不要再爬进象牙之塔和知识阶级里去了,我以为这是最稳当的一条路。

至于有一班从外国留学回来,自称知识阶级,以为中国没有他们就要灭亡的,却不在我所论之内,像这样的知识阶级,我还不知道是些什么东西?!

今天的说话很没有伦次,望诸君原谅!

* * *

〔1〕 本篇最初发表于1927年11月13日上海《国立劳动大学周刊》第五期。原有副题"鲁迅先生演讲",下署"黄河清笔记"。文末注明:"十月二十八日下午三时在江湾劳动大学",但据鲁迅日记,演讲时间应为10月25日下午。演讲记录稿发表前经过鲁迅校阅。

国立劳动大学,以国民党西山会议派为背景,标榜无政府主义的一所半工半读学校,分农学院、工学院、社会科学院三部。1927年创办,1933年停办。

〔2〕 易先生 即易培基(1880—1937),字寅村,湖南长沙人。1924年11月、1925年12月两次担任短时期的北洋政府教育总长。他支持北京女子师范大学学生运动,该校复校后曾兼任校长。1927年任上海国立劳动大学校长。

〔3〕 "知识阶级及其使命" 俄国作家爱罗先珂在北京的一次讲演的题目。记录稿最初连载于1922年3月6日、7日《晨报副刊》,题为《知识阶级的使命》。

〔4〕 指东南大学教授吴宓。参看《上海文艺之一瞥》。

〔5〕 李林甫疑为许敬宗之误。唐代刘𫗧《隋唐嘉话》卷中:"太

宗之征辽,作飞梯临其城。有应募为梯首,城中矢石如雨,而竟为先登。英公指谓中书舍人许敬宗曰:'此人岂不大健?'敬宗曰:'健即大健,要是不解思量。'"

〔6〕 苏格拉底(前469—前399) 古希腊哲学家。

〔7〕 在第一次世界大战时,罗素反对英国参战,因而被解除剑桥大学教职;之后又因反对征兵,被判监禁四个月。

〔8〕 罗曼罗兰 在第一次世界大战时,他曾发表《站在斗争之上》等文,反对帝国主义战争。

〔9〕 Yes 英语:是。

〔10〕 Renaissance 英语:文艺复兴。十四至十五世纪兴起的西方新兴资产阶级反对封建主义和宗教神权的思想文化运动。最初开始于意大利,后来扩及德、法、英、荷等欧洲国家。这个运动以复兴久被湮没的古希腊、罗马文化为口号,因而得名。

〔11〕 为艺术而艺术 最早由法国作家戈蒂叶(1811—1872)提出的一种文艺观。它认为艺术应该超越一切功利而存在,创作的目的在于艺术本身,与社会政治无关。

〔12〕 "象牙之塔" 原是法国文艺批评家圣·佩韦(1804—1869)批评同时代唯美主义诗人维尼的用语,后来用以比喻脱离现实的文艺家的小天地。

"醉眼"中的朦胧[1]

旧历和新历的今年似乎于上海的文艺家们特别有着刺激力,接连的两个新正一过,期刊便纷纷而出了。他们大抵将全力用尽在伟大或尊严的名目上,不惜将内容压杀。连产生了不止一年的刊物,也显出拚命的挣扎和突变来。作者呢,有几个是初见的名字,有许多却还是看熟的,虽然有时觉得有些生疏,但那是因为停笔了一年半载的缘故。他们先前在做什么,为什么今年一齐动笔了?说起来怕话长。要而言之,就因为先前可以不动笔,现在却只好来动笔,仍如旧日的无聊的文人,文人的无聊一模一样。这是有意识或无意识地,大家都有些自觉的,所以总要向读者声明"将来":不是"出国","进研究室",便是"取得民众"。功业不在目前,一旦回国,出室,得民之后,那可是非同小可了。自然,倘有远识的人,小心的人,怕事的人,投机的人,最好是此刻豫致"革命的敬礼"。一到将来,就要"悔之晚矣"了。

然而各种刊物,无论措辞怎样不同,都有一个共通之点,就是:有些朦胧。这朦胧的发祥地,由我看来,——虽然是冯乃超的所谓"醉眼陶然"〔2〕——也还在那有人爱,也有人憎的官僚和军阀。和他们已有瓜葛,或想有瓜葛的,笔下便往往笑迷迷,向大家表示和气,然而有远见,梦中又害怕铁锤和镰刀,因此也不敢分明恭维现在的主子,于是在这里留着一点朦胧。和他们瓜葛已断,或则并无瓜葛,走向大众去的,本可以毫无顾忌地说话了,但笔下即使雄纠纠,对大家显英雄,会忘却了他们的指挥刀的傻子是究竟不多的,这里也就留着一点朦胧。于是想要朦胧而终于透漏色彩的,想显色彩而终于不免朦胧的,便都在同地同时出现了。

其实朦胧也不关怎样紧要。便在最革命的国度里,文艺方面也何尝不带些朦胧。然而革命者决不怕批判自己,他知道得很清楚,他们敢于明言。惟有中国特别,知道跟着人称托尔斯泰为"卑汙的说教人"〔3〕了,而对于中国"目前的情状",却只觉得在"事实上,社会各方面亦正受着乌云密布的势力的支配"〔4〕,连他的"剥去政府的暴力,裁判行政的喜剧的假面"的勇气的几分之一也没有;知道人道主义不彻底了,但当"杀人如草不闻声"〔5〕的时候,连人道主义式的抗争也没有。剥去和抗争,也不过是"咬文嚼字",并非"直接行动"。〔6〕我并不希望做文章的人去直接行动,我知道做文章的人是大概只能做文章的。

可惜略迟了一点,创造社前年招股本,去年请律师,〔7〕今年才揭起"革命文学"的旗子,复活的批评家成仿吾总算离开守护"艺术之宫"的职掌,〔8〕要去"获得大众",并且给革命文学家"保障最后的胜利"[9]了。这飞跃也可以说是必然的。弄文艺的人们大抵敏感,时时也感到,而且防着自己的没落,如漂浮在大海里一般,拚命向各处抓攫。二十世纪以来的表现主义[10],踏踏主义[11],什么什么主义的此兴彼衰,便是这透露的消息。现在则已是大时代,动摇的时代,转换的时代,中国以外,阶级的对立大抵已经十分锐利化,农工大众日日显得着重,倘要将自己从没落救出,当然应该向他们去了。何况"呜呼!小资产阶级原有两个灵魂。……"虽然也可以向资产阶级去,但也能够向无产阶级去的呢。

这类事情,中国还在萌芽,所以见得新奇,须做《从文学革命到革命文学》那样的大题目,但在工业发达,贫富悬隔的国度里,却已是平常的事情。或者因为看准了将来的天下,是劳动者的天下,跑过去了;或者因为倘帮强者,宁帮弱者,跑过去了;或者两样都有,错综地作用着,跑过去了。也可以说,或者因为恐怖,或者因为良心。成仿吾教人克服小资产阶级根性,拉"大众"来作"给与"和"维持"的材料,文章完了,却正留下一个不小的问题:

倘若难于"保障最后的胜利",你去不去呢?

这实在还不如在成仿吾的祝贺之下,也从今年产生的《文化批判》上的李初梨的文章[12],索性主张无产阶级文学,但无须无产者自己来写;无论出身是什么阶级,无论所处是什么环境,只要"以无产阶级的意识,产生出来的一种的斗争的文学"就是,直截爽快得多了。但他一看见"以趣味为中心"

的可恶的"语丝派"的人名就不免曲折,仍旧"要问甘人君,鲁迅是第几阶级的人?"[13]

我的阶级已由成仿吾判定:"他们所矜持的是'闲暇,闲暇,第三个闲暇';他们是代表着有闲的资产阶级,或者睡在鼓里的小资产阶级。……如果北京的乌烟瘴气不用十万两无烟火药炸开的时候,他们也许永远这样过活的罢。"[14]

我们的批判者才将创造社的功业写出,加以"否定的否定",要去"获得大众"的时候,[15]便已梦想"十万两无烟火药",并且似乎要将我挤进"资产阶级"去(因为"有闲就是有钱"云),我倒颇也觉得危险了。后来看见李初梨说:"我以为一个作家,不管他是第一第二……第百第千阶级的人,他都可以参加无产阶级文学运动;不过我们先要审察他们的动机。……"[16]这才有些放心,但可虑的是对于我仍然要问阶级。"有闲便是有钱";倘使无钱,该是第四阶级[17],可以"参加无产阶级文学运动"了罢,但我知道那时又要问"动机"。总之,最要紧是"获得无产阶级的阶级意识",——这回可不能只是"获得大众"便算完事了。横竖缠不清,最好还是让李初梨去"由艺术的武器到武器的艺术"[18],让成仿吾去坐在半租界里积蓄"十万两无烟火药",我自己是照旧讲"趣味"。

那成仿吾的"闲暇,闲暇,第三个闲暇"的切齿之声,在我是觉得有趣的。因为我记得曾有人批评我的小说,说是"第一个是冷静,第二个是冷静,第三个还是冷静",[19]"冷静"

并不算好批判，但不知怎地竟像一板斧劈着了这位革命的批评家的记忆中枢[20]似的，从此"闲暇"也有三个了。倘有四个，连《小说旧闻钞》也不写，或者只有两个，见得比较地忙，也许可以不至于被"奥伏赫变"[21]（"除掉"的意思，Aufheben的创造派的译音，但我不解何以要译得这么难写，在第四阶级，一定比照描一个原文难）罢，所可惜的是偏偏是三个。但先前所定的不"努力表现自己"之罪[22]，大约总该也和成仿吾的"否定的否定"，一同勾消了。

创造派"为革命而文学"，所以仍旧要文学，文学是现在最紧要的一点，因为将"由艺术的武器，到武器的艺术"，一到"武器的艺术"的时候，便正如"由批判的武器，到用武器的批判"[23]的时候一般，世界上有先例，"徘徊者变成同意者，反对者变成徘徊者"[24]了。

但即刻又有一点不小的问题：为什么不就到"武器的艺术"呢？

这也很像"有产者差来的苏秦的游说"[25]。但当现在"无产者未曾从有产者意识解放以前"[26]，这问题是总须起来的，不尽是资产阶级的退兵或反攻的毒计。因为这极彻底而勇猛的主张，同时即含有可疑的萌芽了。那解答只好是这样：

因为那边正有"武器的艺术"，所以这边只能"艺术的武器"。

这艺术的武器，实在不过是不得已，是从无抵抗的幻影脱出,坠入纸战斗的新梦里去了。但革命的艺术家,也只能以此维持自己的勇气,他只能这样。倘他牺牲了他的艺术,去使理论成为事实,就要怕不成其为革命的艺术家。因此必然的应该坐在无产阶级的阵营中,等待"武器的铁和火"出现。这出现之际,同时拿出"武器的艺术"来。倘那时铁和火的革命者已有一个"闲暇",能静听他们自叙的功勋,那也就成为一样的战士了。最后的胜利。然而文艺是还是批判不清的,因为社会有许多层,有先进国的史实在;要取目前的例,则《文化批判》已经拖住 Upton Sinclair[27],《创造月刊》也背了 Vigny 在"开步走"[28]了。

倘使那时不说"不革命便是反革命",革命的迟滞是"语丝派"之所为,给人家扫地也还可以得到半块面包吃,我便将于八时间工作之暇,坐在黑房里,续钞我的《小说旧闻钞》,有几国的文艺也还是要谈的,因为我喜欢。所怕的只是成仿吾们真像符拉特弥尔·伊力支[29]一般,居然"获得大众";那么,他们大约更要飞跃又飞跃,连我也会升到贵族或皇帝阶级里,至少也总得充军到北极圈内去了。译著的书都禁止,自然不待言。

不远总有一个大时代要到来。现在创造派的革命文学家和无产阶级作家虽然不得已而玩着"艺术的武器",而有着"武器的艺术"的非革命武学家也玩起这玩意儿来了,有几种笑迷迷的期刊[30]便是这。他们自己也不大相信手里的"武器的艺术"了罢。那么,这一种最高的艺术——"武器的艺术"现在究竟落在谁的手里了呢？只要寻得到，便知道中国的最近的将来。

二月二十三日，上海。

*　　　*　　　*

〔1〕 本篇最初发表于1928年3月12日《语丝》第四卷第十一期。

本篇是鲁迅针对1928年初创造社、太阳社对他的批评而写的。当时创造社等的批评和鲁迅的反驳，曾在革命文学阵营内部形成了一次以革命文学问题为中心的论争。这次论争扩大了革命文学运动的影响，促进了文化界对革命文学问题的注意。但创造社、太阳社的某些成员，在试图运用马克思主义原理于中国革命的实际和文艺领域时，出现过严重的主观主义和宗派主义的倾向，对鲁迅作了错误的分析，对他采取了排斥以至无原则的攻击的态度。后来他们改变了排斥鲁迅的立场，与鲁迅共同组织中国左翼作家联盟。

〔2〕 冯乃超（1901—1983） 广东南海人，诗人、文学评论家，后期创造社成员。"醉眼陶然"，见他在《文化批判》创刊号（1928年1月）发表的《艺术与社会生活》："鲁迅这位老生——若许我用文学的表现——是常从幽暗的酒家的楼头，醉眼陶然地眺望窗外的人生。世人称许他的好处，只是圆熟的手法一点，然而，他不常追怀过去的昔日，追悼没落的封建情绪，结局他反映的只是社会变革期中的落伍者的悲哀，无聊赖地跟他弟弟说几句人道主义的美丽的说话。隐遁主义！好在他不效 L. Tolstoy 变作卑污的说教人。"

〔3〕 托尔斯泰（Л. Н. Толстой，1828—1910） 俄国作家。著有

长篇小说《战争与和平》《安娜·卡列尼娜》《复活》等。冯乃超在《艺术与社会生活》中曾引用列宁在《列甫·托尔斯泰是俄国革命的镜子》中的一段话:"托尔斯泰一方面毫无忌惮地批判资本主义的榨取,剥去政府的暴力,裁判与行政的喜剧的假面,暴露着国富的增大,文化的结果与贫困的增大,劳动大众的痛苦间的矛盾;他方面很愚蠢地劝人不要以暴力反抗罪恶。一方面站在最觉悟的现实主义上,剥去一切的假面;他方面却靦颜做世界最卑污的事——宗教的说教人。"按译文与现在通行的版本不完全相同。

〔4〕 这是冯乃超在《艺术与社会生活》中的话:"自从北伐军进出扬子江以来,中国国民革命的一特征,就是大众的政治运动的炽烈化,然而,观察目前的情状,革命的势力在表面上似呈一种停顿的样子,而事实上,社会的各方面亦正受着乌云密布的势力的支配。"

〔5〕 "杀人如草不闻声" 语出明代沈明臣作《铙歌十章·凯歌》:"狭巷短兵相接处,杀人如草不闻声。"原是歌颂战功的,这里用以指国民党当局屠杀共产党人和革命群众的罪行。

〔6〕 见《文化批判》第二号(1928年2月)李初梨《怎样地建设革命文学》:"我们知道,社会上,一定有一些常识的煽动家,向我们发出嘲笑,他们说:你们既口口声声在革命,何以不去直接行动,却来弄这样咬文嚼字的文学?我们要看出他们的奸诈来;这是他们的退兵计;有产者差来的苏秦的游说。"

〔7〕 创造社前年招股本去年请律师 1926年,创造社曾发出招股简章,筹集办社资金。1927年聘请刘世芳为该社律师。后来,当创造社受到当局压迫时,刘世芳曾代表创造社及其出版部登报声明"本社纯系新文艺的集合,本出版部亦纯系发行文艺书报的机关,与任

何政治团体从未发生任何关系","此后如有诬毁本社及本出版部者决依法起诉以受法律之正当保障"。(见1928年6月15日上海《新闻报》)

〔8〕 创造社成立初期,成仿吾主张文学"是出自内心的要求,原不必有什么预定的目的",追求文学的"全"和"美",存有"为艺术而艺术"的倾向。1926年他参加北伐战争,1928年再回到上海,从事"革命文学"运动。所以这里说他是"复活的批评家","总算离开守护'艺术之宫'的职掌"。

〔9〕 "获得大众"、"保障最后的胜利",都见《创造月刊》第一卷第九期(1928年2月)成仿吾的《从文学革命到革命文学》:"以明了的意识努力你的工作,驱逐资产阶级的'意德沃罗基'在大众中的流毒与影响,获得大众,不断地给他们以勇气,维持他们的自信!莫忘记了,你是站在全战线的一个分野!以真挚的热诚描写在战场所闻见的,农工大众的激烈的悲愤,英勇的行为与胜利的欢喜!这样,你可以保障最后的胜利;你将建立殊勋,你将不愧为一个战士。"

〔10〕 表现主义 二十世纪初至三十年代盛行于欧美一些国家的现代主义文艺流派。代表社团为"桥社""蓝骑士社"。表现主义者在政治和哲学观点上差异很大,其共同的思想和艺术倾向是不满社会现状,要求变革,要求表现事物的内在实质和永恒的品格,揭示人的灵魂,轻视客观的写实而强调表现主观的自我,多采用心理分析、潜意识、梦境等表现手法。表现主义小说的代表作家主要有卡夫卡和乔伊斯等,戏剧代表作家主要有斯特林堡和奥尼尔等。

〔11〕 踏踏主义 通称达达主义,第一次世界大战期间出现的现代主义文艺流派。倡导者是法国诗人特里斯唐·查拉。他在1916

年以"达达"(dada)之名组织社团的"宣言"中解释说:"达达,达达,这是忍耐不住的痛苦的嗥叫,是各种束缚、矛盾、荒诞的东西和不合逻辑的事物的交织"。达达主义否定一切有意义的事物,反对一切传统和常规,主张以梦呓、混乱的语言、怪诞荒谬的形象表现不可思议的事物。它是一批年轻人痛恨战争和产生战争的精神世界,要求彻底破坏旧世界的心理反映。

〔12〕 《文化批判》 月刊,创造社的理论性刊物。1928年1月创刊,共出五期。在创刊号上载有成仿吾的《祝辞》。李初梨(1900—1994),四川江津人,文艺评论家,后期创造社成员。这里是指他的《怎样地建设革命文学》一文。其中说:"无产阶级文学的作家,不一定要出自无产阶级,而无产阶级的出身者,不一定会产生出无产阶级文学。"又说:"无产阶级文学是:为完成他主体阶级的历史的使命,不是以观照的——表现的态度,而以无产阶级的阶级意识,产生出来的一种的斗争的文学。"

〔13〕 《北新》半月刊第二卷第一号(1927年11月)发表署名甘人的《中国新文学的将来与其自己的认识》中有"鲁迅……是我们时代的作者"的话;李初梨在《怎样地建设革命文学》中加以反对说:"我要问甘人君,鲁迅究竟是第几阶级的人,他写的又是第几阶级的文学?他所曾诚实地发表过的,又是第几阶级的人民的痛苦?'我们的时代',又是第几阶级的时代?甘人君对于'中国新文艺的将来与其自己'简直毫不认识。"

〔14〕 这段引文见成仿吾《从文学革命到革命文学》。

〔15〕 成仿吾在《从文学革命到革命文学》中评论早期创造社时说:"它的诸作家以他们的反抗的精神,以他们的新鲜的作风,四五年

之内在文学界养成了一种独创的精神,对一般青年给与了不少的激刺。他们指导了文学革命的方针,率先走向前去,他们扫荡了一切假的文艺批评,他们驱逐了一些蹩脚的翻译。他们对于旧思想与旧文学的否定最为完全,他们以真挚的热诚与批判的态度为全文学运动奋斗。"而在展望"文学革命今后的进展"时又说:"我们如果还挑起革命的'印贴利更追亚'的责任起来,我们还得再把自己否定一遍(否定的否定),我们要努力获得阶级意识,我们要使得我们的媒质接近农工大众的用语,我们要以农工大众为我们的对象。"

〔16〕 见李初梨《怎样地建设革命文学》:"我以为一个作家,不管他是第一第二……第百第千阶级的人,他都可以参加无产阶级文学运动;不过我们先要审察他的动机。看他是'为文学而革命',还是'为革命而文学'。"

〔17〕 第四阶级 即无产阶级。过去外国历史家曾把法国大革命时期的法国社会分为三个阶级(应译"等级")。第一阶级:国王;第二阶级:僧侣和贵族;第三阶级:当时的被统治阶级,其中包括资产阶级、小资产阶级、工人、农民等。后来又有人把工人阶级称为第四阶级。

〔18〕 "由艺术的武器到武器的艺术" 见李初梨《怎样地建设革命文学》:"有产者既利用一切艺术为他的支配工具,那么文学当然为无产者的重要的战野。所以我们的作家,是'为革命而文学',不是'为文学而革命',我们的作品,是'由艺术的武器到武器的艺术'。"

〔19〕 这是张定璜的话,见《现代评论》第一卷第八期(1925年1月31日)刊载的《鲁迅先生(下)》一文:"鲁迅先生的医究竟学到了怎样一个境地,曾经进过解剖室没有,我们不得而知,但我们知道他有三

个特色,那也是老于手术富于经验的医生的特色,第一个,冷静,第二个,还是冷静,第三个,还是冷静。"

〔20〕 这是借用李初梨的话,李在 1928 年 4 月《文化批判》第四号《请看中国的 Don Quixote 的乱舞》中说:"又或许是'弄文艺的人们大抵敏感',我们的 Don 鲁迅,不知在什么地方,看过某刊物上有一句'××是一种艺术的话,而且这句话又不知怎地竟像一板斧劈着这位'Don Quixote 的'记忆中枢',从此一架风车,就变成了一个巨人(giant),'武器的艺术'也就变成 Don 鲁迅醉眼朦胧中的敌人了。"

〔21〕 "奥伏赫变" 德语音译,现通译为"扬弃"。

〔22〕 成仿吾在《创造》季刊第二卷第二期(1924 年 2 月)《〈呐喊〉的评论》中,将《呐喊》中的小说分为"再现的"和"表现的"两类。认为前者"平凡""庸俗",是作者"失败的地方",而后者如《端午节》,"表现方法恰与我的几个朋友的作风相同","作者由他那想表现自我的努力,与我们接近了"。

〔23〕 "由批判的武器到用武器的批判" 见马克思《〈黑格尔法哲学批判〉导言》:"批判的武器当然不能代替武器的批判,物质力量只能用物质力量来摧毁;但是理论一经掌握群众,也会变成物质力量。"

〔24〕 这两句话的出处待查。

〔25〕 "有产者差来的苏秦的游说" 参看本篇注〔6〕。苏秦,战国时期的纵横家,曾游说齐、楚、燕、赵、韩、魏六国联合抗秦。

〔26〕 见李初梨《怎样地建设革命文学》:"有人说:无产阶级文学,是无产者自身写出的文学。不是。因为无产者未曾从有产者意识解放以前,他写出来的,仍是一些有产者文学。"

〔27〕 Upton Sinclair 辛克莱(1878—1968),美国小说家。著有长篇小说《屠场》《石炭王》《世界末日》等。《文化批判》第二期(1928年2月)曾刊载辛克莱《拜金艺术(艺术之经济学的研究)》的摘译,译者冯乃超在译文的前言中说:辛克莱"和我们站着同一的立脚地来阐明艺术与社会阶级的关系,……他不特喝破了艺术的阶级性,而且阐明了今后的艺术的方向"。

〔28〕 Vigny 维尼(1797—1863),法国诗人。著有《上古和近代诗集》《命运集》等。《创造月刊》第一卷第五、七、八、九各期曾连载穆木天的论文《维尼及其诗歌》。"开步走",是成仿吾《从文学革命到革命文学》一文中的话:"开步走,向那龌龊的农工大众!"

〔29〕 符拉特弥尔·伊力支 即弗拉基米尔·伊里奇·列宁。

〔30〕 指国民党当局当时所办的一些刊物如《新生命》等。

流氓的变迁[1]

孔墨都不满于现状,要加以改革,但那第一步,是在说动人主,而那用以压服人主的家伙,则都是"天"[2]。

孔子之徒为儒,墨子之徒为侠[3]。"儒者,柔也"[4],当然不会危险的。惟侠老实,所以墨者的末流,至于以"死"[5]为终极的目的。到后来,真老实的逐渐死完,止留下取巧的侠,汉的大侠,就已和公侯权贵相馈赠,[6]以备危急时来作护符之用了。

司马迁说:"儒以文乱法,而侠以武犯禁"[7],"乱"之和"犯",决不是"叛",不过闹点小乱子而已,而况有权贵如"五侯"[8]者在。

"侠"字渐消,强盗起了,但也是侠之流,他们的旗帜是"替天行道"。他们所反对的是奸臣,不是天子,他们所打劫的是平民,不是将相。李逵劫法场[9]时,抡起板斧来排头砍去,而所砍的是看客。一部《水浒》,说得很分明:因为不反对天子,所以大军一到,便受招安,替国家打别的强盗——不"替天行道"[10]的强盗去了。终于是奴才。

满洲入关，中国渐被压服了，连有"侠气"的人，也不敢再起盗心，不敢指斥奸臣，不敢直接为天子效力，于是跟一个好官员或钦差大臣，给他保镖，替他捕盗，一部《施公案》[11]，也说得很分明，还有《彭公案》[12]，《七侠五义》[13]之流，至今没有穷尽。他们出身清白，连先前也并无坏处，虽在钦差之下，究居平民之上，对一方面固然必须听命，对别方面还是大可逞雄，安全之度增多了，奴性也跟着加足。

然而为盗要被官兵所打，捕盗也要被强盗所打，要十分安全的侠客，是觉得都不妥当的，于是有流氓。和尚喝酒他来打，男女通奸他来捉，私娼私贩他来凌辱，为的是维持风化；乡下人不懂租界章程他来欺侮，为的是看不起无知；剪发女人他来嘲骂，社会改革者他来憎恶，为的是宝爱秩序。但后面是传统的靠山，对手又都非浩荡的强敌，他就在其间横行过去。现在的小说，还没有写出这一种典型的书，惟《九尾龟》[14]中的章秋谷，以为他给妓女吃苦，是因为她要敲人们竹杠，所以给以惩罚之类的叙述，约略近之。

由现状再降下去，大概这一流人将成为文艺书中的主角了，我在等候"革命文学家"张资平[15]"氏"的近作。

*　　*　　*

〔1〕 本篇最初发表于1930年1月1日上海《萌芽月刊》第一卷第一期。

〔2〕 "天" 指儒、墨两家著作中的所谓"天命""天意"。如

《论语·季氏》:"君子有三畏:畏天命,畏大人,畏圣人之言。"《墨子·天志》:"顺天意者兼相爱,交相利,必得赏。反天意者别相恶,交相贼,必得罚。"

〔3〕 墨子是墨家学派的创始者。他的言行,经他的弟子及后学辑入《墨子》一书。墨子之徒多尚武。他死后,他的学派起分化,以宋钘、许行等为代表的正统派,到秦汉时演化成为游侠。

〔4〕 "儒者,柔也" 见许慎《说文解字》:"儒者,柔也,术士之称。"

〔5〕 "死" 指游侠中流行的所谓"其言必信,其行必果,已诺必诚,不爱其躯"(见《史记·游侠列传》)的一种侠义精神。这些游侠往往为某些权贵所豢养。"士为知己者死",是他们的道德观念。

〔6〕 汉代的大侠多和权贵交往勾结,如《汉书·游侠传》载,陈遵"居长安中,列侯近臣贵戚皆贵重之。牧守当之官,及郡国豪杰至京师者,莫不相因到遵门。"

〔7〕 "儒以文乱法,而侠以武犯禁" 语出《韩非子·五蠹》。司马迁在《史记·游侠列传》中也曾引用此语。

〔8〕 "五侯" 汉成帝(刘骜)河平二年(前27),外戚王谭、王逢时、王根、王立、王商兄弟五人同日封侯,当时称为"五侯"。据《汉书·游侠传》载,"五侯"豢养许多儒侠之士,其中大侠楼护(君卿)最受信用,是"五侯上客"。

〔9〕 李逵劫法场 见一百二十回本《水浒传》第四十回。

〔10〕 《水浒》 即《水浒传》,元末明初施耐庵作,是一部以北宋宋江领导的农民起义为题材的长篇小说。书中有宋江受朝廷招安后又去镇压方腊等农民起义军的情节。"替天行道"是宋江一贯打着

的旗号。

〔11〕《施公案》 清代公案小说,作者不详,共九十七回。写康熙年间施仕纶官江都知县至漕运总督时,黄天霸为他办案的故事,1838年印行。

〔12〕《彭公案》 清代公案小说,署贪梦道人作,共一百回。写康熙年间一帮江湖侠客为三河知县彭鹏办案的故事,1891年印行。

〔13〕《七侠五义》 原名《三侠五义》,清代侠义小说,署石玉昆述,入迷道人编订,共一百二十回。1879年印行,后经俞樾修订,1889年重印,改名《七侠五义》。前半部主要写包拯审案的故事,后半部主要写江湖侠客的活动。

〔14〕《九尾龟》 张春帆作,描写妓女生活的小说,1910年出版。

〔15〕张资平(1893—1959) 广东梅县人,创造社早期成员,抗日战争时期任汪伪政府农矿部技正和日伪"兴亚建国运动"的"文化委员会"主席。他写过大量三角恋爱小说,在革命文学论争中,自称"转换方向"。

习惯与改革[1]

都已硬化了的人民,对于极小的一点改革,也无不加以阻挠,表面上好像恐怕于自己不便,其实是恐怕于自己不利,但所设的口实,却往往见得极其公正而且堂皇。

今年的禁用阴历[2],原也是琐碎的,无关大体的事,但商家当然叫苦连天了。不特此也,连上海的无业游民,公司雇员,竟也常常慨然长叹,或者说这很不便于农家的耕种,或者说这很不便于海船的候潮。他们居然因此念起久不相干的乡下的农夫,海上的舟子来。这真像煞有些博爱。

一到阴历的十二月二十三,爆竹就到处毕毕剥剥。我问一家的店伙:"今年仍可以过旧历年,明年一准过新历年么?"那回答是:"明年又是明年,要明年再看了。"他并不信明年非过阳历年不可。但日历上,却诚然删掉了阴历,只存节气。然而一面在报章上,则出现了《一百二十年阴阳合历》[3]的广告。好,他们连曾孙玄孙时代的阴历,也已经给准备妥当了,一百二十年!

梁实秋先生们虽然很讨厌多数,但多数的力量是伟大,要紧的,有志于改革者倘不深知民众的心,设法利导,改进,则无论怎样的高文宏议,浪漫古典[4],都和他们无干,仅止于几个人在书房中互相叹赏,得些自己满足。假如竟有"好人政府"[5],出令改革乎,不多久,就早被他们拉回旧道上去了。

真实的革命者,自有独到的见解,例如乌略诺夫先生,他是将"风俗"和"习惯",都包括在"文化"之内的,并且以为改革这些,很为困难。[6]我想,但倘不将这些改革,则这革命即等于无成,如沙上建塔,顷刻倒坏。中国最初的排满革命,所以易得响应者,因为口号是"光复旧物",就是"复古",易于取得保守的人民同意的缘故。但到后来,竟没有历史上定例的开国之初的盛世,只枉然失了一条辫子,就很为大家所不满了。

以后较新的改革,就著著失败,改革一两,反动十斤,例如上述的一年日历上不准注阴历,却来了阴阳合历一百二十年。

这种合历,欢迎的人们一定是很多的,因为这是风俗和习惯所拥护,所以也有风俗和习惯的后援。别的事也如此,倘不深入民众的大层中,于他们的风俗习惯,加以研究,解剖,分别好坏,立存废的标准,而于存于废,都慎选施行的方法,则无论怎样的改革,都将为习惯的岩石所压碎,或者只在表面上浮游一些时。

现在已不是在书斋中,捧书本高谈宗教,法律,文艺,美术……等等的时候了,即使要谈论这些,也必须先知道习惯和风俗,而且有正视这些的黑暗面的勇猛和毅力。因为倘不看清,就无从改革。仅大叫未来的光明,其实是欺骗怠慢的自己和怠慢的听众的。

*　　　*　　　*

〔1〕 本篇最初发表于1930年3月1日《萌芽月刊》第一卷第三期。

〔2〕 禁用阴历　指1929年10月7日国民党当局发布的通令,其中规定:"凡商家帐目,民间契纸及一切签据,自十九年(按即1930年)一月一日起一律适用国历,如附用阴历,法律即不生效。"

〔3〕 《一百二十年阴阳合历》　指《一百二十年阴阳历对照表》,中华学艺社编,上海华通书局印行。

〔4〕 浪漫古典　梁实秋曾出版过论文集《浪漫的与古典的》,宣扬白璧德的新人文主义。

〔5〕 "好人政府"　是胡适等人于1922年5月提出的政治主张,见《努力周报》第二期发表的《我们的政治主张》一文:"我们以为现在不谈政治则已,若谈政治,应该有一个切实的,明了的,人人都能了解的目标。我们以为国内的优秀分子,无论他们理想中的政治组织是什么,……现在都应该平心降格的公认'好政府'一个目标,作为现在改革中国政治的最低限度的要求。""今日政治改革第一步在于好人须要有奋斗的精神。凡是社会上的优秀分子,应该为自卫计,为社会国家计,出来和恶势力奋斗。"1930年前后,胡适、罗隆基等又在《新月》上重提这个主张。

〔6〕 乌略诺夫　通译乌里扬诺夫,即列宁。他在《共产主义运动中的"左派"幼稚病》一书中曾说:"无产阶级专政是对旧社会的势力和传统进行的顽强斗争,流血的和不流血的,暴力的和和平的,军事

的和经济的,教育的和行政的斗争。千百万人的习惯势力是最可怕的势力。没有铁一般的和在斗争中锻炼出来的党,没有为本阶级一切正直的人所信赖的党,没有善于考察群众情绪和影响群众情绪的党,要顺利地进行这种斗争是不可能的。"

上海文艺之一瞥[1]

——八月十二日在社会科学研究会讲

　　上海过去的文艺,开始的是《申报》[2]。要讲《申报》,是必须追溯到六十年以前的,但这些事我不知道。我所能记得的,是三十年以前,那时的《申报》,还是用中国竹纸的,单面印,而在那里做文章的,则多是从别处跑来的"才子"。

　　那时的读书人,大概可以分他为两种,就是君子和才子。君子是只读四书五经,做八股,非常规矩的。而才子却此外还要看小说,例如《红楼梦》,还要做考试上用不着的古今体诗[3]之类。这是说,才子是公开的看《红楼梦》的,但君子是否在背地里也看《红楼梦》,则我无从知道。有了上海的租界,——那时叫作"洋场",也叫"夷场",后来有怕犯讳的,便往往写作"彝场"——有些才子们便跑到上海来,因为才子是旷达的,那里都去;君子则对于外国人的东西总有点厌恶,而且正在想求正路的功名,所以决不轻易的乱跑。孔子曰,"道不行,乘桴浮于海"[4],从才子们看来,就是有点才子气的,所以君子们的行径,在才子就谓之"迂"。

才子原是多愁多病,要闻鸡生气,见月伤心的。一到上海,又遇见了婊子。去嫖的时候,可以叫十个二十个的年青姑娘聚集在一处,样子很有些像《红楼梦》,于是他就觉得自己好像贾宝玉;自己是才子,那么婊子当然是佳人,于是才子佳人的书就产生了。内容多半是,惟才子能怜这些风尘沦落的佳人,惟佳人能识坎轲不遇的才子,受尽千辛万苦之后,终于成了佳偶,或者是都成了神仙。

他们又帮申报馆印行些明清的小品书出售,自己也立文社,出灯谜,有入选的,就用这些书做赠品,所以那流通很广远。也有大部书,如《儒林外史》[5]、《三宝太监西洋记》[6]、《快心编》[7]等。现在我们在旧书摊上,有时还看见第一页印有"上海申报馆仿聚珍板印"字样的小本子,那就都是的。

佳人才子的书盛行的好几年,后一辈的才子的心思就渐渐改变了。他们发见了佳人并非因为"爱才若渴"而做婊子的,佳人只为的是钱。然而佳人要才子的钱,是不应该的,才子于是想了种种制伏婊子的妙法,不但不上当,还占了她们的便宜。叙述这各种手段的小说就出现了,社会上也很风行,因为可以做嫖学教科书去读。这些书里面的主人公,不再是才子+(加)呆子,而是在婊子那里得了胜利的英雄豪杰,是才子+流氓。

在这之前,早已出现了一种画报,名目就叫《点石斋画报》,是吴友如[8]主笔的,神仙人物,内外新闻,无所不画,但对于外国事情,他很不明白,例如画战舰罢,是一只商船,而舱面上摆着野战炮；画决斗则两个穿礼服的军人在客厅里拔长刀相击，至于将花瓶也打落跌碎。然而他画"老鸨虐妓"，"流氓拆梢"之类，却实在画得很好的，我想，这是因为他看得太多了的缘故；就是在现在，我们在上海也常常看到和他所画一般的脸孔。这画报的势力，当时是很大的，流行各省，算是要知道"时务"——这名称在那时就如现在之所谓"新学"——的人们的耳目。前几年又翻印了，叫作《吴友如墨宝》，而影响到后来也实在利害，小说上的绣像[9]不必说了，就是在教科书的插画上，也常常看见所画的孩子大抵是歪戴帽，斜视眼，满脸横肉，一副流氓气。在现在，新的流氓画家又出了叶灵凤[10]先生，叶先生的画是从英国的毕亚兹莱（Aubrey Beardsley）剥来的，毕亚兹莱是"为艺术的艺术"派，他的画极受日本的"浮世绘"（Ukiyoe）[11]的影响。浮世绘虽是民间艺术，但所画的多是妓女和戏子，胖胖的身体，斜视的眼睛——Erotic（色情的）眼睛。不过毕亚兹莱画的人物却瘦瘦的，那是因为他是颓废派（Decadence）的缘故。颓废派的人们多是瘦削的，颓丧的，对于壮健的女人他有点惭愧，所以不喜欢。我们的叶先生的新斜眼画，正和吴友如的老斜眼画合流，那自然应该流行好几年。但他也并不只画流氓的，有一个时期也画过普罗列塔利亚，不过所画的工人也还是斜视眼，伸着特别大的拳头。但我以为画普罗列塔利亚应该是写实的，照工人原来的面貌，并不须画得拳头比脑袋还要大。

现在的中国电影，还在很受着这"才子+流氓"式的影响，里面的英雄,作为"好人"的英雄,也都是油头滑脑的,和一些住惯了上海,晓得怎样"拆梢","揩油","吊膀子"〔12〕的滑头少年一样。看了之后,令人觉得现在倘要做英雄,做好人,也必须是流氓。

才子+流氓的小说,但也渐渐的衰退了。那原因,我想,一则因为总是这一套老调子——妓女要钱,嫖客用手段,原不会写不完的;二则因为所用的是苏白,如什么倪=我,耐=你,阿是=是否之类,除了老上海和江浙的人们之外,谁也看不懂。

然而才子+佳人的书,却又出了一本当时震动一时的小说,那就是从英文翻译过来的《迦茵小传》(H. R. Haggard：Joan Haste)〔13〕。但只有上半本,据译者说,原本从旧书摊上得来,非常之好,可惜觅不到下册,无可奈何了。果然,这很打动了才子佳人们的芳心,流行得很广很广。后来还至于打动了林琴南先生,将全部译出,仍旧名为《迦茵小传》。而同时受了先译者的大骂〔14〕,说他不该全译,使迦茵的价值降低,给读者以不快的。于是才知道先前之所以只有半部,实非原本残缺,乃是因为记着迦茵生了一个私生子,译者故意不译的。其实这样的一部并不很长的书,外国也不至于分印成两本。但是,即此一端,也很可以看出当时中国对于婚姻的见解了。

这时新的才子+佳人小说便又流行起来,但佳人已是良家女子了,和才子相悦相恋,分拆不开,柳阴花下,像一对胡蝶,一双鸳鸯一样,但有时因为严亲,或者因为薄命,也竟至于偶见悲剧的结局,不再都成神仙了,——这实在不能不说是一个大进步。到了近来是在制造兼可擦脸的牙粉了的天虚我生先生所编的月刊杂志《眉语》[15]出现的时候,是这鸳鸯胡蝶式文学[16]的极盛时期。后来《眉语》虽遭禁止,势力却并不消退,直待《新青年》[17]盛行起来,这才受了打击。这时有伊孛生的剧本的绍介[18]和胡适之先生的《终身大事》[19]的别一形式的出现,虽然并不是故意的,然而鸳鸯胡蝶派作为命根的那婚姻问题,却也因此而诺拉(Nora)似的跑掉了。

这后来,就有新才子派的创造社[20]的出现。创造社是尊贵天才的,为艺术而艺术的,专重自我的,崇创作,恶翻译,尤其憎恶重译的,与同时上海的文学研究会[21]相对立。那出马的第一个广告[22]上,说有人"垄断"着文坛,就是指着文学研究会。文学研究会却也正相反,是主张为人生的艺术的,是一面创作,一面也看重翻译的,是注意于绍介被压迫民族文学的,这些都是小国度,没有人懂得他们的文字,因此也几乎全都是重译的。并且因为曾经声援过《新青年》,新仇夹旧仇,所以文学研究会这时就受了三方面的攻击。一方面就是创造社,既然是天才的艺术,那么看那为人生的艺术的文学研究会自然就是多管闲事,不免有些"俗"气,而且还以为无能,所以倘被发见一处误译,有时竟至于特做一篇长长的专论[23]。一方面是留学过美国的绅士派,他们以为文艺是专给老爷太太们看的,所以主角除老爷太太之外,只配有文人,学士,艺术家,教授,小姐等等,要会说Yes,No,这才是绅士的庄严,那时吴宓[24]先生就曾经发表过文章,说是真不懂为什么有些人竟喜欢描写下流社会。第三方面,则就是以前说过的鸳鸯胡蝶派,我不知道他们用的是什么方法,到底使书店老板将编辑《小说月报》[25]的一个文学研究会会员撤换,还出了《小说世界》[26],来流布他们的文章。这一种刊物,是到了去年才停刊的。

创造社的这一战,从表面看来,是胜利的。许多作品,既和当时的自命才子们的心情相合,加以出版者的帮助,势力雄厚起来了。势力一雄厚,就看见大商店如商务印书馆,也有创造社员的译著的出版,——这是说,郭沫若[27]和张资平两位先生的稿件。这以来,据我所记得,是创造社也不再审查商务印书馆出版物的误译之处,来作专论了。这些地方,我想,是也有些才子+流氓式的。然而,"新上海"是究竟敌不过"老上海"的,创造社员在凯歌声中,终于觉到了自己就在做自己们的出版者的商品,种种努力,在老板看来,就等于眼镜铺大玻璃窗里纸人的睒眼,不过是"以广招徕"。待到希图独立出版的时候,老板就给吃了一场官司,虽然也终于独立,说是一切书籍,大加改订,另行印刷,从新开张了,然而旧老板却还是永远用了旧版子,只是印,卖,而且年年是什么纪念的大廉价。

商品固然是做不下去的,独立也活不下去。创造社的人们的去路,自然是在较有希望的"革命策源地"的广东。在广东,于是也有"革命文学"这名词的出现,然而并无什么作品,在上海,则并且还没有这名词。

到了前年,"革命文学"这名目这才旺盛起来了,主张的是从"革命策源地"回来的几个创造社元老和若干新份子。革命文学之所以旺盛起来,自然是因为由于社会的背景,一般群众,青年有了这样的要求。当从广东开始北伐的时候,一般积极的青年都跑到实际工作去了,那时还没有什么显著的革命文学运动,到了政治环境突然改变,革命遭了挫折,阶级的分化非常显明,国民党以"清党"之名,大戮共产党及革命群众,而死剩的青年们再入于被迫压的境遇,于是革命文学在上海这才有了强烈的活动。所以这革命文学的旺盛起来,在表面上和别国不同,并非由于革命的高扬,而是因为革命的挫折;虽然其中也有些是旧文人解下指挥刀来重理笔墨的旧业,有些是几个青年被从实际工作排出,只好借此谋生,但因为实在具有社会的基础,所以在新份子里,是很有极坚实正确的人存在的。但那时的革命文学运动,据我的意见,是未经好好的计划,很有些错误之处的。例如,第一,他们对于中国社会,未曾加以细密的分析,便将在苏维埃政权之下才能运用的方法,来机械的地运用了。再则他们,尤其是成仿吾先生,将革命使一般人理解为非常可怕的事,摆着一种极左倾的凶恶的面貌,好似革命一到,一切非革命者就都得死,令人对革命只抱着恐怖。其实革命是并非教人死而是教人活的。这种令人"知道点革命的厉害",只图自己说得畅快的态度,也还是中了才子+流氓的毒。

激烈得快的，也平和得快，甚至于也颓废得快。倘在文人，他总有一番辩护自己的变化的理由，引经据典。譬如说，要人帮忙时候用克鲁巴金的互助论，要和人争闹的时候就用达尔文的生存竞争说。无论古今，凡是没有一定的理论，或主张的变化并无线索可寻，而随时拿了各种各派的理论来作武器的人，都可以称之为流氓。例如上海的流氓，看见一男一女的乡下人在走路，他就说，"喂，你们这样子，有伤风化，你们犯了法了！"他用的是中国法。倘看见一个乡下人在路旁小便呢，他就说，"喂，这是不准的，你犯了法，该捉到捕房去！"这时所用的又是外国法。但结果是无所谓法不法，只要被他敲去了几个钱就都完事。

在中国，去年的革命文学者和前年很有点不同了。这固然由于境遇的改变，但有些"革命文学者"的本身里，还藏着容易犯到的病根。"革命"和"文学"，若断若续，好像两只靠近的船，一只是"革命"，一只是"文学"，而作者的每一只脚就站在每一只船上面。当环境较好的时候，作者就在革命这一只船上踏得重一点，分明是革命者，待到革命一被压迫，则在文学的船上踏得重一点，他变了不过是文学家了。所以前年的主张十分激烈，以为凡非革命文学，统得扫荡的人，去年却记得了列宁爱看冈却罗夫（I. A. Gontcharov）[28]的作品的故事，觉得非革命文学，意义倒也十分深长；还有最彻底的革命文学家叶灵凤先生，他描写革命家，彻底到每次上茅厕时候都用我的《呐喊》去揩屁股[29]，现在却竟会莫名其妙的跟在所谓民族主义文学家屁股后面了。

类似的例,还可以举出向培良[30]先生来。在革命渐渐高扬的时候,他是很革命的;他在先前,还曾经说,青年人不但嗥叫,还要露出狼牙来。这自然也不坏,但也应该小心,因为狼是狗的祖宗,一到被人驯服的时候,是就要变而为狗的。向培良先生现在在提倡人类的艺术了,他反对有阶级的艺术的存在,而在人类中分出好人和坏人来,这艺术是"好坏斗争"的武器。狗也是将人分为两种的,豢养它的主人之类是好人,别的穷人和乞丐在它的眼里就是坏人,不是叫,便是咬。然而这也还不算坏,因为究竟还有一点野性,如果再一变而为吧儿狗,好像不管闲事,而其实在给主子尽职,那就正如现在的自称不问俗事的为艺术而艺术的名人们一样,只好去点缀大学教室了。

这样的翻着筋斗的小资产阶级,即使是在做革命文学家,写着革命文学的时候,也最容易将革命写歪;写歪了,反于革命有害,所以他们的转变,是毫不足惜的。当革命文学的运动勃兴时,许多小资产阶级的文学家忽然变过来了,那时用来解释这现象的,是突变之说。但我们知道,所谓突变者,是说 A 要变 B,几个条件已经完备,而独缺其一的时候,这一个条件一出现,于是就变成了 B。譬如水的结冰,温度须到零点,同时又须有空气的振动,倘没有这,则即便到了零点,也还是不结冰,这时空气一振动,这才突变而为冰了。所以外面虽然好像突变,其实是并非突然的事。倘没有应具的条件的,那就是即使自说已变,实际上却并没有变,所以有些忽然一天晚上自称突变过来的小资产阶级革命文学家,不久就又突变回去了。

去年左翼作家联盟在上海的成立,是一件重要的事实。因为这时已经输入了蒲力汗诺夫,卢那卡尔斯基等的理论,给大家能够互相切磋,更加坚实而有力,但也正因为更加坚实而有力了,就受到世界上古今所少有的压迫和摧残,因为有了这样的压迫和摧残,就使那时以为左翼文学将大出风头,作家就要吃劳动者供献上来的黄油面包了的所谓革命文学家立刻现出原形,有的写悔过书,有的是反转来攻击左联,以显出他今年的见识又进了一步。这虽然并非左联直接的自动,然而也是一种扫荡,这些作者,是无论变与不变,总写不出好的作品来的。

但现存的左翼作家,能写出好的无产阶级文学来么?我想,也很难。这是因为现在的左翼作家还都是读书人——智识阶级,他们要写出革命的实际来,是很不容易的缘故。日本的厨川白村(H. Kuriyagawa)曾经提出过一个问题,说:作家之所描写,必得是自己经验过的么?他自答道,不必,因为他能够体察。[31]所以要写偷,他不必亲自去做贼,要写通奸,他不必亲自去私通。但我以为这是因为作家生长在旧社会里,熟悉了旧社会的情形,看惯了旧社会的人物的缘故,所以他能够体察;对于和他向来没有关系的无产阶级的情形和人物,他就会无能,或者弄成错误的描写了。所以革命文学家,至少是必须和革命共同着生命,或深切地感受着革命的脉搏的。(最近左联的提出了"作家的无产阶级化"的口号,就是对于这一点的很正确的理解。)

在现在中国这样的社会中,最容易希望出现的,是反叛的小资产阶级的反抗的,或暴露的作品。因为他生长在这正在灭亡着的阶级中,所以他有甚深的了解,甚大的憎恶,而向这刺下去的刀也最为致命与有力。固然,有些貌似革命的作品,也并非要将本阶级或资产阶级推翻,倒在憎恨或失望于他们的不能改良,不能较长久的保持地位,所以从无产阶级的见地看来,不过是"兄弟阋于墙",两方一样是敌对。但是,那结果,却也能在革命的潮流中,成为一粒泡沫的。对于这些的作品,我以为实在无须称之为无产阶级文学,作者也无须为了将来的名誉起见,自称为无产阶级的作家的。

但是,虽是仅仅攻击旧社会的作品,倘若知不清缺点,看不透病根,也就于革命有害,但可惜的是现在的作家,连革命的作家和批评家,也往往不能,或不敢正视现社会,知道它的底细,尤其是认为敌人的底细。随手举一个例罢,先前的《列宁青年》[32]上,有一篇评论中国文学界的文章,将这分为三派,首先是创造社,作为无产阶级文学派,讲得很长,其次是语丝社,作为小资产阶级文学派,可就说得短了,第三是新月社,作为资产阶级文学派,却说得更短,到不了一页。这就在表明:这位青年批评家对于愈认为敌人的,就愈是无话可说,也就是愈没有细看。自然,我们看书,倘看反对的东西,总不如看同派的东西的舒服,爽快,有益;但倘是一个战斗者,我以为,在了解革命和敌人上,倒是必须更多的去解剖当面的敌人的。要写文学作品也一样,不但应该知道革命的实际,也必须深知敌人的情形,现在的各方面的状况,再去断定革命的前途。惟有明白旧的,看到新的,了解过去,推断将来,我们的文学的发展才有希望。我想,这是在现在环境下的作家,只要努力,还可以做得到的。

在现在,如先前所说,文艺是在受着少有的压迫与摧残,广泛地现出了饥馑状态。文艺不但是革命的,连那略带些不平色彩的,不但是指摘现状的,连那些攻击旧来积弊的,也往往就受迫害。这情形,即在说明至今为止的统治阶级的革命,不过是争夺一把旧椅子。去推的时候,好像这椅子很可恨,一夺到手,就又觉得是宝贝了,而同时也自觉了自己正和这"旧的"一气。二十多年前,都说朱元璋(明太祖)〔33〕是民族的革命者,其实是并不然的,他做了皇帝以后,称蒙古朝为"大元",杀汉人比蒙古人还利害。奴才做了主人,是决不肯废去"老爷"的称呼的,他的摆架子,恐怕比他的主人还十足,还可笑。这正如上海的工人赚了几文钱,开起小小的工厂来,对付工人反而凶到绝顶一样。

在一部旧的笔记小说——我忘了它的书名了——上,曾经载有一个故事,说明朝有一个武官叫说书人讲故事,他便对他讲檀道济——晋朝的一个将军,讲完之后,那武官就吩咐打说书人一顿,人问他什么缘故,他说道:"他既然对我讲檀道济,那么,对檀道济是一定去讲我的了。"〔34〕现在的统治者也神经衰弱到像这武官一样，什么他都怕，因而在出版界上也布置了比先前更进步的流氓，令人看不出流氓的形式而却用着更厉害的流氓手段：用广告，用诬陷，用恐吓；甚至于有几个文学者还拜了流氓做老子[35]，以图得到安稳和利益。因此革命的文学者，就不但应该留心迎面的敌人，还必须防备自己一面的三翻四复的暗探了，较之简单地用着文艺的斗争，就非常费力，而因此也就影响到文艺上面来。

现在上海虽然还出版着一大堆的所谓文艺杂志，其实却等于空虚。以营业为目的的书店所出的东西，因为怕遭殃，就竭力选些不关痛痒的文章，如说"命固不可以不革，而亦不可以太革"之类，那特色是在令人从头看到末尾，终于等于不看。至于官办的，或对官场去凑趣的杂志呢，作者又都是乌合之众，共同的目的只在捞几文稿费，什么"英国维多利亚朝的文学"呀，"论刘易士得到诺贝尔奖金"呀，连自己也并不相信所发的议论，连自己也并不看重所做的文章。所以，我说，现在上海所出的文艺杂志都等于空虚，革命者的文艺固然被压迫了，而压迫者所办的文艺杂志上也没有什么文艺可见。然而，压迫者当真没有文艺么？有是有的，不过并非这些，而是通电，告示，新闻，民族主义的"文学"[36]，法官的判词等。例如前几天，《申报》上就记着一个女人控诉她的丈夫强迫鸡奸并殴打得皮肤上成了青伤的事，而法官的判词却道，法律上并无禁止丈夫鸡奸妻子的明文，而皮肤打得发青，也并不算毁损了生理的机能，所以那控诉就不能成立。现在是那男人反在控诉他的女人的"诬告"了。法律我不知道,至于生理学,却学过一点,皮肤被打得发青,肺,肝,或肠胃的生理的机能固然不至于毁损,然而发青之处的皮肤的生理的机能却是毁损了的。这在中国的现在,虽然常常遇见,不算什么稀奇事,但我以为这就已经能够很明白的知道社会上的一部分现象,胜于一篇平凡的小说或长诗了。

除以上所说之外,那所谓民族主义文学,和闹得已经很久了的武侠小说之类,是也还应该详细解剖的。但现在时间已经不够,只得待将来有机会再讲了。今天就这样为止罢。

*　　*　　*

〔1〕　本篇最初发表于1931年7月27日和8月3日上海《文艺新闻》第二十期和二十一期,收入《二心集》时,作者曾略加修改。据鲁迅日记,讲演日期应是1931年7月20日,副标题所记8月12日有误。

〔2〕　《申报》　中国近代历史最久的综合性报纸,1872年(清同治十一年)4月30日由英商创办于上海,1909年后几度易主,至1949年5月26日停刊。该报最初的内容,除国内外新闻记事外,还刊载一些竹枝词、俗语、灯谜、诗文唱和等;这类作品的撰稿者多为当时所谓"才子"之类。

〔3〕　古今体诗　古体诗和今体诗。格律严格的律诗、绝句、排律等,形成于唐代,唐代人称之为今体诗(或近体诗);而对产生较早,格律较自由的古诗、古风,则称为古体诗。后人也沿用这一称呼。

〔4〕　道不行,乘桴浮于海　语出《论语·公冶长》。意思是如果自己的学说得不到国君的理解和重视,就乘小船到海上漂流。

〔5〕 《儒林外史》 长篇小说,清代吴敬梓著,共五十五回。书中对科举制度和封建礼教多有讽刺。

〔6〕 《三宝太监西洋记》 即《三宝太监西洋记通俗演义》,明代罗懋登著,共二十卷,一百回。

〔7〕 《快心编》 清末较流行的通俗小说之一,署名天花才子编辑,四桔居士评点,共三集,三十二回。

〔8〕 《点石斋画报》 旬刊,附属于《申报》发行的一种石印画报,1884年创刊,1898年停刊。由申报馆附设的点石斋石印书局出版,吴友如主编。后来吴友如把他在该刊所发表的作品汇辑出版,分订成册,题为《吴友如墨宝》。吴友如(?—约1893),名猷(又作嘉猷),字友如,江苏元和(今吴县)人,清末画家。

〔9〕 绣像 指明清以来通俗小说卷头的书中人物的白描画像。

〔10〕 叶灵凤(1904—1975) 江苏南京人,作家、画家。曾参加创造社。1926年至1927年初,他在上海办《幻洲》半月刊,宣扬"新流氓主义"。

〔11〕 "浮世绘" 日本德川幕府时代(1603—1867)的一种民间版画,题材多取自下层市民社会的生活。十八世纪末期逐渐衰落。

〔12〕 "拆梢" 即敲诈;"揩油",指对妇女的猥亵行为;"吊膀子",即勾引妇女。这些都是上海方言。

〔13〕 《迦茵小传》 英国哈葛德所作长篇小说。该书最初有署名蟠溪子(杨紫麟)的译文,仅为原著的下半部,1903年上海文明书局出版,当时流行很广。后由林琴南根据魏易口述,译出全文,1905年商务印书馆出版。

〔14〕 林琴南(1852—1924) 名纾,号畏庐,福建闽侯(今属福

州）人，翻译家。他曾据别人口述，以文言翻译欧美文学作品一百多种，在当时影响很大，后集为《林译小说》。他晚年是反对五四新文化运动的守旧派代表人物。先译者的大骂，当指寅半生作《读迦因小传两译本书后》一文（载1906年杭州出版的《游戏世界》第十一期），其中说："蟠溪子不知几费踌躇，几费斟酌，始将有孕一节为迦因隐去。……不意有林畏庐者，不知与迦因何仇，凡蟠溪子百计所弥缝而曲为迦因讳者，必欲另补之以彰其丑。……呜呼！迦因何幸而得蟠溪子为之讳其短而显其长，而使读迦因小传者咸神往于迦因也；迦因何不幸而复得林畏庐为之暴其行而贡其丑，而使读迦因小传者咸轻薄夫迦因也。"寅半生（1865—?），原名钟骏文，浙江萧山人，当时为《游戏世界》编辑。

〔15〕 天虚我生　即陈蝶仙（1878—1940），原名寿同，字蝶仙，别署天虚我生，浙江钱塘人，鸳鸯蝴蝶派作家。九一八事变后，在国人抵制日货声中，他经营的家庭工业社制造了取代日本"金钢石"牙粉的"无敌牌"牙粉，因盛销各地而致富。按天虚我生曾于1920年编辑《申报·自由谈》，不是《眉语》主编。《眉语》，鸳鸯蝴蝶派的月刊，高剑华主编，1914年10月创刊，1916年出至第十八期停刊。

〔16〕 鸳鸯胡蝶式文学　指鸳鸯蝴蝶派作品，多用文言文描写才子佳人的爱情故事，故有"鸳鸯蝴蝶"的喻称。鸳鸯蝴蝶派兴起于清末民初，先后办过《小说时报》《民权素》《小说丛报》《礼拜六》等刊物；因《礼拜六》影响较大，故又称礼拜六派。代表作家有包天笑、陈蝶仙、徐枕亚、周瘦鹃、张恨水等。

〔17〕 《新青年》　综合性月刊。"五四"时期倡导新文化运动、传播马克思主义的重要刊物。1915年9月创刊于上海，由陈独秀主

编。第一卷名《青年杂志》,第二卷起改名《新青年》。从 1918 年 1 月起,李大钊等参加该刊编辑工作。1922 年 7 月休刊。

〔18〕 伊孛生　通译易卜生,剧本有《玩偶之家》《国民公敌》等。

〔19〕 《终身大事》　以婚姻问题为题材的剧本,发表于《新青年》第六卷第三号(1919 年 3 月)。

〔20〕 创造社　文学团体,1921 年 6 月成立于东京。主要成员有郭沫若、郁达夫、成仿吾等。它初期的文学倾向是浪漫主义,带有反帝、反封建的色彩。第一次国内革命战争期间,郭沫若、成仿吾等先后参加革命实际工作。1927 年该社倡导无产阶级革命文学运动,同时增加了冯乃超、彭康、李初梨等从国外回来的新成员。1928 年,创造社和另一提倡无产阶级文学的太阳社对鲁迅的批评和鲁迅对他们的反驳,形成了一次以革命文学问题为中心的论争。1929 年 2 月,该社被国民党封闭。它曾先后编辑出版《创造》(季刊)、《创造周报》、《创造日》、《洪水》、《创造月刊》、《文化批判》等刊物,以及《创造丛书》。

〔21〕 文学研究会　文学团体,1921 年 1 月成立于北京,由沈雁冰、郑振铎、叶绍钧等十二人发起,主张"为人生的艺术",提倡现实主义的为改造社会服务的新文学,反对把文学当作游戏或消遣品。同时着力介绍俄国和东欧、北欧及其他"弱小民族"的文学作品。该会当时的活动,对于中国新文学运动,曾起了很大的推动作用。编有《小说月报》《文学旬刊》《文学周报》《诗》和《文学研究会丛书》多种。鲁迅是这个文学团体的支持者。

〔22〕 创造社"出马的第一个广告",指《创造》季刊的出版广告,载于 1921 年 9 月 29 日《时事新报》,其中有"自文化运动发生后,我国新文艺为一、二偶像所垄断"等话。

〔23〕 这里说的批评误译的专论,指成仿吾在《创造季刊》第二卷第一期(1923年5月)发表的《"雅典主义"》的文章。它对佩韦(沈雁冰)的《今年纪念的几个文学家》(载1922年12月《小说月报》)一文中将无神论(Atheism)误译为"雅典主义"加以批评。

〔24〕 吴宓(1894—1978) 字雨僧,陕西泾阳人。曾留学美国,后任东南大学教授。1921年他同梅光迪、胡先骕等人创办《学衡》杂志,提倡复古主义。

〔25〕 《小说月报》 1910年(清宣统二年)创刊于上海,商务印书馆出版,开始由王蕴章、恽铁樵先后主编,是礼拜六派的主要刊物之一。1921年1月第十二卷第一期起,由沈雁冰主编,内容大加改革,因此遭到礼拜六派的攻击。1923年1月第十四卷起改由郑振铎主编。1931年12月出至第二十二卷第十二期,因侵华日军炸毁商务印书馆而停刊。

〔26〕 《小说世界》 周刊,鸳鸯蝴蝶派为对抗革新后的《小说月报》创办的刊物,叶劲风主编。1923年1月创刊于上海,商务印书馆出版。1929年12月停刊。

〔27〕 郭沫若(1892—1978) 四川乐山人,文学家、历史学家和社会活动家。早年从事革命文化活动,是创造社的主要发起人。1926年投身北伐战争,1927年参加八一南昌起义,失败后旅居日本,从事中国古代史和古文字学的研究。抗日战争爆发后回国,在中国共产党领导下,组织和团结国统区进步文化人士从事抗日和民主运动。主要文学作品有诗集《女神》、历史剧《屈原》等。

〔28〕 冈却罗夫(И. А. Гончаров,1812—1891) 通译冈察洛夫,俄国作家。著有长篇小说《奥勃洛摩夫》等。列宁在《论苏维埃共和国

的国内外形势》等文中曾多次提到奥勃洛摩夫这个艺术形象。

〔29〕 指叶灵凤的小说《穷愁的自传》,载《现代小说》第三卷第二期(1929年11月)。小说中的主角魏日青说:"照着老例,起身后我便将十二枚铜元从旧货摊上买来的一册《呐喊》撕下三页到露台上去大便。"

〔30〕 向培良(1905—1959) 湖南黔阳人,狂飙社主要成员之一。他在《狂飙》第五期(1926年11月)《论孤独者》一文中曾说:青年们"愤怒而且嗥叫,像一个被追逐的狼,回过头来,露出牙……。"1929年他在上海主编《青春月刊》,提倡"民族主义文学"及"人类底艺术"。所著《人类的艺术》一书,1930年5月由国民党南京拔提书店出版。

〔31〕 厨川白村的这些话,见于他所作《苦闷的象征》第三部分中的《短篇〈项链〉》一节。

〔32〕 《列宁青年》 中国共产主义青年团的机关刊物。1923年10月在上海创刊,原名《中国青年》,1927年11月改为《无产青年》,1928年10月又改为《列宁青年》,1932年停刊。这里所说的文章,指载于该刊第一卷第十一期(1929年3月)得钊的《一年来中国文艺界述评》。

〔33〕 朱元璋(1328—1398) 濠州钟离(今安徽凤阳)人,元末农民起义军领袖之一,明朝第一个皇帝。辛亥革命前夕,同盟会机关报《民报》上曾登过他的画像,称他为"中国大民族革命伟人""中国革命之英雄"。

〔34〕 按这里说的檀道济当为韩信,见宋代江少虞著《事实类苑》:"党进不识文字,……过市,见缚栏为戏者,驻马问汝所诵何言。优者曰:'说韩信。'进大怒曰:'汝对我说韩信,见韩信即当说我;此三

面两头之人。'即令杖之。"

〔35〕 拜了流氓做老子　指和上海流氓帮口头子有勾结,并拜他们做师父和干爹的所谓"文学家"。

〔36〕 民族主义的"文学"　当时由国民党当局策划的文学运动。

辱骂和恐吓决不是战斗[1]

——致《文学月报》编辑的一封信

起应[2]兄:

前天收到《文学月报》第四期,看了一下。我所觉得不足的,并非因为它不及别种杂志的五花八门,乃是总还不能比先前充实。但这回提出了几位新的作家来,是极好的,作品的好坏我且不论,最近几年的刊物上,倘不是姓名曾经排印过了的作家,就很有不能登载的趋势,这么下去,新的作者要没有发表作品的机会了。现在打破了这局面,虽然不过是一种月刊的一期,但究竟也扫去一些沉闷,所以我以为是一种好事情。但是,我对于芸生先生的一篇诗[3],却非常失望。

这诗,一目了然,是看了前一期的别德纳衣的讽刺诗[4]而作的。然而我们来比一比罢,别德纳衣的诗虽然自认为"恶毒",但其中最甚的也不过是笑骂。这诗怎么样?有辱骂,有恐吓,还有无聊的攻击:其实是大可以不必作的。

例如罢,开首就是对于姓的开玩笑[5]。一个作者自取的别名,自然可以窥见他的思想,譬如"铁血","病鹃"之类,固不妨由此开一点小玩笑。但姓氏籍贯,却不能决定本人的功罪,因为这是从上代传下来的,不能由他自主。我说这话还在四年之前,当时曾有人评我为"封建余孽"[6],其实是捧住了这样的题材,欣欣然自以为得计者,倒是十分"封建的"的。不过这种风气,近几年颇少见了,不料现在竟又复活起来,这确不能不说是一个退步。

尤其不堪的是结末的辱骂。现在有些作品,往往并非必要而偏在对话里写上许多骂语去,好像以为非此便不是无产者作品,骂詈愈多,就愈是无产者作品似的。其实好的工农之中,并不随口骂人的多得很,作者不应该将上海流氓的行为,涂在他们身上的。即使有喜欢骂人的无产者,也只是一种坏脾气,作者应该由文艺加以纠正,万不可再来展开,使将来的无阶级社会中,一言不合,便祖宗三代的闹得不可开交。况且即是笔战,就也如别的兵战或拳斗一样,不妨伺隙乘虚,以一击制敌人的死命,如果一味鼓噪,已是《三国志演义》式战法,至于骂一句爹娘,扬长而去,还自以为胜利,那简直是"阿Q"式的战法了。

接着又是什么"剖西瓜"[7]之类的恐吓,这也是极不对的,我想。无产者的革命,乃是为了自己的解放和消灭阶级,并非因为要杀人,即使是正面的敌人,倘不死于战场,就有大众的裁判,决不是一个诗人所能提笔判定生死的。现在虽然很有什么"杀人放火"的传闻,但这只是一种诬陷。中国的报纸上看不出实话,然而只要一看别国的例子也就可以恍然:德国的无产阶级革命[8]（虽然没有成功），并没有乱杀人；俄国不是连皇帝的宫殿都没有烧掉么？而我们的作者，却将革命的工农用笔涂成一个吓人的鬼脸，由我看来，真是卤莽之极了。

自然，中国历来的文坛上，常见的是诬陷，造谣，恐吓，辱骂，翻一翻大部的历史，就往往可以遇见这样的文章，直到现在，还在应用，而且更加厉害。但我想，这一份遗产，还是都让给叭儿狗文艺家去承受罢，我们的作者倘不竭力的抛弃了它，是会和他们成为"一丘之貉"的。

不过我并非主张要对敌人陪笑脸，三鞠躬。我只是说，战斗的作者应该注重于"论争"；倘在诗人，则因为情不可遏而愤怒，而笑骂，自然也无不可。但必须止于嘲笑，止于热骂，而且要"喜笑怒骂，皆成文章"[9]，使敌人因此受伤或致死，而自己并无卑劣的行为，观者也不以为污秽，这才是战斗的作者的本领。

刚才想到了以上的一些，便写出寄上，也许于编辑上可供参考。总之，我是极希望此后的《文学月报》上不再有那样的作品的。

专此布达，并问

好。

鲁迅。十二月十日。

＊　　　＊　　　＊

〔1〕 本篇最初发表于1932年12月15日《文学月报》第一卷第五、六号合刊。

〔2〕 起应　即周扬(1908—1989)，湖南益阳人，文艺理论家，"左联"领导成员之一。当时主编《文学月报》。

〔3〕 芸生　原名邱九如，浙江宁波人。他的诗《汉奸的供状》，载《文学月报》第一卷第四期(1932年11月)，意在讽刺自称"自由人"的胡秋原的反动言论，但是其中有鲁迅在本文中所指出的严重缺点和错误。

〔4〕 别德纳衣(Д. Бедный，1883—1945)　苏联诗人。在苏联国内战争时期，他曾写了不少歌颂革命、讽刺敌人的政治鼓动诗。1923年4月全俄中央执行委员会主席团曾授予他红旗勋章(即赤旗章)。这里说的讽刺诗，是指讽刺托洛茨基的长诗《没工夫唾骂》(瞿秋白译，载1932年10月《文学月报》第一卷第三期)。

〔5〕 对于姓的开玩笑　原诗开头是："现在我来写汉奸的供状。据说他也姓胡，可不叫立夫"。按胡立夫是1932年"一·二八"日军侵占上海闸北时的汉奸，任敌伪"上海北市人民地方维持会"会长。

〔6〕 "封建余孽"　1928年8月《创造月刊》第二卷第一期载有杜荃(郭沫若)的《文艺战线上的封建余孽》一文，说鲁迅是"资本主义以前的一个封建余孽"。

〔7〕 "剖西瓜"　原诗中有这样的话："当心，你的脑袋一下就要变做剖开的西瓜！"

〔8〕 德国的无产阶级革命　即德国十一月革命。1918年至1919年德国无产阶级、农民和人民大众在一定程度上用无产阶级革命

219

的手段和形式进行的资产阶级民主革命。它推翻了霍亨索伦王朝,宣布建立社会主义共和国。随后,在社会民主党政府的血腥镇压下失败。

〔9〕 "喜笑怒骂,皆成文章" 语出宋代黄庭坚《东坡先生真赞》。喜,原作嬉。

电 的 利 弊[1]

日本幕府时代[2]，曾大杀基督教徒，刑罚很凶，但不准发表，世无知者。到近几年，乃出版当时的文献不少。曾见《切利支丹殉教记》[3]，其中记有拷问教徒的情形，或牵到温泉旁边，用热汤浇身；或周围生火，慢慢的烤炙，这本是"火刑"，但主管者却将火移远，改死刑为虐杀了。

中国还有更残酷的。唐人说部中曾有记载，一县官拷问犯人，四周用火遥焙，口渴，就给他喝酱醋，[4]这是比日本更进一步的办法。现在官厅拷问嫌疑犯，有用辣椒煎汁灌入鼻孔去的，似乎就是唐朝遗下的方法，或则是古今英雄，所见略同。曾见一个因在反省院里的青年的信，说先前身受此刑，苦痛不堪，辣汁流入肺脏及心，已成不治之症，即释放亦不免于死云云。此人是陆军学生，不明内脏构造，其实倒挂灌鼻，可以由气管流入肺中，引起致死之病，却不能进入心中，大约当时因在苦楚中，知觉瞀乱，遂疑为已到心脏了。

但现在之所谓文明人所造的刑具，残酷又超出于此种方法万万。上海有电刑，一上，即遍身痛楚欲裂，遂昏去，少顷又醒,则又受刑。闻曾有连受七八次者,即幸而免死,亦从此牙齿皆摇动,神经亦变钝,不能复原。前年纪念爱迪生[5],许多人赞颂电报电话之有利于人,却没有想到同是一电,而有人得到这样的大害,福人用电气疗病,美容,而被压迫者却以此受苦,丧命也。

外国用火药制造子弹御敌,中国却用它做爆竹敬神;外国用罗盘针航海,中国却用它看风水;外国用雅片医病,中国却拿来当饭吃。同是一种东西,而中外用法之不同有如此,盖不但电气而已。

一月三十一日。

*　　　*　　　*

〔1〕 本篇最初发表于1933年2月16日《申报·自由谈》,署名何家干。

〔2〕 幕府时代　1192年源赖朝开创镰仓幕府,至1867年德川庆喜的江户幕府还政于天皇,在日本历史上称为幕府时代。幕府时代是武家执政,大权全归幕府,天皇形同虚设。

〔3〕 《切利支丹殉教记》　原名《切支丹の殉教者》,日本松崎实作,1922年出版。1925年修订再版时改名为《切支丹殉教记》。书中记述十六世纪以来天主教在日本的流传,以及日本江户幕府时代封建统治者对天主教徒的迫害和屠杀的情况。"切支丹"(也称"切利支丹"),是基督教(及基督教徒)的日本译名。

〔4〕 《太平广记》卷二六八引《神异经》佚文中有类似记载:唐代武则天时酷吏来俊臣逼供,"每鞫囚,无轻重,先以醋灌鼻,禁地牢

中,以火围绕。"

〔5〕 爱迪生(T. A. Edison,1847—1931) 美国发明家。精研电学,有很多发明创制,如电灯、电报、电话、电影机、留声机等。1931年10月18日逝世后,世界各地曾举行悼念活动。

为了忘却的记念[1]

一

我早已想写一点文字,来记念几个青年的作家。这并非为了别的,只因为两年以来,悲愤总时时来袭击我的心,至今没有停止,我很想借此算是竦身一摇,将悲哀摆脱,给自己轻松一下,照直说,就是我倒要将他们忘却了。

两年前的此时,即一九三一年的二月七日夜或八日晨,是我们的五个青年作家[2]同时遇害的时候。当时上海的报章都不敢载这件事,或者也许是不愿,或不屑载这件事,只在《文艺新闻》上有一点隐约其辞的文章[3]。那第十一期(五月二十五日)里,有一篇林莽[4]先生作的《白莽印象记》,中间说:

"他做了好些诗,又译过匈牙利诗人彼得斐[5]的几首诗,当时的《奔流》[6]的编辑者鲁迅接到了他的投稿,便来信要和他会面,但他却是不愿见名人的人,结果是鲁迅自己跑来找他,竭力鼓励他作文学的工作,但他终于不能坐在亭子间里写,又去跑他的路了。不久,他又一次的被了捕。……"

这里所说的我们的事情其实是不确的。白莽并没有这么高慢,他曾经到过我的寓所来,但也不是因为我要求和他会面;我也没有这么高慢,对于一位素不相识的投稿者,会轻率的写信去叫他。我们相见的原因很平常,那时他所投的是从德文译出的《彼得斐传》,我就发信去讨原文,原文是载在诗集前面的,邮寄不便,他就亲自送来了。看去是一个二十多岁的青年,面貌很端正,颜色是黑黑的,当时的谈话我已经忘却,只记得他自说姓徐,象山人;我问他为什么代你收信的女士是这么一个怪名字(怎么怪法,现在也忘却了),他说她就喜欢起得这么怪,罗曼谛克,自己也有些和她不大对劲了。就只剩了这一点。

夜里,我将译文和原文粗粗的对了一遍,知道除几处误译之外,还有一个故意的曲译。他像是不喜欢"国民诗人"这个字的,都改成"民众诗人"了。第二天又接到他一封来信,说很悔和我相见,他的话多,我的话少,又冷,好像受了一种威压似的。我便写一封回信去解释,说初次相会,说话不多,也是人之常情,并且告诉他不应该由自己的爱憎,将原文改变。因为他的原书留在我这里了,就将我所藏的两本集子送给他,问他可能再译几首诗,以供读者的参看。他果然译了几首,自己拿来了,我们就谈得比第一回多一些。这传和诗,后来就都登在《奔流》第二卷第五本,即最末的一本里。

我们第三次相见,我记得是在一个热天。有人打门了,我去开门时,来的就是白莽,却穿着一件厚棉袍,汗流满面,彼此都不禁失笑。这时他才告诉我他是一个革命者,刚由被捕而释出,衣服和书籍全被没收了,连我送他的那两本;身上的袍子是从朋友那里借来的,没有夹衫,而必须穿长衣,所以只好这么出汗。我想,这大约就是林莽先生说的"又一次的被了捕"的那一次了。

我很欣幸他的得释,就赶紧付给稿费,使他可以买一件夹衫,但一面又很为我的那两本书痛惜:落在捕房的手里,真是明珠投暗了。那两本书,原是极平常的,一本散文,一本诗集,据德文译者说,这是他搜集起来的,虽在匈牙利本国,也还没有这么完全的本子,然而印在《莱克朗氏万有文库》(Reclam's U-niversal-Bibliothek)[7]中,倘在德国,就随处可得,也值不到一元钱。不过在我是一种宝贝,因为这是三十年前,正当我热爱彼得斐的时候,特地托丸善书店[8]从德国去买来的,那时还恐怕因为书极便宜,店员不肯经手,开口时非常惴惴。后来大抵带在身边,只是情随事迁,已没有翻译的意思了,这回便决计送给这也如我的那时一样,热爱彼得斐的诗的青年,算是给它寻得了一个好着落。所以还郑重其事,托柔石亲自送去的。谁料竟会落在"三道头"[9]之类的手里的呢,这岂不冤枉!

二

我的决不邀投稿者相见,其实也并不完全因为谦虚,其中含着省事的分子也不少。由于历来的经验,我知道青年们,尤其是文学青年们,十之九是感觉很敏,自尊心也很旺盛的,一不小心,极容易得到误解,所以倒是故意回避的时候多。见面尚且怕,更不必说敢有托付了。但那时我在上海,也有一个惟一的不但敢于随便谈笑,而且还敢于托他办点私事的人,那就是送书去给白莽的柔石。

我和柔石最初的相见,不知道是何时,在那里。他仿佛说过,曾在北京听过我的讲义,那么,当在八九年之前了。我也忘记了在上海怎么来往起来,总之,他那时住在景云里,离我的寓所不过四五家门面,不知怎么一来,就来往起来了。大约最初的一回他就告诉我是姓赵,名平复。但他又曾谈起他家乡的豪绅的气焰之盛,说是有一个绅士,以为他的名字好,要给儿子用,叫他不要用这名字了。所以我疑心他的原名是"平福",平稳而有福,才正中乡绅的意,对于"复"字却未必有这么热心。他的家乡,是台州的宁海,这只要一看他那台州式的硬气就知道,而且颇有点迂,有时会令我忽而想到方孝孺,觉得好像也有些这模样的。

他躲在寓里弄文学,也创作,也翻译,我们往来了许多日,说得投合起来了,于是另外约定了几个同意的青年,设立朝华社[10]。目的是在绍介东欧和北欧的文学,输入外国的版画,因为我们都以为应该来扶植一点刚健质朴的文艺。接着就印《朝花旬刊》,印《近代世界短篇小说集》,印《艺苑朝华》[11],算都在循着这条线,只有其中的一本《蕗谷虹儿画选》,是为了扫荡上海滩上的"艺术家",即戳穿叶灵凤这纸老虎而印的。

然而柔石自己没有钱,他借了二百多块钱来做印本。除买纸之外,大部分的稿子和杂务都是归他做,如跑印刷局,制图,校字之类。可是往往不如意,说起来皱着眉头。看他旧作品,都很有悲观的气息,但实际上并不然,他相信人们是好的。我有时谈到人会怎样的骗人,怎样的卖友,怎样的吮血,他就前额亮晶晶的,惊疑地圆睁了近视的眼睛,抗议道,"会这样的么?——不至于此罢?……"

不过朝花社不久就倒闭了,我也不想说清其中的原因,总之是柔石的理想的头,先碰了一个大钉子,力气固然白化,此外还得去借一百块钱来付纸账。后来他对于我那"人心惟危"[12]说的怀疑减少了,有时也叹息道,"真会这样的么?……"但是,他仍然相信人们是好的。

他于是一面将自己所应得的朝花社的残书送到明日书店和光华书局去,希望还能够收回几文钱,一面就拚命的译书,准备还借款,这就是卖给商务印书馆的《丹麦短篇小说集》和戈理基作的长篇小说《阿尔泰莫诺夫之事业》。但我想,这些译稿,也许去年已被兵火烧掉了。[13]

他的迂渐渐的改变起来,终于也敢和女性的同乡或朋友一同去走路了,但那距离,却至少总有三四尺的。这方法很不好,有时我在路上遇见他,只要在相距三四尺前后或左右有一个年青漂亮的女人,我便会疑心就是他的朋友。但他和我一同走路的时候,可就走得近了,简直是扶住我,因为怕我被汽车或电车撞死;我这面也为他近视而又要照顾别人担心,大家都苍皇失措的愁一路,所以倘不是万不得已,我是不大和他一同出去的,我实在看得他吃力,因而自己也吃力。

无论从旧道德,从新道德,只要是损己利人的,他就挑选上,自己背起来。

他终于决定地改变了,有一回,曾经明白的告诉我,此后应该转换作品的内容和形式。我说:这怕难罢,譬如使惯了刀的,这回要他耍棍,怎么能行呢?他简洁的答道:只要学起来!

他说的并不是空话,真也在从新学起来了,其时他曾经带了一个朋友来访我,那就是冯铿女士。谈了一些天,我对于她终于很隔膜,我疑心她有点罗曼谛克,急于事功;我又疑心柔石的近来要做大部的小说,是发源于她的主张的。但我又疑心我自己,也许是柔石的先前的斩钉截铁的回答,正中了我那其实是偷懒的主张的伤疤,所以不自觉地迁怒到她身上去了。——我其实也并不比我所怕见的神经过敏而自尊的文学青年高明。

她的体质是弱的,也并不美丽。

三

直到左翼作家联盟成立之后,我才知道我所认识的白莽,就是在《拓荒者》[14]上做诗的殷夫。有一次大会时,我便带了一本德译的,一个美国的新闻记者所做的中国游记去送他,[15]这不过以为他可以由此练习德文,另外并无深意。然而他没有来。我只得又托了柔石。

但不久,他们竟一同被捕,我的那一本书,又被没收,落在"三道头"之类的手里了。

四

明日书店要出一种期刊,请柔石去做编辑,他答应了;书店还想印我的译著,托他来问版税的办法,我便将我和北新书局所订的合同,抄了一份交给他,他向衣袋里一塞,匆匆的走了。其时是一九三一年一月十六日的夜间,而不料这一去,竟就是我和他相见的末一回,竟就是我们的永诀。

第二天,他就在一个会场上被捕了,衣袋里还藏着我那印书的合同,听说官厅因此正在找寻我。印书的合同,是明明白白的,但我不愿意到那些不明不白的地方去辩解。记得《说岳全传》里讲过一个高僧,当追捕的差役刚到寺门之前,他就"坐化"了,还留下什么"何立从东来,我向西方走"的偈子[16]。这是奴隶所幻想的脱离苦海的惟一的好方法,"剑侠"盼不到,最自在的惟此而已。我不是高僧,没有涅槃[17]的自由,却还有生之留恋,我于是就逃走[18]。

这一夜,我烧掉了朋友们的旧信札,就和女人抱着孩子走在一个客栈里。不几天,即听得外面纷纷传我被捕,或是被杀了,柔石的消息却很少。有的说,他曾经被巡捕带到明日书店里,问是否是编辑;有的说,他曾经被巡捕带往北新书局去,问是否是柔石,手上上了铐,可见案情是重的。但怎样的案情,却谁也不明白。

他在囚系中,我见过两次他写给同乡[19]的信,第一回是这样的——

"我与三十五位同犯(七个女的)于昨日到龙华。并于昨夜上了镣,开政治犯从未上镣之纪录。此案累及太大,我一时恐难出狱,书店事望兄为我代办之。现亦好,且跟殷夫兄学德文,此事可告周先生;望周先生勿念,我等未受刑。捕房和公安局,几次问周先生地址,但我那里知道。诸望勿念。祝好!

　　　　　赵少雄　一月二十四日。"

以上正面。

　　洋铁饭碗,要二三只
　　如不能见面,可将东西
　　望转交赵少雄

以上背面。

他的心情并未改变,想学德文,更加努力;也仍在记念我,像在马路上行走时候一般。但他信里有些话是错误的,政治犯而上镣,并非从他们开始,但他向来看得官场还太高,以为文明至今,到他们才开始了严酷。其实是不然的。果然,第二封信就很不同,措词非常惨苦,且说冯女士的面目都浮肿了,可惜我没有抄下这封信。其时传说也更加纷繁,说他可以赎出的也有,说他已经解往南京的也有,毫无确信;而用函电来探问我的消息的也多起来,连母亲在北京也急得生病了,我只得一一发信去更正,这样的大约有二十天。

天气愈冷了,我不知道柔石在那里有被褥不?我们是有的。洋铁碗可曾收到了没有?……但忽然得到一个可靠的消息,说柔石和其他二十三人,已于二月七日夜或八日晨,在龙华警备司令部被枪毙了,他的身上中了十弹。

原来如此!……

在一个深夜里,我站在客栈的院子中,周围是堆着的破烂的什物;人们都睡觉了,连我的女人和孩子。我沉重的感到我失掉了很好的朋友,中国失掉了很好的青年,我在悲愤中沉静下去了,然而积习却从沉静中抬起头来,凑成了这样的几句:

惯于长夜过春时,挈妇将雏鬓有丝。
梦里依稀慈母泪,城头变幻大王旗。
忍看朋辈成新鬼,怒向刀丛觅小诗。
吟罢低眉无写处,月光如水照缁衣。

但末二句,后来不确了,我终于将这写给了一个日本的歌人[20]。

可是在中国,那时是确无写处的,禁锢得比罐头还严密。我记得柔石在年底曾回故乡,住了好些时,到上海后很受朋友的责备。他悲愤的对我说,他的母亲双眼已经失明了,要他多住几天,他怎么能够就走呢?我知道这失明的母亲的眷眷的心,柔石的拳拳的心。当《北斗》创刊时,我就想写一点关于柔石的文章,然而不能够,只得选了一幅珂勒惠支(Käthe Kollwitz)夫人的木刻,名曰《牺牲》,是一个母亲悲哀地献出她的儿子去的,算是只有我一个人心里知道的柔石的记念。

同时被难的四个青年文学家之中,李伟森我没有会见过,胡也频在上海也只见过一次面,谈了几句天。较熟的要算白莽,即殷夫了,他曾经和我通过信,投过稿,但现在寻起来,一无所得,想必是十七那夜统统烧掉了,那时我还没有知道被捕的也有白莽。然而那本《彼得斐诗集》却在的,翻了一遍,也没有什么,只在一首《Wahlspruch》(格言)的旁边,有钢笔写的四行译文道:

> 生命诚宝贵,
> 　　爱情价更高;
> 若为自由故,
> 　　二者皆可抛!

又在第二叶上,写着"徐培根"[21]三个字,我疑心这是他的真姓名。

五

前年的今日,我避在客栈里,他们却是走向刑场了;去年的今日,我在炮声中逃在英租界,他们则早已埋在不知那里的地下了;今年的今日,我才坐在旧寓里,人们都睡觉了,连我的女人和孩子。我又沉重的感到我失掉了很好的朋友,中国失掉了很好的青年,我在悲愤中沉静下去了,不料积习又从沉静中抬起头来,写下了以上那些字。

要写下去,在中国的现在,还是没有写处的。年青时读向子期《思旧赋》[22],很怪他为什么只有寥寥的几行,刚开头却又煞了尾。然而,现在我懂得了。

不是年青的为年老的写记念,而在这三十年中,却使我目睹许多青年的血,层层淤积起来,将我埋得不能呼吸,我只能用这样的笔墨,写几句文章,算是从泥土中挖一个小孔,自己延口残喘,这是怎样的世界呢。夜正长,路也正长,我不如忘却,不说的好罢。但我知道,即使不是我,将来总会有记起他们,再说他们的时候的。……

二月七——八日。

* * *

〔1〕 本篇最初发表于1933年4月1日《现代》第二卷第六期。

〔2〕 五个青年作家 "左联"五烈士。他们是李伟森(1903—1931),原名李国纬,又名李求实,湖北武昌人,译有《朵思退夫斯基》《动荡中的新俄农村》等。柔石,参看本书《柔石小传》。胡也频(1903—1931),福建福州人,作品有小说《到莫斯科去》《光明在我们的前面》等。冯铿(1907—1931),原名岭梅,女,广东潮州人,作品有小

说《最后的出路》《红的日记》等。殷夫(1909—1931),原名徐祖华,笔名白莽、徐白等,浙江象山人,作品有新诗《孩儿塔》《伏尔加的黑浪》等,生前未结集出版。他们都是中共党员。李伟森被捕时在中共中央宣传部工作,其他四人被捕时都是"左联"成员。1931年1月17日,他们在上海东方旅社参加党内集会被捕。同年2月7日,被国民党当局秘密杀害于龙华。

〔3〕 《文艺新闻》 周刊,"左联"所领导的刊物之一。袁殊、楼适夷编辑。1931年3月在上海创刊,1932年6月停刊。"九一八"事变后,该刊向上海文化界一些著名人士征询对这一事变的看法,鲁迅作了这个答复。"左联"五位作家被捕遇害的消息,《文艺新闻》第三号(1931年3月30日)以《在地狱或人世的作家?》为题,用读者致编者信的形式,首先透露出来。

〔4〕 林莽 即楼适夷(1905—2001),浙江余姚人,作家、翻译家。当时"左联"成员。

〔5〕 彼得斐(Petöfi Sándor,1823—1849) 通译裴多菲,匈牙利诗人。1849年在与协助奥地利侵略的沙俄军队作战牺牲。一说在瑟什堡战役中与一批匈牙利士兵被俘,押至西伯利亚,约于1856年病卒。主要诗作有《勇敢的约翰》《民族之歌》等。

〔6〕 《奔流》 文艺月刊,鲁迅、郁达夫编辑,1928年6月在上海创刊,1929年12月出至第二卷第五期停刊。

〔7〕 《莱克朗氏万有文库》 德国莱克朗氏书店1867年始出版的文学丛书。

〔8〕 九善书店 日本东京一家出售西文书籍的书店。

〔9〕 "三道头" 上海公共租界巡官的俗称,其制服袖上缀有

三道倒人字形标志,故称。

〔10〕 朝华社 亦作朝花社,鲁迅、柔石等组织的文艺团体,1928年11月成立于上海。

〔11〕《朝华旬刊》《朝花》文艺周刊于1928年12月6日创刊后,至1929年5月16日共出二十期;6月1日改出《朝花旬刊》,1929年9月21日出至第十二期停刊。《近代世界短篇小说集》,是鲁迅和柔石等创立的朝花社的出版物之一,分《奇剑及其他》和《在沙漠上》两集,收入比利时、捷克、法国、匈牙利、俄国和苏联、犹太、南斯拉夫、西班牙等国家和民族的短篇小说二十四篇。《艺苑朝华》朝花社出版的美术丛刊,鲁迅、柔石编辑。1929年至1930年间共出外国美术作品五辑,即《近代木刻选集》一、二集,《蕗谷虹儿画选》、《比亚兹莱画选》和《新俄画选》。后一辑编成时朝花社已结束,改由光华书局出版。

〔12〕 "人心惟危" 语出《尚书·大禹谟》:"人心惟危,道心惟微。"

〔13〕《丹麦短篇小说集》 收柔石所译安徒生等作家的作品十一篇,署名金桥,曾列为朝花社《北欧文艺丛书》之四,1929年4月登过广告,但未出版。1937年3月增入淡秋翻译的六篇,由商务印书馆出版。《阿尔泰莫诺夫之事业》,柔石译本题为《颓废》,署名赵璜,1934年3月商务印书馆出版。商务印书馆在1932年"一·二八"战事中遭日军轰炸,大量书稿及藏书被毁。

〔14〕《拓荒者》 文艺月刊,蒋光慈编辑,1930年1月在上海创刊,"左联"成立后为"左联"刊物之一,同年5月第四、五期合刊出版后被国民党政府查禁。

〔15〕 中国游记 即美国记者安娜·路易斯·斯特朗所著的

《中国纪行》(Chinàs Reise),1928年新德意志社出版。鲁迅于1930年12月2日购得,次年1月15日赠与白莽。

〔16〕 《说岳全传》 清代康熙年间的演义小说,题为钱彩编次,金丰增订,共八十回。该书第六十一回写镇江金山寺道悦和尚,因同情岳飞,秦桧就派"家人"何立去抓他。他正在寺内"升座说法",一见何立,便口占一偈死去。"坐化",佛家语,佛家传说有些高僧在临终前盘膝端坐,安然而逝,称作"坐化"。偈子,佛经中的唱词,也泛指和尚的隽语。

〔17〕 涅槃 佛家语,梵文 Nirvāna 的音译,意为寂灭、解脱等,指佛和高僧的死亡,也叫圆寂。后来引申作死的意思。

〔18〕 柔石被捕后,作者于1931年1月20日和家属避居黄陆路花园庄,2月28日回寓。

〔19〕 指王育和(1903—1971),浙江宁海人,曾任宁海中学教员。当时是上海沙逊大厦瑞商永丰洋行的职员,和柔石同住闸北景云里二十八号,柔石在狱中通过送饭人带信给他,由他送周建人转给作者。

〔20〕 日本歌人 指山本初枝(1898—1966)。据鲁迅1932年7月11日日记,作者将此诗书成小幅,托内山书店寄给她。

〔21〕 徐培根(1895—1991) 白莽的长兄。早年留学德国,曾任国民党政府军政部航空署长。鲁迅在《白莽作〈孩儿塔〉序》(《且介亭杂文末编》)中说:"我前一回的文章上是猜错的,这哥哥才是徐培根,航空署长,终于和他成了殊途同归的兄弟;他却叫徐白,较普通的笔名是殷夫。"按徐培根于1934年间因航空署失火焚毁一度被捕入狱。

〔22〕 向子期(约227—272) 向秀,字子期,河内(今河南武陟)人,魏晋时期文学家。他和嵇康、吕安友善。《思旧赋》是他在嵇、吕被司马昭杀害后所作的哀悼文章,共一百五十六字(见《文选》卷十六)。

我怎么做起小说来[1]

我怎么做起小说来？——这来由，已经在《呐喊》的序文上，约略说过了。这里还应该补叙一点的，是当我留心文学的时候，情形和现在很不同：在中国，小说不算文学，做小说的也决不能称为文学家，所以并没有人想在这一条道路上出世。我也并没有要将小说抬进"文苑"里的意思，不过想利用他的力量，来改良社会。

但也不是自己想创作，注重的倒是在绍介，在翻译，而尤其注重于短篇，特别是被压迫的民族中的作者的作品。因为那时正盛行着排满论，有些青年，都引那叫喊和反抗的作者为同调的。所以"小说作法"之类，我一部都没有看过，看短篇小说却不少，小半是自己也爱看，大半则因了搜寻绍介的材料。也看文学史和批评，这是因为想知道作者的为人和思想，以便决定应否绍介给中国。和学问之类，是绝不相干的。

因为所求的作品是叫喊和反抗，势必至于倾向了东欧，因此所看的俄国，波兰以及巴尔干诸小国作家的东西就特别多。也曾热心的搜求印度，埃及的作品，但是得不到。记得当时最爱看的作者,是俄国的果戈理[2](N. Gogol)和波兰的显克微支(H. Sienkiewitz)[3]。日本的,是夏目漱石和森鸥外[4]。

回国以后,就办学校,再没有看小说的工夫了,这样的有五六年。为什么又开手了呢?——这也已经写在《呐喊》的序文里,不必说了。但我的来做小说,也并非自以为有做小说的才能,只因为那时是住在北京的会馆[5]里的,要做论文罢,没有参考书,要翻译罢,没有底本,就只好做一点小说模样的东西塞责,这就是《狂人日记》。大约所仰仗的全在先前看过的百来篇外国作品和一点医学上的知识,此外的准备,一点也没有。

但是《新青年》的编辑者,却一回一回的来催,催几回,我就做一篇,这里我必得记念陈独秀[6]先生,他是催促我做小说最着力的一个。

自然,做起小说来,总不免自己有些主见的。例如,说到"为什么"做小说罢,我仍抱着十多年前的"启蒙主义",以为必须是"为人生",而且要改良这人生。我深恶先前的称小说为"闲书",而且将"为艺术的艺术"[7],看作不过是"消闲"的新式的别号。所以我的取材,多采自病态社会的不幸的人们中,意思是在揭出病苦,引起疗救的注意。所以我力避行文的唠叨,只要觉得够将意思传给别人了,就宁可什么陪衬拖带也没有。中国旧戏上,没有背景,新年卖给孩子看的花纸[8]上,只有主要的几个人(但现在的花纸却多有背景了),我深信对于我的目的,这方法是适宜的,所以我不去描写风月,对话也决不说到一大篇。

　　我做完之后,总要看两遍,自己觉得拗口的,就增删几个字,一定要它读得顺口;没有相宜的白话,宁可引古语,希望总有人会懂,只有自己懂得或连自己也不懂的生造出来的字句,是不大用的。这一节,许多批评家之中,只有一个人看出来了,但他称我为 Stylist[9]。

　　所写的事迹,大抵有一点见过或听到过的缘由,但决不全用这事实,只是采取一端,加以改造,或生发开去,到足以几乎完全发表我的意思为止。人物的模特儿也一样,没有专用过一个人,往往嘴在浙江,脸在北京,衣服在山西,是一个拼凑起来的脚色。有人说,我的那一篇是骂谁,某一篇又是骂谁,那是完全胡说的。

　　不过这样的写法,有一种困难,就是令人难以放下笔。一气写下去,这人物就逐渐活动起来,尽了他的任务。但倘有什么分心的事情来一打岔,放下许久之后再来写,性格也许就变了样,情景也会和先前所豫想的不同起来。例如我做的《不周山》,原意是在描写性的发动和创造,以至衰亡的,而中途去看报章,见了一位道学的批评家攻击情诗[10]的文章,心里很不以为然,于是小说里就有一个小人物跑到女娲的两腿之间来,不但不必有,且将结构的宏大毁坏了。但这些处所,除了自己,大概没有人会觉到的,我们的批评大家成仿吾[11]先生,还说这一篇做得最出色。

　　我想,如果专用一个人做骨干,就可以没有这弊病的,但自己没有试验过。

忘记是谁说的了,总之是,要极省俭的画出一个人的特点,最好是画他的眼睛。[12]我以为这话是极对的,倘若画了全副的头发,即使细得逼真,也毫无意思。我常在学学这一种方法,可惜学不好。

可省的处所,我决不硬添,做不出的时候,我也决不硬做,但这是因为我那时别有收入,不靠卖文为活的缘故,不能作为通例的。

还有一层,是我每当写作,一律抹杀各种的批评。因为那时中国的创作界固然幼稚,批评界更幼稚,不是举之上天,就是按之入地,倘将这些放在眼里,就要自命不凡,或觉得非自杀不足以谢天下的。批评必须坏处说坏,好处说好,才于作者有益。

但我常看外国的批评文章,因为他于我没有恩怨嫉恨,虽然所评的是别人的作品,却很有可以借镜之处。但自然,我也同时一定留心这批评家的派别。

以上,是十年前的事了,此后并无所作,也没有长进,编辑先生要我做一点这类的文章,怎么能呢。拉杂写来,不过如此而已。

三月五日灯下。

* * *

〔1〕 本篇最初收入1933年6月上海天马书店出版的《创作的

经验》一书。

〔2〕 果戈理(Н. В. Гоголь,1809—1852) 俄国作家。著有长篇小说《死魂灵》、喜剧《钦差大臣》(即《巡按使》)等。

〔3〕 显克微支(1846—1916) 波兰作家。作品主要反映波兰农民的痛苦生活和波兰人民反对异族侵略的斗争。著有历史小说三部曲《火与剑》《洪流》《伏洛窦耶夫斯基先生》和中篇小说《炭画》等。

〔4〕 夏目漱石(1867—1916) 日本小说家,著有长篇小说《我是猫》、中篇小说《哥儿》等。森鸥外(1862—1922),日本小说家、文学评论家,著有小说《舞姬》等。

〔5〕 会馆 指北京宣武门外南半截胡同的"绍兴县馆"。1912年5月至1919年11月作者曾在此寄住。

〔6〕 陈独秀(1879—1942) 字仲甫,安徽怀宁(今属安庆)人,原为北京大学教授,《新青年》杂志的创办人,"五四"时期提倡新文化运动的主要人物。1921年中国共产党成立后任党的总书记。第一次国内革命战争后期,推行右倾投降主义路线,使革命遭到失败。以后他成为取消主义者,接受托派观点,成立反党小组织,1929年11月被开除出党。"五四"时期,他在致周作人的函件中,极力敦促鲁迅从事小说写作,如1920年3月11日信:"我们很盼望豫才先生为《新青年》创作小说,请先生告诉他。"又8月22日信:"鲁迅兄做的小说,我实在五体投地的佩服。"

〔7〕 "为艺术的艺术" 十九世纪法国作家戈蒂叶最早提出的一种文艺观点(见小说《莫班小姐》序)。他认为艺术应该超越一切功利而存在,创作的目的在于艺术本身,与社会政治无关。创造社早期也曾提过类似的主张。

〔8〕 花纸 绍兴方言,指一种流行于民间的木版年画,常见的有"八戒招赘""老鼠成亲"等题材。

〔9〕 Stylist 英语:文体家。作者这里所指似为黎锦明(1905—1999),湖南湘潭人,小说家。黎在《论体裁描写与中国新文艺》(见《文学周报》第五卷第二期,1928年2月合订本)一文中说:"西欧的作家对于体裁,是其第一安到著作的路的门径,还竟有所谓体裁家(Stylist)者。……我们的新文艺,除开鲁迅叶绍钧二三人的作品还可见到有体裁的修养外,其余大都似乎随意的把它挂在笔头上。"

〔10〕 一位道学的批评家 指胡梦华(1901—1983),安徽绩溪人,当时为南京东南大学学生。他在1922年10月24日《时事新报·学灯》上发表《读了〈蕙的风〉以后》,指责汪静之作的诗集《蕙的风》,认为其中某些情诗是"堕落轻薄"的作品,有"不道德的嫌疑"。参看《热风·反对"含泪"的批评家》。

〔11〕 成仿吾 湖南新化人。创造社主要成员。他在《创造》季刊第二卷第二期(1924年1月)发表《〈呐喊〉的评论》,其中说《呐喊》中的《狂人日记》《孔乙己》《药》《阿Q正传》等都是"浅薄""庸俗"的"自然主义"作品,只有《不周山》(后改名为《补天》,收入《故事新编》)一篇,是可以进入"纯文艺的宫庭"的"杰作"。

〔12〕 这是东晋画家顾恺之的话,见南朝宋刘义庆《世说新语·巧艺》:"顾长康(按即顾恺之)画人,或数年不点目睛。人问其故,顾曰:'四体妍蚩,本无关于妙处;传神写照,正在阿堵中。'"阿堵,当时俗语:这个。

现代史[1]

从我有记忆的时候起,直到现在,凡我所曾经到过的地方,在空地上,常常看见有"变把戏"的,也叫作"变戏法"的。

这变戏法的,大概只有两种——

一种,是教一个猴子戴起假面,穿上衣服,耍一通刀枪;骑了羊跑几圈。还有一匹用稀粥养活,已经瘦得皮包骨头的狗熊玩一些把戏。末后是向大家要钱。

一种,是将一块石头放在空盒子里,用手巾左盖右盖,变出一只白鸽来;还有将纸塞在嘴巴里,点上火,从嘴角鼻孔里冒出烟焰。其次是向大家要钱。要了钱之后,一个人嫌少,装腔作势的不肯变了,一个人来劝他,对大家说再五个。果然有人抛钱了,于是再四个,三个……

抛足之后,戏法就又开了场。这回是将一个孩子装进小口的坛子里面去,只见一条小辫子,要他再出来,又要钱。收足之后,不知怎么一来,大人用尖刀将孩子刺死了,盖上被单,直挺挺躺着,要他活过来,又要钱。

"在家靠父母,出家靠朋友……Huazaa！Huazaa！[2]"变戏法的装出撒钱的手势,严肃而悲哀的说。

别的孩子,如果走近去想仔细的看,他是要骂的;再不听,他就会打。

果然有许多人 Huazaa 了。待到数目和预料的差不多,他们就检起钱来,收拾家伙,死孩子也自己爬起来,一同走掉了。

看客们也就呆头呆脑的走散。

这空地上,暂时是沉寂了。过了些时,就又来这一套。俗语说,"戏法人人会变,各有巧妙不同。"其实是许多年间,总是这一套,也总有人看,总有人 Huazaa,不过其间必须经过沉寂的几日。

我的话说完了,意思也浅得很,不过说大家 Huazaa Huazaa 一通之后,又要静几天了,然后再来这一套。

到这里我才记得写错了题目,这真是成了"不死不活"的东西。

四月一日。

*　　　*　　　*

〔1〕 本篇最初发表于1933年4月8日《申报·自由谈》,署名何家干。

〔2〕 Huazaa　参看《怎么写》注释〔19〕。

夜　颂[1]

爱夜的人,也不但是孤独者,有闲者,不能战斗者,怕光明者。

人的言行,在白天和在深夜,在日下和在灯前,常常显得两样。夜是造化所织的幽玄的天衣,普覆一切人,使他们温暖,安心,不知不觉的自己渐渐脱去人造的面具和衣裳,赤条条地裹在这无边际的黑絮似的大块里。

虽然是夜,但也有明暗。有微明,有昏暗,有伸手不见掌,有漆黑一团糟。爱夜的人要有听夜的耳朵和看夜的眼睛,自在暗中,看一切暗。君子们从电灯下走入暗室中,伸开了他的懒腰;爱侣们从月光下走进树阴里,突变了他的眼色。夜的降临,抹杀了一切文人学士们当光天化日之下,写在耀眼的白纸上的超然,混然,恍然,勃然,粲然的文章,只剩下乞怜,讨好,撒谎,骗人,吹牛,捣鬼的夜气,形成一个灿烂的金色的光圈,像见于佛画上面似的,笼罩在学识不凡的头脑上。

爱夜的人于是领受了夜所给与的光明。

高跟鞋的摩登女郎在马路边的电光灯下,阁阁的走得很起劲,但鼻尖也闪烁着一点油汗,在证明她是初学的时髦,假如长在明晃晃的照耀中,将使她碰着"没落"[2]的命运。一大排关着的店铺的昏暗助她一臂之力,使她放缓开足的马力,吐一口气,这时才觉得沁人心脾的夜里的拂拂的凉风。

爱夜的人和摩登女郎,于是同时领受了夜所给与的恩惠。

一夜已尽,人们又小心翼翼的起来,出来了;便是夫妇们,面目和五六点钟之前也何其两样。从此就是热闹,喧嚣。而高墙后面,大厦中间,深闺里,黑狱里,客室里,秘密机关里,却依然弥漫着惊人的真的大黑暗。

现在的光天化日,熙来攘往,就是这黑暗的装饰,是人肉酱缸上的金盖,是鬼脸上的雪花膏。只有夜还算是诚实的。我爱夜,在夜间作《夜颂》。

六月八日。

* * *

〔1〕 本篇最初发表于1933年6月10日《申报·自由谈》。署名:游光

〔2〕 "没落" 在"革命文学"论争中,创造社成员曾讥讽作者"没落"(见1928年5月《创造月刊》第一卷第十一期成仿吾的《毕竟是"醉眼陶然"罢了》),这里借引此语。

爬 和 撞[1]

从前梁实秋教授曾经说过：穷人总是要爬，往上爬，爬到富翁的地位[2]。不但穷人，奴隶也是要爬的，有了爬得上的机会，连奴隶也会觉得自己是神仙，天下自然太平了。

虽然爬得上的很少，然而个个以为这正是他自己。这样自然都安分的去耕田，种地，拣大粪或是坐冷板凳，克勤克俭，背着苦恼的命运，和自然奋斗着，拚命的爬，爬，爬。可是爬的人那么多，而路只有一条，十分拥挤。老实的照着章程规规矩矩的爬，大都是爬不上去的。聪明人就会推，把别人推开，推倒，踏在脚底下，踹着他们的肩膀和头顶，爬上去了。大多数人却还只是爬，认定自己的冤家并不在上面，而只在旁边——是那些一同在爬的人。他们大都忍耐着一切，两脚两手都着地，一步步的挨上去又挤下来，挤下来又挨上去，没有休止的。

然而爬的人太多，爬得上的太少，失望也会渐渐的侵蚀善良的人心，至少，也会发生跪着的革命。于是爬之外，又发明了撞。

这是明知道你太辛苦了，想从地上站起来，所以在你的背后猛然的叫一声：撞罢。一个个发麻的腿还在抖着,就撞过去。这比爬要轻松得多,手也不必用力,膝盖也不必移动,只要横着身子,晃一晃,就撞过去。撞得好就是五十万元大洋[3],妻,财,子,禄都有了。撞不好,至多不过跌一交,倒在地下。那又算得什么呢,——他原本是伏在地上的,他仍旧可以爬。何况有些人不过撞着玩罢了,根本就不怕跌交的。

爬是自古有之。例如从童生到状元,从小瘪三到康白度[4]。撞却似乎是近代的发明。要考据起来,恐怕只有古时候"小姐抛彩球"[5]有点像给人撞的办法。小姐的彩球将要抛下来的时候,——一个个想吃天鹅肉的男子汉仰着头,张着嘴,馋涎拖得几尺长……可惜,古人究竟呆笨,没有要这些男子汉拿出几个本钱来,否则,也一定可以收着几万万的。

爬得上的机会越少,愿意撞的人就越多,那些早已爬在上面的人们,就天天替你们制造撞的机会,叫你们化些小本钱,而预约着你们名利双收的神仙生活。所以撞得好的机会,虽然比爬得上的还要少得多,而大家都愿意来试试的。这样,爬了来撞,撞不着再爬……鞠躬尽瘁,死而后已。

八月十六日。

*　　*　　*

〔1〕 本篇最初发表于1933年8月23日《申报·自由谈》,署名苟继。

〔2〕 梁实秋在1929年9月《新月》月刊第二卷第六、七号合刊

发表《文学是有阶级性的吗?》一文,其中有这样的话:"一个无产者假如他是有出息的,只消辛辛苦苦诚诚实实的工作一生,多少必定可以得到相当的资产。"参看《"硬译"与"文学的阶级性"》。

〔3〕 五十万元大洋 当时国民党政府发行的"航空公路建设奖券",头等奖为五十万元。

〔4〕 康白度 英语 Comprador 的音译,即买办。

〔5〕 "小姐抛彩球" 旧小说戏曲中描述的官僚贵族小姐招亲的一种方式,小姐抛出彩球,落在哪个男子身上,就嫁给他为妻。

作文秘诀[1]

现在竟还有人写信来问我作文的秘诀。

我们常常听到：拳师教徒弟是留一手的，怕他学全了就要打死自己，好让他称雄。在实际上，这样的事情也并非全没有，逢蒙杀羿[2]就是一个前例。逢蒙远了，而这种古气是没有消尽的，还加上了后来的"状元瘾"，科举虽然久废，至今总还要争"唯一"，争"最先"。遇到有"状元瘾"的人们，做教师就危险，拳棒教完，往往免不了被打倒，而这位新拳师来教徒弟时，却以他的先生和自己为前车之鉴，就一定留一手，甚而至于三四手，于是拳术也就"一代不如一代"了。

还有，做医生的有秘方，做厨子的有秘法，开点心铺子的有秘传，为了保全自家的衣食，听说这还只授儿妇，不教女儿，以免流传到别人家里去。"秘"是中国非常普遍的东西，连关于国家大事的会议，也总是"内容非常秘密"，大家不知道。但是，作文却好像偏偏并无秘诀，假使有，每个作家一定是传给子孙的了，然而祖传的作家很少见。自然，作家的孩子们，从小看惯书籍纸笔，眼格也许比较的可以大一点罢，不过不见得就会做。目下的刊物上,虽然常见什么"父子作家""夫妇作家"的名称,仿佛真能从遗嘱或情书中,密授一些什么秘诀一样,其实乃是肉麻当有趣,妄将做官的关系,用到作文上去了。

那么,作文真就毫无秘诀么? 却也并不。我曾经讲过几句做古文的秘诀[3],是要通篇都有来历,而非古人的成文;也就是通篇是自己做的,而又全非自己所做,个人其实并没有说什么;也就是"事出有因",而又"查无实据"。到这样,便"庶几乎免于大过也矣"[4]了。简而言之,实不过要做得"今天天气,哈哈哈……"而已。

这是说内容。至于修辞,也有一点秘诀:一要蒙胧,二要难懂。那方法,是:缩短句子,多用难字。譬如罢,作文论秦朝事,写一句"秦始皇乃始烧书",是不算好文章的,必须翻译一下,使它不容易一目了然才好。这时就用得着《尔雅》,《文选》[5]了,其实是只要不给别人知道,查查《康熙字典》[6]也不妨的。动手来改,成为"始皇始焚书",就有些"古"起来,到得改成"政俶燔典",那就简直有了班马[7]气,虽然跟着也令人不大看得懂。但是这样的做成一篇以至一部,是可以被称为"学者"的,我想了半天,只做得一句,所以只配在杂志上投稿。

我们的古之文学大师,就常常玩着这一手。班固先生的"紫色鼃声,余分闰位"[8],就将四句长句,缩成八字的;扬雄先生的"蠢迪检柙"[9],就将"动由规矩"这四个平常字,翻成难字的。《绿野仙踪》记塾师咏"花"[10],有句云:"媳钗俏矣儿书废,哥罐闻焉嫂棒伤。"自说意思,是儿妇折花为钗,虽然俏丽,但恐儿子因而废读;下联较费解,是他的哥哥折了花来,没有花瓶,就插在瓦罐里,以嗅花香,他嫂嫂为防微杜渐起见,竟用棒子连花和罐一起打坏了。这算是对于冬烘先生的嘲笑。然而他的作法,其实是和扬班并无不合的,错只在他不用古典而用新典。这一个所谓"错",就使《文选》之类在遗老遗少们的心眼里保住了威灵。

做得蒙眬,这便是所谓"好"么?答曰:也不尽然,其实是不过掩了丑。但是,"知耻近乎勇"[11],掩了丑,也就仿佛近乎好了。摩登女郎披下头发,中年妇人罩上面纱,就都是蒙眬术。人类学家解释衣服的起源有三说:一说是因为男女知道了性的羞耻心,用这来遮羞;一说却以为倒是用这来刺激;还有一种是说因为老弱男女,身体衰瘦,露着不好看,盖上一些东西,借此掩掩丑的。从修辞学的立场上看起来,我赞成后一说。现在还常有骈四俪六[12],典丽堂皇的祭文,挽联,宣言,通电,我们倘去查字典,翻类书,剥去它外面的装饰,翻成白话文,试看那剩下的是怎样的东西呵!?

不懂当然也好的。好在那里呢?即好在"不懂"中。但所虑的是好到令人不能说好丑,所以还不如做得它"难懂":有一点懂,而下一番苦功之后,所懂的也比较的多起来。我们是向来很有崇拜"难"的脾气的,每餐吃三碗饭,谁也不以为奇,有人每餐要吃十八碗,就郑重其事的写在笔记上;用手穿针没有人看,用脚穿针就可以搭帐篷卖钱;一幅画片,平淡无奇,装在匣子里,挖一个洞,化为西洋镜,人们就张着嘴热心的要看了。况且同是一事,费了苦功而达到的,也比并不费力而达到的的可贵。譬如到什么庙里去烧香罢,到山上的,比到平地上的可贵;三步一拜才到庙里的庙,和坐了轿子一径抬到的庙,即使同是这庙,在到达者的心里的可贵的程度是大有高下的。作文之贵乎难懂,就是要使读者三步一拜,这才能够达到一点目的的妙法。

　　写到这里,成了所讲的不但只是做古文的秘诀,而且是做骗人的古文的秘诀了。但我想,做白话文也没有什么大两样,因为它也可以夹些僻字,加上蒙胧或难懂,来施展那变戏法的障眼的手巾的。倘要反一调,就是"白描"。

　　"白描"却并没有秘诀。如果要说有,也不过是和障眼法反一调:有真意,去粉饰,少做作,勿卖弄而已。

十一月十日。

*　　　*　　　*

　〔1〕　本篇最初发表于1933年12月15日《申报月刊》第二卷第十二号,署名洛文。

　〔2〕　逢蒙杀羿　见《孟子·离娄》:"逢蒙学射于羿,尽羿之道;思天下惟羿为愈己,于是杀羿。"按逢蒙亦作逢蒙。

　〔3〕　指1930年写的《做古文和做好人的秘诀》,后收入《二心集》。

〔4〕 庶几乎免于大过也矣　语出《左传》文公十八年："庶几免于戾乎。"

〔5〕 《尔雅》　我国最早解释词义的书,大概成书于春秋至西汉初年,今本十九篇。《文选》,南朝梁昭明太子萧统编选的从先秦到齐、梁的各体文章的总集,共六十卷。

〔6〕 《康熙字典》　清代康熙年间张玉书等奉旨编撰,共四十二卷,收四万七千余字,1716年(康熙五十五年)开始印行。

〔7〕 班马　指班固、司马迁。他们都是汉代史学家、文学家。

〔8〕 "紫色鼃声,余分闰位"　语出《汉书·王莽传》,指王莽"篡位"这件事。据唐代颜师古注:"应劭曰:紫,间色;鼃,邪音也。服虔曰:言莽不得正王之命,如岁月之余分为闰也。"

〔9〕 扬雄(前53—18)　一作杨雄,字子云,成都(今属四川)人,西汉文学家、语言文字学家。他的著作,明人辑有《杨子云集》五卷。"蠢迪检柙",语出《法言·序》。据东晋李轨注:"蠢,动也;迪,道也;捡押,犹隐括也。言君子举动,则当蹈规矩。"按捡押,当作检柙。

〔10〕 《绿野仙踪》　长篇小说,清代李百川著。这里所说塾师咏"花"的故事,见于该书第六回《评诗赋大失腐儒心》。

〔11〕 "知耻近乎勇"　语出《礼记·中庸》:"子曰:'好学近乎知,力行近乎仁,知耻近乎勇。知斯三者,则知所以修身。'"

〔12〕 骈四俪六　指骈作文,以四字和六字式相间对偶排比,讲究声律和词藻。骈即并列、对偶,俪即双句、偶句。唐代柳宗元《乞巧文》:"骈四俪六,锦心绣口。"

"京派"与"海派"[1]

　　自从北平某先生在某报上有扬"京派"而抑"海派"之言,颇引起了一番议论。最先是上海某先生在某杂志上的不平,且引别一某先生的陈言,以为作者的籍贯,与作品并无关系,要给北平某先生一个打击。[2]

　　其实,这是不足以服北平某先生之心的。所谓"京派"与"海派",本不指作者的本籍而言,所指的乃是一群人所聚的地域,故"京派"非皆北平人,"海派"亦非皆上海人。梅兰芳[3]博士,戏中之真正京派也,而其本贯,则为吴下。但是,籍贯之都鄙,固不能定本人之功罪,居处的文陋,却也影响于作家的神情,孟子曰:"居移气,养移体"[4],此之谓也。北京是明清的帝都,上海乃各国之租界,帝都多官,租界多商,所以文人之在京者近官,没海者近商,近官者在使官得名,近商者在使商获利,而自己也赖以糊口。要而言之,不过"京派"是官的帮闲,"海派"则是商的帮忙而已。但从官得食者其情状隐,对外尚能傲然,从商得食者其情状显,到处难于掩饰,于是忘其所以者,遂据以有清浊之分。而官之鄙商,固亦中国旧习,就更使"海派"在"京派"的眼中跌落了。

而北京学界,前此固亦有其光荣,这就是五四运动的策动。现在虽然还有历史上的光辉,但当时的战士,却"功成,名遂,身退"者有之,"身稳"者有之,"身升"者更有之,好好的一场恶斗,几乎令人有"若要官,杀人放火受招安"[5]之感。"昔人已乘黄鹤去,此地空余黄鹤楼"[6],前年大难临头,北平的学者们所想援以掩护自己的是古文化,而惟一大事,则是古物的南迁,[7]这不是自己彻底的说明了北平所有的是什么了吗?

但北平究竟还有古物,且有古书,且有古都的人民。在北平的学者文人们,又大抵有着讲师或教授的本业,论理,研究或创作的环境,实在是比"海派"来得优越的,我希望着能够看见学术上,或文艺上的大著作。

一月三十日。

*　　*　　*

〔1〕 本篇最初发表于1934年2月3日《申报·自由谈》,署名栾廷石。

〔2〕 北平某先生　指沈从文(1902—1988),湖南凤凰人,作家。他在1933年10月18日天津《大公报·文艺副刊》第九期发表《文学者的态度》一文,批评一些文人对文学创作缺乏"认真严肃"的作风,说这类人"在上海寄生于书店,报馆,官办的杂志,在北京则寄生于大学,中学,以及种种教育机关中";"或在北京教书,或在上海赋闲,

教书的大约每月皆有三百元至五百元的固定收入,赋闲的则每礼拜必有三五次谈话会之类列席"。上海某先生,指苏汶(1906—1964),原名戴克崇,笔名杜衡、苏汶,浙江杭县(今余杭)人。他在1933年12月上海《现代》月刊第四卷第二期发表《文人在上海》一文,为上海文人进行辩解,对"不问一切情由而用'海派文人'这名词把所有居留在上海的文人一笔抹杀"表示不满,文中还提到:"仿佛记得鲁迅先生说过,连个人的极偶然而且往往不由自主的姓名和籍贯,都似乎也可以构成罪状而被人所讥笑、嘲讽。"此后,沈从文又发表《论"海派"》等文,曹聚仁等也参加这一争论。

〔3〕 梅兰芳(1894—1961) 名澜,字畹华,江苏泰州人,京剧表演艺术家。1930年梅兰芳在美国演出时,美国波摩那大学及南加州大学曾授与他文学博士的荣誉学位。

〔4〕 "居移气,养移体" 语出《孟子·尽心(上)》:"孟子自范之齐,望见齐王之子,喟然叹曰:'居移气,养移体,大哉居乎!'"

〔5〕 "若要官,杀人放火受招安" 语出宋代庄季裕《鸡肋编》:"建炎后俚语,有见当时之事者:如……欲得官,杀人放火受招安;欲得富,赶著行在卖酒醋。"

〔6〕 "昔人已乘黄鹤去,此地空余黄鹤楼" 唐代崔颢的诗《黄鹤楼》中句。

〔7〕 关于北平学者以古文化掩护自己,指1932年10月初,北平文教界江瀚、刘复等三十多人,在日军进逼关内,华北危急时,向国民党政府呈送意见书,以北平保存有"寄付着国家命脉,国民精神的文化品物"和"全国各种学问的专门学者,大多荟萃在北平"为由,建议"明定北平为文化城",将"北平的军事设备挪开",用不设防来求得北

平免遭日军炮火。该意见书曾刊载于10月6日《世界日报》。古物南迁,指1933年1月3日日本侵占山海关后,国民党中央党务会议于1月17日决定将故宫博物院、历史语言研究所等收藏的古物分批从北平运至南京、上海。

关于中国的两三件事[1]

一　关于中国的火

　　希腊人所用的火,听说是在一直先前,普洛美修斯[2]从天上偷来的,但中国的却和它不同,是燧人氏[3]自家所发见——或者该说是发明罢。因为并非偷儿,所以拴在山上,给老雕去啄的灾难是免掉了,然而也没有普洛美修斯那样的被传扬,被崇拜。

　　中国也有火神[4]的。但那可不是燧人氏,而是随意放火的莫名其妙的东西。

　　自从燧人氏发见,或者发明了火以来,能够很有味的吃火锅,点起灯来,夜里也可以工作了,但是,真如先哲之所谓"有一利必有一弊"罢,同时也开始了火灾,故意点上火,烧掉那有巢氏[5]所发明的巢的了不起的人物也出现了。

　　和善的燧人氏是该被忘却的。即使伤了食,这回是属于神农氏[6]的领域了,所以那神农氏,至今还被人们所记得。至于火灾,虽然不知道那发明家究竟是什么人,但祖师总归是有的,于是没有法,只好漫称之曰火神,而献以敬畏。看他的画像,是红面孔,红胡须,不过祭祀的时候,却须避去一切红色的东西,而代之以绿色。他大约像西班牙的牛一样,一看见红色,便会亢奋起来,做出一种可怕的行动的。[7]

他因此受着崇祀。在中国,这样的恶神还很多。

然而,在人世间,倒似乎因了他们而热闹。赛会[8]也只有火神的,燧人氏的却没有。倘有火灾,则被灾的和邻近的没有被灾的人们,都要祭火神,以表感谢之意。被了灾还要来表感谢之意,虽然未免有些出于意外,但若不祭,据说是第二回还会烧,所以还是感谢了的安全。而且也不但对于火神,就是对于人,有时也一样的这么办,我想,大约也是礼仪的一种罢。

其实,放火,是很可怕的,然而比起烧饭来,却也许更有趣。外国的事情我不知道,若在中国,则无论查检怎样的历史,总寻不出烧饭和点灯的人们的列传来。在社会上,即使怎样的善于烧饭,善于点灯,也毫没有成为名人的希望。然而秦始皇[9]一烧书,至今还俨然做着名人,至于引为希特拉[10]烧书事件的先例。假使希特拉太太善于开电灯,烤面包罢,那么,要在历史上寻一点先例,恐怕可就难了。但是,幸而那样的事,是不会哄动一世的。

烧掉房子的事,据宋人的笔记说,是开始于蒙古人的。因为他们住着帐篷,不知道住房子,所以就一路的放火。[11]然而,这是诳话。蒙古人中,懂得汉文的很少,所以不来更正的。其实,秦的末年就有着放火的名人项羽[12]在,一烧阿房宫,便天下闻名,至今还会在戏台上出现,连在日本也很有名。然而,在未烧以前的阿房宫里每天点灯的人们,又有谁知道他们的名姓呢?

现在是爆裂弹呀,烧夷弹呀之类的东西已经做出,加以飞机也很进步,如果要做名人,就更加容易了。而且如果放火比先前放得大,那么,那人就也更加受尊敬,从远处看去,恰如救世主[13]一样,而那火光,便令人以为是光明。

二 关于中国的王道

在前年,曾经拜读过中里介山氏[14]的大作《给支那及支那国民的信》。只记得那里面说,周汉都有着侵略者的资质。而支那人都讴歌他,欢迎他了。连对于朔北的元和清,也加以讴歌了。只要那侵略,有着安定国家之力,保护民生之实,那便是支那人民所渴望的王道,于是对于支那人的执迷不悟之点,愤慨得非常。

那"信",在满洲出版的杂志上,是被译载了的,但因为未曾输入中国,所以像是回信的东西,至今一篇也没有见。只在去年的上海报上所载的胡适[15]博士的谈话里,有的说,"只有一个方法可以征服中国,即彻底停止侵略,反过来征服中国民族的心。"不消说,那不过是偶然的,但也有些令人觉得好像是对于那信的答复。

征服中国民族的心,这是胡适博士给中国之所谓王道所下的定义,然而我想,他自己恐怕也未必相信自己的话的罢。在中国,其实是彻底的未曾有过王道,"有历史癖和考据癖"的胡博士,该是不至于不知道的。

不错,中国也有过讴歌了元和清的人们,但那是感谢火神之类,并非连心也全被征服了的证据。如果给与一个暗示,说是倘不讴歌,便将更加虐待,那么,即使加以或一程度的虐待,也还可以使人们来讴歌。四五年前,我曾经加盟于一个要求自由的团体[16],而那时的上海教育局长陈德征氏勃然大怒道,在三民主义的统治之下,还觉得不满么?那可连现在所给与着的一点自由也要收起了。而且,真的是收起了的。每当感到比先前更不自由的时候,我一面佩服着陈氏的精通王道的学识,一面有时也不免想,真该是讴歌三民主义的。然而,现在是已经太晚了。

在中国的王道,看去虽然好像是和霸道对立的东西,其实却是兄弟,[17]这之前和之后,一定要有霸道跑来的。人民之所讴歌,就为了希望霸道的减轻,或者不更加重的缘故。

汉的高祖[18],据历史家说,是龙种,但其实是无赖出身,说是侵略者,恐怕有些不对的。至于周的武王[19],则以征伐之名入中国,加以和殷似乎连民族也不同,用现代的话来说,那可是侵略者。然而那时的民众的声音,现在已经没有留存了。孔子和孟子确曾大大的宣传过那王道,但先生们不但是周朝的臣民而已,并且周游历国,有所活动,所以恐怕是为了想做官也难说。说得好看一点,就是因为要"行道",倘做了官,于行道就较为便当,而要做官,则不如称赞周朝之为便当的。然而,看起别的记载来,却虽是那王道的祖师而且专家的周朝,当讨伐之初,也有伯夷和叔齐扣马而谏[20],非拖开不可;纣的军队也加反抗,非使他们的血流到漂杵[21]不可。接着是殷民又造了反,虽然特别称之曰"顽民"[22],从王道天下的人民中除开,但总之,似乎究竟有了一种什么破绽似的。好个王道,只消一个顽民,便将它弄得毫无根据了。

儒士和方士,是中国特产的名物。方士的最高理想是仙道,儒士的便是王道。但可惜的是这两件在中国终于都没有。据长久的历史上的事实所证明,则倘说先前曾有真的王道者,是妄言,说现在还有者,是新药。孟子生于周季,所以以谈霸道为羞[23],倘使生于今日,则跟着人类的智识范围的展开,怕要羞谈王道的罢。

三 关于中国的监狱

我想,人们是的确由事实而从新省悟,而事情又由此发生变化的。从宋朝到清朝的末年,许多年间,专以代圣贤立言的"制艺"[24]这一种烦难的文章取士,到得和法国打了败仗[25],这才省悟了这方法的错误。于是派留学生到西洋,开设兵器制造局,作为那改正的手段。省悟到这还不够,是在和日本打了败仗之后[26],这回是竭力开起学校来。于是学生们年年大闹了。从清朝倒掉,国民党掌握政权的时候起,才又省悟了这错误,作为那改正的手段的,是除了大造监狱之外,什么也没有了。

在中国,国粹式的监狱,是早已各处都有的,到清末,就也造了一点西洋式,即所谓文明式的监狱。那是为了示给旅行到此的外国人而建造,应该与为了和外国人好互相应酬,特地派出去,学些文明人的礼节的留学生,属于同一种类的。托了这福,犯人的待遇也还好,给洗澡,也给一定分量的饭吃,所以倒是颇为幸福的地方。但是,就在两三礼拜前,政府因为要行仁政了,还发过一个不准克扣囚粮的命令。从此以后,可更加幸福了。

至于旧式的监狱,则因为好像是取法于佛教的地狱的,所以不但禁锢犯人,此外还有给他吃苦的职掌。挤取金钱,使犯人的家属穷到透顶的职掌,有时也会兼带的。但大家都以为应该。如果有谁反对罢,那就等于替犯人说话,便要受恶党[27]的嫌疑。然而文明是出奇的进步了,所以去年也有了提倡每年该放犯人回家一趟,给以解决性欲的机会的,颇是人道主义气味之说的官吏。[28]其实,他也并非对于犯人的性欲,特别表着同情,不过因为总不愁竟会实行的,所以也就高声嚷一下,以见自己的作为官吏的存在。然而舆论颇为沸腾了。有一位批评家,还以为这么一来,大家便要不怕牢监,高高兴兴的进去了,很为世道人心愤慨了一下。[29]受了所谓圣贤之教那么久,竟还没有那位官吏的圆滑,固然也令人觉得诚实可靠,然而他的意见,是以为对于犯人,非加虐待不可,却也因此可见了。

从别一条路想，监狱确也并非没有不像以"安全第一"为标语的人们的理想乡的地方。火灾极少，偷儿不来，土匪也一定不来抢。即使打仗，也决没有以监狱为目标，施行轰炸的傻子；即使革命，有释放囚犯的例，而加以屠戮的是没有的。当福建独立[30]之初，虽有说是释放犯人，而一到外面，和他们自己意见不同的人们倒反而失踪了的谣言，然而这样的例子，以前是未曾有过的。总而言之，似乎也并非很坏的处所。只要准带家眷，则即使不是现在似的大水，饥荒，战争，恐怖的时候，请求搬进去住的人们，也未必一定没有的。于是虐待就成为必不可少了。

牛兰[31]夫妇，作为赤化宣传者而关在南京的监狱里，也绝食了三四回了，可是什么效力也没有。这是因为他不知道中国的监狱的精神的缘故。有一位官员诧异的说过：他自己不吃，和别人有什么关系呢？岂但和仁政并无关系而已呢，省些食料，倒是于监狱有益的。甘地[32]的把戏，倘不挑选兴行场[33]，就毫无成效了。

然而，在这样的近于完美的监狱里，却还剩着一种缺点。至今为止，对于思想上的事，都没有很留心。为要弥补这缺点，是在近来新发明的叫作"反省院"的特种监狱里，施着教育。我还没有到那里面去反省过，所以并不知道详情，但要而言之，好像是将三民主义时时讲给犯人听，使他反省着自己的错误。听人说，此外还得做排击共产主义的论文。如果不肯做,或者不能做,那自然,非终身反省不可了,而做得不够格,也还是非反省到死则不可。现在是进去的也有,出来的也有,因为听说还得添造反省院,可见还是进去的多了。考完放出的良民,偶尔也可以遇见,但仿佛大抵是萎靡不振,恐怕是在反省和毕业论文上,将力气使尽了罢。那前途,是在没有希望这一面的。

* * *

〔1〕 本篇最初发表于1934年3月号日本《改造》月刊。

〔2〕 普洛美修斯 通译普罗米修斯,希腊神话中的神。相传他从主神宙斯那里偷了火种给人类,受到宙斯的惩罚,被钉在高加索山的岩石上,让神鹰啄食他的肝脏。

〔3〕 燧人氏 我国传说中最早钻木取火的人,远古三王之一。

〔4〕 火神 传说不一。一说指祝融,见罗泌《路史·前纪》卷八;一说指回禄,见《左传》昭公十八年及其注疏。

〔5〕 有巢氏 我国传说中发明树上搭巢居住的人,见《庄子·盗跖》及《韩非子·五蠹》。

〔6〕 神农氏 我国传说中发明制作农具、教人耕种的人,远古三王之一。又传说他曾尝百草,发现药材,教人治病。

〔7〕 西班牙有斗牛的风俗,斗牛士手持红布对牛撩拨,待牛以角向他触去,斗牛士即与之搏斗。

〔8〕 赛会 也称赛神,旧时的一种迷信习俗。用仪仗、鼓乐和杂戏等迎神出庙,周游街巷,以酬神祈福。

〔9〕 秦始皇(前259—前210) 姓嬴名政,战国时秦国国君,公元前221年建立我国历史上第一个中央集权的封建王朝。始皇三十四年(前213),他采纳丞相李斯的建议,下令将秦以外的各国史书和民间所藏除农书和医书以外的古籍尽行焚毁。

〔10〕 希特拉(A. Hitler,1889—1945) 通译希特勒,德国纳粹党首领,德国元首。1933年他担任内阁总理后,实行法西斯统治,烧毁进步书籍和一切所谓"非德国思想"的书籍。关于引秦始皇为希特勒焚书先例的论调,作者在《准风月谈·华德焚书异同论》中曾作过分析,可参看。

〔11〕 宋代庄季裕《鸡肋编》卷中载:"靖康之后,金虏侵凌中国,露居异俗,凡所经过,尽皆焚爇。"按靖康(1126—1127)是宋钦宗的年号。

〔12〕 项羽(前232—前202) 下相(今江苏宿迁)人,秦末农民起义领袖。秦亡后自立为西楚霸王,后为刘邦所败。据《史记·项羽本纪》载:他攻破咸阳后,"烧秦宫室,火三月不灭"。阿房宫,秦始皇时建筑的宫殿,遗址在今陕西西安市西阿房村。

〔13〕 救世主 基督教徒对耶稣的称呼。《新约·马太福音》说基督所在之处,都有大光照耀。

〔14〕 中里介山(1885—1944) 日本通俗小说家,著有历史小说《大菩萨峠》。他的《给支那和支那国民的一封信》,1931年(昭和六年)日本春阳堂出版。

〔15〕 胡适早年留学美国,曾获美国哥伦比亚大学哲学博士学位,回国后任北京大学教授。这里所引的这段话,是他1933年3月18日在北平对记者的谈话,载同年3月22日《申报·北平通讯》。下文

的"有历史癖和考据癖",是他在1920年7月所写的《〈水浒传〉考证》中的话:"我最恨中国史家说的什么'作史笔法',但我却有点'历史癖';我又最恨人家咬文嚼字的评文,但我却又有点'考据癖'!"

〔16〕 指中国自由运动大同盟,中国共产党支持和领导下的群众团体,1930年2月成立于上海,它的宗旨是争取言论、出版、结社、集会等自由,反对国民党的独裁统治。

〔17〕 关于王道和霸道之说,《孟子·公孙丑(上)》载有孟子的话:"以力假仁者霸,霸必有大国;以德行仁者王,王不待大……以力服人者,非心服也,力不赡也;以德服人者,中心悦而诚服也。"又《汉书·元帝纪》载有汉宣帝刘询的话:"汉家自有制度,本以霸王道杂之。"

〔18〕 汉高祖 即刘邦(前247—前195),沛(今江苏沛县)人,秦末农民起义领袖,汉朝的建立者。据《史记·高祖本纪》载:"高祖……父曰太公,母曰刘媪,其先刘媪尝息大泽之陂,梦与神遇。是时雷电晦冥,太公往视,则见蛟龙于其上。已而有身,遂产高祖。"又说他"不事家人生产作业……好酒及色。常从王媪、武负贳酒"。

〔19〕 周武王 姓姬名发,殷末周族领袖。公元前十一世纪,他联合西北和西南各族起兵进入中原,灭殷后建立周王朝。

〔20〕 伯夷和叔齐扣马而谏 据《史记·伯夷列传》载:"伯夷、叔齐,孤竹君之二子也。……闻西伯昌善养老,盍往归焉。及至,西伯卒,武王载木主,号为文王,东伐纣。伯夷、叔齐叩马而谏曰:'父死不葬,爰及干戈,可谓孝乎?以臣弑君,可谓仁乎?'左右欲兵之。太公曰:'此义人也,扶而去之。'"

〔21〕 血流漂杵 据《尚书·武成》载:"甲子昧爽,受(纣)率其旅若林,会于牧野。罔有敌于我师,前徒倒戈,攻于后以北,血流

漂杵。"

〔22〕 "顽民" 据《史记·殷本纪》载:"周武王崩,武庚(商纣之子)与管叔、蔡叔作乱,成王命周公诛之。"又《尚书·多士》载:"成周(今洛阳)既成,迁殷顽民。"据唐代孔颖达疏:"顽民,谓殷之大夫、士从武庚叛者;以其无知,谓之顽民。"

〔23〕 以谈霸道为羞 据《孟子·梁惠王(上)》载:"齐宣王问曰:'齐桓、晋文之事,可得闻乎?'孟子对曰:'仲尼之徒,无道桓、文之事者,是以后世无传焉,臣未之闻也。'"据宋代朱熹《集注》:"仲尼之门,五尺童子羞称五霸,为其先诈力而后仁义也。"

〔24〕 "制艺" 也称制义,科举考试时规定的文体。在明清两代指摘取"四书""五经"中文句命题、立论的八股文。

〔25〕 指1884年至1885年的中法战争。战争的结果是清政府与法国签订了不平等的《中法新约》。

〔26〕 指1894年至1895年的中日战争(即甲午战争)。清政府在战败后与日本签订了丧权辱国的《马关条约》。

〔27〕 恶党 这里是反语,当时国民党当局曾用"匪党"等字眼诬称中国共产党。

〔28〕 1933年4月4日《申报》"南京专电"称:"司法界某要人谈⋯⋯壮年犯之性欲问题,依照理论,人民犯罪,失去自由,而性欲不在剥夺之列,欧美文明国家,定有犯人假期⋯⋯每年得请假返家五天或七天,解决其性欲。"

〔29〕 1933年8月20日邵洵美在他编的《十日谈》第二期发表《自由监狱》(署名郭明)一文,其中说:"最近司法当局复有关于囚犯性欲问题之讨论⋯⋯本来,囚禁制度⋯⋯是国家给予犯罪者一个自省

而改过的机会……监狱痛苦尽人皆知,不法犯罪,乃自讨苦吃,百姓既有戒心,或者可以不敢犯法;对付小人,此亦天机一条也。"

〔30〕 **福建独立** 指1933年11月在福建发生的政变。1932年1月28日在上海抗击进犯日军的十九路军,停战后被蒋介石调往福建进行反共内战。1933年11月,十九路军将领蒋光鼐、蔡廷锴等联合国民党内一部分势力,在福建省成立"中华共和国人民革命政府",并与红军成立抗日反蒋协定,但不久即在蒋介石的兵力压迫下失败。

〔31〕 **牛兰**(Noulens,1894—1963) 本名雅科夫·马特维耶维奇·卢尼克(Яков Матвеевич Луник),牛兰是他在中国所用的化名之一。出生于乌克兰,苏联契卡(克格勃的前身)工作人员。1927年11月受共产国际派遣来中国从事秘密活动,负责中国联络站工作,公开身份之一是"泛太平洋产业同盟"上海办事处秘书。因受到共产国际信使约瑟夫在新加坡被捕的牵连,1931年6月15日,牛兰和妻子在上海公共租界被英国巡捕拘捕,8月10日由中国方面引渡,14日押解南京,以"危害民国"罪受审。他们夫妇在狱中多次进行绝食斗争,宋庆龄、杨杏佛、沈钧儒等曾赴监狱探视并组织营救。1937年8月日军炮轰南京时逃出监狱,1939年回国。

〔32〕 **甘地**(M. Gandhi,1869—1948) 印度民族独立运动的领袖。他主张"非暴力抵抗",倡导对英国殖民政府"不合作运动",曾屡遭监禁,在狱中多次以绝食表示反抗。

〔33〕 **兴行场** 日语,戏场的意思。

拿来主义[1]

中国一向是所谓"闭关主义",自己不去,别人也不许来。自从给枪炮打破了大门之后,又碰了一串钉子,到现在,成了什么都是"送去主义"了。别的且不说罢,单是学艺上的东西,近来就先送一批古董到巴黎去展览,但终"不知后事如何";还有几位"大师"们捧着几张古画和新画,在欧洲各国一路的挂过去,叫作"发扬国光"[2]。听说不远还要送梅兰芳博士到苏联去,以催进"象征主义"[3],此后是顺便到欧洲传道。我在这里不想讨论梅博士演艺和象征主义的关系,总之,活人替代了古董,我敢说,也可以算得显出一点进步了。

但我们没有人根据了"礼尚往来"的仪节,说道:拿来!

当然,能够只是送出去,也不算坏事情,一者见得丰富,二者见得大度。尼采[4]就自诩过他是太阳,光热无穷,只是给与,不想取得。然而尼采究竟不是太阳,他发了疯。中国也不是,虽然有人说,掘起地下的煤来,就足够全世界几百年之用。但是,几百年之后呢?几百年之后,我们当然是化为魂灵,或上天堂,或落了地狱,但我们的子孙是在的,所以还应该给他们留下一点礼品。要不然,则当佳节大典之际,他们拿不出东西来,只好磕头贺喜,讨一点残羹冷炙做奖赏。

这种奖赏,不要误解为"抛来"的东西,这是"抛给"的,说得冠冕些,可以称之为"送来",我在这里不想举出实例[5]。

我在这里也并不想对于"送去"再说什么,否则太不"摩登"了。我只想鼓吹我们再吝啬一点,"送去"之外,还得"拿来",是为"拿来主义"。

但我们被"送来"的东西吓怕了。先有英国的鸦片,德国的废枪炮,后有法国的香粉,美国的电影,日本的印着"完全国货"的各种小东西。于是连清醒的青年们,也对于洋货发生了恐怖。其实,这正是因为那是"送来"的,而不是"拿来"的缘故。

所以我们要运用脑髓,放出眼光,自己来拿!

譬如罢,我们之中的一个穷青年,因为祖上的阴功(姑且让我这么说说罢),得了一所大宅子,且不问他是骗来的,抢来的,或合法继承的,或是做了女婿换来的。那么,怎么办呢?我想,首先是不管三七二十一,"拿来"!但是,如果反对这宅子的旧主人,怕给他的东西染污了,徘徊不敢走进门,是孱头;勃然大怒,放一把火烧光,算是保存自己的清白,则是昏蛋。不过因为原是羡慕这宅子的旧主人的,而这回接受一切,欣欣然的蹩进卧室,大吸剩下的鸦片,那当然更是废物。"拿来主义"者是全不这样的。

他占有,挑选。看见鱼翅,并不就抛在路上以显其"平民化",只要有养料,也和朋友们像萝卜白菜一样的吃掉,只不用它来宴大宾;看见鸦片,也不当众摔在毛厕里,以见其彻底革命,只送到药房里去,以供治病之用,却不弄"出售存膏,售完即止"的玄虚。只有烟枪和烟灯,虽然形式和印度,波斯,阿剌伯的烟具都不同,确可以算是一种国粹,倘使背着周游世界,一定会有人看,但我想,除了送一点进博物馆之外,其余的是大可以毁掉的了。还有一群姨太太,也大以请她们各自走散为是,要不然,"拿来主义"怕未免有些危机。

总之,我们要拿来。我们要或使用,或存放,或毁灭。那么,主人是新主人,宅子也就会成为新宅子。然而首先要这人沉着,勇猛,有辨别,不自私。没有拿来的,人不能自成为新人,没有拿来的,文艺不能自成为新文艺。

六月四日。

* * *

〔1〕 本篇最初发表于1934年6月7日《中华日报·动向》,署名霍冲。

〔2〕 "发扬国光" 1932年至1934年间,美术家徐悲鸿、刘海粟曾分别去欧洲一些国家举办中国美术展览或个人美术作品展览。"发扬国光"是1934年5月28日《大晚报》报道这些消息时的用语。

〔3〕 "象征主义" 1934年5月28日《大晚报》报道:"苏俄艺术界向分写实与象征两派,现写实主义已渐没落,而象征主义则经朝野一致提倡,引成欣欣向荣之概。自彼邦艺术家见我国之书画作品深

合象征派后,即忆及中国戏剧亦必采取象征主义。因拟……邀中国戏曲名家梅兰芳等前往奏艺。"鲁迅曾在《花边文学·谁在没落》一文中批评《大晚报》的这种歪曲报道。

〔4〕 尼采鼓吹"超人"哲学。这里所述尼采的话,见于他的《札拉图斯特拉如是说·序言》。

〔5〕 1933年6月4日,国民党政府和美国在华盛顿签订五千万美元的"棉麦借款",购买美国的小麦、面粉和棉花。这里指的可能是这一类事。

买《小学大全》记[1]

　　线装书真是买不起了。乾隆时候的刻本的价钱,几乎等于那时的宋本。明版小说,是五四运动以后飞涨的;从今年起,洪运怕要轮到小品文身上去了。至于清朝禁书[2],则民元革命后就是宝贝,即使并无足观的著作,也常要百余元至数十元。我向来也走走旧书坊,但对于这类宝书,却从不敢作非分之想。端午节前,在四马路[3]一带闲逛,竟在无意之间买到了一种,曰《小学大全》,共五本,价七角,看这名目,是不大有人会欢迎的,然而,却是清朝的禁书。

　　这书的编纂者尹嘉铨,博野人;他父亲尹会一[4],是有名的孝子,乾隆皇帝曾经给过褒扬的诗。他本身也是孝子,又是道学家,官又做到大理寺卿稽察觉罗学[5]。还请令旗籍[6]子弟也讲读朱子的《小学》[7],而"荷蒙朱批:所奏是。钦此。"这部书便成于两年之后的,加疏的《小学》六卷,《考证》和《释文》,《或问》各一卷,《后编》二卷,合成一函,是为《大全》。也曾进呈,终于在乾隆四十二年九月十七日奉旨:"好!知道了。钦此。"那明明是得了皇帝的嘉许的。

到乾隆四十六年，他已经致仕回家了，但真所谓"及其老也，戒之在得"[8]罢，虽然欲得的乃是"名"，也还是一样的招了大祸。这年三月，乾隆行经保定，尹嘉铨便使儿子送了一本奏章，为他的父亲请谥，朱批是"与谥乃国家定典，岂可妄求。此奏本当交部治罪，念汝为父私情，姑免之。若再不安分家居，汝罪不可逭矣！钦此。"不过他豫先料不到会碰这样的大钉子，所以接着还有一本，是请许"我朝"名臣汤斌范文程李光地顾八代张伯行[9]等从祀孔庙，"至于臣父尹会一，既蒙御制诗章褒嘉称孝，已在德行之科，自可从祀，非臣所敢请也。"这回可真出了大岔子，三月十八日的朱批是："竟大肆狂吠，不可恕矣！钦此。"

乾隆时代的一定办法，是凡以文字获罪者，一面拿办，一面就查抄，这并非着重他的家产，乃在查看藏书和另外的文字，如果别有"狂吠"，便可以一并治罪。因为乾隆的意见，是以为既敢"狂吠"，必不止于一两声，非彻底根究不可的。尹嘉铨当然逃不出例外，和自己的被捕同时，他那博野的老家和北京的寓所，都被查抄了。藏书和别项著作，实在不少，但其实也并无什么干碍之作。不过那时是决不能这样就算的，经大学士三宝[10]等再三审讯之后，定为"相应请旨将尹嘉铨照大逆律凌迟处死"，幸而结果很宽大："尹嘉铨著加恩免其凌迟之罪，改为处绞立决，其家属一并加恩免其缘坐"就完结了。

这也还是名儒兼孝子的尹嘉铨所不及料的。

这一回的文字狱,只绞杀了一个人,比起别的案子来,决不能算是大狱,但乾隆皇帝却颇费心机,发表了几篇文字。从这些文字和奏章(均见《清代文字狱档》第六辑)看来,这回的祸机虽然发于他的"不安分",但大原因,却在既以名儒自居,又请将名臣从祀:这都是大"不可恕"的地方。清朝虽然尊崇朱子,但止于"尊崇",却不许"学样",因为一学样,就要讲学,于是而有学说,于是而有门徒,于是而有门户,于是而有门户之争,这就足为"太平盛世"之累。况且以这样的"名儒"而做官,便不免以"名臣"自居,"妄自尊大"。乾隆是不承认清朝会有"名臣"的,他自己是"英主",是"明君",所以在他的统治之下,不能有奸臣,既没有特别坏的奸臣,也就没有特别好的名臣,一律都是不好不坏,无所谓好坏的奴子。[11]

特别攻击道学先生,所以是那时的一种潮流,也就是"圣意"。我们所常见的,是纪昀总纂的《四库全书总目提要》和自著的《阅微草堂笔记》[12]里的时时的排击。这就是迎合着这种潮流的,倘以为他秉性平易近人,所以憎恨了道学先生的谿刻,那是一种误解。大学士三宝们也很明白这潮流,当会审尹嘉铨时,曾奏道:"查该犯如此狂悖不法,若即行定罪正法,尚不足以泄公愤而快人心。该犯曾任三品大员,相应遵例奏明,将该犯严加夹讯,多受刑法,问其究属何心,录取供词,具奏,再请旨立正典刑,方足以昭炯戒。"后来究竟用了夹棍没有,未曾查考,但看所录供词,却于用他的"丑行"来打倒他的道学的策略,是做得非常起劲的。现在抄三条在下面——

问:尹嘉铨!你所书李孝女暮年不字事一篇,说"年逾五十,依然待字,吾妻李恭人闻而贤之,欲求淑女以相助,仲女固辞不就"等语。这处女既立志不嫁,已年过五旬,你为何叫你女人遣媒说合,要他做妾?这样没廉耻的事,难道是讲正经人干的么?据供:我说的李孝女年逾五十,依然待字,原因素日间知道雄县有个姓李的女子,守贞不字。吾女人要聘他为妾,我那时在京候补,并不知道;后来我女人告诉我,才知道的,所以替他做了这篇文字,要表扬他,实在我并没有见过他的面。但他年过五十,我还将要他做妾的话,做在文字内,这就是我廉耻丧尽,还有何辩。

问:你当时在皇上跟前讨赏翎子[13],说是没有翎子,就回去见不得你妻小。你这假道学怕老婆,到底皇上没有给你翎子,你如何回去的呢?据供:我当初在家时,曾向我妻子说过,要见皇上讨翎子,所以我彼时不辞冒昧,就妄求恩典,原想得了翎子回家,可以夸耀。后来皇上没有赏我,我回到家里,实在觉得害羞,难见妻子。这都是我假道学,怕老婆,是实。

问:你女人平日妒悍,所以替你娶妾,也要娶这五十岁女人给你,知道这女人断不肯嫁,他又得了不妒之名。总是你这假道学居常做惯这欺世盗名之事,你女人也学了你欺世盗名。你难道不知道么?供:我女人要替我讨妾,这五十岁李氏女子既已立志不嫁,断不肯做我的妾,我女人是明知的,所以借此要得不妒之名。总是我平日所做的事,俱系欺世盗名,所以我女人也学做此欺世盗名之事,难逃皇上洞鉴。

还有一件要紧事是销毁和他有关的书。他的著述也真太多,计应"销毁"者有书籍八十六种,石刻七种,都是著作;应"撤毁"者有书籍六种,都是古书,而有他的序跋。《小学大全》虽不过"疏辑",然而是在"销毁"之列的。[14]

但我所得的《小学大全》,却是光绪二十二年开雕,二十五年刊竣,而"宣统丁巳"(实是中华民国六年)重校的遗老本,有张锡恭跋云:"世风不古若矣,愿读是书者,有以转移之。……"又有刘安涛跋云:"晚近凌夷,益加甚焉,异言喧豗,显与是书相悖,一唱百和,……驯致家与国均蒙其害,唐虞三代以来先圣先贤蒙以养正之遗意,扫地尽矣。剥极必复,天地之心见焉。……"为了文字狱,使士子不敢治史,尤不敢言近代事,但一面却也使昧于掌故,乾隆朝所竭力"销毁"的书,虽遗老也不复明白,不到一百三十年,又从新奉为宝典了。这莫非也是"剥极必复"[15]么?恐怕是遗老们的乾隆皇帝所不及料的罢。

但是,清的康熙,雍正和乾隆三个,尤其是后两个皇帝,对于"文艺政策"或说得较大一点的"文化统制"[16],却真尽了很大的努力的。文字狱不过是消极的一方面,积极的一面,则如钦定四库全书[17],于汉人的著作,无不加以取舍,所取的书,凡有涉及金元之处者,又大抵加以修改,作为定本。此外,对于"七经","二十四史",《通鉴》,[18]文士的诗文,和尚的语录,也都不肯放过,不是鉴定,便是评选,文苑中实在没有不被蹂躏的处所了。而且他们是深通汉文的异族的君主,以胜者的看法,来批评被征服的汉族的文化和人情,也鄙夷,但也恐惧,有苛论,但也有确评,文字狱只是由此而来的辣手的一种,那成果,由满洲这方面言,是的确不能说它没有效的。

现在这影响好像是淡下去了,遗老们的重刻《小学大全》,就是一个证据,但也可见被愚弄了的性灵,又终于并不清醒过来。近来明人小品,清代禁书,市价之高,决非穷读书人所敢窥觎,但《东华录》,《御批通鉴辑览》,《上谕八旗》,《雍正朱批谕旨》[19]……等,却好像无人过问,其低廉为别的一切大部书所不及。倘有有心人加以收集,一一钩稽,将其中的关于驾御汉人,批评文化,利用文艺之处,分别排比,辑成一书,我想,我们不但可以看见那策略的博大和恶辣,并且还能够明白我们怎样受异族主子的驯扰,以及遗留至今的奴性的由来的罢。

自然,这决不及赏玩性灵文字[20]的有趣,然而借此知道一点演成了现在的所谓性灵的历史,却也十分有益的。

七月十日。

* * *

〔1〕 本篇最初发表于1934年8月5日《新语林》半月刊第三期,署名杜德机。

〔2〕 清朝禁书 清政府为实行文化统制,在编纂《四库全书》时,将认为内容"悖谬"和有"违碍字句"的书,都分别"销毁"和"撤毁"(即"全毁"和"抽毁")。"禁书"即指这些应毁的书;关于禁书的目录,后来有《全毁抽毁书目》《禁书总目》《违碍书目》等数种(都收在清代姚觐元辑《咫进斋丛书》中)。

〔3〕 四马路 今福州路,当时是上海书店集中之区。

〔4〕 尹会一(1691—1748) 字元孚,清代道学家,官至吏部侍郎。著有阐释程、朱理学的书数种和《贤母年谱》等。

〔5〕 大理寺卿 中央审判机关的主管长官,按清朝官制为"正三品"。稽察觉罗学,即清朝皇族旁支子弟学校的主管,据《清会典》载:以显祖宣皇帝(即清太祖爱新觉罗·努尔哈赤的父亲爱新觉罗·塔克世)之本支子孙为"宗室",以显祖宣皇帝之叔伯兄弟等之旁支子孙为"觉罗"。

〔6〕 旗籍 清代满族军事、生产合一的户籍编制单位,共分八旗。此外另设蒙八旗和汉八旗。

〔7〕 朱子 即朱熹(1130—1200) 字元晦,婺源(今属江西)人,宋代理学家,官至宝文阁待制,著有《诗集传》《四书章句集注》《通鉴纲目》等。《小学》,朱熹、刘子澄编,共六卷,系辑录古书中符合封建道德的片段分类编成。

〔8〕 "及其老也,戒之在得" 语出《论语·季氏》:"君子有三戒……及其老也,血气既衰,戒之在得。"

〔9〕 汤斌(1627—1687) 字孔伯,睢州(今河南睢县)人,官至礼部尚书。范文程(1597—1666),字宪斗,沈阳人,官至大学士、太傅兼太子太师。李光地(1642—1718),字晋卿,福建安溪人,官至文渊阁

283

大学士。顾八代(？—1709),字文起,满洲镶黄旗人,官至礼部尚书。张伯行(1651—1725),字孝先,河南仪封(今兰考)人,官至礼部尚书。

〔10〕 三宝(？—1784) 满洲正红旗人,乾隆时官至东阁大学士兼礼部尚书。

〔11〕 乾隆皇帝在《尹嘉铨免其凌迟之罪谕》中说:"古来以讲学为名,致开朋党之渐,如明季东林诸人讲学,以致国事日非,可为鉴戒……又其书有《名臣言行录》一编……以本朝之人标榜当代人物,将来伊等子孙,恩怨即从此起,门户亦且渐开,所关朝常世教,均非浅鲜。即伊托言仿照朱子《名臣言行录》,朱子所处,当宋朝南渡式微,且又在下位,其所评骘,尚皆公当。今尹嘉铨乃欲于国家全盛之时,逞其私臆,妄生议论,变乱是非,实为莠言乱政。"又在《明辟尹嘉铨标榜之罪谕》中说:"朕以为本朝纪纲整肃,无名臣亦无奸臣,何则,乾纲在上,不致朝廷有名臣、奸臣,亦社稷之福耳。"

〔12〕 纪昀(1724—1805) 字晓岚,直隶(今河北)献县人,清代文学家。乾隆进士,官至礼部尚书,曾任四库全书馆总纂官。《四库全书总目提要》,二百卷,是《四库全书》的书目解题,完成于乾隆四十七年(1782)。《阅微草堂笔记》,笔记小说,共五种,二十四卷。纪昀在《四库全书总目提要》子部儒家类的"引言"中说:"当时所谓道学者,又自分二派,笔舌交攻。自是厥后,天下惟朱陆是争;门户列而朋党起,恩仇报复,蔓延者垂数百年。"在《阅微草堂笔记》中,更多处有不满道学家的言论,如:"讲学家责人无已时。""一儒生颇讲学……崖岸太甚,动以不情之论责人。""讲学家持论务严,遂使一时失足者无路自赎。"等等。

〔13〕 翎子 清代皇帝赏赐给官员表示荣誉的冠饰,分蓝翎、花

翎两种。蓝翎以鹖羽(蓝色)为装饰,赐给秩较卑而有功者;花翎以孔雀翎为饰,以翎眼多少分等级,普通的是一眼,大臣有特恩的赏戴双眼,亲王、贝勒才赏戴三眼。

〔14〕 关于销毁《小学大全》,乾隆四十六年(1781)五月"上谕":"如《小学》等书,本系前人著述,原可毋庸销毁,惟其中有经该犯(按指尹嘉铨)疏解编辑及有序跋者,即当一体销毁。"在当时的军机处"应行销毁尹嘉铨书籍单"中,在七十九种"俱系尹嘉铨著述编纂应行销毁"的书目之后,又列举了三种"尹嘉铨疏、辑,亦应销毁",其中包括他"疏"的《仪礼探本》和《共学约》,以及所"辑"的《小学大全》。

〔15〕 "剥极必复" "剥""复"是《易经》中的两个卦名,"剥卦"之后就是"复卦",所以说"剥极必复"(剥是剥落,复是反本)。《易经·复卦》说:"反复其道,七日来复……复,其见天地之心乎?"

〔16〕 "文化统制" 当时国民党政府实行"剿灭共产主义"的文化政策,并在他们的刊物上大事宣传(如1934年1月《汗血》月刊第二卷第四期即为《文化剿匪专号》,同年8月《前途》月刊第二卷第八期又为《文化统制专号》)。鲁迅在这里用"文艺政策"和"文化统制"等字样加以揭露,但发表时都被删去。

〔17〕 四库全书 清代乾隆三十七年(1772)设馆纂修,历时十年始成。共收书三五○三种,七九三三七卷,分经、史、子、集四部。

〔18〕 "七经" 指《易》《书》《诗》《春秋》《周礼》《仪礼》和《礼记》。康熙、雍正、乾隆三朝加以注疏,编为《周易折中》《书经传说汇纂》《诗经传说汇纂》《春秋传说汇纂》《周官义疏》《仪礼义疏》《礼记义疏》七种,合称《御纂七经》。"二十四史",乾隆时规定从《史记》至《明史》的二十四部纪传体史书为"正史",即《钦定二十四史》。《通

鉴》,宋代司马光等编纂的编年体史书,起自战国,终于五代,名《资治通鉴》。乾隆帝命臣下编成起自上古终于明末的另一编年体史书,由他亲自"详加评断",称为《御批通鉴辑览》。

〔19〕 《东华录》 清代蒋良骥编,三十二卷。系从清太祖天命至世宗雍正六朝的实录和其他文献摘抄而成。后由王先谦加以增补,扩编为一九五卷,并新增乾隆、嘉庆、道光三朝史料,合为《九朝东华录》,共四二五卷。稍后,他又补辑《咸丰朝东华录》和《同治朝东华录》各一百卷;此后又有朱寿朋编的《光绪朝东华录》二二〇卷。《上谕八旗》,内容是雍正一朝关于八旗政务的谕旨和奏议等文件,共分三集:《上谕八旗》十三卷、《上谕旗务议复》十二卷、《谕行旗务奏议》十三卷。《雍正朱批谕旨》,三六〇卷,内容是经雍正朱批的"臣工"二百余人的奏折。

〔20〕 性灵文字 指当时林语堂提倡"性灵"的文章。他在《论语》第二卷第十五期(1933年4月)发表的《有不为斋随笔·论文》中说:"文章者,个人性灵之表现。性灵之为物,惟我知之,生我之父母不知,同床之吾妻亦不知。然文学之生命实寄托于此。"

趋时和复古[1]

半农先生一去世,也如朱湘庐隐[2]两位作家一样,很使有些刊物热闹了一番。这情形,会延得多么长久呢,现在也无从推测。但这一死,作用却好像比那两位大得多:他已经快要被封为复古的先贤,可用他的神主来打"趋时"[3]的人们了。

这一打是有力的,因为他既是作古的名人,又是先前的新党,以新打新,就如以毒攻毒,胜于搬出生锈的古董来。然而笑话也就埋伏在这里面。为什么呢?就为了半农先生先就是一位以"趋时"而出名的人。

古之青年,心目中有了刘半农三个字,原因并不在他擅长音韵学,或是常做打油诗[4],是在他跳出鸳蝴派[5],骂倒王敬轩[6],为一个"文学革命"阵中的战斗者。然而那时有一部分人,却毁之为"趋时"。时代到底好像有些前进,光阴流过去,渐渐将这谥号洗掉了,自己爬上了一点,也就随和一些,于是终于成为干干净净的名人。但是,"人怕出名猪怕壮"[7],他这时也要成为包起来作为医治新的"趋时"病的药料了。

这并不是半农先生独个的苦境，旧例着实有。广东举人多得很，为什么康有为独独那么有名呢，因为他是公车上书的头儿，戊戌政变的主角，趋时；留英学生也不希罕，严复[8]的姓名还没有消失，就在他先前认真的译过好几部鬼子书，趋时；清末，治朴学[9]的不止太炎[10]先生一个人，而他的声名，远在孙诒让[11]之上者，其实是为了他提倡种族革命，趋时，而且还"造反"。后来"时"也"趋"了过来，他们就成为活的纯正的先贤。但是，晦气也夹屁股跟到，康有为永定为复辟的祖师，袁皇帝要严复劝进，孙传芳[12]大帅也来请太炎先生投壶了。原是拉车前进的好身手，腿肚大，臂膊也粗，这回还是请他拉，拉还是拉，然而是拉车屁股向后，这里只好用古文，"呜呼哀哉，尚飨"[13]了。

我并不在讥刺半农先生曾经"趋时"，我这里所用的是普通所谓"趋时"中的一部分："前驱"的意思。他虽然自认"没落"[14]，其实是战斗过来的，只要敬爱他的人，多发挥这一点，不要七手八脚，专门把他拖进自己所喜欢的油或泥里去做金字招牌就好了。

八月十三日。

* * *

〔1〕 本篇最初发表于1934年8月15日《申报·自由谈》，署名康伯度。

〔2〕 朱湘（1904—1933） 安徽太湖人，诗人。曾任安徽大学

英文文学系主任。1933年12月5日,因生活窘困投江自尽。著有诗集《草莽集》《石门集》等。庐隐(1898—1934),本名黄英,福建闽侯人,女作家。1934年5月13日死于难产。著有短篇小说集《海滨故人》《灵海潮汐》等。

〔3〕 "趋时" 这是林语堂讥讽进步人士的话,见1934年7月20日《人间世》第八期《时代与人》一文:"所以趋时虽然要紧,保持人的本位也一样要紧。"

〔4〕 刘半农从1933年9月《论语》第二十五期开始连续发表打油诗《桐花芝豆堂诗集》,在《自序》中称自己"喜为打油之诗"。

〔5〕 鸳蝴派 即鸳鸯蝴蝶派,兴起于清末民初,多用文言文描写迎合小市民趣味的才子佳人故事,因出版《礼拜六》周刊,故又称礼拜六派。刘半农早期曾以"半侬"笔名为这一派刊物写稿。

〔6〕 骂倒王敬轩 1918年初,《新青年》为了推动文学革命运动,开展对复古派的斗争,曾由编者之一钱玄同化名王敬轩,把当时社会上反对新文化运动的言论集中起来,摹仿封建复古派的口吻写信给《新青年》编辑部;又由刘半农写了一封回信痛加批驳。两信同时发表在当年3月《新青年》第四卷第三号。

〔7〕 "人怕出名猪怕壮" 俗谚,小说《红楼梦》第八十三回王熙凤说:"俗语儿说的,'人怕出名猪怕壮',况且又是个虚名儿……"

〔8〕 严复(1854—1921) 字又陵,又字几道,福建闽侯人。清末启蒙思想家、翻译家。曾留学英国海军学校。1894年中日战争后,他主张变法维新,致力于西方自然科学和资产阶级社会科学思想的介绍,翻译过赫胥黎《天演论》、亚当斯密《原富》、穆勒《名学》和孟德斯鸠《法意》等,对当时中国思想界影响很大。辛亥革命后,他思想逐渐

倒退。1915年参加"筹安会",拥护袁世凯称帝。

〔9〕 朴学　语出《汉书·儒林传》:"(倪)宽有俊材,初见武帝,语经学。上曰:'吾始以《尚书》为朴学,弗好,及闻宽说,可观。'乃从宽问一篇。"后来称汉儒考据训诂之学为朴学,也称汉学。清代学者继承汉儒朴学,并有所发展。

〔10〕 太炎　章炳麟(1869—1936),号太炎,浙江余杭人,清末革命家和学者。早期积极参加反对清王朝的斗争,是"光复会"的重要成员之一。辛亥革命以后,逐渐脱离现实斗争,以治国学为业。著有《章氏丛书》《章氏丛书续编》等。

〔11〕 孙诒让(1848—1908)　字仲容,浙江瑞安人,清末朴学家。著有《周礼正义》《墨子闲诂》等。

〔12〕 孙传芳(1885—1935)　山东历城人,北洋直系军阀。他盘踞东南五省时,为了提倡复古,于1926年8月6日在南京举行投壶仪式,曾邀请章太炎主持,但章未去。投壶,古代宴会时的一种娱乐,宾主依次把箭投入壶中,负者饮酒。《礼记·投壶》孔颖达注引郑玄的话,说投壶是"主人与客燕饮讲论才艺之礼"。

〔13〕 "呜呼哀哉,尚飨"　这是旧时祭文中常用的结束语。用在这里表示完结的意思。

〔14〕 刘半农自认"没落"的话,见《半农杂文自序》(载1934年6月5日《人间世》第五期):"要是有人根据了我文章中的某某数点而斥我为'落伍',为'没落',我是乐于承受的。"

门 外 文 谈[1]

一 开 头

听说今年上海的热,是六十年来所未有的。白天出去混饭,晚上低头回家,屋子里还是热,并且加上蚊子。这时候,只有门外是天堂。因为海边的缘故罢,总有些风,用不着挥扇。虽然彼此有些认识,却不常见面的寓在四近的亭子间或搁楼里的邻人也都坐出来了,他们有的是店员,有的是书局里的校对员,有的是制图工人的好手。大家都已经做得筋疲力尽,叹着苦,但这时总还算有闲的,所以也谈闲天。

闲天的范围也并不小:谈旱灾,谈求雨,谈吊膀子,谈三寸怪人干,谈洋米,谈裸腿,[2]也谈古文,谈白话,谈大众语。因为我写过几篇白话文,所以关于古文之类他们特别要听我的话,我也只好特别说的多。这样的过了两三夜,才给别的话岔开,也总算谈完了。不料过了几天之后,有几个还要我写出来。

他们里面,有的是因为我看过几本古书,所以相信我的,有的是因为我看过一点洋书,有的又因为我看古书也看洋书;但有几位却因此反不相信我,说我是蝙蝠。我说到古文,他就笑道,你不是唐宋八大家[3],能信么?我谈到大众语,他又笑道:你又不是劳苦大众,讲什么海话呢?

这也是真的。我们讲旱灾的时候,就讲到一位老爷下乡查灾,说有些地方是本可以不成灾的,现在成灾,是因为农民懒,不戽水。但一种报上,却记着一个六十老翁,因儿子戽水乏力而死,灾象如故,无路可走,自杀了。老爷和乡下人,意见是真有这么的不同的。那么,我的夜谈,恐怕也终不过是一个门外闲人的空话罢了。

飓风过后,天气也凉爽了一些,但我终于照着希望我写的几个人的希望,写出来了,比口语简单得多,大致却无异,算是抄给我们一流人看的。当时只凭记忆,乱引古书,说话是耳边风,错点不打紧,写在纸上,却使我很踌躇,但自己又苦于没有原书可对,这只好请读者随时指正了。

一九三四年,八月十六夜,写完并记。

二　字是什么人造的?

字是什么人造的?

我们听惯了一件东西,总是古时候一位圣贤所造的故事,对于文字,也当然要有这质问。但立刻就有忘记了来源的答话:字是仓颉[4]造的。

这是一般的学者的主张,他自然有他的出典。我还见过一幅这位仓颉的画像,是生着四只眼睛的老头陀。可见要造文字,相貌先得出奇,我们这种只有两只眼睛的人,是不但本领不够,连相貌也不配的。

然而做《易经》[5]的人(我不知道是谁),却比较的聪明,他说:"上古结绳而治,后世圣人易之以书契。"他不说仓颉,只说"后世圣人",不说创造,只说掉换,真是谨慎得很;也许他无意中就不相信古代会有一个独自造出许多文字来的人的了,所以就只是这么含含胡胡的来一句。

但是,用书契来代结绳的人,又是什么脚色呢?文学家?不错,从现在的所谓文学家的最要卖弄文字,夺掉笔杆便一无所能的事实看起来,的确首先就要想到他;他也的确应该给自己的吃饭家伙出点力。然而并不是的。有史以前的人们,虽然劳动也唱歌,求爱也唱歌,他却并不起草,或者留稿子,因为他做梦也想不到卖诗稿,编全集,而且那时的社会里,也没有报馆和书铺子,文字毫无用处。据有些学者告诉我们的话来看,这在文字上用了一番工夫的,想来该是史官了。

原始社会里,大约先前只有巫,待到渐次进化,事情繁复了,有些事情,如祭祀,狩猎,战争……之类,渐有记住的必要,巫就只好在他那本职的"降神"之外,一面也想法子来记事,这就是"史"的开头。况且"升中于天"[6],他在本职上,也得将记载酋长和他的治下的大事的册子,烧给上帝看,因此一样的要做文章——虽然这大约是后起的事。再后来,职掌分得更清楚了,于是就有专门记事的史官。文字就是史官必要的工具,古人说:"仓颉,黄帝史。"[7]第一句未可信,但指出了史和文字的关系,却是很有意思的。至于后来的"文学家"用它来写"阿呀呀,我的爱哟,我要死了!"那些佳句,那不过是享享现成的罢了,"何足道哉"!

三　字是怎么来的?

照《易经》说,书契之前明明是结绳;我们那里的乡下人,碰到明天要做一件紧要事,怕得忘记时,也常常说:"裤带上打一个结!"那么,我们的古圣人,是否也用一条长绳,有一件事就打一个结呢?恐怕是不行的。只有几个结还记得,一多可就糟了。或者那正是伏羲皇上的"八卦"[8]之流,三条绳一组,都不打结是"乾",中间各打一结是"坤"罢?恐怕也不对。八组尚可,六十四组就难记,何况还会有五百十二组呢。只有在秘鲁还有存留的"打结字"(Quippus)[9],用一条横绳,挂上许多直绳,拉来拉去的结起来,网不像网,倒似乎还可以表现较多的意思。我们上古的结绳,恐怕也是如此的罢。但它既然被书契掉换,又不是书契的祖宗,我们也不妨暂且不去管它了。

夏禹的"岣嵝碑"[10]是道士们假造的;现在我们能在实物上看见的最古的文字,只有商朝的甲骨和钟鼎文。但这些,都已经很进步了,几乎找不出一个原始形态。只在铜器上,有时还可以看见一点写实的图形,如鹿,如象,而从这图形上,又能发见和文字相关的线索:中国文字的基础是"象形"。

画在西班牙的亚勒泰米拉(Altamira)洞[11]里的野牛,是有名的原始人的遗迹,许多艺术史家说,这正是"为艺术的艺术",原始人画着玩玩的。但这解释未免过于"摩登",因为原始人没有十九世纪的文艺家那么有闲,他的画一只牛,是有缘故的,为的是关于野牛,或者是猎取野牛,禁咒野牛的事。现在上海墙壁上的香烟和电影的广告画,尚且常有人张着嘴巴看,在少见多怪的原始社会里,有了这么一个奇迹,那轰动一时,就可想而知了。他们一面看,知道了野牛这东西,原来可以用线条移在别的平面上,同时仿佛也认识了一个"牛"字,一面也佩服这作者的才能,但没有人请他作自传赚钱,所以姓氏也就湮没了。但在社会里,仓颉也不止一个,有的在刀柄上刻一点图,有的在门户上画一些画,心心相印,口口相传,文字就多起来,史官一采集,便可以敷衍记事了。中国文字的由来,恐怕也逃不出这例子的。

自然,后来还该有不断的增补,这是史官自己可以办到的,新字夹在熟字中,又是象形,别人也容易推测到那字的意义。直到现在,中国还在生出新字来。但是,硬做新仓颉,却要失败的,吴的朱育,唐的武则天,都曾经造过古怪字,[12]也都白费力。现在最会造字的是中国化学家,许多原质和化合物的名目,很不容易认得,连音也难以读出来了。老实说,我是一看见就头痛的,觉得远不如就用万国通用的拉丁名来得爽快,如果二十来个字母都认不得,请恕我直说:那么,化学也大抵学不好的。

四　写字就是画画

《周礼》和《说文解字》[13]上都说文字的构成法有六种,这里且不谈罢,只说些和"象形"有关的东西。

象形,"近取诸身,远取诸物"[14],就是画一只眼睛是"目",画一个圆圈,放几条毫光是"日",那自然很明白,便当的。但有时要碰壁,譬如要画刀口,怎么办呢?不画刀背,也显不出刀口来,这时就只好别出心裁,在刀口上加一条短棍,算是指明"这个地方"的意思,造了"刃"。这已经颇有些办事棘手的模样了,何况还有无形可象的事件,于是只得来"象意"[15],也叫作"会意"。一只手放在树上是"采",一颗心放在屋子和饭碗之间是"宀",有吃有住,安宀了。但要写"宁可"的宁,却又得在碗下面放一条线,表明这不过是用了"宀"的声音的意思。"会意"比"象形"更麻烦,它至少要画两样。如"寶"字,则要画一个屋顶,一串玉,一个缶,一个贝,计四样;我看"缶"字还是杵臼两形合成的,那么一共有五样。单单为了画这一个字,就很要破费些工夫。

不过还是走不通,因为有些事物是画不出,有些事物是画不来,譬如松柏,叶样不同,原是可以分出来的,但写字究竟是写字,不能像绘画那样精工,到底还是硬挺不下去。来打开这僵局的是"谐声",意义和形象离开了关系。这已经是"记音"了,所以有人说,这是中国文字的进步。不错,也可以说是进步,然而那基础也还是画画儿。例如"菜,从草,采声",画一窠草,一个爪,一株树:三样;"海,从水,每声",画一条河,一位戴帽(?)的太太,也三样。总之:你如果要写字,就非永远画画不成。

但古人是并不愚蠢的,他们早就将形象改得简单,远离了写实。篆字圆折,还有图画的余痕,从隶书到现在的楷书[16],和形象就天差地远。不过那基础并未改变,天差地远之后,就成为不象形的象形字,写起来虽然比较的简单,认起来却非常困难了,要凭空一个一个的记住。而且有些字,也至今并不简单,例如"鸞"或"鑿",去叫孩子写,非练习半年六月,是很难写在半寸见方的格子里面的。

还有一层,是"谐声"字也因为古今字音的变迁,很有些和"声"不大"谐"的了。现在还有谁读"滑"为"骨",读"海"为"每"呢?

古人传文字给我们,原是一份重大的遗产,应该感谢的。但在成了不象形的象形字,不十分谐声的谐声字的现在,这感谢却只好踌躇一下了。

五　古时候言文一致么?

到这里,我想来猜一下古时候言文是否一致的问题。

对于这问题,现在的学者们虽然并没有分明的结论,但听他口气,好像大概是以为一致的;越古,就越一致。[17]不过我却很有些怀疑,因为文字愈容易写,就愈容易写得和口语一致,但中国却是那么难画的象形字,也许我们的古人,向来就将不关重要的词摘去了的。

《书经》[18]有那么难读,似乎正可作照写口语的证据,但商周人的的确的口语,现在还没有研究出,还要繁也说不定的。至于周秦古书,虽然作者也用一点他本地的方言,而文字大致相类,即使和口语还相近罢,用的也是周秦白话,并非周秦大众语。汉朝更不必说了,虽是肯将《书经》里难懂的字眼,翻成今字的司马迁[19],也不过在特别情况之下,采用一点俗语,例如陈涉的老朋友看见他为王,惊异道:"夥颐,涉之为王沉沉者"[20],而其中的"涉之为王"四个字,我还疑心太史公加过修剪的。

那么,古书里采录的童谣,谚语,民歌,该是那时的老牌俗语罢。我看也很难说。中国的文学家,是颇有爱改别人文章的脾气的。最明显的例子是汉民间的《淮南王歌》[21],同一地方的同一首歌,《汉书》和《前汉纪》[22]记的就两样。

一面是——

一尺布,尚可缝;

一斗粟,尚可舂。

兄弟二人,不能相容。

一面却是——

一尺布,暖童童;

一斗粟,饱蓬蓬。

兄弟二人不相容。

比较起来,好像后者是本来面目,但已经删掉了一些也说不定的:只是一个提要。后来宋人的语录,话本,元人的杂剧和传奇里的科白,也都是提要,只是它用字较为平常,删去的文字较少,就令人觉得"明白如话"了。

我的臆测,是以为中国的言文,一向就并不一致的,大原因便是字难写,只好节省些。当时的口语的摘要,是古人的文;古代的口语的摘要,是后人的古文。所以我们的做古文,是在用了已经并不象形的象形字,未必一定谐声的谐声字,在纸上描出今人谁也不说,懂的也不多的,古人的口语的摘要来。你想,这难不难呢?

六　于是文章成为奇货了

文字在人民间萌芽,后来却一定为特权者所收揽。据《易经》的作者所推测,"上古结绳而治",则连结绳就已是治人者的东西。待到落在巫史的手里的时候,更不必说了,他们都是酋长之下,万民之上的人。社会改变下去,学习文字的人们的范围也扩大起来,但大抵限于特权者。至于平民,那是不识字的,并非缺少学费,只因为限于资格,他不配。而且连书籍也看不见。中国在刻版还未发达的时候,有一部好书,往往是"藏之秘阁,副在三馆"[23],连做了士子,也还是不知道写着什么的。

因为文字是特权者的东西,所以它就有了尊严性,并且有了神秘性。中国的字,到现在还很尊严,我们在墙壁上,就常常看见挂着写上"敬惜字纸"的篓子;至于符的驱邪治病,那是靠了它的神秘性的。文字既然含着尊严性,那么,知道文字,这人也就连带的尊严起来了。新的尊严者日出不穷,对于旧的尊严者就不利,而且知道文字的人们一多,也会损伤神秘性的。符的威力,就因为这好像是字的东西,除道士以外,谁也不认识的缘故。所以,对于文字,他们一定要把持。

欧洲中世,文章学问,都在道院里;克罗蒂亚(Kroatia)[24],是到了十九世纪,识字的还只有教士的,人民的口语,退步到对于旧生活刚够用。他们革新的时候,就只好从外国借进许多新语来。

我们中国的文字,对于大众,除了身分,经济这些限制之外,却还要加上一条高门槛:难。单是这条门槛,倘不费他十来年工夫,就不容易跨过。跨过了的,就是士大夫,而这些士大夫,又竭力的要使文字更加难起来,因为这可以使他特别的尊严,超出别的一切平常的士大夫之上。汉朝的杨雄的喜欢奇字,就有这毛病的,刘歆想借他的《方言》稿子,他几乎要跳黄浦。[25]唐朝呢,樊宗师的文章做到别人点不断[26],李贺的诗做到别人看不懂[27],也都为了这缘故。还有一种方法是将字写得别人不认识,下焉者,是从《康熙字典》[28]上查出几个古字来,夹进文章里面去;上焉者是钱坫的用篆字来写刘熙的《释名》[29],最近还有钱玄同先生的照《说文》字样给太炎先生抄《小学答问》[30]。

文字难,文章难,这还都是原来的;这些上面,又加以士大夫故意特制的难,却还想它和大众有缘,怎么办得到。但士大夫们也正愿其如此,如果文字易识,大家都会,文字就不尊严,他也跟着不尊严了。说白话不如文言的人,就从这里出发的;现在论大众语,说大众只要教给"千字课"[31]就够的人,那意思的根柢也还是在这里。

七　不识字的作家

用那么艰难的文字写出来的古语摘要,我们先前也叫"文",现在新派一点的叫"文学",这不是从"文学子游子夏"[32]上割下来的,是从日本输入,他们的对于英文 Literature 的译名。会写写这样的"文"的,现在是写白话也可以了,就叫作"文学家",或者叫"作家"。

文学的存在条件首先要会写字,那么,不识字的文盲群里,当然不会有文学家的了。然而作家却有的。你们不要太早的笑我,我还有话说。我想,人类是在未有文字之前,就有了创作的,可惜没有人记下,也没有法子记下。我们的祖先的原始人,原是连话也不会说的,为了共同劳作,必需发表意见,才渐渐的练出复杂的声音来,假如那时大家抬木头,都觉得吃力了,却想不到发表,其中有一个叫道"杭育杭育",那么,这就是创作;大家也要佩服,应用的,这就等于出版;倘若用什么记号留存了下来,这就是文学;他当然就是作家,也是文学家,是"杭育杭育派"[33]。不要笑,这作品确也幼稚得很,但古人不及今人的地方是很多的,这正是其一。就是周朝的什么"关关雎鸠,在河之洲,窈窕淑女,君子好逑"罢,它是《诗经》[34]里的头一篇,所以吓得我们只好磕头佩服,假如先前未曾有过这样的一篇诗,现在的新诗人用这意思做一首白话诗,到无论什么副刊上去投稿试试罢,我看十分之九是要被编辑者塞进字纸篓去的。"漂亮的好小姐呀,是少爷的好一对儿!"什么话呢?

就是《诗经》的《国风》里的东西,好许多也是不识字的无名氏作品,因为比较的优秀,大家口口相传的。王官[35]们检出它可作行政上参考的记录了下来,此外消灭的正不知有多少。希腊人荷马——我们姑且当作有这样一个人——的两大史诗[36],也原是口吟,现存的是别人的记录。东晋到齐陈的《子夜歌》和《读曲歌》[37]之类,唐朝的《竹枝词》和《柳枝词》[38]之类,原都是无名氏的创作,经文人的采录和润色之后,留传下来的。这一润色,留传固然留传了,但可惜的是一定失去了许多本来面目。到现在,到处还有民谣,山歌,渔歌等,这就是不识字的诗人的作品;也传述着童话和故事,这就是不识字的小说家的作品;他们,就都是不识字的作家。

但是,因为没有记录作品的东西,又很容易消灭,流布的范围也不能很广大,知道的人们也就很少了。偶有一点为文人所见,往往倒吃惊,吸入自己的作品中,作为新的养料。旧文学衰颓时,因为摄取民间文学或外国文学而起一个新的转变,这例子是常见于文学史上的。不识字的作家虽然不及文人的细腻,但他却刚健,清新。

要这样的作品为大家所共有,首先也就是要这作家能写字,同时也还要读者们能识字以至能写字,一句话:将文字交给一切人。

八 怎么交代?

将文字交给大众的事实,从清朝末年就已经有了的。

"莫打鼓,莫打锣,听我唱个太平歌……"是钦颁的教育大众的俗歌;[39]此外,士大夫也办过一些白话报,[40]但那主意,是只要大家听得懂,不必一定写得出。《平民千字课》就带了一点写得出的可能,但也只够记账,写信。倘要写出心里所想的东西,它那限定的字数是不够的。譬如牢监,的确是给了人一块地,不过它有限制,只能在这圈子里行立坐卧,断不能跑出设定了的铁栅外面去。

劳乃宣和王照[41]他两位都有简字,进步得很,可以照音写字了。民国初年,教育部要制字母,他们俩都是会员,劳先生派了一位代表,王先生是亲到的,为了入声存废问题,曾和吴稚晖[42]先生大战,战得吴先生肚子一凹,棉裤也落了下来。但结果总算几经斟酌,制成了一种东西,叫作"注音字母"。那时很有些人,以为可以替代汉字了,但实际上还是不行,因为它究竟不过简单的方块字,恰如日本的"假名"[43]一样,夹上几个,或者注在汉字的旁边还可以,要它拜帅,能力就不够了。写起来会混杂,看起来要眼花。那时的会员们称它为"注音字母",是深知道它的能力范围的。再看日本,他们有主张减少汉字的,有主张拉丁拼音的,但主张只用"假名"的却没有。

再好一点的是用罗马字拼法,研究得最精的是赵元任先生罢,我不大明白。用世界通用的罗马字拼起来——现在是连土耳其也采用了——一词一串,非常清晰,是好的。但教我似的门外汉来说,好像那拼法还太繁。要精密,当然不得不繁,但繁得很,就又变了"难",有些妨碍普及了。最好是另有一种简而不陋的东西。

这里我们可以研究一下新的"拉丁化"法,《每日国际文选》里有一小本《中国语书法之拉丁化》[44],《世界》第二年第六七号合刊附录的一份《言语科学》[45],就都是绍介这东西的。价钱便宜,有心的人可以买来看。它只有二十八个字母,拼法也容易学。"人"就是 Rhen,"房子"就是 Fangz,"我吃果子"是 Wo ch goz,"他是工人"是 Ta sh gungrhen。现在在华侨里实验,见了成绩的,还只是北方话。但我想,中国究竟还是讲北方话——不是北京话——的人们多,将来如果真有一种到处通行的大众语,那主力也恐怕还是北方话罢。为今之计,只要酌量增减一点,使它合于各该地方所特有的音,也就可以用到无论什么穷乡僻壤去了。

那么,只要认识二十八个字母,学一点拼法和写法,除懒虫和低能外,就谁都能够写得出,看得懂了。况且它还有一个好处,是写得快。美国人说,时间就是金钱;但我想:时间就是性命。无端的空耗别人的时间,其实是无异于谋财害命的。不过像我们这样坐着乘风凉,谈闲天的人们,可又是例外。

九　专化呢,普遍化呢?

到了这里,就又碰着了一个大问题:中国的言语,各处很不同,单给一个粗枝大叶的区别,就有北方话,江浙话,两湖川贵话,福建话,广东话这五种,而这五种中,还有小区别。现在用拉丁字来写,写普通话,还是写土话呢?要写普通话,人们不会;倘写土话,别处的人们就看不懂,反而隔阂起来,不及全国通行的汉字了。这是一个大弊病!

我的意思是:在开首的启蒙时期,各地方各写它的土话,用不着顾到和别地方意思不相通。当未用拉丁写法之前,我们的不识字的人们,原没有用汉字互通着声气,所以新添的坏处是一点也没有的,倒有新的益处,至少是在同一语言的区域里,可以彼此交换意见,吸收智识了——那当然,一面也得有人写些有益的书。问题倒在这各处的大众语文,将来究竟要它专化呢,还是普通化?

方言土语里，很有些意味深长的话，我们那里叫"炼话"，用起来是很有意思的，恰如文言的用古典，听者也觉得趣味津津。各就各处的方言，将语法和词汇，更加提炼，使他发达上去的，就是专化。这于文学，是很有益处的，它可以做得比仅用泛泛的话头的文章更加有意思。但专化又有专化的危险。言语学我不知道，看生物，是一到专化，往往要灭亡的。未有人类以前的许多动植物，就因为太专化了，失其可变性，环境一改，无法应付，只好灭亡。——幸而我们人类还不算专化的动物，请你们不要愁。大众，是有文学，要文学的，但决不该为文学做牺牲，要不然，他的荒谬和为了保存汉字，要十分之八的中国人做文盲来殉难的活圣贤就并不两样。所以，我想，启蒙时候用方言，但一面又要渐渐的加入普通的语法和词汇去。先用固有的，是一地方的语文的大众化，加入新的去，是全国的语文的大众化。

几个读书人在书房里商量出来的方案，固然大抵行不通，但一切都听其自然，却也不是好办法。现在在码头上，公共机关中，大学校里，确已有着一种好像普通话模样的东西，大家说话，既非"国语"，又不是京话，各各带着乡音，乡调，却又不是方言，即使说的吃力，听的也吃力，然而总归说得出，听得懂。如果加以整理，帮它发达，也是大众语中的一支，说不定将来还简直是主力。我说要在方言里"加入新的去"，那"新的"的来源就在这地方。待到这一种出于自然，又加人工的话一普遍，我们的大众语文就算大致统一了。

此后当然还要做。年深月久之后，语文更加一致，和"炼话"一样好，比"古典"还要活的东西，也渐渐的形成，文学就更加精采了。马上是办不到的。你们想，国粹家当作宝贝的汉字，不是化了三四千年工夫，这才有这么一堆古怪成绩么？

至于开手要谁来做的问题，那不消说：是觉悟的读书人。有人说："大众的事情，要大众自己来做！"[46]那当然不错的，不过得看看说的是什么脚色。如果说的是大众，那有一点是对的，对的是要自己来，错的是推开了帮手。倘使说的是读书人呢，那可全不同了：他在用漂亮话把持文字，保护自己的尊荣。

十　不必恐慌

但是，这还不必实做，只要一说，就又使另一些人发生恐慌了。

首先是说提倡大众语文的，乃是"文艺的政治宣传员如宋阳之流"[47]，本意在于造反。给带上一顶有色帽，是极简单的反对法。不过一面也就是说，为了自己的太平，宁可中国有百分之八十的文盲。那么，倘使口头宣传呢，就应该使中国有百分之八十的聋子了。但这不属于"谈文"的范围，这里也无须多说。

专为着文学发愁的，我现在看见有两种。一种是怕大众如果都会读，写，就大家都变成文学家了[48]。这真是怕天掉

下来的好人。上次说过,在不识字的大众里,是一向就有作家
的。我久不到乡下去了,先前是,农民们还有一点余闲,譬如
乘凉,就有人讲故事。不过这讲手,大抵是特定的人,他比较
的见识多,说话巧,能够使人听下去,懂明白,并且觉得有趣。
这就是作家,抄出他的话来,也就是作品。倘有语言无味,偏
爱多嘴的人,大家是不要听的,还要送给他许多冷话——讥
刺。我们弄了几千年文言,十来年白话,凡是能写的人,何尝
个个是文学家呢?即使都变成文学家,又不是军阀或土匪,于
大众也并无害处的,不过彼此互看作品而已。

还有一种是怕文学的低落。大众并无旧文学的修养,比
起士大夫文学的细致来,或者会显得所谓"低落"的,但也未
染旧文学的痼疾,所以它又刚健,清新。无名氏文学如《子夜
歌》之流,会给旧文学一种新力量,我先前已经说过了;现在
也有人绍介了许多民歌和故事。还有戏剧,例如《朝花夕拾》
所引《目连救母》里的无常鬼[49]的自传,说是因为同情一个
鬼魂,暂放还阳半日,不料被阎罗责罚,从此不再宽纵了——

　　那怕你铜墙铁壁!
　　那怕你皇亲国戚!……

何等有人情,又何等知过,何等守法,又何等果决,我们的
文学家做得出来么?

这是真的农民和手业工人的作品,由他们闲中扮演。借
目连的巡行来贯串许多故事,除《小尼姑下山》外,和刻本的

《目连救母记》[50]是完全不同的。其中有一段《武松打虎》，是甲乙两人，一强一弱，扮着戏玩。先是甲扮武松，乙扮老虎，被甲打得要命，乙埋怨他了，甲道："你是老虎，不打，不是给你咬死了？"乙只得要求互换，却又被甲咬得要命，一说怨话，甲便道："你是武松，不咬，不是给你打死了？"我想：比起希腊的伊索[51]，俄国的梭罗古勃[52]的寓言来，这是毫无逊色的。

如果到全国的各处去收集，这一类的作品恐怕还很多。但自然，缺点是有的。是一向受着难文字，难文章的封锁，和现代思潮隔绝。所以，倘要中国的文化一同向上，就必须提倡大众语，大众文，而且书法更必须拉丁化。

十一　大众并不如读书人所想像的愚蠢

但是，这一回，大众语文刚一提出，就有些猛将趁势出现了，来路是并不一样的，可是都向白话，翻译，欧化语法，新字眼进攻。他们都打着"大众"的旗，说这些东西，都为大众所不懂，所以要不得。其中有的是原是文言余孽，借此先来打击当面的白话和翻译的，就是祖传的"远交近攻"的老法术；有的是本是懒惰分子，未尝用功，要大众语未成，白话先倒，让他在这空场上夸海口的，其实也还是文言文的好朋友，我都不想在这里多谈。现在要说的只是那些好意的，然而错误的人，因为他们不是看轻了大众，就是看轻了自己，仍旧犯着古之读书人的老毛病。

读书人常常看轻别人,以为较新,较难的字句,自己能懂,大众却不能懂,所以为大众计,是必须彻底扫荡的;说话作文,越俗,就越好。这意见发展开来,他就要不自觉的成为新国粹派。或则希图大众语文在大众中推行得快,主张什么都要配大众的胃口,甚至于说要"迎合大众",故意多骂几句,以博大众的欢心。这当然自有他的苦心孤诣,但这样下去,可要成为大众的新帮闲的。

说起大众来,界限宽泛得很,其中包括着各式各样的人,但即使"目不识丁"的文盲,由我看来,其实也并不如读书人所推想的那么愚蠢。他们是要智识,要新的智识,要学习,能摄取的。当然,如果满口新语法,新名词,他们是什么也不懂;但逐渐的检必要的灌输进去,他们却会接受;那消化的力量,也许还赛过成见更多的读书人。初生的孩子,都是文盲,但到两岁,就懂许多话,能说许多话了,这在他,全部是新名词,新语法。他那里是从《马氏文通》或《辞源》[53]里查来的呢,也没有教师给他解释,他是听过几回之后,从比较而明白了意义的。大众的会摄取新词汇和语法,也就是这样子,他们会这样的前进。所以,新国粹派的主张,虽然好像为大众设想,实际上倒尽了拖住的任务。不过也不能听大众的自然,因为有些见识,他们究竟还在觉悟的读书人之下,如果不给他们随时拣选,也许会误拿了无益的,甚而至于有害的东西。所以,"迎合大众"的新帮闲,是绝对的要不得的。

由历史所指示,凡有改革,最初,总是觉悟的智识者的任务。但这些智识者,却必须有研究,能思索,有决断,而且有毅力。他也用权,却不是骗人,他利导,却并非迎合。他不看轻自己,以为是大家的戏子,也不看轻别人,当作自己的喽罗。他只是大众中的一个人,我想,这才可以做大众的事业。

十二　煞　尾

话已经说得不少了。总之,单是话不行,要紧的是做。要许多人做:大众和先驱;要各式的人做:教育家,文学家,言语学家……。这已经迫于必要了,即使目下还有点逆水行舟,也只好拉纤;顺水固然好得很,然而还是少不得把舵的。

这拉纤或把舵的好方法,虽然也可以口谈,但大抵得益于实验,无论怎么看风看水,目的只是一个:向前。

各人大概都有些自己的意见,现在还是给我听听你们诸位的高论罢。

* 　　* 　　*

〔1〕　本篇最初发表于1934年8月24日至9月10日的《申报·自由谈》,署名华圉。后来作者将本文与其他有关于语文改革的文章四篇辑为《门外文谈》一书,1935年9月由上海天马书店出版。

〔2〕　这些是常见于当时上海报刊的新闻。1934年夏,我国南方大旱,国民党政府于7月间邀请第九世班禅喇嘛和安钦活佛在南

京、汤山等地"作法求雨"。8月初,国民党政府行政院秘书长褚民谊为女游泳选手杨秀琼打扇、驾车,被称为"吊膀子秘书长"。上海"大世界"游艺场利用旱灾展出一个所谓"旱魃"的矮人,称"三寸怪人干",以招揽游客。5月,美国政府颁布《白银法案》后,国际银价上升,国民党官僚资本集团趁国内粮价飞涨,大量输出白银,从国外购进大米,牟取暴利。6月,国民党江西省政府根据蒋介石"手令",颁布《取缔妇女奇装异服办法》,规定"裤长最短须过膝四寸,不得露腿赤足",当时重庆、北平等地也禁止"女子裸膝露肘"。

〔3〕 唐宋八大家　明代茅坤曾选辑唐代的韩愈、柳宗元和宋代的欧阳修、苏洵、苏轼、苏辙、王安石、曾巩八个古文家的文章编为《唐宋八大家文抄》,因有"唐宋八大家"的说法。

〔4〕 仓颉　相传为黄帝的史官,汉字的创造者,东汉许慎《说文解字·叙》:"黄帝之史仓颉……初造书契"。《荀子·解蔽》中则说:"好书者众矣,而仓颉独传者壹也",认为仓颉是文字的搜集和整理者之一。又《太平御览》卷三六六引《春秋孔演图》:"苍颉四目,是谓并明。"

〔5〕《易经》　即《周易》,是我国古代记载占卜的书。儒家经典之一。可能萌芽于殷周之际,并非出自一人之手。这里引的两句,见该书《系辞》篇。

〔6〕 "升中于天"　语出《礼记·礼器》:"升中于天,因吉土,以飨帝于郊。"据汉代郑玄注:"升,上也;中,犹成也;燔柴祭天,告以诸侯之成功也。"

〔7〕 "仓颉,黄帝史"　语出《汉书·古今人表》。史,即史官。

〔8〕 伏羲　我国传说中的上古帝王,相传他教民结网,从事渔

猎畜牧。"八卦",相传为他所作。《易经·系辞》说:"古者包牺氏(按即伏羲)之王天下也……近取诸身,远取诸物,于是始作八卦,以通神明之德,以类万物之情。"卦,即挂,悬挂物象以示人吉凶,有乾(☰)、坤(☷)、震(☳)、艮(☶)、离(☲)、坎(☵)、兑(☱)、巽(☴)八种式样。《易传》认为八卦主要象征天、地、雷、风、水、火、山、泽八种自然现象。

〔9〕 "打结字" 古代秘鲁印第安人用以帮助记忆的一种线结,以结绳的方式记录天气、日期、数目等等的变化。线的颜色,线结的大小和多少,都表示着不同的意义。

〔10〕 "岣嵝碑" 又称禹碑,在湖南衡山岣嵝峰,相传为夏禹治水时所刻;碑文共七十七字,难于辨识。清末叶昌炽《语石》卷二载:"(韩愈诗)'岣嵝山尖神禹碑,字青石赤形模奇。'郎瑛、杨用修诸家各有释文,灵怪杳冥,难可凭信。不知韩诗又云:'千搜万索何处有,森森绿树猿猱悲。'是但凭道士所言,未尝目睹。"此碑在明朝以前,不见于记载,故多疑为伪造。

〔11〕 亚勒泰米拉洞 在西班牙北部散坦特尔省境,发现于1879年。洞窟中有旧石器时代用红黑紫三种颜色画成的壁画,画的都是野牛、野鹿、野猪和长毛巨象等动物。

〔12〕 关于朱育、武则天造字,据《三国志·吴书·虞翻传》注引《会稽典录》:"孙亮时,有山阴朱育,少好奇字,凡所特达,依体象类,造作异字千名以上。"《新唐书·后妃列传》:武则天于"载初中,……作曌、丙、埊、……十有二文。太后自名曌。"但《资治通鉴·唐纪二十》载:天授元年,"凤阁侍郎河东宗秦客,改造'天'、'地'等十二字以献,丁亥,行之。太后自名'曌'"。

〔13〕 《周礼》 儒家经典之一,记述周王朝官制和战国时代各

国制度的资料汇编,大约成书于战国时期。《说文解字》,东汉许慎撰,我国第一部系统介绍汉字形、音、义的著作。这里讲的汉字六种构成法,即《周礼》和《说文解字》中所记载的"六书"。《周礼》中所说的有:象形、会意、转注、处事、假借、谐声。《说文解字》中所说的稍有不同,是:指事、象形、形声、会意、转注、假借。

〔14〕 "近取诸身,远取诸物" 语出《易经·系辞》。

〔15〕 "象意" 《汉书·艺文志》:"六书,谓象形、象事、象意、象声、转注、假借,造字之本也。"据唐代颜师古注:"象意即会意也。"

〔16〕 篆、隶、楷是汉字演进过程中先后出现的几种字体的名称。篆书分大篆小篆,大篆是从西周到战国通行的字体,但各国有异。秦始皇时统一字体,称为小篆。隶书开始于秦代,把小篆匀圆的笔画稍改平直,到汉代才出现平直扁正的正式的隶书。楷书始于汉末,以后取代隶书,通行至今。

〔17〕 这里指胡适。胡适著的《国语文学史》于1927年出版时,黎锦熙在该书的《代序》中说,这部文学史所以始于战国秦汉而不包括《诗经》,是因为胡适要从他认为语言文字开始分歧的时代写起。《代序》不同意战国前语文合一的看法。1928年胡适将此书修订,抽去《代序》,改名《白话文学史》出版,在第一章说:"我们研究古代文字,可以推知当战国的时候中国的文体已经不能与语体一致了。"仍坚持他的战国前言文一致的看法。

〔18〕 《书经》 即《尚书》,儒家经典之一。我国上古历史文件和部分追述古代事迹的著作的汇编。

〔19〕 司马迁(约前145—约前86) 字子长,夏阳(今陕西韩城)人,西汉史学家、文学家。曾任太史令。他所撰的《史记》,是我国

第一部纪传体通史（从上古起到汉武帝止）。

〔20〕 "夥颐，涉之为王沉沉者" 语出《史记·陈涉世家》。据唐代司马贞《索隐》："服虔云：楚人谓多为夥。按又言'颐'者，助声之辞也。"又据南朝宋裴骃《集解》："应劭曰：'沈沈，宫室深邃之貌也。'"

〔21〕《淮南王歌》 淮南王指汉文帝之弟刘长，他因谋反为文帝所废，流放蜀郡，中途绝食而死。后来民间就流传出这首歌谣。

〔22〕《汉书》 东汉班固编撰的西汉史，是我国第一部纪传体断代史。《前汉纪》，即《汉纪》，东汉荀悦撰，编年体西汉史，内容多取材《汉书》，有所增补。这里所引的前一首见《汉书·淮南王传》，末句无"能"字，《史记·淮南衡山列传》所载与引文同；后一首未见于《前汉纪》，汉代高诱的《淮南鸿烈解叙》载有此歌，首句作"一尺缯，好童童"，末句作"兄弟二人，不能相容"。

〔23〕"藏之秘阁，副在三馆" 秘阁、三馆都是藏书的地方。《宋史·职官志》载："国初以史馆、昭文馆、集贤院为三馆，皆寓崇文院。太宗端拱元年（988）诏就崇文院中堂建秘阁，择三馆真本书籍万余卷，及内出古画墨迹，藏其中。"

〔24〕 克罗蒂亚 通译克罗地亚，巴尔干半岛北部的国家，西濒亚得里亚海。

〔25〕 杨雄（前53—18） 一作扬雄，字子云，蜀郡成都（今属四川）人。西汉文学家、语言文字学家。著有《法言》《太玄经》及其他文赋。《汉书·扬雄传》载，"刘棻尝从雄学作奇字"，据唐代颜师古注，奇字即"古文之异者"。《方言》，全名《輶轩使者绝代语释别国方言》，相传为扬雄所作，共十三卷，内容杂录中国各地同义异字之字一万一千余。刘歆（约前53—23），字子骏，沛（今江苏沛县）人，西汉学者。

他在《与扬雄从取方言书》中说："属闻子云独采集先代绝言,异国殊语,以为十五卷,其所解略多矣,而不知其目……今谨使密人奉手书,愿颇与其最目,得使入箓,令圣朝留明明之典。"扬雄在《答刘歆书》中却说："敕以殊言十五卷,君何由知之?……天下上计孝廉及内郡卫卒会者,雄常把三寸弱翰,赍油素四尺,以问其异语,归即以铅摘次之于椠,二十七岁于今矣;而语言或交错相反复方论思详悉集之……诚欲崇而就之,不可以遗,不可以息。即君必欲胁之以威,陵之以武,欲令入之于此;此又未定,未可以见,今君又终之,则缢死以从命也。且宽假延期,必不敢有爱。""跳黄浦"是通行于上海的俗语,意即自杀。

〔26〕 樊宗师(？—约823) 字绍述,河中(今山西永济)人,唐代散文家。曾任绵州、绛州刺史。他的文章艰涩,难以断句,如《绛守居园池记》的第一句"绛即东雍为守理所",有人断为"绛即东雍,为守理所",也有人断为"绛,即东雍为守理所"。按理所即治所,避唐高宗李治讳改作理所。

〔27〕 李贺(790—816) 字长吉,昌谷(今河南宜阳)人,唐代诗人。他的诗立意新巧,用语奇特。《新唐书·李贺传》说他"辞尚奇诡,所得皆惊迈绝去翰墨畦径,当时无能效者。"

〔28〕 《康熙字典》 清代康熙年间张玉书、陈廷敬等奉旨编纂的大型字典,四十二卷,收四万七千余字,康熙五十五年(1716)刊行。

〔29〕 钱坫(1744—1806) 字献之,江苏嘉定(今属上海市)人,清代汉学家。善写小篆。刘熙,字成国,东汉北海(今山东潍坊)人,训诂学家。所著《释名》,八卷,共二十七篇,是一部解释字义的书。

〔30〕 钱玄同(1887—1939) 名夏,字中季,号德潜,浙江吴兴人,文字音韵学家。他曾用《说文解字》中的篆体字样抄写章太炎的

《小学答问》，由浙江官书局刊刻行世。太炎，即章炳麟（1869—1936），字枚叔，号太炎，浙江余杭人，清末革命家、学者。光复会发起人之一，后参加同盟会，主编《民报》。他所作的《小学答问》是据《说文解字》解释本字和借字的流变的书。

〔31〕 "千字课" 1922年陶行知等人创办的中华平民教育促进会编纂《平民千字课》，朱经农、陶行知编著，全四册，每册二十四课，读完可识一千二百余字，用作成年人补习常用汉字的读本。后来一些书店也仿照编印了类似读本。1934年8月15日《社会月报》第一卷第三期发表彭子蕴的《大众语与大众文化的水准问题》一文，其中说："现在市场上有一种叫做《平民千字课》的书，是真用来教育所谓大众的"。

〔32〕 "文学子游子夏" 语出《论语·先进》，据宋代邢昺疏："若'文章博学'，则有子游、子夏二人也。"子游、子夏，即孔子的弟子言偃、卜商。

〔33〕 "杭育杭育派" 意指大众文学。这里是针对林语堂而发的。林语堂在1934年4月28、30日及5月3日《申报·自由谈》所载《方巾气研究》一文中说："在批评方面，近来新旧卫道派颇一致，方巾气越来越重。凡非哼哼唧唧文学，或杭育杭育文学，皆在鄙视之列。"又说："《人间世》出版，动起杭育杭育派的方巾气，七手八脚，乱吹乱播，却丝毫没有打动了《人间世》。"

〔34〕 《诗经》 我国最早的诗歌总集，编成于春秋时代，共三〇五篇，大抵是周初到春秋中期的作品，相传曾经孔子删定。为儒家经典之一。

〔35〕 王官 王朝的职官，这里指"采诗之官"。《汉书·艺文志》说："古有采诗之官，王者所以观风俗、知得失，自考正也。"

〔36〕 荷马的两大史诗 指《伊利亚特》和《奥德赛》,约产生于公元前九世纪。荷马的生平以至是否确有其人,欧洲的文学史家颇多争论,所以这里说"姑且当作有这样一个人"。

〔37〕 《子夜歌》 据《晋书·乐志》:"《子夜歌》者,女子名子夜造此声。"《乐府诗集》列为"吴声歌曲",收"晋、宋、齐辞"的《子夜歌》四十二首和《子夜四时歌》七十五首。《读曲歌》,据《宋书·乐志》:"《读曲哥(歌)》者,民间为彭城王义康所作也。"又《乐府诗集》引《古今乐录》:"读曲歌者,元嘉十七年(440)袁后崩,百官不敢作声歌;或因酒宴,止窃声读曲细吟而已,以此为名。"《乐府诗集》收《读曲歌》八十九首,也列为"吴声歌曲"。

〔38〕 《竹枝词》 据《乐府诗集》:"《竹枝》,本出于巴渝。唐贞元中,刘禹锡在沅湘,以俚歌鄙陋,乃依骚人《九歌》作《竹枝》新辞九章,教里中儿歌之,由是盛于贞元、元和之间(785—820)。"《柳枝词》,即《杨柳枝》,唐代教坊曲名。白居易有《杨柳枝词》八首,其中有"古歌旧曲君休听,听取新翻《杨柳枝》"的句子。他又在《杨柳枝二十韵》题下自注:"《杨柳枝》,洛下新声也。"

〔39〕 光绪三十二年(1906)起,清政府为了推行所谓"通俗教育",将一些官方发布的政治时事材料,用白话编成通俗的故事和歌谣进行宣讲。"太平歌"以"莲花落"形式编写,一般都用文中所引的三句开头,是当时钦颁的通俗歌谣之一。

〔40〕 白话报 清末各地出版过不少白话报,如《无锡白话报》(1897)、《杭州白话报》(1903)、上海的《中国白话报》(1903)、《扬子江白话报》(1904)等。

〔41〕 劳乃宣(1843—1921) 字季瑄,号玉初,浙江桐乡人。清

末任京师大学堂总监督兼署学部副大臣,民国初年主张复辟,后来避居青岛。他的《简字全谱》系以王照的《官话字母》为依据,成于1907年。其他著作有《等韵一得》、《古筹算考释》等。王照(1859—1933),字小航,河北宁河人。清末维新运动者,戊戌政变时逃往日本,后又自行投案下狱,不久被释。他的《官话合声字母》于1900年刊行。其他著作有《水东集上下编》八种。

〔42〕 吴稚晖(1865—1953) 名敬恒,江苏武进人,早年参加同盟会,后任国民党中央监察委员、中央政治会议委员等职。1913年2月,北洋政府教育部召集的读音统一会正式开会,由他和王照分任正副议长。因为浊音字母和入声存废问题,南北两方会员争论了一个多月。后来该会除审定六千五百余字的读音以外,并正式通过审定字音时所用的"记音字母",定名为"注音字母"。到1930年,"注音字母"又改称"注音符号"。

〔43〕 "假名" 日文的字母,因为是从"真名"(即汉字)假借而来的,所以称为"假名"。分片假名(楷体)和平假名(草体)二种。

〔44〕 《每日国际文选》 一种"每日提供世界新闻杂志间各种论文之汉译"的刊物,1933年8月1日创刊,孙师毅、明耀五、包可华编选,上海中外出版公司印行。《中国语书法之拉丁化》,萧爱梅(萧三)作,原刊苏联的世界语刊物《新阶段》,后由焦风(方善境)译出,作为《每日国际文选》的第十二号,1933年8月12日出版。

〔45〕 《世界》 上海世界语者协会编印的世界语月刊,1932年12月到1936年12月出刊。《言语科学》是《世界》的每月增刊,创刊于1933年10月;它的第九、十号合刊(即《世界》1934年6、7月号合刊的增刊)上载有应人(霍应人)作的《中国语书法拉丁化方案之介绍》

一文。

〔46〕 "大众的事情,要大众自己来做!" 在当时大众语文学的论争中,报刊上曾有过不少这类议论,如吴稚晖在1934年8月1日《申报·自由谈》发表的《大众语万岁》一文中说:"让大众自己来创造,不要代办。"章克标在《人言》第二十一期(1934年7月7日)中说:"大众语文学是要由大众自己创造出来的,才算是真正的大众语文学。"

〔47〕 "文艺的政治宣传员如宋阳之流" 《社会月报》第一卷第三期(1934年8月15日)发表李焰生的《由大众语文文学到国民语文文学》一文中说:"所谓大众语文,意义是模糊的,提倡不是始自现在,那些文艺的政治宣传员如宋阳之流,数年前已经很热闹的讨论过。"宋阳,即瞿秋白(1899—1935),江苏常州人,中国共产党早期领导人之一。1927年大革命失败后,他曾主持召开"八月七日党中央紧急会议",结束了陈独秀右倾机会主义路线。同年冬至次年春在担任中共中央政治局临时书记时,犯有左倾盲动的错误。后受王明排挤,1931年至1933年在上海从事革命文化工作,与鲁迅结下友谊。1934年到中央苏区,任苏维埃政府教育人民委员。1935年3月在福建长汀被国民党当局逮捕,6月被杀害。他曾在《文学月报》第一卷第一号、第三号(1932年6月、10月)先后发表《大众文艺的问题》和《再论大众文艺答止敬》两文。

〔48〕 大家都变成文学家了 1934年8月1日、2日《申报·电影专刊》发表米同的《"大众语"根本上的错误》一文中说:"要是照他们所说,用'大众语'来写作一切文艺作品的话,到了那个时限,一切的人都可以说出就是文章,记下来就是作品,那时不是文学毁灭的时候,

就是大家都成了文学家了。"

〔49〕 《目连救母》 《盂兰盆经》中的佛教故事,说佛的大弟子目连有大神通,尝入地狱救母。唐代已有《大目乾连冥间救母变文》,以后曾被编成多种戏曲,这里是指绍兴戏。无常鬼,即迷信传说中的"勾魂使者",参看《朝花夕拾·无常》。

〔50〕 《目连救母记》 明代新安郑之珍作。刻本卷首有"主江南试者冯"写于清光绪二十年(1894)的序言,其中说:"此书出自安徽,或云系瞽者所作,余亦未敢必也。"序言中也说到"小尼姑下山":"惟《下山》一折,较为憾事;不知清磬场中,杂此妙舞,更觉可观,大有画家绚染之法焉,余不为之咎。"

〔51〕 伊索(Aesop,约前六世纪) 相传是古希腊寓言作家,现在流传的《伊索寓言》,共有三百余篇,系后人编集。

〔52〕 梭罗古勃(Ф. Сологуб,1863—1927) 一译索洛古勃,俄国诗人和小说家,著有长篇小说《老屋》《小鬼》等。《域外小说集》(1921年上海群益书社版)中曾译载他的寓言十篇。

〔53〕 《马氏文通》 清代马建忠著,共十卷,1898年出版,是我国最早的一部较有系统的研究汉语法的专著。《辞源》,陆尔奎等编辑,1915年上海商务印书馆印行,1931年增出"续编",是一部说明汉语词义及其渊源、演变的工具书。

中国人失掉自信力了吗[1]

从公开的文字上看起来：两年以前，我们总自夸着"地大物博"，是事实；不久就不再自夸了，只希望着国联[2]，也是事实；现在是既不夸自己，也不信国联，改为一味求神拜佛[3]，怀古伤今了——却也是事实。

于是有人慨叹曰：中国人失掉自信力了[4]。

如果单据这一点现象而论，自信其实是早就失掉了的。先前信"地"，信"物"，后来信"国联"，都没有相信过"自己"。假使这也算一种"信"，那也只能说中国人曾经有过"他信力"，自从对国联失望之后，便把这他信力都失掉了。

失掉了他信力，就会疑，一个转身，也许能够只相信了自己，倒是一条新生路，但不幸的是逐渐玄虚起来了。信"地"和"物"，还是切实的东西，国联就渺茫，不过这还可以令人不久就省悟到依赖它的不可靠。一到求神拜佛，可就玄虚之至了，有益或是有害，一时就找不出分明的结果来，它可以令人更长久的麻醉着自己。

中国人现在是在发展着"自欺力"。

"自欺"也并非现在的新东西,现在只不过日见其明显,笼罩了一切罢了。然而,在这笼罩之下,我们有并不失掉自信力的中国人在。

　我们从古以来,就有埋头苦干的人,有拚命硬干的人,有为民请命的人,有舍身求法的人,……虽是等于为帝王将相作家谱的所谓"正史"[5],也往往掩不住他们的光耀,这就是中国的脊梁。

　这一类的人们,就是现在也何尝少呢?他们有确信,不自欺;他们在前仆后继的战斗,不过一面总在被摧残,被抹杀,消灭于黑暗中,不能为大家所知道罢了。说中国人失掉了自信力,用以指一部分人则可,倘若加于全体,那简直是诬蔑。

　要论中国人,必须不被搽在表面的自欺欺人的脂粉所诓骗,却看看他的筋骨和脊梁。自信力的有无,状元宰相的文章是不足为据的,要自己去看地底下。

九月二十五日。

*　　　*　　　*

　[1]　本篇最初发表于1934年10月20日《太白》半月刊第一卷第三期,署名公汗。

　[2]　国联　"国际联盟"的简称,第一次世界大战后于1920年成立的国际政府间组织。它宣称以"促进国际合作,维持国际和平与安全"为宗旨,实际上是英法等国控制并为其国家利益服务的工具。1946年4月正式宣告解散,其财产移交给联合国。九一八事变后,蒋

介石即于 9 月 22 日在南京发表讲话,声称"暂取逆来顺受态度,以待国联公理之判决"。国民党政府也多次向国联申诉,要求制止日本帝国主义的侵略,但国联并没有采取有效的行动。它派出的调查团到我国东北调查后,在发表的《国联调查团报告书》中,认为日军发动九一八事变"不能视为合法的自卫手段",但又承认日本在中国东北的特殊利益,提出在东北建立以日本为主、由英美等国组成的"顾问会议"共同控制的"满洲自治政府",不但偏袒日本,并阴谋乘机瓜分中国。

〔3〕 求神拜佛 当时一些国民党官僚和"社会名流",以祈祷"解救国难"为名,多次在一些大城市举办"时轮金刚法会"、"仁王护国法会"。

〔4〕 中国人失掉自信力了 当时舆论界曾有过这类论调,如 1934 年 8 月 27 日《大公报》社评《孔子诞辰纪念》中说:"民族的自尊心与自信力,既已荡焉无存,不待外侮之来,国家固早已濒于精神幻灭之域。"

〔5〕 "正史" 清高宗(乾隆)诏定从《史记》到《明史》共二十四部纪传体史书为正史,即二十四史。梁启超在《中国史界革命案》中说:"二十四史非史也,二十四姓之家谱而已。"

病后杂谈[1]

一

生一点病,的确也是一种福气。不过这里有两个必要条件:一要病是小病,并非什么霍乱吐泻,黑死病,或脑膜炎之类;二要至少手头有一点现款,不至于躺一天,就饿一天。这二者缺一,便是俗人,不足与言生病之雅趣的。

我曾经爱管闲事,知道过许多人,这些人物,都怀着一个大愿。大愿,原是每个人都有的,不过有些人却模模胡胡,自己抓不住,说不出。他们中最特别的有两位:一位是愿天下的人都死掉,只剩下他自己和一个好看的姑娘,还有一个卖大饼的;另一位是愿秋天薄暮,吐半口血,两个侍儿扶着,恹恹的到阶前去看秋海棠。这种志向,一看好像离奇,其实却照顾得很周到。第一位姑且不谈他罢,第二位的"吐半口血",就有很大的道理。才子本来多病,但要"多",就不能重,假使一吐就是一碗或几升,一个人的血,能有几回好吐呢?过不几天,就雅不下去了。

我一向很少生病,上月却生了一点点。开初是每晚发热,没有力,不想吃东西,一礼拜不肯好,只得看医生。医生说是流行性感冒。好罢,就是流行性感冒。但过了流行性感冒一定退热的时期,我的热却还不退。医生从他那大皮包里取出玻璃管来,要取我的血液,我知道他在疑心我生伤寒病了,自己也有些发愁。然而他第二天对我说,血里没有一粒伤寒菌;于是注意的听肺,平常;听心,上等。这似乎很使他为难。我说,也许是疲劳罢;他也不甚反对,只是沉吟着说,但是疲劳的发热,还应该低一点。……

好几回检查了全体,没有死症,不至于呜呼哀哉是明明白白的,不过是每晚发热,没有力,不想吃东西而已,这真无异于"吐半口血",大可享生病之福了。因为既不必写遗嘱,又没有大痛苦,然而可以不看正经书,不管柴米账,玩他几天,名称又好听,叫作"养病"。从这一天起,我就自己觉得好像有点儿"雅"了;那一位愿吐半口血的才子,也就是那时躺着无事,忽然记了起来的。

光是胡思乱想也不是事,不如看点不劳精神的书,要不然,也不成其为"养病"。像这样的时候,我赞成中国纸的线装书,这也就是有点儿"雅"起来了的证据。洋装书便于插架,便于保存,现在不但有洋装二十五六史,连《四部备要》也硬领而皮靴了,[2]——原是不为无见的。但看洋装书要年富力强,正襟危坐,有严肃的态度。假使你躺着看,那就好像两只手捧着一块大砖头,不多工夫,就两臂酸麻,只好叹一口气,将它放下。所以,我在叹气之后,就去寻线装书。

一寻,寻到了久不见面的《世说新语》之类一大堆,躺着来看,轻飘飘的毫不费力了,魏晋人的豪放潇洒的风姿,也仿佛在眼前浮动。由此想起阮嗣宗[3]的听到步兵厨善于酿酒,就求为步兵校尉;陶渊明的做了彭泽令,就教官田都种秫,以便做酒,因了太太的抗议,这才种了一点秔。[4]这真是天趣盎然,决非现在的"站在云端里呐喊"[5]者们所能望其项背。但是,"雅"要想到适可而止,再想便不行。例如阮嗣宗可以求做步兵校尉,陶渊明补了彭泽令,他们的地位,就不是一个平常人,要"雅",也还是要地位。"采菊东篱下,悠然见南山"是渊明的好句,但我们在上海学起来可就难了。没有南山,我们还可以改作"悠然见洋房"或"悠然见烟囱"的,然而要租一所院子里有点竹篱,可以种菊的房子,租钱就每月总得一百两,水电在外;巡捕捐按房租百分之十四,每月十四两。单是这两项,每月就是一百十四两,每两作一元四角算,等于一百五十九元六。近来的文稿又不值钱,每千字最低的只有四五角,因为是学陶渊明的雅人的稿子,现在算他每千字三大元罢,但标点,洋文,空白除外。那么,单单为了采菊,他就得每月译作净五万三千二百字。吃饭呢?要另外想法子生发,否则,他只好"饥来驱我去,不知竟何之"了。

"雅"要地位,也要钱,古今并不两样的,但古代的买雅,自然比现在便宜;办法也并不两样,书要摆在书架上,或者抛几本在地板上,酒杯要摆在桌子上,但算盘却要收在抽屉里,或者最好是在肚子里。

此之谓"空灵"。

二

为了"雅",本来不想说这些话的。后来一想,这于"雅"并无伤,不过是在证明我自己的"俗"。王夷甫[6]口不言钱,还是一个不干不净人物,雅人打算盘,当然也无损其为雅人。不过他应该有时收起算盘,或者最妙是暂时忘却算盘,那么,那时的一言一笑,就都是灵机天成的一言一笑,如果念念不忘世间的利害,那可就成为"杭育杭育派"[7]了。这关键,只在一者能够忽而放开,一者却是永远执着,因此也就大有了雅俗和高下之分。我想,这和时而"敦伦"[8]者不失为圣贤,连白天也在想女人的就要被称为"登徒子"[9]的道理,大概是一样的。

所以我恐怕只好自己承认"俗",因为随手翻了一通《世说新语》,看过"娥隅跃清池"[10]的时候,千不该万不该的竟从"养病"想到"养病费"上去了,于是一骨碌爬起来,写信讨版税,催稿费。写完之后,觉得和魏晋人有点隔膜,自己想,假使此刻有阮嗣宗或陶渊明在面前出现,我们也一定谈不来的。于是另换了几本书,大抵是明末清初的野史,时代较近,看起来也许较有趣味。第一本拿在手里的是《蜀碧》[11]。

这是蜀宾[12]从成都带来送我的,还有一部《蜀龟鉴》[13],都是讲张献忠[14]祸蜀的书,其实是不但四川人,而是凡有中国人都该翻一下的著作,可惜刻的太坏,错字颇不少。翻了一遍,在卷三里看见了这样的一条——

"又,剥皮者,从头至尻,一缕裂之,张于前,如鸟展翅,率逾日始绝。有即毙者,行刑之人坐死。"

也还是为了自己生病的缘故罢,这时就想到了人体解剖。医术和虐刑,是都要生理学和解剖学智识的。中国却怪得很,固有的医书上的人身五脏图,真是草率错误到见不得人,但虐刑的方法,则往往好像古人早懂得了现代的科学。例如罢,谁都知道从周到汉,有一种施于男子的"宫刑"[15],也叫"腐刑",次于"大辟"一等。对于女性就叫"幽闭",向来不大有人提起那方法,但总之,是决非将她关起来,或者将它缝起来。近时好像被我查出一点大概来了,那办法的凶恶,妥当,而又合乎解剖学,真使我不得不吃惊。但妇科的医书呢?几乎都不明白女性下半身的解剖学的构造,他们只将肚子看作一个大口袋,里面装着莫名其妙的东西。

单说剥皮法,中国就有种种。上面所抄的是张献忠式;还有孙可望[16]式,见于屈大均的《安龙逸史》[17],也是这回在病中翻到的。其时是永历六年,即清顺治九年,永历帝已经躲在安隆(那时改为安龙),秦王孙可望杀了陈邦传父子,御史李如月就弹劾他"擅杀勋将,无人臣礼",皇帝反打了如月四十板。可是事情还不能完,又给孙党张应科知道了,就去报告了孙可望。

可望得应科报,即令应科杀如月,剥皮示众。俄缚如月至朝门,有负石灰一筐,稻草一捆,置于其前。如月问,"如何用此?"其人曰,"是揎你的草!"如月叱曰,"瞎奴!此株株是文章,节节是忠肠也!"既而应科立右角门阶,捧可望令旨,喝如月跪。如月叱曰,"我是朝廷命官,岂跪贼令!?"乃步至中门,向阙再拜。……应科促令仆地,剖脊,及臀,如月大呼曰:"死得快活,浑身清凉!"又呼可望名,大骂不绝。及断至手足,转前胸,犹微声恨骂;至颈绝而死。随以灰渍之,纫以线,后乃入草,移北城门通衢阁上,悬之。……

张献忠的自然是"流贼"式;孙可望虽然也是流贼出身,但这时已是保明拒清的柱石,封为秦王,后来降了满洲,还是封为义王,所以他所用的其实是官式。明初,永乐皇帝剥那忠于建文帝的景清[18]的皮,也就是用这方法的。大明一朝,以剥皮始,以剥皮终,可谓始终不变;至今在绍兴戏文里和乡下人的嘴上,还偶然可以听到"剥皮揎草"的话,那皇泽之长也就可想而知了。

真也无怪有些慈悲心肠人不愿意看野史,听故事;有些事情,真也不像人世,要令人毛骨悚然,心里受伤,永不全愈的。残酷的事实尽有,最好莫如不闻,这才可以保全性灵,也是"是以君子远庖厨也"[19]的意思。比灭亡略早的晚明名家的潇洒小品在现在的盛行，实在也不能说是无缘无故。不过这一种心地晶莹的雅致，又必须有一种好境遇，李如月仆地"剖脊"，脸孔向下，原是一个看书的好姿势[20]，但如果这时给他看袁中郎的《广庄》[21]，我想他是一定不要看的。这时他的性灵有些儿不对，不懂得真文艺了。

然而，中国的士大夫是到底有点雅气的，例如李如月说的"株株是文章，节节是忠肠"，就很富于诗趣。临死做诗的，古今来也不知道有多少。直到近代，谭嗣同[22]在临刑之前就做一绝"闭门投辖思张俭"，秋瑾[23]女士也有一句"秋雨秋风愁杀人"，然而还雅得不够格，所以各种诗选里都不载，也不能卖钱。

三

清朝有灭族，有凌迟，却没有剥皮之刑，这是汉人应该惭愧的，但后来脍炙人口的虐政是文字狱。虽说文字狱，其实还含着许多复杂的原因，在这里不能细说；我们现在还直接受到流毒的，是他删改了许多古人的著作的字句，禁了许多明清人的书。

《安龙逸史》大约也是一种禁书，我所得的是吴兴刘氏嘉业堂[24]的新刻本。他刻的前清禁书还不止这一种，屈大均的又有《翁山文外》；还有蔡显的《闲渔闲闲录》[25]，是作者因此"斩立决"，还累及门生的，但我细看了一遍，却又寻不出什么忌讳。对于这种刻书家,我是很感激的,因为他传授给我许多知识——虽然从雅人看来,只是些庸俗不堪的知识。但是到嘉业堂去买书,可真难。我还记得,今年春天的一个下午,好容易在爱文义路找着了,两扇大铁门,叩了几下,门上开了一个小方洞,里面有中国门房,中国巡捕,白俄镖师各一位。巡捕问我来干什么的。我说买书。他说账房出去了,没有人管,明天再来罢。我告诉他我住得远,可能给我等一会呢?他说,不成!同时也堵住了那个小方洞。过了两天,我又去了,改作上午,以为此时账房也许不至于出去。但这回所得回答却更其绝望,巡捕曰:"书都没有了!卖完了!不卖了!"

我就没有第三次再去买,因为实在回复的斩钉截铁。现在所有的几种,是托朋友去辗转买来的,好像必须是熟人或走熟的书店,这才买得到。

每种书的末尾,都有嘉业堂主人刘承干先生的跋文,他对于明季的遗老很有同情,对于清初的文祸也颇不满。但奇怪的是他自己的文章却满是前清遗老的口风;书是民国刻的,"仪"字还缺着末笔[26]。我想,试看明朝遗老的著作,反抗清朝的主旨,是在异族的入主中夏的,改换朝代,倒还在其次。所以要顶礼明末的遗民,必须接受他的民族思想,这才可以心心相印。现在以明遗老之仇的满清的遗老自居,却又引明遗老为同调,只着重在"遗老"两个字,而毫不问遗于何族,遗在何时,这真可以说是"为遗老而遗老",和现在文坛上的"为艺术而艺术",成为一副绝好的对子了。

倘以为这是因为"食古不化"的缘故,那可也并不然。中国的士大夫,该化的时候,就未必决不化。就如上面说过的《蜀龟鉴》,原是一部笔法都仿《春秋》的书,但写到"圣祖仁皇帝康熙元年春正月",就有"赞"道:"……明季之乱甚矣!风终《豳》,雅终《召旻》,[27]托乱极思治之隐忧而无其实事,孰若于臣祖亲见之,臣身亲被之乎?是终以元年正月。终者,非徒谓体元表正[28],蔑以加兹;生逢　盛世,荡荡难名,一以寄没世不忘之恩,一以见太平之业所由始耳!"

《春秋》上是没有这种笔法的。满洲的肃王的一箭,不但射死了张献忠[29],也感化了许多读书人,而且改变了"春秋笔法"[30]了。

四

病中来看这些书,归根结蒂,也还是令人气闷。但又开始知道了有些聪明的士大夫,依然会从血泊里寻出闲适来。例如《蜀碧》,总可以说是够惨的书了,然而序文后面却刻着一位乐斋先生的批语道:"古穆有魏晋间人笔意。"

这真是天大的本领!那死似的镇静,又将我的气闷打破了。

我放下书,合了眼睛,躺着想想学这本领的方法,以为这和"君子远庖厨也"的法子是大两样的,因为这时是君子自己也亲到了庖厨里。瞑想的结果,拟定了两手太极拳。一,是对于世事要"浮光掠影",随时忘却,不甚了然,仿佛有些关心,却又并不恳切;二,是对于现实要"蔽聪塞明",麻木冷静,不受感触,先由努力,后成自然。第一种的名称不大好听,第二种却也是却病延年的要诀,连古之儒者也并不讳言的。这都是大道。还有一种轻捷的小道,是:彼此说谎,自欺欺人。

有些事情,换一句话说就不大合式,所以君子憎恶俗人的"道破"。其实,"君子远庖厨也"就是自欺欺人的办法:君子非吃牛肉不可,然而他慈悲,不忍见牛的临死的觳觫,于是走开,等到烧成牛排,然后慢慢的来咀嚼。牛排是决不会"觳觫"的了,也就和慈悲不再有冲突,于是他心安理得,天趣盎然,剔剔牙齿,摸摸肚子,"万物皆备于我矣"[31]了。彼此说谎也决不是伤雅的事情,东坡先生在黄州,有客来,就要客谈鬼,客说没有,东坡道:"姑妄言之!"[32]至今还算是一件韵事。

撒一点小谎,可以解无聊,也可以消闷气;到后来,忘却了真,相信了谎。也就心安理得,天趣盎然了起来。永乐的硬做皇帝,一部分士大夫是颇以为不大好的。尤其是对于他的惨杀建文的忠臣。和景清一同被杀的还有铁铉[33],景清剥皮,铁铉油炸,他的两个女儿则发付了教坊,叫她们做婊子。这更使士大夫不舒服,但有人说,后来二女献诗于原问官,被永乐所知,赦出,嫁给士人了。[34]

这真是"曲终奏雅"[35],令人如释重负,觉得天皇毕竟圣明,好人也终于得救。她虽然做过官妓,然而究竟是一位能诗的才女,她父亲又是大忠臣,为夫的士人,当然也不算辱没。但是,必须"浮光掠影"到这里为止,想不得下去。一想,就要想到永乐的上谕[36],有些是凶残猥亵,将张献忠祭梓潼神的"咱老子姓张,你也姓张,咱老子和你联了宗罢。尚飨!"的名文[37],和他的比起来,真是高华典雅,配登西洋的上等杂志,那就会觉得永乐皇帝决不像一位爱才怜弱的明君。况且那时的教坊是怎样的处所?罪人的妻女在那里是并非静候嫖客的,据永乐定法,还要她们"转营",这就是每座兵营里都去几天,目的是在使她们为多数男性所凌辱,生出"小龟子"和"淫贱材儿"来!所以,现在成了问题的"守节",在那时,其实是只准"良民"专利的特典。在这样的治下,这样的地狱里,做一首诗就能超生的么?

我这回从杭世骏的《订讹类编》[38](续补卷上)里,这才确切的知道了这佳话的欺骗。他说:

……考铁长女诗,乃吴人范昌期《题老妓卷》作也。诗云:"教坊落籍洗铅华,一片春心对落花。旧曲听来空有恨,故园归去却无家。云鬟半嚲临青镜,雨泪频弹湿绛纱。安得江州司马在,尊前重为赋琵琶。"昌期,字鸣凤;诗见张士瀹《国朝文纂》。同时杜琼用嘉亦有次韵诗,题曰《无题》,则其非铁氏作明矣。次女诗所谓"春来雨露深如海,嫁得刘郎胜阮郎",其论尤为不伦。宗正睦㮮论革除事,谓建文流落西南诸诗,皆好事伪作,则铁女之诗可知。……

《国朝文纂》[39]我没有见过,铁氏次女的诗,杭世骏也并未寻出根底,但我以为他的话是可信的,——虽然他败坏了口口相传的韵事。况且一则他也是一个认真的考证学者,二则我觉得凡是得到大杀风景的结果的考证,往往比表面说得好听,玩得有趣的东西近真。

首先将范昌期的诗嫁给铁氏长女,聊以自欺欺人的是谁呢?我也不知道。但"浮光掠影"的一看,倒也罢了,一经杭世骏道破,再去看时,就很明白的知道了确是咏老妓之作,那第一句就不像现任官妓的口吻。不过中国的有一些士大夫,总爱无中生有,移花接木的造出故事来,他们不但歌颂升平,还粉饰黑暗。关于铁氏二女的撒谎,尚其小焉者耳,大至胡元杀掠,满清焚屠之际,也还会有人单单捧出什么烈女绝命,难妇题壁的诗词来,这个艳传,那个步韵,比对于华屋丘墟,生民涂炭之惨的大事情还起劲。到底是刻了一本集,连自己们都附进去,而韵事也就完结了。

我在写着这些的时候,病是要算已经好了的了,用不着写遗书。但我想在这里趁便拜托我的相识的朋友,将来我死掉之后,即使在中国还有追悼的可能,也千万不要给我开追悼会或者出什么记念册。因为这不过是活人的讲演或挽联的斗法场,为了造语惊人,对仗工稳起见,有些文豪们是简直不恤于胡说八道的。结果至多也不过印成一本书,即使有谁看了,于我死人,于读者活人,都无益处,就是对于作者,其实也并无益处,挽联做得好,不过是挽联做得好而已。

现在的意见，我以为倘有购买那些纸墨白布的闲钱，还不如选几部明人，清人或今人的野史或笔记来印印，倒是于大家很有益处的。但是要认真，用点工夫，标点不要错。

十二月十一日。

＊　　　＊　　　＊

〔1〕　本篇第一节最初发表于1935年2月《文学》月刊第四卷第二号，其他三节都被国民党检查官删去。

〔2〕　上海开明书店出版的《二十五史》（即原来的《二十四史》加上《新元史》），共精装九大册，另印行圣经纸本精装五册；上海书报合作社出版的《二十六史》（上述的《二十五史》加上《清史稿》），共精装二十大册。又上海中华书局印行的《四部备要》（经、史、子、集四部古籍三三六种）原订二千五百册，也有精装本，合订一百册。

〔3〕　阮嗣宗（210—263）　名籍，字嗣宗，陈留尉氏（今属河南）人，三国魏诗人，曾任从事中郎。《晋书·阮籍传》载："籍闻步兵厨营人善酿，有贮酒三百斛，乃求为步兵校尉。"《三国志·魏书·阮籍传》注引《魏氏春秋》："（籍）闻步兵校尉缺，厨多美酒，营人善酿酒，求为校尉。"《世说新语·任诞》也有类此记载。

〔4〕　《晋书·陶潜传》载："陶潜……为彭泽令。在县公田悉令种秫谷，曰：'令吾常醉于酒足矣。'妻子固请种秔，乃使一顷五十亩种秫，五十亩种秔。"按《宋书·隐逸传》及《南史·隐逸传》，"一顷五十亩"均作"二顷五十亩"。下文提到的"采菊东篱下""饥来驱我去"等诗句，分别见于陶潜的《饮酒》《乞食》两诗。

〔5〕　"站在云端里呐喊"　这原是林语堂说的话，他在《人间

世》半月刊第十三期(1934年10月5日)《怎样洗炼白话入文》一文中说:"今日既无人能用一二十字说明大众语是何物,又无人能写一二百字模范大众语,给我们见识见识,只管在云端呐喊,宜乎其为大众之谜也。"

〔6〕 王夷甫(256—311) 名衍,字夷甫,晋代琅琊临沂(今属山东)人。累官尚书令、太尉、太傅军司等职。《晋书·王戎传》:"衍疾郭(按即王衍妻郭氏)之贪鄙,故口未尝言钱。郭欲试之,令婢以钱绕床,使不得行。衍晨起见钱,谓婢曰:'举阿堵物却!'"又说:"衍虽居宰辅之重,不以经国为念,而思自全之计。说东海王越曰:'中国已乱,当赖方伯,宜得文武兼资以任之。'乃以弟澄为荆州,族弟敦为青州。因谓澄、敦曰:'荆州有江、汉之固,青州有负海之险,卿二人在外,而吾留此,足以为三窟矣。'识者鄙之。……衍以太尉为太傅军司。及越薨,众共推为元帅。……俄而举军为石勒所破,勒呼王公,与之相见……衍自说少不豫事,欲求自免,因劝勒称尊号。勒怒曰:'君名盖四海,身居重任,少壮登朝,至于白首,何得言不豫世事邪!破坏天下,正是君罪。'……使人夜排墙填杀之。"

〔7〕 "杭育杭育派" 参看《门外文谈》注〔33〕。

〔8〕 "敦伦" 指夫妇间的性交,因"夫妇"为五伦之一,所以说是"敦伦"。清代袁枚在《子不语》卷二十二中说:"李刚主讲正心诚意之学,有日记一部,将所行事,必据实书之。每与其妻交媾,必楷书某月某日与老妻'敦伦'一次。"按李塨(1659—1733),字刚主,清代经学家。

〔9〕 "登徒子" 宋玉曾作有《登徒子好色赋》,后来就称好色的人为登徒子。按宋玉文中所说的登徒子,是楚国的一个大夫,姓登徒。

〔10〕 "媿隅跃清池" 《世说新语·排调》载："郝隆为桓公（按即桓温）南蛮参军，三月三日会，作诗，不能者罚酒三升。隆初以不能受罚，既饮，揽笔便作一句云：'媿隅跃清池。'桓问：'媿隅是何物？'答曰：'蛮名鱼为媿隅。'桓公曰：'作诗何以作蛮语？'隆曰：'千里投公，始得蛮府参军，那得不作蛮语也？'"

〔11〕 《蜀碧》 清代彭遵泗著，共四卷。内容是记述张献忠在四川时的事迹，书前有作者在康熙二十一年（1682）作的自序，说明全书是他根据幼年所闻张献忠遗事及杂采他人的记载而成。

〔12〕 蜀宾 许钦文的笔名。据鲁迅1934年12月1日日记："晚钦文来，并赠《蜀碧》一部二本。"

〔13〕 《蜀龟鉴》 清代刘景伯著，共八卷。内容杂录明季遗闻，与《蜀碧》大致相似。

〔14〕 张献忠（1606—1646） 延安柳树涧（今陕西定边东）人，明末农民起义领袖。崇祯三年（1630）起义，转战陕西、河南等地。崇祯十七年（1644）入川，在成都称帝，国号大西。清顺治三年（1646）出川途中，在川北盐亭界为清兵所杀。旧史书中多记有他杀人的事。

〔15〕 "宫刑" 《尚书·吕刑》"宫辟疑赦"传："宫，淫刑也。男子割势，妇人幽闭，次死之刑。"关于幽闭，明遗民徐树丕《识小录》："《传》谓'男子割势，妇人幽闭'，皆不知幽闭之义，今得之：乃是于牝剔去其筋，如制马豕之类，使欲心消灭。国初常用此，而女往往多死，故不可行也。"

〔16〕 孙可望（？—1660） 陕西米脂人，张献忠的养子及部将。张败死后，他率部从四川转往贵州、云南。永历五年（1651）他向南明永历帝求封为秦王，后遣兵送永历帝到贵州安隆所（改名为安龙府），

自己则驻在贵阳,定朝仪,设官制;最后投降清朝。

〔17〕 屈大均(1630—1696) 字翁山,广东番禺人,明末清初文学家,清兵入广州前后曾参加抗清活动,失败后一度削发为僧。著有《翁山文外》《翁山诗外》《广东新语》等。《安龙逸史》,清朝禁毁书籍之一,作者署名沧洲渔隐(据《禁书总目》,又一本署名溪上樵隐),被列入"军机处奉准全毁书"中。1916年吴兴刘氏嘉业堂刻本《安龙逸史》,分上下二卷,题屈大均撰;但内容与《残明纪事》(不署作者,也是军机处奉准全毁书之一)相同,字句小异。

〔18〕 景清(?—1402) 明代真宁(今甘肃正宁)人,洪武进士,授编修,建文帝(朱允炆)时官御史大夫。据《明史·景清传》载,成祖(朱棣)登位,他佯为归顺,后以谋刺成祖,磔死。他被剥皮事,见谷应泰《明史纪事本末·壬午殉难》:"八月望日早朝,清绯衣入。……朝毕,出御门,清奋跃而前,将犯驾。文皇急命左右收之,得所佩剑。清知志不得遂,乃起植立嫚骂。抉其齿,且抉且骂,含血直噀御袍。乃命剥其皮,草楦之,械系长安门。"

〔19〕 "是以君子远庖厨也" 语出《孟子·梁惠王(上)》:"君子之于禽兽也,见其生,不忍见其死;闻其声,不忍食其肉。是以君子远庖厨也。"

〔20〕 看书的好姿势 《论语》第二十八期(1933年11月1日)载有黄嘉音作的一组画,题为《介绍几个读论语的好姿势》,共六图,其中之一为"游蛟伏地式",画的是一人伏在地上看书。作者在这里顺笔给以讽刺。

〔21〕 袁中郎(1568—1610) 名宏道,字中郎,湖广公安(今属湖北)人,明代文学家。他与兄宗道,弟中道,反对文学上的拟古主义,

主张"独抒性灵,不拘格套",世称"公安派"。当时林语堂、周作人等提倡"公安派"文章,借明人小品以宣扬所谓"闲适"、"性灵"。《广庄》是袁中郎仿《庄子》文体谈道家思想的作品,共七篇,后收入《袁中郎全集》。

〔22〕 谭嗣同(1865—1898) 字复生,湖南浏阳人,清末维新运动的重要人物,戊戌政变中牺牲的"六君子"之一。"闭门投辖思张俭",原作"望门投止思张俭",是他被害前所作七绝《狱中题壁》的第一句。张俭,后汉山阳高平(今山东邹县)人,灵帝时官东部督邮。《后汉书·党锢列传》载:他的仇家"上书告俭与同郡二十四人为党,于是刊章讨捕。俭得亡命,困迫遁走,望门投止,莫不重其名行,破家相容。"("闭门投辖"是汉代陈遵好客的故事,见《汉书·游侠列传》。)

〔23〕 秋瑾(1875—1907) 字璿卿,号竞雄,别署鉴湖女侠,浙江绍兴人,反清革命团体光复会主要人物之一。1907年7月,她因筹划起义事泄,于14日被清政府逮捕,次日晨被害于绍兴城内轩亭口。陈去病在《鉴湖女侠秋瑾传》中叙述秋瑾受审时的情形说:"有见之者,谓初终无所供,惟于刑庭书'秋雨秋风愁杀人'句而已。"

〔24〕 吴兴刘氏嘉业堂 刘承干的私人藏书楼,在浙江吴兴南浔镇,藏书达六十万卷,并自行雕版印书,刻有《嘉业堂丛书》、《求恕斋丛书》等。创办人刘承干(1882—1963),字翰怡,号贞一,浙江吴兴人。继承祖业为巨富。1914年为清皇陵植树捐巨款,得废帝溥仪赐"钦若嘉业"匾额,遂以"嘉业"为堂名。

〔25〕 蔡显(1697—1767) 字笠夫,号闲渔,江苏华亭(今上海松江)人。《清代文字狱档》第二辑收有"蔡显《闲渔闲闲录》案",此案发生于乾隆三十二年(1767),据当时的奏折称:蔡显系雍正时举人,年

七十一岁,自号闲渔;所著《闲闲录》一书,语含诽谤,意多悖逆。后来的结果是蔡显被"斩决",他的儿子"斩监候秋后处决",门人等分别"杖流"及"发伊犁等处充当苦差"。《闲渔闲闲录》,九卷,是一部杂录朝典、时事、诗句的杂记,刘氏嘉业堂刻本于1915年印行。

〔26〕 缺着末笔 从唐代开始的一种避讳方法,即在书写或镌刻本朝皇帝或尊长的名字时省略最末一笔。刘承干对"儀"字缺末笔,是避清废帝溥仪的讳。

〔27〕 风终《豳》,雅终《召旻》 《诗经》计分"国风""小雅""大雅""颂"四类。《豳》列于"国风"的最后,共七篇。据《诗序》称:这些都是关于周公"遭变故""救乱""东征"的诗。《召旻》是"大雅"的最后一篇,据《诗序》称:"《召旻》,凡伯(周大夫)刺幽王大坏也。"

〔28〕 体元表正 "体元",见《春秋》隐公元年:"元年,春,王正月。"晋代杜预注:"凡人君即位,欲其体元以居正,故不言一年一月也。"据唐代孔颖达疏:"元正实是始长之义,但因名以广之。元者:气之本也,善之长也;人君执大本,长庶物,欲其与元同体,故年称元年。""表正",见《书经·仲虺之诰》:"表正万邦。"汉代孔安国注:"仪表天下,法正万国。"

〔29〕 关于张献忠之死,史书上的说法不一。据《明史·张献忠传》载:清顺治三年(1646)清肃亲王豪格进兵四川,"献忠尽焚成都宫殿庐舍,夷其城,率众出川北,……会我大清兵至汉中,……至盐亭界,大雾。献忠晓行,猝遇我兵于凤凰坡,中矢坠马,蒲伏积薪下。于是我兵擒献忠出,斩之。"但《明史纪事本末·张献忠之乱》说他是"以病死于蜀中"。

〔30〕 "春秋笔法" 《春秋》是春秋时期鲁国的编年史,相传为

孔子所修。过去的经学家认为它每用一字,都隐含"褒""贬"的"微言大义",称为"春秋笔法"。

〔31〕 "万物皆备于我矣" 孟子的话。语出《孟子·尽心(上)》。

〔32〕 东坡 苏轼(1037—1101),字子瞻,号东坡居士,眉山(今属四川)人,宋代文学家。仁宗嘉祐进士,神宗初年曾因言官指摘其诗语为讪谤朝政,被贬黄州,绍圣中又贬谪惠州、琼州。他要客谈鬼的事,见宋代叶梦得《石林避暑录话》卷一:"子瞻在黄州及岭表,每旦起,不招客相与语,则必出而访客。所与游者亦不尽择,各随其人高下,谈谐放荡,不复为畛畦。有不能谈者,则强之使说鬼,或辞无有,则曰'姑妄言之',于是闻者无不绝倒,皆尽欢而去。"

〔33〕 铁铉(1366—1402) 字鼎石,河南邓州(今邓县)人。明建文帝时任山东参政,燕王朱棣(即后来的永乐帝)起兵夺位,他在济南屡破燕王兵,升兵部尚书。燕王登位后被处死。据谷应泰《明史纪事本末·壬午殉难》载:"铁铉被执至京陛见,背立庭中,正言不屈,令一顾不可得。割其耳鼻,竟不肯顾……遂寸磔之,至死,犹喃喃骂不绝。文皇(永乐)乃令舁大镬至,纳油数斛,熬之,投铉尸,顷刻成煤炭。"

〔34〕 关于铁铉两个女儿入教坊的事,据明代王鏊的《震泽纪闻》载:"铉有二女,入教坊数月,终不受辱。有铉同官至,二女为诗以献。文皇曰:'彼终不屈乎?'乃赦出之,皆适士人。"教坊,唐代开始设立的掌管教练女乐的机构。后来封建统治者常把罪犯的妻女罚入教坊,实际上是一种官妓。

〔35〕 "曲终奏雅" 语出《汉书·司马相如传》:"扬雄以为靡丽

之赋劝百而讽一,犹骋郑卫之声,曲终而奏雅,不已戏乎?"

〔36〕 永乐的上谕　参看《病后杂谈之余》第一节。

〔37〕 张献忠祭梓潼神文见于《蜀碧》卷三和《蜀龟鉴》卷三,原文如下:"咱老子姓张,你也姓张,为甚吓咱老子? 咱与你联了宗罢。尚享。"(两书中个别字稍有不同)梓潼神,据《明史·礼志四》,梓潼帝君姓张名亚子,晋时人。

〔38〕 杭世骏(1696—1773)　字大宗,浙江仁和(今余杭)人,清代考据家。乾隆时官御史。著有《订讹类编》《道古堂诗文集》等。《订讹类编》,六卷,又《续补》二卷,是一部考订古籍真伪异同的书。下面的引文是杭世骏照录钱谦益《列朝诗集》闰集卷四中的话。据《列朝诗集》:"其论"作"其语","好事"作"好事者"。

〔39〕 《国朝文纂》　明代诗文的汇编。据《明史·艺文志》"集类"三"总集类"载:"王稌《国朝文纂》四十卷",又"张士瀹《明文纂》五十卷"。

病后杂谈之余[1]

——关于"舒愤懑"

一

我常说明朝永乐皇帝的凶残,远在张献忠之上,是受了宋端仪的《立斋闲录》[2]的影响的。那时我还是满洲治下的一个拖着辫子的十四五岁的少年,但已经看过记载张献忠怎样屠杀蜀人的《蜀碧》,痛恨着这"流贼"的凶残。后来又偶然在破书堆里发见了一本不全的《立斋闲录》,还是明抄本,我就在那书上看见了永乐的上谕,于是我的憎恨就移到永乐身上去了。

那时我毫无什么历史知识,这憎恨转移的原因是极简单的,只以为流贼尚可,皇帝却不该,还是"礼不下庶人"[3]的传统思想。至于《立斋闲录》,好像是一部少见的书,作者是明人,而明朝已有抄本,那刻本之少就可想。记得《汇刻书目》[4]说是在明代的一部什么丛书中,但这丛书我至今没有见;清《四库全书总目提要》将它放在"存目"里,那么,《四库全书》里也是没有的,我家并不是藏书家,我真不解怎么会有这明抄本。这书我一直保存着,直到十多年前,因为肚子饿得慌了,才和别的两本明抄和一部明刻的《宫闱秘典》[5]去卖给以藏书家和学者出名的傅某[6],他使我跑了三四趟之后,才说一总给我八块钱,我赌气不卖,抱回来了,又藏在北平的寓里;但久已没有人照管,不知道现在究竟怎样了。

那一本书,还是四十年前看的,对于永乐的憎恨虽然还在,书的内容却早已模模胡胡,所以在前几天写《病后杂谈》时,举不出一句永乐上谕的实例。我也很想看一看《永乐实录》[7],但在上海又如何能够;来青阁有残本在寄售,十本,实价却是一百六十元,也决不是我辈书架上的书。又是一个偶然:昨天在《安徽丛书》[8]第三集中看见了清俞正燮(1775—1840)《癸巳类稿》[9]的改定本,那《除乐户丐户籍及女乐考附古事》里,却引有永乐皇帝的上谕,是根据王世贞《弇州史料》[10]中的《南京法司所记》的,虽然不多,又未必是精粹,但也足够"略见一斑",和献忠流贼的作品相比较了。摘录于下——

> 永乐十一年正月十一日,教坊司于右顺门口奏:齐泰[11]姊及外甥媳妇,又黄子澄妹四个妇人,每一日一夜,二十余条汉子看守着,年少的都有身孕,除生子令做小龟子,又有三岁女子,奏请圣旨。奉钦依:由他。不的到长大便是个淫贱材儿?

> 铁铉妻杨氏年三十五,送教坊司;茅大芳妻张氏年五十六,送教坊司。张氏病故,教坊司安政于奉天门奏。奉圣旨:分付上元县抬出门去,着狗吃了!钦此!

君臣之间的问答,竟是这等口吻,不见旧记,恐怕是万想不到的罢。但其实,这也仅仅是一时的一例。自有历史以来,中国人是一向被同族和异族屠戮,奴隶,敲掠,刑辱,压迫下来的,非人类所能忍受的楚毒,也都身受过,每一考查,真教人觉得不像活在人间。俞正燮看过野史,正是一个因此觉得义愤填膺的人,所以他在记载清朝的解放惰民丐户,罢教坊,停女乐[12]的故事之后,作一结语道——

> 自三代至明,惟宇文周武帝,唐高祖,后晋高祖,金,元,及明景帝,于法宽假之,而尚存其旧。余皆视为固然。本朝尽去其籍,而天地为之廓清矣。汉儒歌颂朝廷功德,自云"舒愤懑"[13],除乐户之事,诚可云舒愤懑者:故列古语琐事之实,有关因革者如此。

这一段结语,有两事使我吃惊。第一事,是宽假奴隶的皇帝中,汉人居很少数。但我疑心俞正燮还是考之未详,例如金元,是并非厚待奴隶的,只因那时连中国的蓄奴的主人也成了奴隶,从征服者看来,并无高下,即所谓"一视同仁",于是就好像对于先前的奴隶加以宽假了。第二事,就是这自有历史以来的虐政,竟必待满洲的清才来廓清,使考史的儒生,为之拍案称快,自比于汉儒的"舒愤懑"——就是明末清初的才子

347

们之所谓"不亦快哉！"〔14〕然而解放乐户却是真的,但又并未"廓清",例如绍兴的惰民,直到民国革命之初,他们还是不与良民通婚,去给大户服役,不过已有报酬,这一点,恐怕是和解放之前大不相同的了。革命之后,我久不回到绍兴去了,不知道他们怎样,推想起来,大约和三十年前是不会有什么两样的。

二

但俞正燮的歌颂清朝功德,却不能不说是当然的事。他生于乾隆四十年,到他壮年以至晚年的时候,文字狱的血迹已经消失,满洲人的凶焰已经缓和,愚民政策早已集了大成,剩下的就只有"功德"了。那时的禁书,我想他都未必看见。现在不说别的,单看雍正乾隆两朝的对于中国人著作的手段,就足够令人惊心动魄。全毁,抽毁,剜去之类也且不说,最阴险的是删改了古书的内容。乾隆朝的纂修《四库全书》,是许多人颂为一代之盛业的,但他们却不但捣乱了古书的格式,还修改了古人的文章；不但藏之内廷,还颁之文风较盛之处,使天下士子阅读,永不会觉得我们中国的作者里面,也曾经有过很有些骨气的人。（这两句,奉官命改为"永远看不出底细来。"）

嘉庆道光以来,珍重宋元版本的风气逐渐旺盛,也没有悟出乾隆皇帝的"圣虑",影宋元本或校宋元本的书籍很有些出版了,这就使那时的阴谋露了马脚。最初启示了我的是《琳琅秘室丛书》里的两部《茅亭客话》[15],一是校宋本,一是四库本,同是一种书,而两本的文章却常有不同,而且一定是关于"华夷"的处所。这一定是四库本删改了的;现在连影宋本的《茅亭客话》也已出版,更足据为铁证,不过倘不和四库本对读,也无从知道那时的阴谋。《琳琅秘室丛书》我是在图书馆里看的,自己没有,现在去买起来又嫌太贵,因此也举不出实例来。但还有比较容易的法子在。

新近陆续出版的《四部丛刊续编》[16]自然应该说是一部新的古董书,但其中却保存着满清暗杀中国著作的案卷。例如宋洪迈的《容斋随笔》至《五笔》[17]是影宋刊本和明活字本,据张元济[18]跋,其中有三条就为清代刻本中所没有。所删的是怎样内容的文章呢?为惜纸墨计,现在只摘录一条《容斋三笔》卷三里的《北狄俘虏之苦》在这里——

> 元魏破江陵,尽以所俘士民为奴,无问贵贱,盖北方夷俗皆然也。自靖康之后,陷于金虏者,帝子王孙,宦门仕族之家,尽没为奴婢,使供作务。每人一月支稗子五斗,令自舂为米,得一斗八升,用为餱粮;岁支麻五把,令绩为裘。此外更无一钱一帛之入。男子不能绩者,则终岁裸体。虏或哀之,则使执爨,虽时负火得暖气,然才出外取柴归,再坐火边,皮肉即脱落,不日辄死。惟喜有手艺,如医人绣工之类,寻常只团坐地上,以败席或芦藉衬之,遇客至开筵,引能乐者使奏技,酒阑客散,各复其初,

依旧环坐刺绣:任其生死,视如草芥。……

清朝不惟自掩其凶残,还要替金人来掩饰他们的凶残。据此一条,可见俞正燮入金朝于仁君之列,是不确的了,他们不过是一扫宋朝的主奴之分,一律都作为奴隶,而自己则是主子。但是,这校勘,是用清朝的书坊刻本的,不知道四库本是否也如此。要更确凿,还有一部也是《四部丛刊续编》里的影旧抄本宋晁说之《嵩山文集》[19]在这里,卷末就有单将《负薪对》一篇和四库本相对比,以见一斑的实证,现在摘录几条在下面,大抵非删则改,语意全非,仿佛宋臣晁说之,已在对金人战栗,嗫嚅不吐,深怕得罪似的了——

旧抄本	四库本
金贼以我疆埸之臣无状,斥堠不明,遂豕突河北,蛇结河东。	金人扰我疆埸之地,边城斥堠不明,遂长驱河北,盘结河东。
犯孔子春秋之大禁,以百骑却虏枭将,	为上下臣民之大耻,以百骑却辽枭将,
彼金贼虽非人类,而犬豕亦有掉瓦怖恐之号,顾弗之惧哉!	彼金人虽甚强盛,而赫然示之以威令之森严,顾弗之惧哉!
我取而歼焉可也。	我因而取之可也。
太宗时,女真困于契丹之三栅,控告乞援,亦卑	太宗时,女真困于契丹之三栅,控告乞援,亦和

恭甚矣。不谓敢眦睨中国之地于今日也。	好甚矣。不谓竟酿患滋祸一至于今日也。
忍弃上皇之子于胡房乎？	忍弃上皇之子于异地乎？
何则：夷狄喜相吞并斗争，是其犬羊狺吠咋啮之性也。唯其富者最先亡。古今夷狄族帐，大小见于史册者百十，今其存者一二，皆以其财富而自底灭亡者也。今此小丑不指日而灭亡，是无天道也。	（无）
褫中国之衣冠，复夷狄之态度。	遂其报复之心，肆其凌侮之意。
取故相家孙女姊妹，缚马上而去，执侍帐中，远近胆落，不暇寒心。	故相家皆携老襁幼，弃其籍而去，焚掠之余，远近胆落，不暇寒心。

即此数条，已可见"贼""虏""犬羊"是讳的；说金人的淫掠是讳的；"夷狄"当然要讳，但也不许看见"中国"两个字，因为这是和"夷狄"对立的字眼，很容易引起种族思想来的。但是，这《嵩山文集》的抄者不自改，读者不自改，尚存旧文，使我们至今能够看见晁氏的真面目，在现在说起来，也可以算是令人大"舒愤懑"的了。

清朝的考据家有人说过,"明人好刻古书而古书亡"[20],因为他们妄行校改。我以为这之后,则清人纂修《四库全书》而古书亡,因为他们变乱旧式,删改原文;今人标点古书而古书亡,因为他们乱点一通,佛头着粪:这是古书的水火兵虫以外的三大厄。

三

对于清朝的愤懑的从新发作,大约始于光绪中,但在文学界上,我没有查过以谁为"祸首"。太炎先生是以文章排满的骁将著名的,然而在他那《訄书》[21]的未改订本中,还承认满人可以主中国,称为"客帝",比于嬴秦的"客卿"[22]。但是,总之,到光绪末年,翻印的不利于清朝的古书,可是陆续出现了;太炎先生也自己改正了"客帝"说,在再版的《訄书》里,"删而存此篇";后来这书又改名为《检论》,我却不知道是否还是这办法。留学日本的学生们中的有些人,也在图书馆里搜寻可以鼓吹革命的明末清初的文献。那时印成一大本的有《汉声》,是《湖北学生界》[23]的增刊,面子上题着四句集《文选》句:"抒怀旧之积念,发思古之幽情",第三句想不起来了,第四句是"振大汉之天声"。无古无今,这种文献,倒是总要在外国的图书馆里抄得的。

我生长在偏僻之区,毫不知道什么是满汉,只在饭店的招牌上看见过"满汉酒席"字样,也从不引起什么疑问来。听人讲"本朝"的故事是常有的,文字狱的事情却一向没有听到过,乾隆皇帝南巡[24]的盛事也很少有人讲述了,最多的是"打长毛"。我家里有一个年老的女工,她说长毛时候,她已经十多岁,长毛故事要算她对我讲得最多,但她并无邪正之分,只说最可怕的东西有三种,一种自然是"长毛",一种是"短毛",还有一种是"花绿头"[25]。到得后来,我才明白后两种其实是官兵,但在愚民的经验上,是和长毛并无区别的。给我指明长毛之可恶的倒是几位读书人;我家里有几部县志,偶然翻开来看,那时殉难的烈士烈女的名册就有一两卷,同族里的人也有几个被杀掉的,后来封了"世袭云骑尉"[26],我于是确切的认定了长毛之可恶。然而,真所谓"心事如波涛"[27]罢,久而久之,由于自己的阅历,证以女工的讲述,我竟决不定那些烈士烈女的凶手,究竟是长毛呢,还是"短毛"和"花绿头"了。我真很羡慕"四十而不惑"[28]的圣人的幸福。

对我最初提醒了满汉的界限的不是书,是辫子。这辫子,是砍了我们古人的许多头,这才种定了的[29],到得我有知识的时候,大家早忘却了血史,反以为全留乃是长毛,全剃好像和尚,必须剃一点,留一点,才可以算是一个正经人了。而且还要从辫子上玩出花样来:小丑挽一个结,插上一朵纸花打诨;开口跳[30]将小辫子挂在铁杆上,慢慢的吸烟献本领;变把戏的不必动手,只消将头一摇,辟拍一声,辫子便自会跳起来盘在头顶上,他于是要起关王刀来了。而且还切于实用:打架的时候可以拔住,挣脱极难;捉人的时候可以拉着,省得绳索,要是被捉的人多呢,只要捏住辫梢头,一个人就可以牵一大串。吴友如画的《申江胜景图》里,有一幅会审公堂,[31]就有一个巡捕拉着犯人的辫子的形象,但是,这是已经算作"胜景"了。

住在偏僻之区还好,一到上海,可就不免有时会听到一句洋话:Pig-tail——猪尾巴。这一句话,现在是早不听见了,那意思,似乎也不过说人头上生着猪尾巴,和今日之上海,中国人自己一斗嘴,便彼此互骂为"猪猡"的,还要客气得远。不过那时的青年,好像涵养工夫没有现在的深,也还未懂得"幽默",所以听起来实在觉得刺耳。而且对于拥有二百余年历史的辫子的模样,也渐渐的觉得并不雅观,既不全留,又不全剃,剃去一圈,留下一撮,又打起来拖在背后,真好像做着好给别人来拔着牵着的柄子。对于它终于怀了恶感,我看也正是人情之常,不必指为拿了什么地方的东西,迷了什么斯基的理论的[32]。(这两句,奉官谕改为"不足怪的"。)

我的辫子留在日本,一半送给客店里的一位使女做了假发,一半给了理发匠,人是在宣统初年回到故乡来了。一到上海,首先得装假辫子。这时上海有一个专装假辫子的专家,定价每条大洋四元,不折不扣,他的大名,大约那时的留学生都知道。做也真做得巧妙,只要别人不留心,是很可以不出岔子的,但如果人知道你原是留学生,留心研究起来,那就漏洞百出。夏天不能戴帽,也不大行;人堆里要防挤掉或挤歪,也不行。装了一个多月,我想,如果在路上掉了下来或者被人拉下来,不是比原没有辫子更不好看么?索性不装了,贤人说过的:一个人做人要真实。

但这真实的代价真也不便宜,走出去时,在路上所受的待遇完全和先前两样了。我从前是只以为访友作客,才有待遇的,这时才明白路上也一样的一路有待遇。最好的是呆看,但大抵是冷笑,恶骂。小则说是偷了人家的女人,因为那时捉住奸夫,总是首先剪去他辫子的,我至今还不明白为什么;大则指为"里通外国",就是现在之所谓"汉奸"。我想,如果一个没有鼻子的人在街上走,他还未必至于这么受苦,假使没有了影子,那么,他恐怕也要这样的受社会的责罚了。

我回中国的第一年在杭州做教员,还可以穿了洋服算是洋鬼子;第二年回到故乡绍兴中学去做学监,却连洋服也不行了,因为有许多人是认识我的,所以不管如何装束,总不失为"里通外国"的人,于是我所受的无辫之灾,以在故乡为第一。尤其应该小心的是满洲人的绍兴知府的眼睛,他每到学校来,总喜欢注视我的短头发,和我多说话。

学生们里面,忽然起了剪辫风潮了,很有许多人要剪掉。我连忙禁止。他们就举出代表来诘问道:究竟有辫子好呢,还是没有辫子好呢?我的不假思索的答复是:没有辫子好,然而我劝你们不要剪。学生是向来没有一个说我"里通外国"的,但从这时起,却给了我一个"言行不一致"的结语,看不起了。"言行一致",当然是很有价值的,现在之所谓文学家里,也还有人以这一点自豪,[33]但他们却不知道他们一剪辫子,价值就会集中在脑袋上。轩亭口离绍兴中学并不远,就是秋瑾小姐就义之处,他们常走,然而忘却了。

"不亦快哉!"——到了一千九百十一年的双十,后来绍兴也挂起白旗来,算是革命了,我觉得革命给我的好处,最大,最不能忘的是我从此可以昂头露顶,慢慢的在街上走,再不听到什么嘲骂。几个也是没有辫子的老朋友从乡下来,一见面就摩着自己的光头,从心底里笑了出来道:哈哈,终于也有了这一天了。

假如有人要我颂革命功德,以"舒愤懑",那么,我首先要说的就是剪辫子。

四

然而辫子还有一场小风波,那就是张勋[34]的"复辟",一不小心,辫子是又可以种起来的,我曾见他的辫子兵在北京城外布防,对于没辫子的人们真是气焰万丈。幸而不几天就失败了,使我们至今还可以剪短,分开,披落,烫卷……

张勋的姓名已经暗淡,"复辟"的事件也逐渐遗忘,我曾在《风波》里提到它,别的作品上却似乎没有见,可见早就不受人注意。现在是,连辫子也日见稀少,将与周鼎商彝同列,渐有卖给外国的资格了。

我也爱看绘画,尤其是人物。国画呢,方巾长袍,或短褐椎结,从没有见过一条我所记得的辫子;洋画呢,歪脸汉子,肥腿女人,也从没见过一条我所记得的辫子。这回见了几幅钢笔画和木刻的阿Q像,这才算遇到了在艺术上的辫子,然而是没有一条生得合式的。想起来也难怪,现在的二十岁上下的青年,他生下来已是民国,就是三十岁的,在辫子时代也不过四五岁,当然不会深知道辫子的底细的了。

那么,我的"舒愤懑",恐怕也很难传给别人,令人一样的愤激,感慨,欢喜,忧愁的罢。

十二月十七日。

一星期前,我在《病后杂谈》里说到铁氏二女的诗。据杭世骏说,钱谦益编的《列朝诗集》[35]里是有的,但我没有这书,所以只引了《订伪类编》完事。今天《四部丛刊续编》的明遗民彭孙贻《茗斋集》[36]出版了,后附《明诗钞》,却有铁氏长女诗在里面。现在就照抄在这里,并将范昌期原作,与所谓铁女诗不同之处,用括弧附注在下面,以便比较。照此看来,作伪者实不过改了一句,并每句各改易一二字而已——

教坊献诗

教坊脂粉(落籍)洗铅华,一片闲(春)心对落花。旧曲听来犹(空)有恨,故园归去已(却)无家。云鬟半挽(軃)临妆(青)镜,雨泪空流(频弹)湿绛纱。今日相逢白司马(安得江州司马在),尊前重与诉(为赋)琵琶。

但俞正燮《癸巳类稿》又据茅大芳《希董集》,言"铁公妻女以死殉"[37];并记或一说云,"铁二子,无女。"那么,连铁铉有无女儿,也都成为疑案了。两个近视眼论扁额上字,辩论一通,其实连扁额也没有挂,原也是能有的事实。不过铁妻死殉之说,我以为是粉饰的。《弇州史料》所记,奏文与上谕具存,王世贞明人,决不敢捏造。

倘使铁铉真的并无女儿,或有而实已自杀,则由这虚构的故事,也可以窥见社会心理之一斑。就是:在受难者家族中,无女不如其有之有趣,自杀又不如其落教坊之有趣;但铁铉究竟是忠臣,使其女永沦教坊,终觉于心不安,所以还是和寻常女子不同,因献诗而配了士子。这和小生落难,下狱挨打,到底中了状元的公式,完全是一致的。

二十三日之夜,附记。

*　　*　　*

〔1〕 本篇最初发表于1935年3月《文学》月刊第四卷第三号,发表时题目被改为《病后余谈》,副题亦被删去。

〔2〕 宋端仪(1447—1501) 字孔时,福建莆田人,明成化时进士,官至广东提学金事。著有《考亭渊源录》《立斋闲录》等。《立斋闲录》,四卷,是依据明人的碑志和说部杂录的笔记,自太祖吴元年至英宗天顺(1367—1464)止。鲁迅家藏的是明抄《国朝典故》本,残存上

二卷。

〔3〕 "礼不下庶人" 语出《礼记·曲礼上》："礼不下庶人，刑不上大夫。"

〔4〕 《汇刻书目》 清代王懿荣编，共二十卷，系将顾修原编本及朱澂增订本重编而成，是各种丛书的详细书目，共收丛书五百六十余种。后来又有《续汇刻书目》《续补汇刻书目》《再续补汇刻书目》等。

〔5〕 《宫闱秘典》 即《皇明宫闱秘典》，又名《酌中志》，明代刘若愚著，共二十四卷，写明末太监魏忠贤专权时的宫廷内幕情况。

〔6〕 傅某 指傅增湘（1872—1949），字沅叔，四川江安人，藏书家。曾任北洋政府教育总长。著有《藏园群书题记》等。

〔7〕 《永乐实录》 明代杨士奇等编纂，共一三〇卷；《明史·艺文志》作《成祖实录》。

〔8〕 《安徽丛书》 安徽丛书编审会编辑，共四集，内容为汇集安徽人的著作，1932年至1935年间陆续出版。

〔9〕 俞正燮（1775—1840） 字理初，安徽黟县人，清代学者。道光举人。著有《癸巳类稿》《癸巳存稿》《四养斋诗稿》等。《癸巳类稿》，共十五卷，刻于道光癸巳（1833），内容是考订经、史以至小说、医学的杂记，《除乐户丐户籍及女乐考附古事》一文载《癸巳类稿》卷十二中。收入《安徽丛书》的这一部书是作者晚年的增订本。

〔10〕 王世贞（1526—1590） 字元美，号凤洲，别号弇州山人，太仓（今属江苏）人，明代文学家。官至南京刑部尚书。著有《弇州山人四部稿》《弇山堂别集》等。《弇州史料》，明代董复表编，系采录王世贞著作中有关朝野的记载编纂而成，计前集三十卷，后集七十卷。

〔11〕 齐泰(？—1402) 江苏溧水人,官兵部尚书。下文的黄子澄(1350—1402),江西分宜人,官太常卿;茅大芳(？—1402),江苏泰兴人,官副都御史。他们都是忠于建文帝的大臣,永乐登位时被杀。

〔12〕 惰民 又作堕民,明代称作丐户,清雍正元年(1723)始废除惰民的"丐籍"。教坊废于清雍正七年(1729)。女乐废于清顺治十六年(1659)。

〔13〕 "舒愤懑" 汉代班固作有《典引》一文,歌颂朝廷功德,文前小引中说:"窃作《典引》一篇,虽不足雍容明盛万分之一,犹启发愤满,觉悟童蒙,光扬大汉,轶声前代;然后退入沟壑,死而不朽。""舒愤懑",即班固所说的"启发愤满"。

〔14〕 "不亦快哉!" 金圣叹在他批评的《西厢记》的《圣叹外书》卷七《拷艳》章篇首中说:"昔与斲山同客共住,霖雨十日,对床无聊,因约赌说快事,以破积闷。"下面就记录了"快事"三十三则,每则都用"不亦快哉"一语结束。

〔15〕 《琳琅秘室丛书》 清代胡珽校刊。共五集,计三十六种,所收主要是掌故、说部、释道方面的书。《茅亭客话》,宋代黄休复著,共十卷,内容系记录从五代到宋真宗时(约当公元十世纪)的蜀中杂事。

〔16〕 《四部丛刊续编》 商务印书馆编选影印的丛书《四部丛刊》的续编,共八十一种,五百册。

〔17〕 洪迈(1123—1202) 字景庐,号容斋,鄱阳(今江西波阳)人,宋代文学家。曾官中书舍人、翰林学士等职。《容斋随笔》《续笔》《三笔》《四笔》各十六卷,又《五笔》十卷,是一部有关经史、文艺、掌故等的笔记。

〔18〕 张元济(1867—1959) 字筱斋,号菊生,浙江海盐人,出版家,上海商务印书馆编译所所长。著有《校史随笔》《涉园序跋集录》等。《容斋随笔五集》有张元济写于1934年的跋,其中说:"清代坊刻,《随笔》卷九阙《五胡乱华》一则,《三笔》卷三阙《北狄俘虏之苦》一则,卷五阙《北虏诛宗王》一则。盖当时深讳胡、虏等字,刊者惧罹禁网,故概从删削。"

〔19〕 晁说之(1059—1129) 字以道,号景迂,清丰(今属河北)人,宋代文学家。神宗元年进士,曾任无极知县。著有《嵩山文集》《晁氏客语》等。《嵩山文集》,二十卷,是他的诗文集,《负薪对》载于卷三中。

〔20〕 "明人好刻古书而古书亡" 清代陆心源《仪顾堂题跋》卷一《六经雅言图辨跋》中,对明人妄改乱刻古书,说过这样的话:"明人书帕本,大抵如是,所谓刻书而书亡者也。"

〔21〕 《訄书》 章太炎早期的一部学术论著,木刻本印行于1899年。1902年改订出版时,作者删去了带有改良主义色彩的《客帝》等篇,增加了宣传反清革命的论文,共收《原学》《原人》《序种姓》《原教》《哀清史》《解辫发》等文共六十三篇,卷首有"前录"二篇:《客帝匡谬》和《分镇匡谬》。并在《客帝匡谬》文末说:"余自戊己违难,与尊清者游,而作《客帝》,饰苟且之心,弃本崇教,其违于形势远矣……著之以自劾,录而删是篇。"1914年作者重行增删时,删去"前录"二篇及《解辫发》等文,并将书名改为《检论》。

〔22〕 "客卿" 战国时代,某一诸侯国任用他国人担任官职,称之为客卿。如秦始皇的丞相李斯是楚国人。

〔23〕 《湖北学生界》 清末留学日本的湖北学生主办的一种月

刊,1903年(清光绪二十九年)一月创刊于东京,第四期起改名为《汉声》。同年闰五月另编"闰月增刊"一册,题名为《旧学》,扉页背面印有集南朝梁萧统《文选》句:"摅怀旧之蓄念,发思古之幽情;光祖宗之玄灵,振大汉之天声"四句,前二句见《文选》卷一东汉班固《西都赋》,后二句见同书卷五十六班固《封燕然山铭》。

〔24〕 乾隆皇帝南巡 清代乾隆帝在位六十年(1736—1795),曾先后巡游江南六次,沿途供应频繁,销耗民财民力甚巨;在他第二次巡游后,视学江苏回来的大臣尹会一就已奏称:"上两次南巡,民间疾苦,怨声载道。"

〔25〕 "长毛" 指洪秀全领导的太平军。为了对抗清政府剃发留辫的法令,他们都留发而不结辫,因此被称为"长毛"。"短毛",指剃发的清朝官兵。"花绿头",指帮助清政府镇压太平天国的法、英帝国主义军队。清代许瑶光《谈浙》卷四"谈洋兵"条:"法国兵用花布缠头,英国兵则用绿布,故人称绿头、花头云。"

〔26〕 "世袭云骑尉" 云骑尉是官名。唐、宋、元、明各朝都有这名称;清朝则以为世袭的职位,为世职的末级。凡阵亡者授爵,自云骑尉至轻车都尉兼一云骑尉不等。

〔27〕 "心事如波涛" 唐代诗人李贺《申胡子觱篥歌》中的句子:"今夕岁华落,令人惜平生;心事如波涛,中坐时时惊。"

〔28〕 "四十而不惑" 孔子的话,语出《论语·为政》,据朱熹《集注》,"不惑"是"于事物之所当然皆无所疑"的意思。

〔29〕 满族旧俗,男子剃发垂辫(剃去头顶前部头发,后部结辫垂于脑后)。1644年(明崇祯十七年、清顺治元年)清兵入关及定都北京后,即下令剃发垂辫,因受到各地汉族民众反对及局势未定而中止。

次年五月攻占南京后，又下了严厉的剃发令，限于布告之后十日"尽使薙（剃）发，遵依者为我国之民，迟疑者同逆命之寇"，如"已定地方之人民，仍存明制，不随本朝之制度者，杀无赦！"为此事曾有许多人被杀。

〔30〕 开口跳　传统戏曲中武丑的俗称。

〔31〕 吴友如（？—约1893）　名猷，又作嘉猷，字友如，江苏元和（今吴县）人，清末画家。《申江胜景图》分上下二卷，出版于清光绪十年（1884）。会审公堂，即会审公廨，清末民初上海租界内的审判机关，由中外会审官会同审理租界内华人和外侨的互控案件。

〔32〕 拿了什么地方的东西，迷了什么斯基的理论　指诬蔑进步人士拿卢布，信俄国人的学说。"斯基"是俄国常见姓氏的词尾。

〔33〕 指施蛰存。他在《现代》月刊第五卷第五期（1934年9月）发表的《我与文言文》中曾说："我自有生以来三十年，除幼稚无知的时代以外，自信思想及言行都是一贯的。"

〔34〕 张勋（1854—1923）　江西奉新人，北洋军阀。原为清朝提督，民国后任安徽都督，他和所部官兵仍留着辫子，表示忠于清王朝。1917年7月1日他在北京扶持清废帝溥仪复辟，7月12日即告失败。

〔35〕 钱谦益（1582—1664）　字受之，号牧斋，常熟（今属江苏）人。明万历进士，崇祯时任礼部侍郎，南明弘光时任礼部尚书。清军占领南京时，他率先迎降，因此为人所鄙视。著有《初学集》《有学集》等。《列朝诗集》是他选辑的明诗的总集，共六集，计八十一卷；铁氏二女诗载闰集卷四中。

〔36〕 彭孙贻（1615—1673）　字仲谋，号茗斋，浙江海盐人。明

代选贡生,明亡后闭门不出。著有《茗斋集》《茗香堂史论》等。《茗斋集》是他的诗词集,共二十三卷;所附《明诗钞》共九卷,铁氏长女诗载于卷五中。

〔37〕 俞正燮在《除乐户丐户籍及女乐考附古事》一文中引永乐上谕后的小注说:"大芳有《希董集》,言妻张氏及女媳皆死于井,未就逮;书藏其家。又铁公妻女亦以死殉,与此不同。"

论 讽 刺[1]

我们常不免有一种先入之见,看见讽刺作品,就觉得这不是文学上的正路,因为我们先就以为讽刺并不是美德。但我们走到交际场中去,就往往可以看见这样的事实,是两位胖胖的先生,彼此弯腰拱手,满面油晃晃的正在开始他们的扳谈——

"贵姓?……"

"敝姓钱。"

"哦,久仰久仰!还没有请教台甫……"

"草字阔亭。"

"高雅高雅。贵处是……?"

"就是上海……"

"哦哦,那好极了,这真是……"

谁觉得奇怪呢?但若写在小说里,人们可就会另眼相看了,恐怕大概要被算作讽刺。有好些直写事实的作者,就这样的被蒙上了"讽刺家"——很难说是好是坏——的头衔。例如在中国,则《金瓶梅》写蔡御史的自谦和恭维西门庆道:"恐我不如安石之才,而君有王右军之高致矣!"还有《儒林外史》写范举人因为守孝,连象牙筷也不肯用,但吃饭时,他却"在燕窝碗里拣了一个大虾圆子送在嘴里",和这相似的情形是现在还可以遇见的;在外国,则如近来已被中国读者所注意了的果戈理的作品,他那《外套》[2](韦素园译,在《未名丛刊》中)里的大小官吏,《鼻子》[3](许遐译,在《译文》中)里的绅士,医生,闲人们之类的典型,是虽在中国的现在,也还可以遇见的。这分明是事实,而且是很广泛的事实,但我们皆谓之讽刺。

　　人大抵愿意有名,活的时候做自传,死了想有人分讣文,做行实,甚而至于还"宣付国史馆立传"。人也并不全不自知其丑,然而他不愿意改正,只希望随时消掉,不留痕迹,剩下的单是美点,如曾经施粥赈饥之类,却不是全般。"高雅高雅",他其实何尝不知道有些肉麻,不过他又知道说过就完,"本传"里决不会有,于是也就放心的"高雅"下去。如果有人记了下来,不给它消灭,他可要不高兴了。于是乎挖空心思的来一个反攻,说这些乃是"讽刺",向作者抹一脸泥,来掩藏自己的真相。但我们也每不免来不及思索,跟着说,"这些乃是讽刺呀!"上当真可是不浅得很。

　　同一例子的还有所谓"骂人"。假如你到四马路去,看见雉妓在拖住人,倘大声说:"野鸡在拉客",那就会被她骂你是"骂人"。骂人是恶德,于是你先就被判定在坏的一方面了;你坏,对方可就好。但事实呢,却的确是"野鸡在拉客",不过只可心里知道，说不得，在万不得已时，也只能说"姑娘勒浪[4]做生意"，恰如对于那些弯腰拱手之辈，做起文章来，是要改作"谦以待人，虚以接物"的。——这才不是骂人，这才不是讽刺。

其实，现在的所谓讽刺作品，大抵倒是写实。非写实决不能成为所谓"讽刺"；非写实的讽刺，即使能有这样的东西，也不过是造谣和诬蔑而已。

三月十六日。

* * *

〔1〕 本篇最初发表于1935年4月《文学》月刊第四卷第四号"文学论坛"栏，署名敖。

〔2〕 《外套》 中篇小说，韦素园译，《未名丛刊》之一。1926年9月出版。

〔3〕 《鼻子》 中篇小说，鲁迅译，最初发表于《译文》第一卷第一期（1934年9月），署名许遐。后收入《译丛补》。

〔4〕 勒浪 上海方言，"在"的意思。

在现代中国的孔夫子[1]

新近的上海的报纸,报告着因为日本的汤岛[2],孔子的圣庙落成了,湖南省主席何键[3]将军就寄赠了一幅向来珍藏的孔子的画像。老实说,中国的一般的人民,关于孔子是怎样的相貌,倒几乎是毫无所知的。自古以来,虽然每一县一定有圣庙,即文庙,但那里面大抵并没有圣像。凡是绘画,或者雕塑应该崇敬的人物时,一般是以大于常人为原则的,但一到最应崇敬的人物,例如孔夫子那样的圣人,却好像连形象也成为亵渎,反不如没有的好。这也不是没有道理的。孔夫子没有留下照相来,自然不能明白真正的相貌,文献中虽然偶有记载,但是胡说白道也说不定。若是从新雕塑的话,则除了任凭雕塑者的空想而外,毫无办法,更加放心不下。于是儒者们也终于只好采取"全部,或全无"的勃兰特[4]式的态度了。

然而倘是画像,却也会间或遇见的。我曾经见过三次:一次是《孔子家语》[5]里的插画;一次是梁启超[6]氏亡命日本时,作为横滨出版的《清议报》上的卷头画,从日本倒输入中国来的;还有一次是刻在汉朝墓石上的孔子见老子的画像。

说起从这些图画上所得的孔夫子的模样的印象来,则这位先生是一位很瘦的老头子,身穿大袖口的长袍子,腰带上插着一把剑,或者腋下挟着一枝杖,然而从来不笑,非常威风凛凛的。假使在他的旁边侍坐,那就一定得把腰骨挺的笔直,经过两三点钟,就骨节酸痛,倘是平常人,大约总不免急于逃走的了。

后来我曾到山东旅行。在为道路的不平所苦的时候,忽然想到了我们的孔夫子。一想起那具有俨然道貌的圣人,先前便是坐着简陋的车子,颠颠簸簸,在这些地方奔忙的事来,颇有滑稽之感。这种感想,自然是不好的,要而言之,颇近于不敬,倘是孔子之徒,恐怕是决不应该发生的。但在那时候,怀着我似的不规矩的心情的青年,可是多得很。

我出世的时候是清朝的末年,孔夫子已经有了"大成至圣文宣王"[7]这一个阔得可怕的头衔,不消说,正是圣道支配了全国的时代。政府对于读书的人们,使读一定的书,即四书和五经[8];使遵守一定的注释;使写一定的文章,即所谓"八股文"[9];并且使发一定的议论。然而这些千篇一律的儒者们,倘是四方的大地,那是很知道的,但一到圆形的地球,却什么也不知道,于是和四书上并无记载的法兰西和英吉利打仗而失败了。不知道为了觉得与其拜着孔夫子而死,倒不如保存自己们之为得计呢,还是为了什么,总而言之,这回是拚命尊孔的政府和官僚先就动摇起来,用官帑大翻起洋鬼子的书籍来了。属于科学上的古典之作的,则有侯失勒的《谈天》,雷侠儿的《地学浅释》,代那的《金石识别》[10],到现在也还作为那时的遗物,间或躺在旧书铺子里。

然而一定有反动。清末之所谓儒者的结晶,也是代表的大学士徐桐[11]氏出现了。他不但连算学也斥为洋鬼子的学问;他虽然承认世界上有法兰西和英吉利这些国度,但西班牙和葡萄牙的存在,是决不相信的,他主张这是法国和英国常常来讨利益,连自己也不好意思了,所以随便胡诌出来的国名。他又是一九〇〇年的有名的义和团的幕后的发动者,也是指挥者。但是义和团完全失败,徐桐氏也自杀了。政府就又以为外国的政治法律和学问技术颇有可取之处了。我的渴望到日本去留学,也就在那时候。达了目的,入学的地方,是嘉纳先生所设立的东京的弘文学院[12];在这里,三泽力太郎先生教我水是养气和轻气所合成,山内繁雄先生教我贝壳里的什么地方其名为"外套"。这是有一天的事情。学监大久保先生集合起大家来,说:因为你们都是孔子之徒,今天到御茶之水[13]的孔庙里去行礼罢!我大吃了一惊。现在还记得那时心里想,正因为绝望于孔夫子和他的之徒,所以到日本来的,然而又是拜么?一时觉得很奇怪。而且发生这样感觉的,我想决不止我一个人。

但是,孔夫子在本国的不遇,也并不是始于二十世纪的。孟子批评他为"圣之时者也"[14],倘翻成现代语,除了"摩登圣人"实在也没有别的法。为他自己计,这固然是没有危险的尊号,但也不是十分值得欢迎的头衔。不过在实际上,却也许并不这样子。孔夫子的做定了"摩登圣人"是死了以后的事,活着的时候却是颇吃苦头的。跑来跑去,虽然曾经贵为鲁国的警视总监[15],而又立刻下野,失业了;并且为权臣所轻蔑,为野人所嘲弄,甚至于为暴民所包围,饿扁了肚子。弟子虽然收了三千名,中用的却只有七十二,然而真可以相信的又只有一个人。有一天,孔夫子愤慨道:"道不行,乘桴浮于海,从我者,其由与?"[16]从这消极的打算上,就可以窥见那消息。然而连这一位由,后来也因为和敌人战斗,被击断了冠缨,但真不愧为由呀,到这时候也还不忘记从夫子听来的教训,说道"君子死,冠不免"[17],一面系着冠缨,一面被人砍成肉酱了。连唯一可信的弟子也已经失掉,孔子自然是非常悲痛的,据说他一听到这信息,就吩咐去倒掉厨房里的肉酱云。[18]

孔夫子到死了以后,我以为可以说是运气比较的好一点。因为他不会噜苏了,种种的权势者便用种种的白粉给他来化妆,一直抬到吓人的高度。但比起后来输入的释迦牟尼[19]来,却实在可怜得很。诚然,每一县固然都有圣庙即文庙,可是一副寂寞的冷落的样子,一般的庶民,是决不去参拜的,要去,则是佛寺,或者是神庙。若向老百姓们问孔夫子是什么人,他们自然回答是圣人,然而这不过是权势者的留声机。他们也敬惜字纸,然而这是因为倘不敬惜字纸,会遭雷殛的迷信的缘故;南京的夫子庙固然是热闹的地方,然而这是因为另有各种玩耍和茶店的缘故。虽说孔子作《春秋》而乱臣贼子惧[20],然而现在的人们,却几乎谁也不知道一个笔伐了的乱臣贼子的名字。说到乱臣贼子,大概以为是曹操,但那并非圣人所教,却是写了小说和剧本的无名作家所教的。

总而言之,孔夫子之在中国,是权势者们捧起来的,是那些权势者或想做权势者们的圣人,和一般的民众并无什么关系。然而对于圣庙,那些权势者也不过一时的热心。因为尊孔的时候已经怀着别样的目的,所以目的一达,这器具就无用,如果不达呢,那可更加无用了。在三四十年以前,凡有企图获得权势的人,就是希望做官的人,都是读"四书"和"五经",做"八股",别一些人就将这些书籍和文章,统名之为"敲门砖"。这就是说,文官考试一及第,这些东西也就同时被忘却,恰如敲门时所用的砖头一样,门一开,这砖头也就被抛掉了。孔子这人,其实是自从死了以后,也总是当着"敲门砖"的差使的。

一看最近的例子,就更加明白。从二十世纪的开始以来,孔夫子的运气是很坏的,但到袁世凯[21]时代,却又被从新记得,不但恢复了祭典,还新做了古怪的祭服,使奉祀的人们穿起来。跟着这事而出现的便是帝制。然而那一道门终于没有敲开,袁氏在门外死掉了。余剩的是北洋军阀,当觉得渐近末路时,也用它来敲过另外的幸福之门。盘据着江苏和浙江,在路上随便砍杀百姓的孙传芳将军,一面复兴了投壶之礼;钻进山东,连自己也数不清金钱和兵丁和姨太太的数目了的张宗昌[22]将军,则重刻了《十三经》,而且把圣道看作可以由肉体关系来传染的花柳病一样的东西,拿一个孔子后裔的谁来做了自己的女婿。然而幸福之门，却仍然对谁也没有开。

这三个人，都把孔夫子当作砖头用，但是时代不同了，所以都明明白白的失败了。岂但自己失败而已呢，还带累孔子也更加陷入了悲境。他们都是连字也不大认识的人物，然而偏要大谈什么《十三经》之类，所以使人们觉得滑稽；言行也太不一致了，就更加令人讨厌。既已厌恶和尚，恨及袈裟，而孔夫子之被利用为或一目的的器具，也从新看得格外清楚起来，于是要打倒他的欲望，也就越加旺盛。所以把孔子装饰得十分尊严时，就一定有找他缺点的论文和作品出现。即使是孔夫子，缺点总也有的，在平时谁也不理会，因为圣人也是人，本是可以原谅的。然而如果圣人之徒出来胡说一通，以为圣人是这样，是那样，所以你也非这样不可的话，人们可就禁不住要笑起来了。五六年前，曾经因为公演了《子见南子》[23]这剧本，引起过问题，在那个剧本里，有孔夫子登场，以圣人而论，固然不免略有欠稳重和呆头呆脑的地方，然而作为一个人，倒是可爱的好人物。但是圣裔们非常愤慨，把问题一直闹到官厅里去了。因为公演的地点，恰巧是孔夫子的故乡，在那地方，圣裔们繁殖得非常多，成着使释迦牟尼和苏格拉第[24]都自愧弗如的特权阶级。然而，那也许又正是使那里的非圣裔的青年们，不禁特地要演《子见南子》的原因罢。

中国的一般的民众，尤其是所谓愚民，虽称孔子为圣人，却不觉得他是圣人；对于他，是恭谨的，却不亲密。但我想，能像中国的愚民那样，懂得孔夫子的，恐怕世界上是再也没有的了。不错,孔夫子曾经计划过出色的治国的方法,但那都是为了治民众者,即权势者设想的方法,为民众本身的,却一点也没有。这就是"礼不下庶人"[25]。成为权势者们的圣人,终于变了"敲门砖",实在也叫不得冤枉。和民众并无关系,是不能说的,但倘说毫无亲密之处,我以为怕要算是非常客气的说法了。不去亲近那毫不亲密的圣人,正是当然的事,什么时候都可以,试去穿了破衣,赤着脚,走上大成殿去看看罢,恐怕会像误进上海的上等影戏院或者头等电车一样,立刻要受斥逐的。谁都知道这是大人老爷们的物事,虽是"愚民",却还没有愚到这步田地的。

四月二十九日。

* * *

〔1〕 本篇是作者用日文写的,最初发表于1935年6月号日本《改造》月刊。中译文最初发表于1935年7月在日本东京出版的《杂文》月刊第二号,题为《孔夫子在现代中国》。

〔2〕 汤岛 东京的街名,建有日本最大的孔庙"汤岛圣堂"。该庙于1923年被烧毁,1935年4月重建落成时国民党政府曾派代表专程前往"参谒"。

〔3〕 何键(1887—1956) 字芸樵,湖南醴陵人。当时任国民党湖南省政府主席。

〔4〕 勃兰特 易卜生的诗剧《勃兰特》中的人物。"全部,或全无",是他所信奉的一句格言。

〔5〕 《孔子家语》 原书《汉书·艺文志》著录二十七卷,久佚。今本为三国魏王肃编,杂取《左传》《国语》《荀子》《孟子》《礼记》等书中有关孔子的遗文轶事而成,十卷,冒称孔子家传。《四库全书总目提要》说:"特其流传已久,且遗文轶事往往多见于其中,故自唐以来,知其伪而不能废也。"

〔6〕 梁启超(1873—1929) 号任公,广东新会人,清末维新运动领导人之一。戊戌政变后逃亡日本。《清议报》是他在日本横滨发行的旬刊,1898年12月创刊;内容鼓吹君主立宪、保皇反后(保救光绪皇帝,反对那拉太后),1901年12月出至一百期停刊。

〔7〕 "大成至圣文宣王" 唐开元二十七年(739)追谥孔子为"文宣王",元大德十一年(1307)又加谥为"大成至圣文宣王"。

〔8〕 四书 指《大学》《中庸》《论语》《孟子》。北宋时程颢、程颐特别推崇《礼记》中的《大学》《中庸》两篇,南宋朱熹又将这两篇和《论语》《孟子》合在一起,撰写《四书章句集注》,自此便有了"四书"这个名称。五经,即《诗经》《尚书》《礼记》《周易》《春秋》的合称,汉武帝时始有此称。

〔9〕 "八股文" 明清科举考试制度所规定的一种公式化的文体,它用"四书""五经"中的文句命题,每篇由破题、承题、起讲、入手、起股、中股、后股、束股八个部分构成。后四部分是主体,每一部分有两股相比偶的文字,合共八股,所以叫做八股文。

〔10〕 侯失勒(F. W. Herschel, 1792—1871) 通译赫歇尔,英国天文学家、物理学家。《谈天》即《天文学纲要》,中译本共十八卷,附表一卷,出版于1859年。雷侠儿(C. Lyell, 1797—1875),通译赖尔,英国地质学家。《地学浅释》即《地质学原理》,中译本共三十八卷,出版

于1871年。代那(J. D. Dana,1813—1895),通译达纳,美国地质学家、矿物学家。《金石识别》即《矿物学手册》,中译本共十二卷,附表,出版于1871年。

〔11〕 徐桐(1819—1900) 字荫轩,汉军正蓝旗人,光绪间官至大学士。他反对维新变法,怂恿义和团围攻外国使馆。八国联军攻入北京时自缢死。

〔12〕 弘文学院 一所专门为中国留学生设立的学习日语和基础课的预备学校。1902年1月建校,1909年停办。校址在东京牛込区西五轩町。创办人为嘉纳治五郎(1860—1938),学监为大久保高明。

〔13〕 御茶之水 日本东京的地名。汤岛圣堂即在御茶之水车站附近。

〔14〕 "圣之时者也" 语出《孟子·万章(下)》:"孔子,圣之时者也。"原指孔子做事依时依势而行:"可以速而速,可以久而久,可以处而处,可以仕而仕,孔子也。""时"指识时务之意。

〔15〕 警视总监 日本主管警察工作的最高长官。孔子曾一度任鲁国的司寇,掌管刑狱,相当于日本的这一官职。

〔16〕 "道不行,乘桴浮于海"等句,语出《论语·公冶长》。桴,用竹木编的筏子。由,孔子的弟子仲由,即子路。

〔17〕 "君子死,冠不免" 语出《左传》哀公十五年:"石乞、盂黡敌子路,以戈击之,断缨。子路曰:'君子死,冠不免。'结缨而死。"

〔18〕 关于孔子因子路战死而倒掉肉酱的事,见《孔子家语·子贡问》:"子路……仕于卫,卫有蒯聩之难……既而卫使至,曰:'子路死焉。'夫子哭之于中庭……进使者而问故,使者曰:'醢之矣。'遂令左右皆覆醢,曰:'吾何忍食此!'"

〔19〕 释迦牟尼(Sakyamuni,约前565—前486) 原古印度北部迦毗罗卫国净饭王的儿子,后出家修道,成为佛教创始人。佛教于西汉末年开始传入我国。

〔20〕 孔子作《春秋》而乱臣贼子惧 语出《孟子·滕文公(下)》:"孔子成《春秋》而乱臣贼子惧。"

〔21〕 袁世凯曾于1914年2月通令全国"祭孔",公布《崇圣典例》,同年9月28日他率领各部总长和一批文武官员,穿着新制的古祭服,在北京孔庙举行祀孔典礼。

〔22〕 张宗昌(1881—1932) 山东掖县人,北洋奉系军阀。1925年他任山东督军时提倡尊孔读经。

〔23〕《子见南子》 林语堂作的独幕剧,发表于《奔流》第一卷第六期(1928年11月)。1929年山东曲阜第二师范学校学生排演此剧时,当地孔氏族人以"公然侮辱宗祖孔子"为由,联名向国民党政府教育部提出控告,结果该校校长被调职。参看《集外集拾遗补编·关于〈子见南子〉》。

〔24〕 苏格拉第(Socratēs,前469—前399) 古希腊哲学家,被雅典政府以传播异说的罪名指控处死。

〔25〕 "礼不下庶人" 语出《礼记·曲礼上》:"礼不下庶人,刑不上大夫。"

从帮忙到扯淡[1]

"帮闲文学"[2]曾经算是一个恶毒的贬辞,——但其实是误解的。

《诗经》是后来的一部经,但春秋时代,其中的有几篇就用之于侑酒;屈原是"楚辞"的开山老祖,而他的《离骚》[3],却只是不得帮忙的不平。到得宋玉[4],就现有的作品看起来,他已经毫无不平,是一位纯粹的清客了。然而《诗经》是经,也是伟大的文学作品;屈原宋玉,在文学史上还是重要的作家。为什么呢?——就因为他究竟有文采。

中国的开国的雄主,是把"帮忙"和"帮闲"分开来的,前者参与国家大事,作为重臣,后者却不过叫他献诗作赋,"俳优蓄之"[5],只在弄臣之列。不满于后者的待遇的是司马相如[6],他常常称病,不到武帝面前去献殷勤,却暗暗的作了关于封禅的文章,藏在家里,以见他也有计画大典——帮忙的本领,可惜等到大家知道的时候,他已经"寿终正寝"了。然而虽然并未实际上参与封禅的大典,司马相如在文学史上也还是很重要的作家。为什么呢?就因为他究竟有文采。

但到文雅的庸主时,"帮忙"和"帮闲"的可就混起来了,所谓国家的柱石,也常是柔媚的词臣,我们在南朝的几个末代时,可以找出这实例。然而主虽然"庸",却不"陋",所以那些帮闲者,文采却究竟还有的,他们的作品,有些也至今不灭。

谁说"帮闲文学"是一个恶毒的贬辞呢?

就是权门的清客,他也得会下几盘棋,写一笔字,画画儿,识古董,懂得些猜拳行令,打趣插科,这才能不失其为清客。也就是说,清客,还要有清客的本领的,虽然是有骨气者所不屑为,却又非搭空架者所能企及。例如李渔的《一家言》[7],袁枚的《随园诗话》[8],就不是每个帮闲都做得出来的。必须有帮闲之志,又有帮闲之才,这才是真正的帮闲。如果有其志而无其才,乱点古书,重抄笑话,吹拍名士,拉扯趣闻,而居然不顾脸皮,大摆架子,反自以为得意,——自然也还有人以为有趣,——但按其实,却不过"扯淡"而已。

帮闲的盛世是帮忙,到末代就只剩了这扯淡。

六月六日。

* * *

[1] 本篇写成时未能刊出,后来发表于1935年9月《杂文》月刊第三号。

[2] "帮闲文学" 作者1932年曾在《帮忙文学与帮闲文学》(后收入《集外集拾遗》)的讲演中说:"那些会念书会下棋会画画的人,陪主人念念书,下下棋,画几笔画,这叫做帮闲,也就是篾片!所以

帮闲文学又名簽片文学。"

〔3〕 屈原(约前340—约前278) 名平,字原,又字灵均,战国时楚国郢(在今湖北江陵)人,楚国诗人。楚怀王时官左徒,主张修明政治,联齐抗秦,但不见容于贵族集团而屡遭迫害,后被顷襄王放逐到沅、湘流域,终于投江而死。《离骚》是他被放逐后的作品。

〔4〕 宋玉(约前290—约前223) 战国时楚国诗人,顷襄王时任大夫,著有《九辩》等。《史记·屈原贾生列传》中说他与唐勒、景差等"皆好辞而以赋见称,然皆祖屈原之从容辞令,终莫敢直谏"。

〔5〕 "俳优蓄之" 语出《汉书·严助传》:"朔(东方朔)、皋(枚皋)不根持论,上颇俳优蓄之。"

〔6〕 司马相如(约前179—前117) 字长卿,蜀郡成都人,汉代辞赋家。武帝时曾任中郎将。《史记·司马相如列传》说他"称病闲居,不慕官爵"。又说:"相如既病免,家居茂陵。天子曰:'司马相如病甚,可往从悉取其书;若不然,后失之矣。'使所忠往,而相如已死,家无书。问其妻,对曰:'长卿固未尝有书也。时时著书,人又取去,即空居。长卿未死时,为一卷书,曰有使者来求书,奏之。无他书。'其遗札书言封禅事,奏所忠。忠奏其书,天子异之。"

〔7〕 李渔(1611—1680) 字笠鸿,号笠翁,浙江兰溪人,清初戏曲作家。流寓南京、杭州等地,家设戏班。著有《闲情偶寄》《笠翁十种曲》等。《一家言》,即《笠翁一家言》,是他的诗文集。

〔8〕 袁枚(1716—1798) 字子才,浙江钱塘(今杭州)人,清代诗人。曾任江宁知县,辞官后筑随园于江宁城西小仓山,自号随园。著有《小仓山房全集》,其中收《随园诗话》十六卷,补遗十卷。

萧红作《生死场》序[1]

记得已是四年前的事了,时维二月,我和妇孺正陷在上海闸北的火线中[2],眼见中国人的因为逃走或死亡而绝迹。后来仗着几个朋友的帮助,这才得进平和的英租界,难民虽然满路,居人却很安闲。和闸北相距不过四五里罢,就是一个这么不同的世界,——我们又怎么会想到哈尔滨。

这本稿子的到了我的桌上,已是今年的春天,我早重回闸北,周围又复熙熙攘攘的时候了。但却看见了五年以前,以及更早的哈尔滨。这自然还不过是略图,叙事和写景,胜于人物的描写,然而北方人民的对于生的坚强,对于死的挣扎,却往往已经力透纸背;女性作者的细致的观察和越轨的笔致,又增加了不少明丽和新鲜。精神是健全的,就是深恶文艺和功利有关的人,如果看起来,他不幸得很,他也难免不能毫无所得。

听说文学社曾经愿意给她付印,稿子呈到中央宣传部书报检查委员会那里去,搁了半年,结果是不许可。人常常会事后才聪明,回想起来,这正是当然的事:对于生的坚强和死的挣扎,恐怕也确是大背"训政"〔3〕之道的。今年五月,只为了《略谈皇帝》〔4〕这一篇文章,这一个气焰万丈的委员会就忽然烟消火灭,便是"以身作则"的实地大教训。

奴隶社〔5〕以汗血换来的几文钱,想为这本书出版,却又在我们的上司"以身作则"的半年之后了,还要我写几句序。然而这几天,却又谣言蜂起,闸北的熙熙攘攘的居民,又在抱头鼠窜了,路上是骆驿不绝的行李车和人,路旁是黄白两色的外人,含笑在赏鉴这礼让之邦的盛况。自以为居于安全地带的报馆的报纸,则称这些逃命者为"庸人"或"愚民"。我却以为他们也许是聪明的,至少,是已经凭着经验,知道了煌煌的官样文章之不可信。他们还有些记性。

现在是一九三五年十一月十四的夜里,我在灯下再看完了《生死场》。周围像死一般寂静,听惯的邻人的谈话声没有了,食物的叫卖声也没有了,不过偶有远远的几声犬吠。想起来,英法租界当不是这情形,哈尔滨也不是这情形;我和那里的居人,彼此都怀着不同的心情,住在不同的世界。然而我的心现在却好像古井中水,不生微波,麻木的写了以上那些字。这正是奴隶的心!——但是,如果还是搅乱了读者的心呢?那么,我们还决不是奴才。

不过与其听我还在安坐中的牢骚话,不如快看下面的《生死场》,她才会给你们以坚强和挣扎的力气。

鲁迅。

※　　※　　※

〔1〕 本篇最初印入《生死场》。

萧红(1911—1942),原名张迺莹,黑龙江呼兰县人,小说家。《生死场》是她的中篇小说,《奴隶丛书》之一,1935年12月奴隶社出版,假托"上海容光书局"发行。

〔2〕 指1932年"一·二八"十九路军抗击日军进攻的上海战争。

〔3〕 "训政"　孙中山在1924年4月所写的《建国大纲》中提出建国程序分为军政、训政、宪政三个时期,在"训政时期"由政府对民众进行行使民权的训练。国民党政府于1931年6月1日公布实施由"国民会议"通过的《中华民国训政时期约法》,其中规定:"训政时期由中国国民党全国代表大会代表'国民会议'行使中央统治权",把国民党的独裁统治用宪法的形式固定下来。

〔4〕 《略谈皇帝》　应作《闲话皇帝》。1935年5月,上海《新生》周刊第二卷第十五期发表易水(艾寒松)的《闲话皇帝》一文,泛论古今中外的君主制度,涉及日本天皇,6月7日日本驻上海总领事即以"侮辱天皇,妨害邦交"为名提出抗议。国民党政府屈从压力,并趁机压制进步舆论,6月24日查封《新生》周刊,7月9日由法院判处该刊主编杜重远一年两个月徒刑。国民党中央宣传委员会图书杂志审查委员会也因"失责"而撤销。

〔5〕 奴隶社　1935年鲁迅为编印几个青年作者的作品而拟定的一个社团名称。以奴隶社名义出版的《奴隶丛书》,除《生死场》外,还有叶紫的《丰收》和田军的《八月的乡村》。

我 要 骗 人[1]

疲劳到没有法子的时候,也偶然佩服了超出现世的作家,要模仿一下来试试。然而不成功。超然的心,是得像贝类一样,外面非有壳不可的。而且还得有清水。浅间山[2]边,倘是客店,那一定是有的罢,但我想,却未必有去造"象牙之塔"的人的。

为了希求心的暂时的平安,作为穷余的一策,我近来发明了别样的方法了,这就是骗人。

去年的秋天或是冬天,日本的一个水兵,在闸北被暗杀了。[3]忽然有了许多搬家的人,汽车租钱之类,都贵了好几倍。搬家的自然是中国人,外国人是很有趣似的站在马路旁边看。我也常常去看的。一到夜里,非常之冷静,再没有卖食物的小商人了,只听得有时从远处传来着犬吠。然而过了两三天,搬家好像被禁止了。警察拚死命的在殴打那些拉着行李的大车夫和洋车夫,日本的报章[4],中国的报章,都异口同声的对于搬了家的人们给了一个"愚民"的徽号。这意思就是说,其实是天下太平的,只因为有这样的"愚民",所以把颇好的天下，弄得乱七八糟了。

我自始至终没有动，并未加入"愚民"这一伙里。但这并非为了聪明，却只因为懒惰。也曾陷在五年前的正月的上海战争[5]——日本那一面，好像是喜欢称为"事变"似的——的火线下，而且自由早被剥夺[6]，夺了我的自由的权力者，又拿着这飞上空中了，所以无论跑到那里去，都是一个样。中国的人民是多疑的。无论那一国人，都指这为可笑的缺点。然而怀疑并不是缺点。总是疑，而并不下断语，这才是缺点。我是中国人，所以深知道这秘密。其实，是在下着断语的，而这断语，乃是：到底还是不可信。但后来的事实，却大抵证明了这断语的的确。中国人不疑自己的多疑。所以我的没有搬家，也并不是因为怀着天下太平的确信，说到底，仍不过为了无论那里都一样的危险的缘故。五年以前翻阅报章，看见过所记的孩子的死尸的数目之多，和从不见有记着交换俘虏的事，至今想起来，也还是非常悲痛的。

虐待搬家人，殴打车夫，还是极小的事情。中国的人民，是常用自己的血，去洗权力者的手，使他又变成洁净的人物的，现在单是这模样就完事，总算好得很。

但当大家正在搬家的时候，我也没有整天站在路旁看热闹，或者坐在家里读世界文学史之类的心思。走远一点，到电影院里散闷去。一到那里，可真是天下太平了。这就是大家搬家去住的处所[7]。我刚要跨进大门，被一个十二三岁的女孩子捉住了。是小学生，在募集水灾的捐款，因为冷，连鼻子尖也冻得通红。我说没有零钱,她就用眼睛表示了非常的失望。我觉得对不起人,就带她进了电影院,买过门票之后,付给她一块钱。她这回是非常高兴了,称赞我道,"你是好人",还写给我一张收条。只要拿着这收条,就无论到那里,都没有再出捐款的必要。于是我,就是所谓"好人",也轻松的走进里面了。

看了什么电影呢?现在已经丝毫也记不起。总之,大约不外乎一个英国人,为着祖国,征服了印度的残酷的酋长,或者一个美国人,到亚非利加去,发了大财,和绝世的美人结婚之类罢。这样的消遣了一些时光,傍晚回家,又走进了静悄悄的环境。听到远地里的犬吠声。女孩子的满足的表情的相貌,又在眼前出现,自己觉得做了好事情了,但心情又立刻不舒服起来,好像嚼了肥皂或者什么一样。

诚然,两三年前,是有过非常的水灾的,这大水和日本的不同,几个月或半年都不退。但我又知道,中国有着叫作"水利局"的机关,每年从人民收着税钱,在办事。但反而出了这样的大水了。我又知道,有一个团体演了戏来筹钱,因为后来只有二十几元,衙门就发怒不肯要。连被水灾所害的难民成群的跑到安全之处来,说是有害治安,就用机关枪去扫射的话也都听到过。恐怕早已统统死掉了罢。然而孩子们不知道,还在拚命的替死人募集生活费,募不到,就失望,募到手,就喜欢。而其实,一块来钱,是连给水利局的老爷买一天的烟卷也不够的。我明明知道着,却好像也相信款子真会到灾民的手里似的,付了一块钱。实则不过买了这天真烂漫的孩子的欢喜罢了。我不爱看人们的失望的样子。

倘使我那八十岁的母亲,问我天国是否真有,我大约是会毫不踌躇,答道真有的罢。

然而这一天的后来的心情却不舒服。好像是又以为孩子和老人不同,骗她是不应该似的,想写一封公开信,说明自己的本心,去消释误解,但又想到横竖没有发表之处,于是中止了,时候已是夜里十二点钟。到门外去看了一下。

已经连人影子也看不见。只在一家的檐下,有一个卖馄饨的,在和两个警察谈闲天。这是一个平时不大看见的特别穷苦的肩贩,存着的材料多得很,可见他并无生意。用两角钱买了两碗,和我的女人两个人分吃了。算是给他赚一点钱。

庄子曾经说过:"干下去的(曾经积水的)车辙里的鲋鱼,彼此用唾沫相湿,用湿气相嘘,"——然而他又说,"倒不如在江湖里,大家互相忘却的好。"〔8〕

可悲的是我们不能互相忘却。而我,却愈加恣意的骗起人来了。如果这骗人的学问不毕业,或者不中止,恐怕是写不出圆满的文章来的。

但不幸而在既未卒业,又未中止之际,遇到山本社长〔9〕了。因为要我写一点什么,就在礼仪上,答道"可以的"。因为说过"可以",就应该写出来,不要使他失望,然而到底也还是写了骗人的文章。

写着这样的文章,也不是怎么舒服的心地。要说的话多得很,但得等候"中日亲善"更加增进的时光。不久之后,恐怕那"亲善"的程度,竟会到在我们中国,认为排日即国贼——因为说是共产党利用了排日的口号,使中国灭亡的缘故——而到处的断头台上,都闪烁着太阳的圆圈[10]的罢,但即使到了这样子,也还不是披沥真实的心的时光。

单是自己一个人的过虑也说不定:要彼此看见和了解真实的心,倘能用了笔,舌,或者如宗教家之所谓眼泪洗明了眼睛那样的便当的方法,那固然是非常之好的,然而这样便宜事,恐怕世界上也很少有。这是可以悲哀的。一面写着漫无条理的文章,一面又觉得对不起热心的读者了。

临末,用血写添几句个人的豫感,算是一个答礼罢。

二月二十三日。

*　　*　　*

〔1〕 本篇是应日本改造社社长山本实彦的约稿,用日文写成,最初发表于1936年4月号日本《改造》月刊。1936年4月16日北平《火星》文艺半月刊(燕京大学一二九文艺社出版)曾刊出林萧的译文,题作《我愿骗骗人》。后由作者译成中文,发表于1936年6月上海《文学丛报》月刊第三期。

在《改造》发表时,第四段中"上海""死尸""俘虏"等词及第十五段中"太阳的圆圈"一语,都被删去。《文学丛报》发表时经作者补入,该刊编者在《编后》中曾有说明。

〔2〕 浅间山　日本的火山,过去常有人去投火山口自杀;它也是游览地区,山下设有旅馆等。

〔3〕 指1935年11月9日晚日本水兵中山秀雄在上海窦乐安路被暗杀。当时日本侵略者曾借此进行威胁要挟。

〔4〕 日本的报章 指当时在上海发行的日文报纸。

〔5〕 上海战争 指1932年的"一·二八"战争。当时作者的住所临近战区。

〔6〕 自由早被剥夺 1930年2月作者参加发起中国自由运动大同盟,国民党浙江省党部呈请国民党中央通缉"堕落文人鲁迅"。

〔7〕 指当时上海的"租界"地区。

〔8〕《庄子》中,《大宗师》和《天运》篇中都有这样的话:"泉涸,鱼相与处于陆,相呴以湿,相濡以沫,不如(《天运》篇作"不若")相忘于江湖。""涸辙之鲋",另见《庄子·外物》篇。

〔9〕 山本社长 山本实彦(1885—1952),当时日本《改造》杂志社社长。

〔10〕 太阳的圆圈 指日本的国旗。

写于深夜里[1]

一 珂勒惠支教授的版画之入中国

野地上有一堆烧过的纸灰，旧墙上有几个划出的图画，经过的人是大抵未必注意的，然而这些里面，各各藏着一些意义，是爱，是悲哀，是愤怒，……而且往往比叫了出来的更猛烈。也有几个人懂得这意义。

一九三一年——我忘了月份了——创刊不久便被禁止的杂志《北斗》[2]第一本上，有一幅木刻画，是一个母亲，悲哀的闭了眼睛，交出她的孩子去。这是珂勒惠支教授（Prof. Kaethe Kollwitz）的木刻连续画《战争》的第一幅，题目叫作《牺牲》；也是她的版画绍介进中国来的第一幅。

这幅木刻是我寄去的，算是柔石[3]遇害的纪念。他是我的学生和朋友，一同绍介外国文艺的人，尤喜欢木刻，曾经编印过三本欧美作家的作品[4]，虽然印得不大好。然而不知道为了什么，突然被捕了，不久就在龙华和别的五个青年作家[5]同时枪毙。当时的报章上毫无记载，大约是不敢，也不能记载，然而许多人都明白他不在人间了，因为这是常有的事。只有他那双目失明的母亲，我知道她一定还以为她的爱子仍在上海翻译和校对。偶然看到德国书店的目录上有这幅《牺牲》，便将它投寄《北斗》了，算是我的无言的纪念。然而，后来知道，很有一些人是觉得所含的意义的，不过他们大抵以为纪念的是被害的全群。

这时珂勒惠支教授的版画集正在由欧洲走向中国的路上，但到得上海，勤恳的绍介者却早已睡在土里了，我们连地点也不知道。好的，我一个人来看。这里面是穷困，疾病，饥饿，死亡……自然也有挣扎和争斗，但比较的少；这正如作者的自画像，脸上虽有憎恶和愤怒，而更多的是慈爱和悲悯的相同。这是一切"被侮辱和被损害的"[6]的母亲的心的图像。这类母亲，在中国的指甲还未染红的乡下，也常有的，然而人往往嗤笑她，说做母亲的只爱不中用的儿子。但我想，她是也爱中用的儿子的，只因为既然强壮而有能力，她便放了心，去注意"被侮辱的和被损害的"孩子去了。

现在就有她的作品的复印二十一幅，来作证明；并且对于中国的青年艺术学徒，又有这样的益处的——

一，近五年来，木刻已颇流行了，虽然时时受着迫害。但别的版画，较成片段的，却只有一本关于卓伦（Anders Zorn）[7]的书。现在所绍介的全是铜刻和石刻，使读者知道版画之中，又有这样的作品，也可以比油画之类更加普遍，而且看见和卓伦截然不同的技法和内容。

二，没有到过外国的人，往往以为白种人都是对人来讲耶稣道理或开洋行的，鲜衣美食，一不高兴就用皮鞋向人乱踢。有了这画集，就明白世界上其实许多地方都还存在着"被侮辱和被损害的"人，是和我们一气的朋友，而且还有为这些人们悲哀，叫喊和战斗的艺术家。

三，现在中国的报纸上多喜欢登载张口大叫着的希特拉[8]像，当时是暂时的，照相上却永久是这姿势，多看就令人觉得疲劳。现在由德国艺术家的画集，却看见了别一种人，虽然并非英雄，却可以亲近，同情，而且愈看，也愈觉得美，愈觉得有动人之力。

四，今年是柔石被害后的满五年，也是作者的木刻第一次在中国出现后的第五年；而作者，用中国式计算起来，她是七十岁了，这也可以算作一个纪念。作者虽然现在也只能守着沉默，但她的作品，却更多的在远东的天下出现了。是的，为人类的艺术，别的力量是阻挡不住的。

二　略论暗暗的死

这几天才悟到，暗暗的死，在一个人是极其惨苦的事。

中国在革命以前，死囚临刑，先在大街上通过，于是他或呼冤，或骂官，或自述英雄行为，或说不怕死。到壮美时，随着观看的人们，便喝一声采，后来还传述开去。在我年青的时候，常听到这种事，我总以为这情形是野蛮的，这办法是残酷的。

新近在林语堂[9]博士编辑的《宇宙风》里,看到一篇铢堂[10]先生的文章,却是别一种见解。他认为这种对死囚喝采,是崇拜失败的英雄,是扶弱,"理想是不能不算崇高。然而在人群的组织上实在要不得。抑强扶弱,便是永远不愿意有强。崇拜失败英雄,便是不承认成功的英雄。"所以使"凡是古来成功的帝王,欲维持几百年的威力,不定得残害几万几十万无辜的人,方才能博得一时的慑服"。

残害了几万几十万人,还只"能博得一时的慑服",为"成功的帝王"设想,实在是大可悲哀的:没有好法子。不过我并不想替他们划策,我所由此悟到的,乃是给死囚在临刑前可以当众说话,倒是"成功的帝王"的恩惠,也是他自信还有力量的证据,所以他有胆放死囚开口,给他在临死之前,得到一个自夸的陶醉,大家也明白他的收场。我先前只以为"残酷",还不是确切的判断,其中是含有一点恩惠的。我每当朋友或学生的死,倘不知时日,不知地点,不知死法,总比知道的更悲哀和不安;由此推想那一边,在暗室中毕命于几个屠夫的手里,也一定比当众而死的更寂寞。

然而"成功的帝王"是不秘密杀人的,他只秘密一件事:和他那些妻妾的调笑。到得就要失败了,才又增加一件秘密:他的财产的数目和安放的处所;再下去,这才加到第三件:秘密的杀人。这时他也如铢堂先生一样,觉得民众自有好恶,不论成败的可怕了。

所以第三种秘密法,是即使没有策士的献议,也总有一时要采用的,也许有些地方还已经采用。这时街道文明了,民众安静了,但我们试一推测死者的心,却一定比明明白白而死的更加惨苦。我先前读但丁[11]的《神曲》,到《地狱》篇,就惊异于这作者设想的残酷,但到现在,阅历加多,才知道他还是仁厚的了:他还没有想出一个现在已极平常的惨苦到谁也看不见的地狱来。

三 一个童话

看到二月十七日的《DZZ》[12],有为纪念海涅(H. Heine)[13]死后八十年,勃莱兑勒(Willi Bredel)[14]所作的《一个童话》,很爱这个题目,也来写一篇。

有一个时候,有一个这样的国度。权力者压服了人民,但觉得他们倒都是强敌了,拼音字好像机关枪,木刻好像坦克车;取得了土地,但规定的车站上不能下车。地面上也不能走了,总得在空中飞来飞去;而且皮肤的抵抗力也衰弱起来,一有紧要的事情,就伤风,同时还传染给大臣们,一齐生病。

出版有大部的字典,还不止一部,然而是都不合于实用的,倘要明白真情,必须查考向来没有印过的字典。这里面很有新奇的解释,例如:"解放"就是"枪毙";"托尔斯泰主义"就是"逃走";"官"字下注云:"大官的亲戚朋友和奴才";"城"字下注云:"为防学生出入而造的高而坚固的砖墙";"道德"条下注云:"不准女人露出臂膊";"革命"条下注云:"放大水入田地里,用飞机载炸弹向'匪贼'头上掷之也。"

出版有大部的法律,是派遣学者,往各国采访了现行律,摘取精华,编纂而成的,所以没有一国,能有这部法律的完全和精密。但卷头有一页白纸,只有见过没有印出的字典的人,才能够看出字来,首先计三条:一,或从宽办理;二,或从严办理;三,或有时全不适用之。

自然有法院,但曾在白纸上看出字来的犯人,在开庭时候是决不抗辩的,因为坏人才爱抗辩,一辩即不免"从严办理";自然也有高等法院,但曾在白纸上看出字来的人,是决不上诉的,因为坏人才爱上诉,一上诉即不免"从严办理"。

有一天的早晨,许多军警围住了一个美术学校[15]。校里有几个中装和西装的人在跳着,翻着,寻找着,跟随他们的也是警察,一律拿着手枪。不多久,一位西装朋友就在寄宿舍里抓住了一个十八岁的学生的肩头。

"现在政府派我们到你们这里来检查,请你……"

"你查罢!"那青年立刻从床底下拖出自己的柳条箱来。

这里的青年是积多年的经验,已颇聪明了的,什么也不敢有。但那学生究竟只有十八岁,终于被在抽屉里,搜出几封信来了,也许是因为那些信里面说到他的母亲的困苦而死,一时不忍烧掉罢。西装朋友便子子细细的一字一字的读着,当读到"……世界是一台吃人的筵席,你的母亲被吃去了,天下无数无数的母亲也会被吃去的……"的时候,就把眉头一扬,摸

出一枝铅笔来,在那些字上打着曲线,问道:

"这是怎么讲的?"

"…………"

"谁吃你的母亲?世上有人吃人的事情吗?我们吃你的母亲?好!"他凸出眼珠,好像要化为枪弹,打了过去的样子。

"那里!……这……那里!……这……"青年发急了。

但他并不把眼珠射出去,只将信一折,塞在衣袋里;又把那学生的木版,木刻刀和拓片,《铁流》,《静静的顿河》[16],剪贴的报,都放在一处,对一个警察说:

"我把这些交给你!"

"这些东西里有什么呢,你拿去?"青年知道这并不是好事情。

但西装朋友只向他瞥了一眼,立刻顺手一指,对别一个警察命令道:

"我把这个交给你!"

警察的一跳好像老虎,一把抓住了这青年的背脊上的衣服,提出寄宿舍的大门口去了。门外还有两个年纪相仿的学生[17],背脊上都有一只勇壮巨大的手在抓着。旁边围着一大层教员和学生。

四　又是一个童话

有一天的早晨的二十一天之后,拘留所里开审了。一间阴暗的小屋子里,上面坐着两位老爷,一东一西。东边的一个是马褂,西边的一个是西装,不相信世上有人吃人的事情的乐天派,录口供的。警察吆喝着连抓带拖的弄进一个十八岁的学生来,苍白脸,脏衣服,站在下面。马褂问过他的姓名,年龄,籍贯之后,就又问道:

"你是木刻研究会[18]的会员么?"

"是的。"

"谁是会长呢?"

"Ch……正的,H……副的。"

"他们现在在那里?"

"他们都被学校开除了,我不晓得。"

"你为什么要鼓动风潮呢,在学校里?"

"阿!……"青年只惊叫了一声。

"哼。"马褂随手拿出一张木刻的肖像来给他看,"这是你刻的吗?"

"是的。"

"刻的是谁呢?"

"是一个文学家。"

"他叫什么名字?"

"他叫卢那却尔斯基[19]。"

"他是文学家?——他是那一国人?"

"我不知道!"这青年想逃命,说谎了。

"不知道?你不要骗我!这不是露西亚[20]人吗?这不

是明明白白的露西亚红军军官吗？我在露西亚的革命史上亲眼看见他的照片的呀！你还想赖？"

"那里！"青年好像头上受到了铁椎的一击，绝望的叫了一声。

"这是应该的，你是普罗艺术家，刻起来自然要刻红军军官呀！"

"那里……这完全不是……"

"不要强辩了，你总是'执迷不悟'！我们很知道你在拘留所里的生活很苦。但你得从实说来，好使我们早些把你送给法院判决。——监狱里的生活比这里好得多。"

青年不说话——他十分明白了说和不说一样。

"你说，"马褂又冷笑了一声，"你是 CP，还是 CY[21]？"

"都不是的。这些我什么也不懂！"

"红军军官会刻，CP，CY 就不懂了？人这么小，却这样的刁顽！去！"于是一只手顺势向前一摆，一个警察很聪明而熟练的提着那青年就走了。

我抱歉得很，写到这里，似乎有些不像童话了。但如果不称它为童话，我将称它为什么呢？特别的只在我说得出这事的年代，是一九三二年。

五　一封真实的信

"敬爱的先生：

你问我出了拘留所以后的事情么,我现在大略叙述在下面——

在当年的最后一月的最后一天,我们三个被××省[22]政府解到了高等法院。一到就开检查庭。这检察官的审问很特别,只问了三句:

'你叫什么名字?'——第一句;

'今年你几岁?'——第二句;

'你是那里人?'——第三句。

开完了这样特别的庭,我们又被法院解到了军人监狱。有谁要看统治者的统治艺术的全般的么?那只要到军人监狱里去。他的虐杀异己,屠戮人民,不惨酷是不快意的。时局一紧张,就拉出一批所谓重要的政治犯来枪毙,无所谓刑期不刑期的。例如南昌陷于危急的时候[23],曾在三刻钟之内,打死了二十二个;福建人民政府[24]成立时,也枪毙了不少。刑场就是狱里的五亩大的菜园,囚犯的尸体,就靠泥埋在菜园里,上面栽起菜来,当作肥料用。

约莫隔了两个半月的样子,起诉书来了。法官只问我们三句话,怎么可以做起诉书的呢?可以的!原文虽然不在手头,但是我背得出,可惜的是法律的条目已经忘记了——

……Ch……H……所组织之木刻研究会,系受共党指挥,研究普罗艺术之团体也。被告等皆为该会会员,……核其所刻,皆为红军军官及劳动饥饿者之景象,借以鼓动阶级斗争而示无产阶级必有专政之一日。……

之后,没有多久,就开审判庭。庭上一字儿坐着老爷五位,威严得很。然而我倒并不怎样的手足无措,因为这时我的脑子里浮出了一幅图画,那是陀密埃(Honoré Daumier)的《法官》〔25〕,真使我赞叹!

审判庭开后的第八日,开最后的判决庭,宣判了。判决书上所开的罪状,也还是起诉书上的那么几句,只在它的后半段里,有——

'核其所为,当依危害民国紧急治罪法第×条,刑法第×百×十×条第×款,各处有期徒刑五年。……然被告等皆年幼无知,误入歧途,不无可悯,特依××法第×千×百×十×条第×款之规定,减处有期徒刑二年六个月。于判决书送到后十日以内,不服上诉……'云云。

我还用得到'上诉'么?'服'得很!反正这是他们的法律!

总结起来,我从被捕到放出,竟游历了三处残杀人民的屠场。现在,我除了感激他们不砍我的头之外,更感激的是增加了我不知几多的知识。单在刑罚一方面,我才晓得现在的中国有:一,抽藤条,二,老虎凳,都还是轻的;三,踏杠,是叫犯人跪下,把铁杠放在他的腿弯上,两头站上彪形大汉去,起先两个,逐渐加到八人;四,跪火链,是把烧红的铁链盘在地上,使犯人跪上去;五,还有一种叫'吃'的,是从鼻孔里灌辣椒水,火油,醋,烧酒……;六,还有反绑着犯人的手,另用细麻绳缚住他的两个大拇指,高悬起来,吊着打,我叫不出这刑罚的名目。

我认为最惨的还是在拘留所里和我同枷的一个年青的农民。老爷硬说他是红军军长,但他死不承认。呵,来了,他们用缝衣针插在他的指甲缝里,用榔头敲进去。敲进去了一只,不承认,敲第二只,仍不承认,又敲第三只……第四只……终于十只指头都敲满了。直到现在,那青年的惨白的脸,凹下的眼睛,两只满是鲜血的手,还时常浮在我的眼前,使我难于忘却!使我苦痛!……

然而,入狱的原因,直到我出来之后才查明白。祸根是在我们学生对于学校有不满之处,尤其是对于训育主任,而他却是省党部的政治情报员。他为了要镇压全体学生的不满,就把仅存的三个木刻研究会会员,抓了去做示威的牺牲了。而那个硬派卢那却尔斯基为红军军官的马褂老爷,又是他的姐夫,多么便利呵!

写完了大略,抬头看看窗外,一地惨白的月色,心里不禁渐渐地冰凉了起来。然而我自信自己还并不怎样的怯弱,然而,我的心冰凉起来了……

愿你的身体康健!

    人凡[26]。四月四日,后半夜。"

(附记:从《一个童话》后半起至篇末止,均据人凡君信及《坐牢略记》。四月七日。)

＊　　　＊　　　＊

　　〔1〕 本篇最初发表于1936年5月上海《夜莺》月刊第一卷第三期。此文是为上海出版的英文期刊《中国呼声》(*The Voice of China*)而作,英译稿发表于同年6月1日该刊第一卷第六期。

　　作者1936年4月1日致曹白信中说:"为了一张文学家的肖像,得了这样的罪,是大黑暗,也是大笑话,我想作一点短文,到外国去发表。所以希望你告诉我被捕的原因,年月,审判的情形,定罪的长短(二年四月?),但只要一点大略就够。"又在5月4日信中说:"你的那一篇文章(按指《坐牢略记》),尚找不着适当的发表之处。我只抄了一段,连一封信(略有删去及改易),收在《写在深夜里》的里面。"

　　〔2〕 《北斗》 文艺月刊。"左联"机关刊物之一,丁玲主编。1931年9月在上海创刊,次年7月出至第二卷第三、四期合刊后因国民党政府压迫停刊,共出八期。

　　〔3〕 柔石(1902—1931) 原名赵平复,浙江宁海人,共产党员,作家。曾任《语丝》编辑,并与鲁迅等创办朝花社。著有中篇小说《二月》、短篇小说《为奴隶的母亲》等。1931年2月7日被国民党当局杀害于上海龙华。

　　〔4〕 三本欧美作家的作品 指印入《艺苑朝华》的《近代木刻选集》第一、二两集和《比亚兹莱画选》。

　　〔5〕 五个青年作家 应为"四个青年作家"。

　　〔6〕 "被侮辱和被损害的" 原是俄国作家陀思妥耶夫斯基作的长篇小说的书名,这里借用它字面的意思。

　　〔7〕 卓伦(1860—1920) 瑞典画家、雕刻家和铜版蚀刻画家。

〔8〕 希特拉　即希特勒。

〔9〕 林语堂（1895—1976）　福建龙溪人，作家。早年留学美国德国，回国后任北京大学、北京女子师范大学等校教授，参与创办《语丝》。三十年代在上海主编《论语》《人间世》《宇宙风》等杂志，提倡所谓性灵幽默文学。《宇宙风》，小品文半月刊，林语堂、陶亢德编辑，1935年9月在上海创刊，1947年8月出至第一五二期停刊。

〔10〕 铢堂　原作铢庵，本名瞿宣颖（1894—1973），字兑之，湖南长沙人。历史学家。著有《长沙瞿氏家乘》《中国历代社会史料丛钞》等。这里提到的他的文章题为《不以成败论英雄》，刊于《宇宙风》第十三期（1936年3月），文中说："我们的民族乃是向来不以成败论英雄的。……近人有一句流行话，说中国民族富于同化力，所以辽金元清都并不曾征服中国。其实无非是一种惰性，对于新制度不容易接收罢了。这种惰性与上面所说的不论成败的精神，最有关系。中国人对于失败者过于哀怜，所以对于旧的过于恋惜。对于成功者常怀轻蔑，所以对于新的不容易接收。凡是古来成功的帝王，欲维持几百年的威力，不定得残害几万几十万无辜的人，方才能博得一时的慑服。……这些话好像都是老生常谈。然而我要藉此点明的意思，乃是中国的社会不树威是难得服帖的。……总而言之，中国人理想是不能不算崇高。然而在人群的组织上实在要不得。抑强扶弱，便是永远不愿意有强。崇拜失败英雄，便是不承认成功的英雄。"

〔11〕 但丁（Dante Alighièri, 1265—1321）　意大利诗人。《神曲》是他的代表作，通过作者在阴间游历的幻想，揭露了中世纪贵族和教会的罪恶。全诗分《地狱》《炼狱》《天堂》三部。"炼狱"又译作"净界"，天主教传说，是人死后入天国前洗净生前罪孽的地方。

〔12〕 《DZZ》 德文 Deutsche Zentral Zeitung(《德意志中央新闻》)的缩写;是当时在苏联印行的德文日报。

〔13〕 海涅(1797—1856) 德国诗人、政论家,著有《德国——一个冬天的童话》等。2月17日是海涅逝世的日子。

〔14〕 勃莱兑勒(1901—1964) 通译布莱德尔,德国作家。著有长篇小说《考验》和三部曲《亲戚和朋友们》等。

〔15〕 美术学校 指杭州国立艺术专门学校。下文的"一个十八岁的学生"指曹白。

〔16〕 《静静的顿河》 苏联作家萧洛霍夫的长篇小说,当时有贺非从德文译本第一卷上半译出的中译本,上海神州国光社出版。鲁迅曾为它写有《后记》(收入《集外集拾遗》)。

〔17〕 两个年纪相仿的学生 指当时杭州国立艺术专门学校学生郝力群和叶乃芬。郝力群,山西灵石人;叶乃芬(1912—1985),又名叶洛,浙江衢县人。

〔18〕 木刻研究会 指木铃木刻研究会,1933年春成立于杭州,发起人为杭州艺术专门学校学生曹白、郝力群等。

〔19〕 卢那却尔斯基(А. В. Луначарский,1875—1933) 苏联文艺批评家,曾任苏联教育人民委员。

〔20〕 露西亚 俄罗斯的日文译名。

〔21〕 CP 英语 Communist Party 的缩写,即共产党。CY,英语 Communist Youth 的缩写,即共产主义青年团。

〔22〕 ××省 指浙江省。

〔23〕 南昌陷于危急的时候 指1933年4月初国民党对江西中央苏区的第四次"围剿"被粉碎后,红军部队攻克江西新淦、金溪,进逼

南昌、抚州的时期。

〔24〕 福建人民政府　1932年1月28日在上海抗击进犯日军的十九路军,停战后被蒋介石调往福建进行反共内战。1933年11月,十九路军将领蒋光鼐、蔡廷锴等联合国民党内一部分势力,在福建省成立"中华共和国人民革命政府",并与红军成立抗日反蒋协定,但不久即在蒋介石的兵力压迫下失败。

〔25〕 陀密埃(1808—1879)　通译杜米埃,法国画家。晚年曾参加巴黎公社革命运动,作品有石版画《立法肚子》等。《法官》是他作的一幅人物画,曾收入鲁迅所译《近代美术史潮论》中。

〔26〕 人凡　即曹白,原名刘萍若,江苏武进人。1933年在杭州国立艺术专门学校学习,因组织木刻研究会,于同年10月被捕,1934年底获释。出狱后曾任小学教师。

"这也是生活"……[1]

这也是病中的事情。

有一些事,健康者或病人是不觉得的,也许遇不到,也许太微细。到得大病初愈,就会经验到;在我,则疲劳之可怕和休息之舒适,就是两个好例子。我先前往往自负,从来不知道所谓疲劳。书桌面前有一把圆椅,坐着写字或用心的看书,是工作;旁边有一把藤躺椅,靠着谈天或随意的看报,便是休息;觉得两者并无很大的不同,而且往往以此自负。现在才知道是不对的,所以并无大不同者,乃是因为并未疲劳,也就是并未出力工作的缘故。

我有一个亲戚的孩子,高中毕了业,却只好到袜厂里去做学徒,心情已经很不快活的了,而工作又很繁重,几乎一年到头,并无休息。他是好高的,不肯偷懒,支持了一年多。有一天,忽然坐倒了,对他的哥哥道:"我一点力气也没有了。"

他从此就站不起来,送回家里,躺着,不想饮食,不想动弹,不想言语,请了耶稣教堂的医生来看,说是全体什么病也没有,然而全体都疲乏了。也没有什么法子治。自然,连接而来的是静静的死。我也曾经有过两天这样的情形,但原因不同,他是做乏,我是病乏的。我的确什么欲望也没有,似乎一切都和我不相干,所有举动都是多事,我没有想到死,但也没有觉得生;这就是所谓"无欲望状态",是死亡的第一步。曾有爱我者因此暗中下泪;然而我有转机了,我要喝一点汤水,我有时也看看四近的东西,如墙壁,苍蝇之类,此后才能觉得疲劳,才需要休息。

象心纵意的躺倒,四肢一伸,大声打一个呵欠,又将全体放在适宜的位置上,然后弛懈了一切用力之点,这真是一种大享乐。在我是从来未曾享受过的。我想,强壮的,或者有福的人,恐怕也未曾享受过。

记得前年,也在病后,做了一篇《病后杂谈》,共五节,投给《文学》,但后四节无法发表,印出来只剩了头一节了。[2]虽然文章前面明明有一个"一"字,此后突然而止,并无"二""三",仔细一想是就会觉得古怪的,但这不能要求于每一位读者,甚而至于不能希望于批评家。于是有人据这一节,下我断语道:"鲁迅是赞成生病的。"现在也许暂免这种灾难了,但我还不如先在这里声明一下:"我的话到这里还没有完。"

有了转机之后四五天的夜里,我醒来了,喊醒了广平。

"给我喝一点水。并且去开开电灯,给我看来看去的看一下。"

"为什么?……"她的声音有些惊慌,大约是以为我在讲昏话。

"因为我要过活。你懂得么?这也是生活呀。我要看来看去的看一下。"

"哦……"她走起来,给我喝了几口茶,徘徊了一下,又轻轻的躺下了,不去开电灯。

我知道她没有懂得我的话。

街灯的光穿窗而入,屋子里显出微明,我大略一看,熟识的墙壁,壁端的棱线,熟识的书堆,堆边的未订的画集,外面的进行着的夜,无穷的远方,无数的人们,都和我有关。我存在着,我在生活,我将生活下去,我开始觉得自己更切实了,我有动作的欲望——但不久我又坠入了睡眠。

第二天早晨在日光中一看,果然,熟识的墙壁,熟识的书堆……这些,在平时,我也时常看它们的,其实是算作一种休息。但我们一向轻视这等事,纵使也是生活中的一片,却排在喝茶搔痒之下,或者简直不算一回事。我们所注意的是特别的精华,毫不在枝叶。给名人作传的人,也大抵一味铺张其特点,李白怎样做诗,怎样耍颠,拿破仑怎样打仗,怎样不睡觉,却不说他们怎样不耍颠,要睡觉。其实,一生中专门耍颠或不睡觉,是一定活不下去的,人之有时能耍颠和不睡觉,就因为倒是有时不耍颠和也睡觉的缘故。然而人们以为这些平凡的都是生活的渣滓,一看也不看。

于是所见的人或事,就如盲人摸象,摸着了脚,即以为象的样子像柱子。中国古人,常欲得其"全",就是制妇女用的

"乌鸡白凤丸",也将全鸡连毛血都收在丸药里,方法固然可笑,主意却是不错的。

删夷枝叶的人,决定得不到花果。

为了不给我开电灯,我对于广平很不满,见人即加以攻击;到得自己能走动了,就去一翻她所看的刊物,果然,在我卧病期中,全是精华的刊物已经出得不少了,有些东西,后面虽然仍旧是"美容妙法","古木发光",或者"尼姑之秘密",但第一面却总有一点激昂慷慨的文章。作文已经有了"最中心之主题"[3]:连义和拳时代和德国统帅瓦德西睡了一些时候的赛金花,也早已封为九天护国娘娘了。[4]

尤可惊服的是先前用《御香缥缈录》[5],把清朝的宫廷讲得津津有味的《申报》上的《春秋》,也已经时而大有不同,有一天竟在卷端的《点滴》[6]里,教人当吃西瓜时,也该想到我们土地的被割碎,像这西瓜一样。自然,这是无时无地无事而不爱国,无可訾议的。但倘使我一面这样想,一面吃西瓜,我恐怕一定咽不下去,即使用劲咽下,也难免不能消化,在肚子里咕咚的响它好半天。这也未必是因为我病后神经衰弱的缘故。我想,倘若用西瓜作比,讲过国耻讲义,却立刻又会高高兴兴的把这西瓜吃下,成为血肉的营养的人,这人恐怕是有些麻木。对他无论讲什么讲义,都是毫无功效的。

我没有当过义勇军,说不确切。但自己问:战士如吃西瓜,是否大抵有一面吃,一面想的仪式的呢?我想:未必有的。

他大概只觉得口渴,要吃,味道好,却并不想到此外任何好听的大道理。吃过西瓜,精神一振,战斗起来就和喉干舌敝时候不同,所以吃西瓜和抗敌的确有关系,但和应该怎样想的上海设定的战略,却是不相干。这样整天哭丧着脸去吃喝,不多久,胃口就倒了,还抗什么敌。

然而人往往喜欢说得稀奇古怪,连一个西瓜也不肯主张平平常常的吃下去。其实,战士的日常生活,是并不全部可歌可泣的,然而又无不和可歌可泣之部相关联,这才是实际上的战士。

八月二十三日。

* * *

〔1〕 本篇最初发表于1936年9月5日上海《中流》半月刊第一卷第一期。

〔2〕 《病后杂谈》 写于1934年12月11日,共四节。在《文学》月刊第四卷第二号(1935年2月)发表时,被国民党当局检查删去后三节。全文后收入《且介亭杂文》。

〔3〕 "最中心之主题" 周扬在《关于国防文学》一文中说:"国防的主题应当成为汉奸以外的一切作家的作品之中最中心的主题。"

〔4〕 瓦德西(A. von Waldersee,1832—1904) 德国人,1900年侵略中国的八国联军总司令。赛金花(约1872—1936),江苏盐城人,清末的一个妓女。据近人柴萼所著《梵天庐丛录》卷三《庚辛纪事》中载:"金花故姓傅,名彩云(自云姓赵,实则姓曹),洪殿撰(钧)之妾也,随洪之西洋,艳名噪一时,归国后仍操丑业。""瓦德西统帅获名妓赛金花,嬖之甚,言听计从,隐为瓦之参谋。"这里说赛金花被"封为九天护

国娘娘",是针对夏衍所作剧本《赛金花》以及当时报刊对该剧的赞扬而说的。

〔5〕《御香缥缈录》 原名《老佛爷时代的西太后》,清宗室德龄所作。原本系英文,1933年在美国纽约出版。秦瘦鸥译为中文,1934年4月起在《申报》副刊《春秋》上连载,后由申报馆印行单行本。

〔6〕《点滴》 《申报·春秋》刊登短篇文章的专栏。1936年8月12日该栏发表姚明然的短文中说:"当圆圆的西瓜,被瓜分的时候,我便想到和将来世界殖民地的再分割不是一样吗?"

死[1]

当印造凯绥·珂勒惠支(Kaethe Kollwitz)所作版画的选集时,曾请史沫德黎(A. Smedley)[2]女士做一篇序。自以为这请得非常合适,因为她们俩原极熟识的。不久做来了,又逼着茅盾先生译出,现已登在选集上。其中有这样的文字:

> 许多年来,凯绥·珂勒惠支——她从没有一次利用过赠授给她的头衔[3]——作了大量的画稿,速写,铅笔作的和钢笔作的速写,木刻,铜刻。把这些来研究,就表示着有二大主题支配着,她早年的主题是反抗,而晚年的是母爱,母性的保障,救济,以及死。而笼照于她所有的作品之上的,是受难的,悲剧的,以及保护被压迫者深切热情的意识。
>
> 有一次我问她:"从前你用反抗的主题,但是现在你好像很有点抛不开死这观念。这是为什么呢?"用了深有所苦的语调,她回答道,"也许因为我是一天一天老了!"……

我那时看到这里,就想了一想。算起来:她用"死"来做画材的时候,是一九一〇年顷;这时她不过四十三四岁。我今年的这"想了一想",当然和年纪有关,但回忆十余年前,对于死却还没有感到这么深切。大约我们的生死久已被人们随意处置,认为无足重轻,所以自己也看得随随便便,不像欧洲人那样的认真了。有些外国人说,中国人最怕死。这其实是不确的,——但自然,每不免模模胡胡的死掉则有之。

大家所相信的死后的状态,更助成了对于死的随便。谁都知道,我们中国人是相信有鬼(近时或谓之"灵魂")的,既有鬼,则死掉之后,虽然已不是人,却还不失为鬼,总还不算是一无所有。不过设想中的做鬼的久暂,却因其人的生前的贫富而不同。穷人们是大抵以为死后就去轮回的,根源出于佛教。佛教所说的轮回,当然手续繁重,并不这么简单,但穷人往往无学,所以不明白。这就是使死罪犯人绑赴法场时,大叫"二十年后又是一条好汉",面无惧色的原因。况且相传鬼的衣服,是和临终时一样的,穷人无好衣裳,做了鬼也决不怎么体面,实在远不如立刻投胎,化为赤条条的婴儿的上算。我们曾见谁家生了小孩,胎里就穿着叫化子或是游泳家的衣服的么?从来没有。这就好,从新来过。也许有人要问,既然相信轮回,那就说不定来生会堕入更穷苦的景况,或者简直是畜生道,更加可怕了。但我看他们是并不这样想的,他们确信自己并未造出该入畜生道的罪孽,他们从来没有能堕畜生道的地位,权势和金钱。

然而有着地位，权势和金钱的人，却又并不觉得该堕畜生道；他们倒一面化为居士，准备成佛，一面自然也主张读经复古，兼做圣贤。他们像活着时候的超出人理一样，自以为死后也超出了轮回的。至于小有金钱的人，则虽然也不觉得该受轮回，但此外也别无雄才大略，只豫备安心做鬼。所以年纪一到五十上下，就给自己寻葬地，合寿材，又烧纸锭，先在冥中存储，生下子孙，每年可吃羹饭。这实在比做人还享福。假使我现在已经是鬼，在阳间又有好子孙，那么，又何必零星卖稿，或向北新书局[4]去算账呢，只要很闲适的躺在楠木或阴沉木的棺材里，逢年逢节，就自有一桌盛馔和一堆国币摆在眼前了，岂不快哉！

就大体而言，除极富贵者和冥律无关外，大抵穷人利于立即投胎，小康者利于长久做鬼。小康者的甘心做鬼，是因为鬼的生活（这两字大有语病，但我想不出适当的名词来），就是他还未过厌的人的生活的连续。阴间当然也有主宰者，而且极其严厉，公平，但对于他独独颇肯通融，也会收点礼物，恰如人间的好官一样。

有一批人是随随便便，就是临终也恐怕不大想到的，我向来正是这随便党里的一个。三十年前学医的时候，曾经研究过灵魂的有无，结果是不知道；又研究过死亡是否苦痛，结果是不一律，后来也不再深究，忘记了。近十年中，有时也为了朋友的死，写点文章，不过好像并不想到自己。这两年来病特别多，一病也比较的长久，这才往往记起了年龄，自然，一面也为了有些作者们笔下的好意的或是恶意的不断的提示。

从去年起,每当病后休养,躺在藤躺椅上,每不免想到体力恢复后应该动手的事情:做什么文章,翻译或印行什么书籍。想定之后,就结束道:就是这样罢——但要赶快做。这"要赶快做"的想头,是为先前所没有的,就因为在不知不觉中,记得了自己的年龄。却从来没有直接的想到"死"。

直到今年的大病,这才分明的引起关于死的豫想来。原先是仍如每次的生病一样,一任着日本的S医师[5]的诊治的。他虽不是肺病专家,然而年纪大,经验多,从习医的时期说,是我的前辈,又极熟识,肯说话。自然,医师对于病人,纵使怎样熟识,说话是还是有限度的,但是他至少已经给了我两三回警告,不过我仍然不以为意,也没有转告别人。大约实在是日子太久,病象太险了的缘故罢,几个朋友暗自协商定局,请了美国的D医师[6]来诊察了。他是在上海的唯一的欧洲的肺病专家,经过打诊,听诊之后,虽然誉我为最能抵抗疾病的典型的中国人,然而也宣告了我的就要灭亡;并且说,倘是欧洲人,则在五年前已经死掉。这判决使善感的朋友们下泪。我也没有请他开方,因为我想,他的医学从欧洲学来,一定没有学过给死了五年的病人开方的法子。然而D医师的诊断却实在是极准确的,后来我照了一张用X光透视的胸像,所见的景象,竟大抵和他的诊断相同。

我并不怎么介意于他的宣告,但也受了些影响,日夜躺着,无力谈话,无力看书。连报纸也拿不动,又未曾炼到"心如古井",就只好想,而从此竟有时要想到"死"了。不过所想的也并非"二十年后又是一条好汉",或者怎样久住在楠木棺材里之类,而是临终之前的琐事。在这时候,我才确信,我是到底相信人死无鬼的。我只想到过写遗嘱,以为我倘曾贵为宫保[7],富有千万,儿子和女婿及其他一定早已逼我写好遗嘱了,现在却谁也不提起。但是,我也留下一张罢。当时好像很想定了一些,都是写给亲属的,其中有的是:

一,不得因为丧事,收受任何人的一文钱。——但老朋友的,不在此例。

二,赶快收敛,埋掉,拉倒。

三,不要做任何关于纪念的事情。

四,忘记我,管自己生活。——倘不,那就真是胡涂虫。

五,孩子长大,倘无才能,可寻点小事情过活,万不可去做空头文学家或美术家。

六,别人应许给你的事物,不可当真。

七,损着别人的牙眼,却反对报复,主张宽容的人,万勿和他接近。

此外自然还有,现在忘记了。只还记得在发热时,又曾想到欧洲人临死时,往往有一种仪式,是请别人宽恕,自己也宽恕了别人。我的怨敌可谓多矣,倘有新式的人问起我来,怎么回答呢?我想了一想,决定的是:让他们怨恨去,我也一个都不宽恕。

但这仪式并未举行,遗嘱也没有写,不过默默的躺着,有时还发生更切迫的思想:原来这样就算是在死下去,倒也并不苦痛;但是,临终的一刹那,也许并不这样的罢;然而,一世只有一次,无论怎样,总是受得了的……。后来,却有了转机,好起来了。到现在,我想,这些大约并不是真的要死之前的情形,真的要死,是连这些想头也未必有的,但究竟如何,我也不知道。

九月五日。

* * *

〔1〕 本篇最初发表于 1936 年 9 月 20 日《中流》半月刊第一卷第二期。

〔2〕 史沫德黎(1890—1950) 通译史沫特莱,美国女作家、记者。1928 年来中国,1929 年底开始与作者交往。著有自传体长篇小说《大地的女儿》和介绍朱德革命经历的报告文学《伟大的道路》等。这里所说的"一篇序",题为《凯绥·珂勒惠支——民众的艺术家》。

〔3〕 1918 年德国 11 月革命成立共和国以后,德国政府文化与教育部曾授予凯绥·珂勒惠支以教授称号,普鲁士艺术学院聘请她为院士,又授予她"艺术大师"的荣誉称号,享有领取终身年金的权利。

〔4〕 北新书局 当时上海的一家书店,李小峰主持,曾出版过鲁迅著译多种。因拖欠版税问题,鲁迅于 1929 年 8 月曾委托律师与之交涉。

〔5〕 S 医师 即须藤五百三(1876—1959),日本冈山县人,早年任军医,1911 年后在朝鲜任道立医院院长,1917 年后在上海开设须藤医院。

〔6〕 D医师　即托马斯·邓恩(Thomas Dunn,1886—1948),美籍英国人。早年任美国海军军医,1920年来上海行医,曾由史沫特莱介绍为作者看病。

〔7〕 宫保　即太子太保、少保的通称,一般都是授予大臣的加衔,以表示荣宠。清末邮传大臣、大买办盛宣怀曾被授为"太子少保",他死后其亲属曾因争夺遗产而引起诉讼。

女　吊[1]

　　大概是明末的王思任[2]说的罢:"会稽乃报仇雪耻之乡,非藏垢纳污之地!"这对于我们绍兴人很有光彩,我也很喜欢听到,或引用这两句话。但其实,是并不的确的;这地方,无论为那一样都可以用。

　　不过一般的绍兴人,并不像上海的"前进作家"那样憎恶报复,却也是事实。单就文艺而言,他们就在戏剧上创造了一个带复仇性的,比别的一切鬼魂更美,更强的鬼魂。这就是"女吊"。我以为绍兴有两种特色的鬼,一种是表现对于死的无可奈何,而且随随便便的"无常"[3],我已经在《朝华夕拾》里得了介绍给全国读者的光荣了,这回就轮到别一种。

　　"女吊"也许是方言,翻成普通的白话,只好说是"女性的吊死鬼"。其实,在平时,说起"吊死鬼",就已经含有"女性的"的意思的,因为投缳而死者,向来以妇人女子为最多。有一种蜘蛛,用一枝丝挂下自己的身体,悬在空中,《尔雅》上已谓之"蜆,缢女"[4],可见在周朝或汉朝,自经的已经大抵是女性了,所以那时不称它为男性的"缢夫"或中性的"缢者"。

不过一到做"大戏"或"目连戏"的时候,我们便能在看客的嘴里听到"女吊"的称呼。也叫作"吊神"。横死的鬼魂而得到"神"的尊号的,我还没有发见过第二位,则其受民众之爱戴也可想。但为什么这时独要称她"女吊"呢?很容易解:因为在戏台上,也要有"男吊"出现了。

我所知道的是四十年前的绍兴,那时没有达官显宦,所以未闻有专门为人(堂会?)的演剧。凡做戏,总带着一点社戏性,供着神位,是看戏的主体,人们去看,不过叨光。但"大戏"或"目连戏"所邀请的看客,范围可较广了,自然请神,而又请鬼,尤其是横死的怨鬼。所以仪式就更紧张,更严肃。一请怨鬼,仪式就格外紧张严肃,我觉得这道理是很有趣的。

也许我在别处已经写过。"大戏"和"目连"[5],虽然同是演给神,人,鬼看的戏文,但两者又很不同。不同之点:一在演员,前者是专门的戏子,后者则是临时集合的 Amateur[6]——农民和工人;一在剧本,前者有许多种,后者却好歹总只演一本《目连救母记》。然而开场的"起殇",中间的鬼魂时时出现,收场的好人升天,恶人落地狱,是两者都一样的。

当没有开场之前,就可看出这并非普通的社戏,为的是台两旁早已挂满了纸帽,就是高长虹[7]之所谓"纸糊的假冠",是给神道和鬼魂戴的。所以凡内行人,缓缓的吃过夜饭,喝过茶,闲闲而去,只要看挂着的帽子,就能知道什么鬼神已经出现。因为这戏开场较早,"起殇"在太阳落尽时候,所以饭后去看,一定是做了好一会了,但都不是精彩的部分。"起殇"

者,绍兴人现已大抵误解为"起丧",以为就是召鬼,其实是专限于横死者的。《九歌》中的《国殇》[8]云:"身既死兮神以灵,魂魄毅兮为鬼雄",当然连战死者在内。明社垂绝,越人起义而死者不少,至清被称为叛贼,我们就这样的一同招待他们的英灵。在薄暮中,十几匹马,站在台下了;戏子扮好一个鬼王,蓝面鳞纹,手执钢叉,还得有十几名鬼卒,则普通的孩子都可以应募。我在十余岁时候,就曾经充过这样的义勇鬼,爬上台去,说明志愿,他们就给在脸上涂上几笔彩色,交付一柄钢叉。待到有十多人了,即一拥上马,疾驰到野外的许多无主孤坟之处,环绕三匝,下马大叫,将钢叉用力的连连掷刺在坟墓上,然后拔叉驰回,上了前台,一同大叫一声,将钢叉一掷,钉在台板上。我们的责任,这就算完结,洗脸下台,可以回家了,但倘被父母所知,往往不免挨一顿竹篠(这是绍兴打孩子的最普通的东西),一以罚其带着鬼气,二以贺其没有跌死,但我却幸而从来没有被觉察,也许是因为得了恶鬼保佑的缘故罢。

这一种仪式,就是说,种种孤魂厉鬼,已经跟着鬼王和鬼卒,前来和我们一同看戏了,但人们用不着担心,他们深知道理,这一夜决不丝毫作怪。于是戏文也接着开场,徐徐进行,人事之中,夹以出鬼:火烧鬼,淹死鬼,科场鬼(死在考场里的),虎伤鬼……孩子们也可以自由去扮,但这种没出息鬼,愿意去扮的并不多,看客也不将它当作一回事。一到"跳吊"时分——"跳"是动词,意义和"跳加官"[9]之"跳"同——情形的松紧可就大不相同了。台上吹起悲凉的喇叭来,中央的横梁上,原有一团布,也在这时放下,长约戏台高度的五分之二。看客们都屏着气,台上就闯出一个不穿衣裤,只有一条犊鼻裈[10],面施几笔粉墨的男人,他就是"男吊"。一登台,径奔悬布,像蜘蛛的死守着蛛丝,也如结网,在这上面钻,挂。他用布吊着各处:腰,胁,胯下,肘弯,腿弯,后项窝……一共七七四十九处。最后才是脖子,但是并不真套进去的,两手扳着布,将颈子一伸,就跳下,走掉了。这"男吊"最不易跳,演目连戏时,独有这一个脚色须特请专门的戏子。那时的老年人告诉我,这也是最危险的时候,因为也许会招出真的"男吊"来。所以后台上一定要扮一个王灵官[11],一手捏诀,一手执鞭,目不转睛的看着一面照见前台的镜子。倘镜中见有两个,那么,一个就是真鬼了,他得立刻跳出去,用鞭将假鬼打落台下。假鬼一落台,就该跑到河边,洗去粉墨,挤在人丛中看戏,然后慢慢的回家。倘打得慢,他就会在戏台上吊死;洗得慢,真鬼也还会认识,跟住他。这挤在人丛中看自己们所做的戏,就如要人下野而念佛,或出洋游历一样,也正是一种缺少不得的过渡仪式。

  这之后,就是"跳女吊"。自然先有悲凉的喇叭;少顷,门幕一掀,她出场了。大红衫子,黑色长背心,长发蓬松,颈挂两条纸锭,垂头,垂手,弯弯曲曲的走一个全台,内行人说:这是走了一个"心"字。为什么要走"心"字呢?我不明白。我只知道她何以要穿红衫。看王充的《论衡》[12],知道汉朝的鬼的颜色是红的,但再看后来的文字和图画,却又并无一定颜色,而在戏文里,穿红的则只有这"吊神"。意思是很容易了然的;因为她投缳之际,准备作厉鬼以复仇,红色较有阳气,易于和生人相接近,……绍兴的妇女,至今还偶有搽粉穿红之后,这才上吊的。自然,自杀是卑怯的行为,鬼魂报仇更不合于科学,但那些都是愚妇人,连字也不认识,敢请"前进"的文学家和"战斗"的勇士们不要十分生气罢。我真怕你们要变呆鸟。

她将披着的头发向后一抖,人这才看清了脸孔:石灰一样白的圆脸,漆黑的浓眉,乌黑的眼眶,猩红的嘴唇。听说浙东的有几府的戏文里,吊神又拖着几寸长的假舌头,但在绍兴没有。不是我袒护故乡,我以为还是没有好;那么,比起现在将眼眶染成淡灰色的时式打扮来,可以说是更彻底,更可爱。不过下嘴角应该略略向上,使嘴巴成为三角形:这也不是丑模样。假使半夜之后,在薄暗中,远处隐约着一位这样的粉面朱唇,就是现在的我,也许会跑过去看看的,但自然,却未必就被诱惑得上吊。她两肩微耸,四顾,倾听,似惊,似喜,似怒,终于发出悲哀的声音,慢慢地唱道:

奴奴本是杨家女[13],
呵呀,苦呀,天哪!……

下文我不知道了。就是这一句,也还是刚从克士[14]那里听来的。但那大略,是说后来去做童养媳,备受虐待,终于弄到投缳。唱完就听到远处的哭声,这也是一个女人,在衔冤悲泣,准备自杀。她万分惊喜,要去"讨替代"了,却不料突然跳出"男吊"来,主张应该他去讨。他们由争论而至动武,女的当然不敌,幸而王灵官虽然脸相并不漂亮,却是热烈的女权拥护家,就在危急之际出现,一鞭把男吊打死,放女的独去活动了。老年人告诉我说:古时候,是男女一样的要上吊的,自从王灵官打死了男吊神,才少有男人上吊;而且古时候,是身上有七七四十九处,都可以吊死的,自从王灵官打死了男吊神,致命处才只在脖子上。中国的鬼有些奇怪,好像是做鬼之后,也还是要死的,那时的名称,绍兴叫作"鬼里鬼"。但男吊既然早被王灵官打死,为什么现在"跳吊",还会引出真的来呢?我不懂这道理,问问老年人,他们也讲说不明白。

而且中国的鬼还有一种坏脾气,就是"讨替代",这才完全是利己主义;倘不然,是可以十分坦然的和他们相处的。习俗相沿,虽女吊不免,她有时也单是"讨替代",忘记了复仇。绍兴煮饭,多用铁锅,烧的是柴或草,烟煤一厚,火力就不灵了,因此我们就常在地上看见刮下的锅煤。但一定是散乱的,凡村姑乡妇,谁也决不肯省些力,把锅子伏在地面上,团团一刮,使烟煤落成一个黑圈子。这是因为吊神诱人的圈套,就用煤圈炼成的缘故。散掉烟煤,正是消极的抵制,不过为的是反对"讨替代",并非因为怕她去报仇。被压迫者即使没有报复的毒心,也决无被报复的恐惧,只有明明暗暗,吸血吃肉的凶手或其帮闲们,这才赠人以"犯而勿校"或"勿念旧恶"[15]的格言,——我到今年,也愈加看透了这些人面东西的秘密。

九月十九——二十日。

* * *

〔1〕 本篇最初发表于1936年10月5日《中流》半月刊第一卷第三期。

〔2〕 王思任(1574—1646) 字季重,浙江山阴(今绍兴)人,明末官九江佥事。弘光元年(1645)清兵破南京,明朝宰相马士英逃往浙江,王思任在骂他的信中说:"叛兵至则束手无措,强敌来则缩颈先逃……且欲求奔吾越;夫越乃报仇雪耻之国,非藏垢纳污之地也。"鲁王监国于绍兴,思任曾为礼部尚书,不久,绍兴城破,绝食而死。著有《文饭小品》等。

〔3〕 "无常" 佛家语。原指世间一切事物都在变异灭坏的过程中;后引申为死的意思,也用以称迷信传说中的"勾魂使者"。

〔4〕 《尔雅》 我国最早的解释词义的专著,大概由汉初学者缀辑周汉著作而成。儒家经典之一。"蜎,蠉女",见《尔雅·释虫》。

〔5〕 "大戏"和"目连" 都是绍兴的地方戏。清代范寅《越谚》卷中说:"班子:唱戏成齮(班)者,有文班、武班之别。文专唱和,名高调班;武演战斗,名乱弹班。"又说:"万(按此处读'木')莲班:此专唱万莲一出戏者,百姓为之。"高调班和乱弹班就是大戏;万莲班就是目连戏。大戏和目连戏所演的《目连救母》,内容繁简不一,但开场和收场,以及鬼魂的出现则都相同。

〔6〕 Amateur 英语(源出拉丁语):业余从事文艺、科学或体育运动的人;这里用作业余演员的意思。

〔7〕 高长虹在1925年11月7日《狂飙周刊》第五期上发表的《1925北京出版界形势指掌图》中攻击鲁迅说:"实际的反抗者(按指女师大学生)从哭声中被迫出校后……鲁迅遂戴其纸糊的权威者的假冠入于心身交病之状况矣!"

〔8〕 《九歌》 我国古代楚国人民祭神的歌词。计十一篇,相传为屈原所作。《国殇》是对阵亡将士的颂歌。

〔9〕 "跳加官" 旧时在戏剧开场演出以前,常由演员一人戴面具(即"加官脸"),穿袍执笏,手里拿着写有"天官赐福""指日高升"等吉利话的条幅,在场上回旋舞蹈,称为跳加官。

〔10〕 犊鼻裈 原出《史记·司马相如传》,据南朝宋裴骃《集解》引三国吴韦昭说:"今三尺布作,形如犊鼻。"这里是指绍兴一带称为牛头裤的一种短裤。

〔11〕 王灵官 相传是北宋末年的方士,明宣宗时封为隆恩真君。据《明史·礼志》:"隆恩真君者……玉枢火府天将王灵官也。"后来道观中都奉为镇山门之神。

〔12〕 王充(27—约97) 字仲任,会稽上虞(今属浙江)人,东汉思想家和散文家。曾任刺史从事、治中等微职,后居家著述。《论衡》是他的论文集,今存八十四篇。《论衡·订鬼篇》说:"鬼,阳气也,时藏时见。阳气赤,故世人尽见鬼,其色纯朱。"

〔13〕 杨家女 应为良家女。据目连戏的故事说:她幼年时父母双亡,婶母将她领给杨家做童养媳,后又被婆婆卖入妓院,终于自缢身死。在目连戏中,她的唱词是:"奴奴本是良家女,将奴卖入勾栏里;生前受不过王婆气,将奴逼死勾栏里。阿呀,苦呀,天哪!将奴逼死勾栏里。"

〔14〕 克士　周建人的笔名。周建人(1888—1984),字乔峰,生物学家。鲁迅的三弟。当时任商务印书馆编辑。

〔15〕 "犯而勿校"　语出《论语·泰伯》:"有若无,实若虚,犯而不校。"校,计较的意思。"勿念旧恶",语出《论语·公冶长》:"伯夷、叔齐不念旧恶,怨是用希。"

关于太炎先生二三事[1]

前一些时,上海的官绅为太炎[2]先生开追悼会,赴会者不满百人,遂在寂寞中闭幕,于是有人慨叹,以为青年们对于本国的学者,竟不如对于外国的高尔基的热诚。这慨叹其实是不得当的。官绅集会,一向为小民所不敢到;况且高尔基是战斗的作家,太炎先生虽先前也以革命家现身,后来却退居于宁静的学者,用自己所手造的和别人所帮造的墙,和时代隔绝了。纪念者自然有人,但也许将为大多数所忘却。

我以为先生的业绩,留在革命史上的,实在比在学术史上还要大。回忆三十余年之前,木板的《訄书》[3]已经出版了,我读不断,当然也看不懂,恐怕那时的青年,这样的多得很。我的知道中国有太炎先生,并非因为他的经学和小学,是为了他驳斥康有为[4]和作邹容的《革命军》序,竟被监禁于上海的西牢[5]。那时留学日本的浙籍学生,正办杂志《浙江潮》[6],其中即载有先生狱中所作诗,却并不难懂。这使我感动,也至今并没有忘记,现在抄两首在下面——

狱中赠邹容

邹容吾小弟,被发下瀛洲。快剪刀除辫,干牛肉作餐。英雄一入狱,天地亦悲秋。临命须掺手,乾坤只两头。

狱中闻沈禹希[7]见杀

不见沈生久,江湖知隐沦,萧萧悲壮士,今在易京门。螭魅羞争焰,文章总断魂。中阴当待我,南北几新坟。

一九〇六年六月出狱,即日东渡,到了东京,不久就主持《民报》[8]。我爱看这《民报》,但并非为了先生的文笔古奥,索解为难,或说佛法,谈"俱分进化"[9],是为了他和主张保皇的梁启超斗争,和"××"的×××斗争[10],和"以《红楼梦》为成佛之要道"的×××斗争[11],真是所向披靡,令人神旺。前去听讲也在这时候,但又并非因为他是学者,却为了他是有学问的革命家,所以直到现在,先生的音容笑貌,还在目前,而所讲的《说文解字》,却一句也不记得了。[12]

民国元年革命后,先生的所志已达,该可以大有作为了,然而还是不得志。这也是和高尔基的生受崇敬,死备哀荣,截然两样的。我以为两人遭遇的所以不同,其原因乃在高尔基先前的理想,后来都成为事实,他的一身,就是大众的一体,喜怒哀乐,无不相通;而先生则排满之志虽伸,但视为最紧要的"第一是用宗教发起信心,增进国民的道德;第二是用国粹激动种性,增进爱国的热肠"(见《民报》第六本)[13],却仅止于高妙的幻想;不久而袁世凯又攘夺国柄,以遂私图,就更使先生失却实地,仅垂空文,至于今,惟我们的"中华民国"之称,尚系发源于先生的《中华民国解》(最先亦见《民报》)[14]，为巨大的记念而已,然而知道这一重公案者,恐怕也已经不多了。既离民众,渐入颓唐,后来的参与投壶[15],接收馈赠,遂每为论者所不满,但这也不过白圭之玷,并非晚节不终。考其生平,以大勋章作扇坠,临总统府之门,大诟袁世凯的包藏祸心者,并世无第二人;七被追捕,三入牢狱[16],而革命之志,终不屈挠者,并世亦无第二人:这才是先哲的精神,后生的楷范。近有文侩,勾结小报,竟也作文奚落先生以自鸣得意,真可谓"小人不欲成人之美"[17],而且"蚍蜉撼大树,可笑不自量"[18]了!

  但革命之后,先生亦渐为昭示后世计,自藏其锋铓。浙江所刻的《章氏丛书》[19],是出于手定的,大约以为驳难攻讦,至于忿詈,有违古之儒风,足以贻讥多士的罢,先前的见于期刊的斗争的文章,竟多被刊落,上文所引的诗两首,亦不见于《诗录》中。一九三三年刻《章氏丛书续编》于北平,所收不多,而更纯谨,且不取旧作,当然也无斗争之作,先生遂身衣学术的华衮,粹然成为儒宗,执贽愿为弟子者綦众,至于仓皇制《同门录》[20]成册。近阅日报,有保护版权的广告,有三续丛书的记事,可见又将有遗著出版了,但补入先前战斗的文章与否,却无从知道。战斗的文章,乃是先生一生中最大,最久的业绩,假使未备,我以为是应该一一辑录,校印,使先生和后生相印,活在战斗者的心中的。然而此时此际,恐怕也未必能如所望罢,呜呼!

十月九日。

＊　　　　＊　　　　＊

〔1〕 本篇最初印入1937年3月10日在上海出版的《工作与学习丛刊》之一《二三事》一书。

〔2〕 太炎　章太炎。参看《门外文谈》注〔30〕。他的著作汇编为《章氏丛书》（共三编）。

〔3〕 《訄书》　章太炎早期的一部学术论著，木刻本印行于1899年。1902年改订出版时，作者删去了带有改良主义色彩的《客帝》等篇，增加了宣传反清革命的论文，共收《原学》《原人》《序种姓》《原教》《哀清史》《解辫发》等文共六十三篇。

〔4〕 甲午战争失败后，清政府于1895年与日本签订丧权辱国的《马关条约》，康有为与当时同在北京参加会试的各省举人一千三百多人，联名向光绪皇帝上书，要求"拒和、迁都、变法"，成为后来戊戌变法运动的前奏。戊戌变法失败后逃亡国外，组织保皇会，后来并反对孙中山领导的民主革命运动。这里所说"驳斥康有为"，指章太炎发表于1903年5月《苏报》的《驳康有为论革命书》，它批驳了康有为主张中国只可立宪，不能革命的《与南北美洲诸华商书》。

〔5〕 这就是当时有名的"《苏报》案"。《苏报》，1896年创刊于上海的鼓吹反清革命的日报。因它曾刊文介绍《革命军》一书，经清政府勾结上海英租界当局于1903年6月和7月先后将章炳麟、邹容等人逮捕。次年3月由上海县知县会同会审公廨审讯，宣布他们的罪状为："章炳麟作《訄书》并《革命军序》，又有驳康有为之一书，污蔑朝廷，形同悖逆；邹容作《革命军》一书，谋为不轨，更为大逆不道。"邹容被判监禁二年，章炳麟监禁三年。

〔6〕 《浙江潮》 月刊,清末浙江籍留日学生创办,光绪二十九年正月(1903年2月)创刊于东京。这里的两首诗发表于该刊第七期(1903年9月)。

〔7〕 沈禹希(1872—1903) 名荩,字禹希,湖南善化(今属长沙)人。清末维新运动的参加者,戊戌变法失败后留学日本。1900年回国,曾参加唐才常自立军的活动。1903年被捕,杖死狱中。章太炎曾作《祭沈禹希文》,载《浙江潮》第九期(1903年11月)。

〔8〕 《民报》 同盟会的机关杂志。1905年11月在东京创刊。初为月刊,后不定期出版。1908年11月出至第二十四号被日本政府查禁。其中第六至十八号、二十三至二十四号由章太炎主编。1910年初还由汪精卫续编二期秘密出版。

〔9〕 "俱分进化" 章太炎曾在《民报》第七号(1906年9月)发表谈佛法的《俱分进化论》一文,其中说:"进化之所以为进化者,非由一方直进,而必由双方并进。专举一方,惟言智识进化可尔,若以道德言,则善亦进化,恶亦进化;若以生计言,则乐亦进化,苦亦进化。双方并进,如影之随形……进化之实不可非,而进化之用无所取;自标吾论曰:'俱分进化论'。"

〔10〕 和"××"的×××斗争 "××"疑为"献策"二字,×××指吴稚晖。吴稚晖(名敬恒)曾参加《苏报》工作,在《苏报》案中有叛卖行为。章太炎在《民报》第十九号(1908年2月)发表的《复吴敬恒书》中说:"案仆入狱数日,足下来视,自述见俞明震(按当时为江苏候补道)屈膝请安及赐面事,又述俞明震语,谓'奉上官条教,来捕足下,但吾辈办事不可野蛮,有释足下意,愿足下善为谋。'时慰丹在傍,问曰:'何以有我与章先生?'足下即面色青黄,嗫嚅不语……足下献策

事,则□□□言之。……仆参以足下之屈膝请安,与闻慰丹语而面色青黄……有以知□□之言实也。"后来又在《民报》第二十二号(1908年7月)的《再复吴敬恒书》中说:"今告足下,□□□乃一幕友,前岁来此游历,与仆相见而说其事……足下既见明震,而火票未发以前,未有一言见告;非表里为奸,岂有坐视同党之危而不先警报者?及巡捕抵门,他人犹未知明震与美领事磋商事状,足下已先言之。非足下与明震通情之的证乎?非足下献策之的证乎?"据吴稚晖《答章炳麟书》,"□□□"为"张鲁望"三字。

〔11〕 ××× 指蓝公武。章太炎在《民报》第十号(1906年12月)发表的《与人书》中说:"某某足下:顷者友人以大著见示,中有《俱分进化论批评》一篇。足下尚崇拜苏轼《赤壁赋》,以《红楼梦》为成佛之要道,所见如此,仆岂必与足下辨乎?"书末又有附白:"再贵报《新教育学冠言》有一语云:'虽如汗牛之充栋',思之累日不解。"1924年5月25日北京《晨报副刊》发表有蓝公武《"汗牛之充栋"不是一件可笑的事》一文,说:"当日和太炎辨难的是我,所辨论的题目,是哲学上一个善恶的问题。"按蓝公武(1887—1957),字志先,江苏吴江人。早年留学日本和德国,曾任《国民公报》社长、《时事新报》总编辑等职。又章太炎函中所说的"贵报",指当时蓝公武与张东荪主办的在日本发行的《教育杂志》。

〔12〕 1908年作者在东京时曾在章太炎处听讲小学。据许寿裳在《亡友鲁迅印象记·从章先生学》中说:"章先生出狱以后,东渡日本,一面为《民报》撰文,一面为青年讲学……我和鲁迅极愿往听,而苦与学课时间相冲突,因托龚未生(名宝铨)转达,希望另设一班,蒙先生慨然允许。……每星期日清晨,我们前往受业,……先生讲段氏《说文

433

解字注》、郝氏《尔雅义疏》等"。

〔13〕 章太炎这几句话,见《民报》第六号(1906年8月)所载他的《演说录》:"近日办事的方法……第一要在感情,没有感情,凭你有百千万亿的拿坡仑、华盛顿,总是人各一心,不能团结……要成就这感情,有两件事是最要的,第一是用宗教发起信心,增进国民的道德;第二是用国粹激动种性,增进爱国的热肠。"

〔14〕 《中华民国解》 发表于《民报》第十五号(1907年7月),后来收入《太炎文录·别录》卷一。

〔15〕 投壶 古代宴会时的一种娱乐,宾主依次投矢壶中,负者饮酒。《礼记·投壶》孔颖达注引郑玄的话,说投壶是"主人与客燕饮讲论才艺之礼"。孙传芳盘踞东南五省时,曾提倡复古,举行投壶古礼。1926年8月间,章太炎在南京任孙传芳设立的婚丧祭礼制会会长,孙传芳曾邀他参加投壶仪式,但章未去。

〔16〕 七被追捕,三入牢狱 章太炎在1906年6月出狱后,东渡日本,在7月15日旅日学生为他举行的欢迎会上说:"算来自戊戌年(1898)以后,已有七次查拿,六次都拿不到,到第七次方才拿到;以前三次,或因别事株连,或是普拿新党,不专为我一人,后来四次,却都为逐满独立的事。"(载《民报》第六号)"三入牢狱",第一次是1903年5月因《苏报》案被捕,监禁三年,期满获释;第二次是日本东京地方裁判所封禁《民报》时,判纳罚金一百一十五圆,章未能交纳,1909年3月3日被东京小石川警察署拘留,由许寿裳等学生筹款交付后,当天获释;第三次是1913年8月因反对袁世凯被软禁,袁死后始得自由。

〔17〕 "小人不欲成人之美" 语出《论语·颜渊》:"君子成人之美,不成人之恶;小人反是。"

434

〔18〕 "蚍蜉撼大树,可笑不自量" 语出韩愈诗《调张籍》。

〔19〕 《章氏丛书》 浙江图书馆木刻本于1919年刊行,共收著作十三种。其中无"诗录",诗即附于"文录"卷二之末。下文的《章氏丛书续编》,由章太炎的学生吴承仕、钱玄同等编校,1933年刊行,共收著作七种。

〔20〕 《同门录》 即同学姓名录。据《汉书·孟喜传》唐代颜师古注:"同门,同师学者也。"